NICOLA FÖRG
Hintertristerweihe

NICOLA FÖRG

Hintertrister-
weiher

Roman

PIPER

Mehr über unsere Autoren und Bücher:
www.piper.de

Wenn Ihnen dieser Roman gefallen hat, schreiben Sie uns unter Nennung des Titels »Hintertristerweiher« an *empfehlungen@piper.de*, und wir empfehlen Ihnen gerne vergleichbare Bücher.

Das Zitat auf Seite 7 stammt aus:
Bruns, Ursula: Dick und Dalli und die Ponys. München: dtv Junior, 1982

Von Nicola Förg liegen im Piper Verlag vor:
Aus der Alpenkrimi-Reihe
Band 1: Tod auf der Piste
Band 2: Mord im Bergwald
Band 3: Hüttengaudi
Band 4: Mordsviecher
Band 5: Platzhirsch
Band 6: Scheunenfest
Band 7: Das stille Gift
Band 8: Scharfe Hunde
Band 9: Rabenschwarze Beute
Band 10: Wütende Wölfe
Band 11: Flüsternde Wälder
Band 12: Böse Häuser

Außerdem:
Glück ist nichts für Feiglinge
Das Winterwunder von Dublin
Hintertristerweiher

Unser Versprechen für mehr Nachhaltigkeit
• Klimaneutrales Produkt
• FSC®-zertifiziertes Papier
• Hergestellt in Europa

FSC www.fsc.org
MIX
Papier aus verantwortungsvollen Quellen
FSC® C083411

ISBN 978-3-492-06297-8

Redaktion: Dr. Annika Krummacher
Satz: Fotosatz Amann, Memmingen
Gesetzt aus der Adobe Caslon Pro
Druck und Bindung: CPI books GmbH, Leck
Printed in the EU

Für die großartige Renate Prinzing,
die meiner Mutter eine verlässliche Freundin war
und auch mich in ihrem Herzen hat

Er hatte die Angst verloren und träumte nicht mehr im falschen Moment, seine Hände hatten feine, dünne Schwielen bekommen, und die anderen mochten ihn leiden …
Er dachte, vielleicht hab ich mich wirklich geändert.
Er ballte die Fäuste in der Hosentasche und versuchte wahrhaftig zu pfeifen. Es klang noch sehr kümmerlich, aber pfeifen kann man lernen. Mit ein paar Schritten war er neben Mans und nahm ihm den Besen aus der Hand.
»Lass mich mal fegen«, sagte er lachend.

Ursula Bruns

PROLOG

»Es ist gut, *mon cher*. Wirklich.«

»Isabelle, du kannst doch nicht ganz allein ... Du ...« Maximilian kämpfte mit den Tränen. Dabei hatten sie es so oft durchgespielt, und jedes Mal hatte er versucht, es ihr auszureden. Mit Argumenten. Mit Drohungen. Sogar mit einer leichten Herzattacke, die er nicht einmal vorspielen musste.

»Maxim, wie lange kennst du mich?«

Er schwieg.

»Ich sage es dir. Seit dem Frühjahr 1958, als du am Hof aufgetaucht bist mit diesem gebrechlichen Moped.«

»Du warst das schönste Wesen, das ich in meinem ganzen Leben gesehen hatte. Und das ist in all den Jahren so geblieben.«

»Du warst immer schon ein Schmeichler. Ein Mann der verführerischen Formulierungen.«

»Die bei dir aber nicht gefruchtet haben.«

»Maxim, ich hätte ja fast deine Mutter sein können!« Sie lachte hell. Ihr Lachen war immer noch so jung. »Natürlich haben deine Worte geholfen. Wir führen dieses Gespräch. Und du bist es, der mich begleitet.«

»Ich wünschte, du hättest jemand anderen auserkoren!«

Isabelle drückte seine Hand. Es war mehr ein Streicheln, ihre Kräfte schwanden.

»Maxim, du kennst mich, und ich weiß, dass du auch mehrfach unter meinen Ideen gelitten hast. Unter meinen Projekten. Aber du hast auch mit mir gelitten.«

»Du bist der sturste Mensch im Orbit!«

»Ach, Maxim! Ich bin unter Künstlern aufgewachsen, alles kam mir so leicht vor. Und dann musste ich erleben, dass nichts so ist, wie es scheint. Damals habe ich begonnen, Verantwortung zu übernehmen. Und zwar für mich selbst, für meine Lieben und für alles, was ich getan habe. Ich habe immer selbst entschieden, mal gut, mal weniger gut, mal schlecht, aber ich habe entschieden.«

»Ja, du willst entscheiden, aber du bist nicht Gott! Und dann noch dieses Marionettentheater, das du da inszenierst!«

»Was meinst du?«

»Die Erbschaftsangelegenheit. Diese Bedingungen, die daran geknüpft sind! Du willst andere manipulieren!«

»Nein, nur das Schicksal anschubsen.«

»Es liegt im Wesen des Schicksals, dass man es eben nicht beeinflussen kann, Isabelle!«

»Das kann man sehr wohl, und wenn es nicht klappt, dann habe ich es zumindest versucht.«

»Ach, Isabelle!«

»Die Würfel sind gefallen. Du hast zugestimmt, meinen Letzten Willen zu verkünden. Thema beendet. Und ich will über meinen eigenen Tod bestimmen dürfen. Wieso sollten Fremde darüber entscheiden, ob oder wie wir sterben?«

»Weil sie dich lieben?«

»Wer mich liebt, lässt mich ziehen.«

Maxim goss sich einen Fingerbreit vom Talisker nach.

Isabelle hatte gesagt, ihr helfe es schon, dass es die theoretische Möglichkeit eines menschenwürdigen Sterbens gebe. Das hatte er nachvollziehen können. Vielleicht werde sie gar keinen Gebrauch davon machen, hatte sie gemeint, aber sie wolle die Wahl haben.

Ihre erste Idee war es gewesen, sich mal beim Tierarzt umzuhören. Aber ihr alter Freund Fritz war lange tot, und er hätte Isabelle diesen Wunsch ohnehin verweigert. Tierärztin Susu hatte Isabelle von einem Kollegen erzählt, der versucht hatte, sich mit einem Medikamentencocktail umzubringen. Und gescheitert war. Nun saß er umnachtet in einem Heim. Isabelle hatte herzhaft gelacht und immer wieder den Kopf geschüttelt. »Wenn es ein Tierarzt nicht schafft, sich umzubringen, dann sollte ihm nachträglich die Approbation entzogen werden.« Ach, Isabelle!

Sie war dann den langen Weg gegangen mit Arztgesprächen, Attesten und rechtlichen Fragen. In der Schweiz war man sehr gründlich und sehr achtsam gewesen. Isabelle hatte schließlich ein »provisorisch grünes Licht« erhalten. Seitdem waren fast sechs Monate vergangen. Maxim hatte immer gehofft, sie werde es sich anders überlegen, und gleichzeitig gewusst, dass sie es nicht tun würde. Die Batterie an Schmerzmedikamenten war immer weiter gewachsen: Oxygesic, Novalgin, Amitriptylin, Schmerzpflaster, Dronabinol, Morphinampullen. Die letzte Chemo hatte sie schließlich abgebrochen.

Maxim erinnerte sich an seinen Besuch in der Klinik. Winzig war sie geworden, das Krankenhausnachthemd hatte sie umflattert. Draußen hatte fahles Novemberlicht geherrscht, Saatkrähen hatten auf den entblätterten Bäumen gesessen.

»Maxim, weißt du, was mein Problem ist?«, hatte Isabelle zu ihm gesagt. »In meinen Zellen tobt der Krieg, aber mein

Herz ist zu gut für mein Alter! Ich werde nicht sanft einschlafen in meinem Lieblingsstuhl am See. Außerdem würde das nicht zu mir passen. Schließlich war auch mein Leben alles andere als sanft.«

Das stimmte. Isabelle war nie den leichten Weg gegangen. Sie hätte andere und einfachere Optionen gehabt, wenn sie damals mit zweiundzwanzig Jahren in Frankreich geblieben wäre, aber das Leben hatte anders gespielt.

Inzwischen rauchte sie sehr viel Cannabis, das machte sie leichter, das ließ sie zur Ruhe kommen und ihre Gedanken fliegen. Noch immer war sie die schönste und lebensklügste Frau, die Maxim jemals kennengelernt hatte. Und gleichzeitig die gewalttätigste. Dabei wusste er, dass sie im tiefsten Inneren eine Melancholikerin war.

Und nun war der Tag X gekommen. Ohne Plan B.

»Isabelle, du kannst nicht allein fahren!«

»Doch, das werde ich. Du bist entlassen. Das hältst du nicht aus.«

»Du könntest auf der Straße verunglücken.«

Sie lachte. »Dann hätte Gott wirklich einen schrägen Humor. Und die Schweiz hätte fünfzehn Gramm Natrium-Pentobarbital gespart.«

Und so fuhr sie am nächsten Morgen allein Richtung Schweiz. Es würde ein brillanter Sommertag werden. Sie hatte die letzten Tage schon Abschied genommen. Von all ihren Lieben, die sie in guten Händen wusste. Sie hatte alles organisiert.

Auf Bundesstraßen fuhr Isabelle immer siebzig, innerorts aber auch. In Bregenz leuchtete ein Blitzer auf. Diese Österreicher! Den Strafzettel würde sie nicht mehr bezahlen. Eigentlich eine amüsante Vorstellung. Isabelle beschloss, ihr Auto in Zürich mitten im absoluten Halteverbot abzustellen.

Sie würde ein Ticket bekommen und eine Parkkralle. Und die Polizisten würden den Halter ermitteln und feststellen, dass dieser in ihrem schönen Land verschieden war. Mit Freitodbegleitung. Ihre letzte Tat würde renitent sein. Das war gut. Alles war nun gut. Die Ketten gesprengt. Die Wahl getroffen.

TEIL I

Hohe Wogen

1

Aurelie

»Kannst du vergessen! *Numquam!*«, brüllte Laurent, der neuerdings zu Latein griff, wenn er sie ärgern wollte.

»Ich bin da auch raus«, meinte Lotte, seine ältere Schwester.

»Mir ist egal, was ihr niemals wollt und wo ihr raus seid! Wir fahren morgen dahin. Isabelle will uns alle treffen!«

»Die Alte sieht doch eh nichts mehr!«, maulte der Junge. »Ihr habt mir versprochen, dass ich in Beuerberg zuschauen darf, wie die Profis spielen. Ich will das unbedingt sehen!« Laurent war dreizehn und hatte seltsamerweise keine Lust auf Fußball. Dafür spielte er seit einem Ferienschnupperkurs vor zwei Jahren Golf und schien tatsächlich Talent zu haben.

»Du hast heute schon zugeschaut! Ich im Übrigen auch. Stundenlang musste ich am …«

»… am Loch zwölf«, ergänzte Laurent.

»… am Loch zwölf stehen und zusehen, wie die mit ihrem Schläger …«

»Driver heißt das, Mama! Und das Zwölferloch ist krass schwer: ein Par 5, und das Wasser ist direkt vor dem Green.«

»Egal, ein Tag am Golfplatz genügt mir vollauf. Wir fahren morgen zu Isabelle. Basta.«

»Basta«, äffte Lotte sie nach.

»Ende der Diskussion!«, rief Aurelie lauter, als sie es vorgehabt hatte. »*Finis disputationis!*«

»Krass, jetzt kriegt sie wieder diese Falte zwischen den Augen«, sagte Lotte ungerührt. »Pass auf, das macht alt.«

Kinder waren so eine Freude. Aurelie hätte was drum gegeben, wenn ihre eigenen etwas weniger schlau geworden wären. Sie legten den Finger in jede noch so kleine Wunde. Natürlich hatte auch sie keine Lust, ein Ochsenrennen zu besuchen. Eine so verrückte Idee konnte nur von Isabelle stammen, ihrer leicht wunderlichen Tante.

»Mama, wir waren jahrelang nicht mehr da. Was sollen wir jetzt auf einem Ochsenrennen?«

»Na ja, Lotte, jahrelang …«

»Na ja, Mama.« Das Kind konnte unglaublich süffisant sein, das hatte es sicher vom Vater. »Ich bin megaschlecht in Mathe, aber das kann sogar ich ausrechnen, dass es fast acht Jahre her ist. Ihr habt mich und drei Freundinnen damals rausgeschleppt zum Ponygeburtstag. Jetzt werde ich bald sechzehn. Das Ponyreiten haben wir abgebrochen, weil der kleine Laurent fast erstickt wäre. Pferdehaar-Allergie.«

»Haha!«, kommentierte Laurent beleidigt.

Stimmte das? Waren wirklich schon acht Jahre vergangen? Lotte hatte recht. Mit der gesamten Familie waren sie seitdem nie wieder auf dem Hof der Tante gewesen. Was nicht zuletzt daran lag, dass Eike, ihr Mann, die Tante furchtbar fand – und vice versa. Lotte war auch nicht so pferdebegeistert gewesen, dass man sie mit weiteren Besuchen auf dem

Hof hätte locken können. Das war Aurelie eigentlich nur recht gewesen. In ihrer Lateinklasse am Gymnasium gab es genug Mädchen, die von diesem Ponyvirus befallen waren – Federmäppchen mit Pferden, Handyhülle mit Ponyfratze, Bildschirmschoner mit Hottehü. Eine andere Lehrerin aus dem Kollegium verbrachte das halbe Leben in eiskalten Reithallen.

Ab und zu war Aurelie alleine zu Isabelle gefahren, aber der letzte Besuch lag auch schon wieder einige Jahre zurück. Zwischendurch hatte sie ein paarmal mit ihr telefoniert, doch die Themen der Tante rankten sich immer um Pferde und andere Tiere, und das war so gar nicht Aurelies Welt. Wenigstens schrieb sie Isabelle zu Weihnachten immer eine Karte, was Lotte für »voll retro« hielt.

»Umso wichtiger, dass wir morgen kommen«, meinte Aurelie. Denn Isabelle war nicht irgendeine Tante, sie war *die* Tante, die Erbtante. Und diese Erbtante hatte zu einem Ochsenrennen geladen. »Sie hat mir eine SMS geschrieben, dass sie Lolek und Bolek am Start hat, ihre zwei Rennochsen. Und dass wir unbedingt kommen müssen.«

Es wäre ihr zuzutrauen gewesen, dass sie selber ritt, aber das hatte sie wohl doch an zwei junge Burschen aus dem Dorf delegiert. Warum auch immer, es musste einen Grund geben, dass sie die ganze Familie zu sich zitierte.

Am nächsten Morgen war Eikes Laune auf dem Nullpunkt. »Da fahren wir an einem traumhaft schönen Sonntag anstatt zum See zu einem Rennen, wo stinkende Kühe und Millionen von Fliegen warten«, brummte er.

»Ochsen«, verbesserte Lotte. »So was machen nur Ochsen, Kühe sind zu schlau für Unterjochung.«

Aurelie staunte. Wo sie das nur wieder herhatte? Manchmal war ihr die eigene Tochter unheimlich, und diese Momente wurden mehr.

Nach einer eher einsilbigen Fahrt erreichten sie den Ort des Geschehens. Schon vor dem Kaff wurde man von der Feuerwehr abgefangen und zum Parken genötigt. Der Parkplatz war eigentlich eine Wiese, und da es die letzten drei Tage durchgeregnet hatte, nahmen Aurelies teure weiße Ledersneakers augenblicklich ein Bodenkackbraun an, während Lottes Flipflops vom Boden angesaugt und quasi gefressen wurden.

In dem kleinen Ort herrschte Ausnahmezustand. Sie stapften weiter, vorbei an einem Bierstand, an dem die fröhliche Landjugend in Lederhosen hing. Ein junges Mädchen im Dirndl kotzte gerade hinter ein Auto.

»Zünftig! Los! Bringen wir es hinter uns«, sagte Eike in jenem Tonfall, der nichts Gutes verhieß.

Sie waren schon etwas spät dran. Gerade gab es den letzten Vorlauf. Zwei der Tiere schlenderten mehr so dahin. Der Obama und der Wiggerl. Ein Ochse namens Simmerl stand wie eine Statue mitten auf der Bahn. Da half es auch nichts, dass der Reiter mit einem Haselnussstecken auf das Tier eindrosch.

»I disqualifizier di! Schlagen verboten!«, schallte es aus dem Lautsprecher.

»Ja, Junge, wirf Wattebällchen auf das Tier, das hilft bestimmt«, grummelte Eike.

Lolek buckelte, und der Reiter flog vom Ochsen. Zum Glück landete er recht sanft auf dem durchweichten Boden. Nur Bolek stob rennpferdartig vorwärts, ganz gerade, wie an einer Schnur gezogen – ein Traumlauf.

»Der gehört der Tante«, meinte Lotte mit gewissem Stolz in der Stimme. »Wo steckt sie eigentlich?«

Gute Frage. Sie hatten mit ein paar wenigen Zuschauern ländlicher Couleur gerechnet, aber in der Arena, die durch eine Art natürliches Amphitheater aus Wiesenterrassen begrenzt war, johlten sicher viertausend Leute – oder mehr. Wie sollten sie da Isabelle finden?

Ein Ansager erklärte gerade die Rassen der Rennochsen: »Murnau-Werdenfelser, Pinzgauer, Braunvieh und Fleckvieh. Wobei die Rasse nichts über die Renneignung aussagt.«

Laurent hatte inzwischen gegoogelt und las vor: »Der Ochse ist das älteste belegte Zugtier, womöglich gab es davor schon Hunde, die man bei geringeren Lasten eingesetzt hatte. Lange vor Pferd und Esel gab es Ochsengespanne – ab der Mitte des 4. Jahrtausends v. Chr. in Mitteleuropa. Ochsenkarren gibt es in Asien und Afrika heute noch. Nur mittels Kastration war und ist es möglich, die gegenüber dem weiblichen Rind viel größere Arbeitskraft des Stiers für menschliche Zwecke zu nutzen. Einen Stier kann man kaum abrichten, der Ochse hingegen arbeitet als Zugtier mit.«

Lotte nickte. »Sag ich doch, Frauen machen so einen Scheiß nicht mit.«

Aurelie sah sie an. Ihre Tochter war speziell. Sie versuchte gerade, Schopenhauer zu lesen, weil ihre Freundin Lynn ihr das Buch gegeben hatte. Andererseits whatsappte sie stundenlang mit ihren Mädels, und manchmal daddelte sie mit ihrem Bruder. Lotte stand zwischen Kindheit und Erwachsenwerden. In letzter Zeit haute sie pessimistische Parolen zum Klimawandel heraus, und Aurelie musste ihr recht geben. Ihre eigene Generation hatte Raubbau an der Welt betrieben und sich wenig um die Folgen geschert.

Aurelie hatte ihrer Familie eingeschärft, sich nicht vom Fleck zu bewegen, während sie nach Isabelle suchte. Vielleicht war sie am Abreiteplatz, wo die Ochsen sich aufwärmten. Doch noch bevor sie einen der beiden Reiter von Lolek oder Bolek zu fassen bekam, begann der Endlauf.

Der euphorische Kommentator erläuterte, dass Ochs und Reiter spätestens vierzig Meter vor dem Ziel eine Einheit bilden sollten – Reiter einigermaßen gerade obendrauf, Ochs einigermaßen geradeaus laufend – und so die Ziellinie passieren mussten, um gewertet zu werden. Lolek, der gerade noch geführt hatte, begann nun wieder, so wüst zu buckeln, dass der junge Mann himmelhoch abschoss wie eine Rakete. Ein Ochs namens Hiasl übernahm die Führung und lief fast elfengleich im sanften Trab dahin – und dann war auf einmal Schluss! Er legte sich kurz vor dem Ziel einfach hin. Nichts ging mehr. Bolek nutzte die Gunst der Stunde und übertrottete gelassen die Ziellinie. Das Volk johlte und raste. Als sich alle etwas beruhigt hatten, erschallte die Stimme des Ansagers.

»Gewonnen hat eindeutig der Bolek, geritten vom Beni Schwaiger, im Besitz von Frau Aurelie Brodersen. Bittschön, Frau Brodersen, kommen S' Ihren Preis holen.«

Es wurde leise im Ring.

»Frau Brodersen, bitte zum Ansagerpult!«

Von irgendwoher war Eike gekommen. »Aurelie, warum gehört dir ein Ochse? Aurelie?«

»Frau Brodersen, bitte zum Ansagerpult!«

Eike schob sie vorwärts bis zum Kommentator, der ein Headset trug und mitten auf der Rennbahn stand. Beifall brandete auf. Irgendwie in Trance nahm Aurelie den Preis in Empfang, fünfhundert Euro und einen gewaltigen Schinken.

»Danke, ja, vielen Dank.« Sie sah sich um. Neben ihr standen Ochs und Reiter. Geistesgegenwärtig gab sie das Präsent weiter.

Dieser lederbehoste Beni, den Aurelie von irgendwoher kannte, schenkte ihr ein strahlendes »Vergelt's Gott«, der

Applaus toste, und Bolek zog eine grünliche Sabberspur über ihre Hose. Es wurden Preise an die Zweit- und Drittplatzierten vergeben, überall Ochsen, es war unglaublich laut. Aurelie stand im Auge eines Orkans, der allerdings allmählich abflaute.

»So, liabe Leit, das Zelt hat geöffnet!« Das war die letzte Ansage.

Menschen eilten an Aurelie vorbei, jemand hieb ihr auf die Schulter. »Den kauf i dir ab«, meinte ein anderer und lachte polternd. Mitten im Trubel stand Aurelie mit einem dicken, dümmlich blickenden Tier, dessen Führstrick sie nun wundersamerweise in der Hand hielt. Ihre Turnschuhe hatten sich endgültig im Matsch festgesogen. Die Zeit schien stillzustehen, bis ein älterer Mann auf sie zukam. Er trug einen ländlichen Janker, der sehr teuer aussah, und blickte mit wachen Augen durch seine Hugo-Boss-Brille.

»Grüße Sie, Aurelie, ich darf Sie doch so nennen? Ich bin Dr. Maximilian Pranger, der Anwalt Ihrer Tante und ein alter Freund.«

Bolek machte einen energischen Kopfruck und begann zu grasen, Aurelie schlingerte, der Anwalt umfasste sie gerade noch rechtzeitig, bevor sie hingefallen wäre.

»Wo ist Isabelle?«, stammelte Aurelie.

»Das bedarf einer Erklärung«, meinte der Mann, winkte diesem Beni zu und gab ihm flüsternd ein paar Anweisungen.

»Die Ochsen werden erst einmal heimgebracht«, erklärte er und lächelte. »Ihre übrige Familie ist auch da?«

Aurelie nickte. Eike war von irgendwoher dazugekommen. »Was geht hier vor? Sie sind wer?«

»Dr. Pranger. Ich hatte mich eben Ihrer Frau vorgestellt. Sind Ihre Kinder auch da?«

Selbst Eike war überrumpelt.

»Ja, die beiden haben bei der Siegerehrung zugeschaut. Sie können nicht weit weg sein.«

»Gut, dann suchen wir sie mal.«

Sie entdeckten Lotte und Laurent am Zaun. Lotte beobachtete den Reiter von Lolek, und er schien auch sie im Blick zu haben.

Aurelie rief mit einer Stimme, die sie selbst als hysterisch empfand:

»Lotte, Laurent, kommt bitte! Etwas Wichtiges!«

Am Ende landeten sie in einem Wirtshaus, momentan noch sehr spärlich besetzt, denn die meisten Besucher waren im Zelt. Nur ein Mann in einem Rollstuhl und eine Frau saßen an einem Tisch in einer dunklen Ecke. Über ihr hockte ein ausgestopfter Vogel, was auch immer das für ciner war. Es war kalt hier drinnen.

Das Nebenzimmer war gänzlich leer. Pranger dirigierte die Familie hinein und schloss eine ziehharmonikaartige Tür hinter sich, die noch aus der Vorkriegszeit zu stammen schien. Pranger bedeutete ihnen mit einer Handbewegung, sich hinzusetzen, was sie alle verblüfft taten. Er begab sich an die Kopfseite des Tisches und öffnete seine Ledermappe.

»Ich muss Ihnen leider mitteilen, dass Isabelle vor einigen Tagen verstorben ist. Sie wollte das so, ganz still, ja ... ähm ...« Er rang nach Worten und schien nur mühsam die Fassung zu wahren. Dann zwinkerte er und blickte in die Runde.

Aurelie fühlte sich überrollt von einer Flutwelle aus Sätzen, die sie nicht verstand. Eike hatte die Augen zu Schlitzen verengt, Laurent suchte den Blick seiner Mutter, Lotte starrte auf die Tischplatte.

»Es ist meine ehrenvolle Aufgabe, Ihnen den Letzten Willen der wunderbaren Isabelle zu übermitteln.« Er rückte seine Brille zurecht. »Isabelle verfügte über ein Anlagevermögen in

Papieren und Gold im Wert von rund drei Millionen Euro. Zudem besaß sie die Ferienanlage Belle Plage am Atlantik, die ich auf rund zehn Millionen taxiere. Es gibt dann noch die Villa Beaujolais in Les Sables-d'Olonne und ihr Haus am Hintertristerweiher.«

»Haus ist gut«, warf Eike ein. »Sie meinen diese Villa Kunterbunt mit dem Siechentierpark?«

So war Eike Brodersen: friesisch herb. Aurelie, ursprünglich aus der französischen Picardie stammend, hatte ihn beim Studieren in Hamburg kennen und lieben gelernt. Damals war er frech und unangepasst gewesen, was sie beeindruckt hatte. Er war so anders gewesen als die meisten ihrer weichgespülten Kommilitonen, die Lehramt studiert hatten. Anfangs war sie eher zurückhaltend geblieben, aber er hatte ihre Bastion mit Segeltörns, Picknicks am Strand und Einladungen zu Lesungen eingenommen. Ein Mann, der las, war ein Hauptgewinn, fand Aurelie. Sie hatten geheiratet und waren später nach München gezogen. Das eine Kind hatte den deutschen Namen Lotte bekommen, den Jungen hatten sie aus sprachlichen Paritätsgründen Laurent genannt, wobei Aurelie bemängelte, dass der Name in Bayern zu Laurenz verballhornt wurde. Aber die Familie lebte nun mal in München, und da waren die Kinder mit ihren Namen unter lauter Amelies, Laras, Finns und Noah-Alexanders gut aufgehoben. Dass die eigene Mama nicht am selben Gymnasium unterrichtete, das die Kinder besuchten, fand vor allem Laurent gut. Lotte hätte das gelassen hingenommen, sofern sie ihre Mutter nie in Französisch und Latein bekommen hätte. Aber zwei Schulen brachten die nötige Distanz.

Lotte war insgesamt nicht sonderlich pubertierend. Sie trank nicht, kiffte nicht und nahm, soweit Aurelie es überblickte, keine Muntermacher oder andere Drogen. Dass die

Tochter, bis auf kleinere Ausfälle, ganz gut zu ertragen war, half dem Familienfrieden, denn Eike war nur bedingt mit Geduld oder gar Diplomatie gesegnet. Er war freier Reisejournalist und Fotograf, und obgleich die Zeiten hart waren für Freelancer, hatte er einen Stamm an Abnehmern. Außerdem gab es einen lukrativen Deal mit einer hochkarätigen Werbeagentur, wo er sich nach eigenen Aussagen »teilversklavt« hatte. Als Kreativmaschine. Seine markigen Sprüche über die Kunst des freien Wortes waren vor dem Hintergrund von Aurelies Beamtenstatus natürlich leicht dahingesagt.

»Hör mal, Eike! Siechentierpark – das war jetzt aber nicht besonders nett«, sagte Aurelie etwas lahm.

»Nett? Wozu soll ich nett sein, deine Tante war ja auch nie nett. Sie war eine Hexe. Ja, ja, ich weiß, Tante Isabelle ist die Erbtante und die kleine Aurelie die einzige Anverwandte.«

In Aurelie stiegen Bilder auf. Von diesem Hof, der an einem Moorweiher lag. Von ihrer Tante, die einen merkwürdigen Spagat vollführt hatte: immer die feine, stilsichere Französin und doch auch die bodenständige Bäuerin. Aurelie versuchte auszurechnen, wie alt die Tante eigentlich gewesen war, hochbetagt in jedem Fall, schließlich war sie im Jahr 1930 geboren. Das wusste sie noch.

1940
Isabelle

»Unsere Landsleute hören das Donnern nicht. Sie verschließen die Ohren vor dem Grollen«, sagte ihr Vater.

»Wir befinden uns doch schon seit dem 3. September 1939 im Krieg!«, rief Pierre. »Viele Franzosen sind für ihr Heimatland gestorben, und wir haben bereits jetzt diese ganzen elenden Flüchtlinge aufgenommen, die nun in Schulen, Kasernen und Wohnungen hausen.«

»Da hast du recht, doch sie ignorieren es. Dabei sollen unter den Flüchtlingen die beiden Tolstoi-Brüder sein, die Neffen des großen russischen Schriftstellers«, sagte Chantal.

»Wer ist Tolstoi?«, fragte Isabelle.

»Ein Mann monumentaler Bücher und noch monumentalerer Gedanken. Ein Anarchist. Exkommuniziert von der autoritären Kirche. Vegetarier«, erklärte Chantal.

Isabelle verstand wenig, aber um irgendetwas zu sagen, warf sie ein: »Bei mir in der Klasse gibt es Flüchtlinge, die den gelben Stern tragen.«

»Christen haben ein Kreuz, Juden tragen einen Stern«, sagte Jean-Luc.

»Du moralinsaurer Einfaltspinsel. Sag ihr doch, was die Nazis den Juden antun! Woher kommen diese Mitschüler?«

»Aus Polen. Sie sind sehr dünn und essen in der Rue des Teintureries in der Suppenküche«, berichtete Isabelle.

»Da draußen braut sich ein Beben zusammen, das größer ist als alles, was wir kennen!« Chantal nahm einen Schluck und verstellte ihre Stimme, sodass sie klang wie aus dem Radio. »Unsere Truppen kämpfen mit einer Kraft und Entschlossenheit, die den Deutschen bei allen Begegnungen schwere Verluste zufügt«, rezitierte sie. »So schallt die Propaganda, meine Lieben. Und wir in Les Sables schreiben ein städtisches Dekret, um das Badeleben am schönsten Strand Europas zu regeln. Merkt auf: Das Tragen von Strandkostümen ist auf öffentlichen Straßen verboten. Das treibt uns um. Ich habe mir meine Lebensmittelkarte für Zucker schon geholt, die echte Rationierung wird noch kommen.«

»Glaubt ihr wirklich, dass die Deutschen einmarschieren?«, fragte Jean-Luc.

»Was heute unsere viel besungene Promenade ist, war vor noch gar nicht so langer Zeit ein düsterer Platz, wo ertrunkene Seeleute angespült wurden. Freiwillig ging damals niemand in die Dünen. Erst 1866 wurde die Eisenbahn hierher gebaut und chauffierte mit den Vergnügungszügen die Pariser ans Meer. Wartet noch eine kleine Weile, dann werden die Hoteltreppen unter den Nazistiefeln ächzen«, behauptete Pierre.

»Du bist immer so apokalyptisch. Wie deine Bücher. Gelebte Depression«, beschwerte sich Jean-Luc.

Isabelle blickte auf. Die Erwachsenen schienen sie häufig gar nicht wahrzunehmen. Sie lauschte oft und war froh, dass sie wie ein kleines Hündchen auf dem Boden hocken konnte. Ihr Vater war ein Mann großer Gesten, dem sehr genau anzusehen war, wie er fühlte. Er verbarg nichts, er trug alles nach außen.

Chantal war da anders, und Isabelle spürte, dass sie längst nicht alles herausplauderte, was in ihrem attraktiven Kopf vorging. Isabelle vergötterte Chantal, die ihr rotes Haar nachlässig aufgetürmt hatte und stets Männerhosen trug. Sie rauchte wie ein Schlot und trank wie ein Kutscher. Chantal malte Bilder, die groß waren und sehr bunt. Die Gesichter der Menschen darauf waren grün und orange, ihre Haare blau.

Isabelle liebte Pierre, weil der ihr immer kleine Präsente brachte und sie nie wie ein Kind behandelte. Pierre war Journalist und Dichter. Und Jean-Luc war vor allem liebenswert und wollte immer etwas Gutes in den Dingen finden. Er hatte Geld, warum und woher, wusste Isabelle nicht. Jedenfalls musste er nicht arbeiten.

Es ging auf den Sommer zu. Isabelle schätzte diese Jahreszeit nicht besonders. Hier in der Villa Beaujolais gab es auf der Straßenseite zwei Türen, eine normal große und eine kleinere, die hinunter in den Keller führte. Isabelles Vater war Architekt und baute Häuser wie das ihre. In seinen Diskussionen mit den Kollegen Charles Charrier und Maurice Durand verurteilte er alles, was nicht funktional war. Ihm waren viele Kollegenentwürfe zu verspielt. Isabelle fragte sich, was am Spielen denn schlecht sein mochte.

Im Sommer lebte die Familie dunkler und beengt im Keller – die Bel Etage wurde vergoldet, alle vermieteten an Gäste. Wenn dieser Krieg war, dachte Isabelle, logierten vielleicht keine Stadtkinder in ihrer Wohnung, die mit ihren Müttern an den Strand liefen. So ein Krieg schien durchaus Vorteile zu haben.

»Momentan ächzen wir nur unter der heiligen Pflicht zur Aufnahme von Landsleuten«, sagte Chantal gerade. »Die Einheimischen lamentieren, dass die Flüchtlinge ihnen die Unterkünfte für die Sommergäste blockieren. Die werden sich noch umschauen und sich nach den Flüchtlingen zurücksehnen. Da kann das lächerliche *Journal des Sables* gerne ›Geduld und kaltes Blut‹ fordern. Es werden dunkle Zeiten anbrechen.« Ihr Blick fiel auf Isabelle. »Mein schönes Kind, würdest du flugs noch etwas vom Wein holen?«

Isabelle lächelte und huschte in den Keller. Es war elf Uhr vormittags. Um diese Tageszeit pflegte sich Chantal einen Sancerre zu genehmigen. Je später es wurde, desto schwerer wurden die Weine. Isabelle griff sich eine Flasche und öffnete sie mit der Erfahrung, die sie längst hatte. Als sie wiederkam, sah Pierre sie erstaunt an. »*Ma chère*, bist du schon wieder gewachsen?«

»Ein wenig.«

Es war ein typischer Tag in der Villa Beaujolais. Die Großen diskutierten, rauchten und tranken, Isabelle lauschte oder lief zum Strand. Die Schulprüfungen waren ausgesetzt worden – kein Nachteil, befand Isabelle.

Es war gegen halb zehn am Sonntag, den 23. Juni, als Pierre hereinstürmte: »Sie sind da! Um acht Uhr dreißig war das Knattern von Motorrädern zu hören. Männer in grässlichen graugrünen Regenmänteln haben das Büro des Bürgermeisters betreten und die Flaggen abgenommen. Alle großen Männer der Stadt wurden vor die deutschen Offiziere zitiert.«

Ihr sonst so sonnengebräunter Vater war blass geworden. »So schnell ist es also gegangen«, sagte er nur und goss sich und Pierre einen Calvados ein.

Bald schon wusste die Stadt, dass es eine Ausgangssperre ab zwanzig Uhr gab und Fahrverbote für Zivilisten. Die Telefone waren tot. Im *Hôtel du Parc* hatte die Kommandantur 13 ihre Zelte aufgeschlagen, im *Majestic*-Hotel die Hafenüberwachungsstelle. »Hafenkapitän« stand da nun, was Isabelle irgendwie lustig fand. Ernste Männer standen davor und bewachten das Gebäude. Sie hatten Isabelle und ihren Nachbarsjungen Maurice, der erst acht war, einfach ignoriert. Erst als Isabelle die Hände in die Hüften gestemmt und einem der Männer in die Augen gesehen hatte, war ein kaum merkliches Lächeln über sein Gesicht geflackert. Dann hatte er eine Handbewegung gemacht, als wolle er eine Fliege verscheuchen.

Diese Deutschen brachten die Erwachsenen dazu, noch mehr zu trinken und zu diskutieren. Chantal schüttelte den Kopf so heftig, dass sich ein paar Locken lösten und sie aussah wie eine der Fischfrauen in der Markthalle. »Wir sind gefangen inmitten der Boches!«, rief sie.

»Was sind Boches?«, fragte Isabelle.

»Diesen Ausdruck darfst du nie verwenden, Herzchen!

Tête de boche ist der Holzkopf, dabei glauben die Deutschen, Boche würde Schwein bedeuten.« Chantal kicherte.

Der Juni verstrich, der Juli auch, man fand sich in die Situation. Automobile auf dem Remblai waren wieder erlaubt, nur vor dem *Hôtel du Parc* durfte man nicht parken. Der westliche Teil des Strandes war für alle offen, und den Fischern wurde gestattet, in einer Zone von fünf Seemeilen und nur zwischen sechzehn und einundzwanzig Uhr zu fischen, vorausgesetzt, sie hissten eine weiße Flagge oben am Mast. Auch die Kinos öffneten wieder. Chantal und Pierre sahen sich *La Bête Humaine* von Jean Renoir an. Und Chantal sagte, Jean Gabin sei ein Gott.

1940
Fritz

Der Himmel war groß. Und weit. Und irgendwo da draußen lag sicher die Verheißung. Die Wellen rollten auf den Grand Plage zu, das Wasser war fast schwarz, gekrönt von schmutzig weißen Hauben. Seine Kompanie war mehrfach verlegt worden. Anfangs war er auf Noirmoutier an der Atlantikküste gelandet. Eine leise Röte überzog noch immer sein Gesicht, wenn er sich an den peinlichen Vorfall damals erinnerte. Die Insel, die nur aus Kartoffelbauern zu bestehen schien, hatte eine Verbindung zum Festland: Le Gois. Früher waren die Menschen fußläufig über Sandbänke zur Insel gelangt, erst später hatte man den Damm errichtet – mit drei Plattformen, die auch bei Hochwasser nicht vom Meer überflutet wurden, und einigen Stangen mit Sprossen, im Volksmund Papageienmasten genannt, auf die man steigen konnte, wenn man von der Flut überrascht wurde. An jenem Tag war Fritz zusammen mit einem Kameraden über die Passage gefahren – im offenen Wagen. Die Flut hatte sie eiskalt und nass erwischt, vor allem aber den brandneuen Kübelwagen, der untergegangen war. Damit war aber auch nicht zu rechnen gewesen, dass dieses verdammte Wasser so schnell kommen würde!

Fritz stammte aus Unterfranken und kannte den Main. Im Gegensatz zu manchen Kameraden konnte er sogar schwimmen, das war keineswegs selbstverständlich. Dass ein Fluss bisweilen Hochwasser führte, wusste er natürlich. Bei der Mutter hatte er alte Fotografien von 1917 gesehen, auf denen die Einwohner der Altstadt vor dem *Gasthaus zur Goldenen Krone* auf Schelchen herumschipperten. Er hatte als Bub selbst miterlebt, wie Stämme und Flöße von den Lagerplätzen wegschwammen und zur gefährlichen Fracht des entfesselten Flusses geworden waren. Er hatte gesehen, wie das Hochwasser gefroren war und einen Eispanzer über die Flussauen gelegt hatte. Dennoch erschienen ihm Ebbe und Flut am Meer weitaus bedrohlicher. Wer zog da das Wasser weg und sandte es zurück? Natürlich wusste er von der Rolle des Mondes für die Entstehung der Gezeiten, aber das machte es nur noch gespenstischer.

Er und sein Kamerad Ludger hatten auf einer der Plattformen gesessen und dem davongurgelnden Auto zugesehen. Was für eine Schmach! Als Strafe hatte Fritz vier Wochen am Ende des Gois sitzen und die Passierscheine kontrollieren müssen, die man brauchte, um an Land zu gehen. Dabei war ihm keineswegs entgangen, dass sich etliche Zwangsarbeiter, die zur Errichtung der deutschen Verteidigungsbauten verdammt waren, an seiner Kontrolle vorbeigestohlen hatten.

Er hatte die Zeit genutzt, um Französisch zu lernen. Täglich hatte er mit Claire geübt, einer Bäuerin, die ihm immer mal ein Stück Käse zusteckte. Sie sammelte bei Ebbe Krebse und Krabben, sie war uralt, winzig und lachte ihn aus Augen an, die ihm fast schwarz erschienen.

Dann waren sie verlegt worden, erst weiter in den Norden nach Pornic und dann südlich nach Les Sables-d'Olonne. Dieses topfebene Land, diese Strände, dieser gewaltige Himmel, diese Wolkenberge. Der Himmel überspannte alles. *Le grand ciel* – ein großes Schauspiel mit immer neuen Lichtreflexen. Als Fritz zum ersten Mal in Les Sables auf dem Remblai stand, dachte er, das müsse das Paradies sein. Dieser geschwungene Strand, die feinen Hotels, die Promenade, die dem Schwung des Strandes folgte! Das wäre ein Ort für lange Ferien.

Es war acht Uhr abends nach einem lauen Septembertag, und Fritz sollte die Einhaltung der Ausgangssperre überwachen. Der Strand war leer, bis auf ein Mädchen, das jedes Mal zur Seite hüpfte, wenn wieder ein Brecher herankrachte. Er ging näher. Die Wellen hatten Algen mit im Gepäck, ein paar Äste, die bleich waren wie Knochen. Wieder ein Brecher – und etwas landete fast vor den Füßen des Kindes. Es war der Kopf einer Kuh, die ins Leere starrte. Das Mädchen betrachtete den Kopf genau. Die Zunge hing heraus, die Schnittstelle am Hals war ausgefranst.

»Du solltest dir das nicht ansehen«, sagte Fritz.

»Warum verliert eine Kuh ihren Kopf?«, fragte das Mädchen und drehte sich um.

In diesem Moment geschah etwas mit Fritz. Es durchfuhr ihn wie ein Blitz. Noch nie hatte er etwas Schöneres gesehen. Er war fest davon überzeugt, dass dies das schönste Mädchen der ganzen Welt war. Es hatte braune Locken, die fast bis in die Taille rieselten, die Augen waren so unglaublich blau, die

Haut so weiß und die Sommersprossen auf der Stupsnase wie kleine Sprenkel auf Porzellan. Die Kleine lächelte ihn an.

»Du solltest gar nicht hier sein«, sagte er, weil ihm nichts Besseres einfiel.

»Ja, ich weiß. Mein Papa sagt auch, dass wir Ausgangssperre haben und dass ich zu Hause bleiben muss. Ich soll das Gemüse im Garten gießen, aber es gedeiht nicht. Der Porree ist seltsam grün, der Kopfsalat immer welk, und die fünf Tomatenstauden tragen auch nur spärliche Früchte. Alles ist staubig. Was soll ich ganz allein im Garten? Mir ist dort so furchtbar langweilig. Ich heiße Isabelle. Und du?«

»Ich heiße Fritz.«

»Fritz. Ritz. Blitz. Ein lustiger Name. Und du redest lustig.«

»Französisch ist schwer.«

»Finde ich nicht.«

Nun musste Fritz lachen. »Wenn man hier geboren ist, vielleicht nicht, da hast du recht. Kannst du etwa Deutsch?«

»Natürlich. Blitzkrieg. Hafenkapitän. Rommelspargel.«

»Woher hast du solche Wörter?«

»Die hört man.«

»Soso.« Er lächelte.

»Ja, zu Hause. Pierre und Chantal sagen, dass Deutsch hart ist. Gar nicht melodiös oder gar charmant. Weil es so viele Konso...dings hat. Wie in Strumpf. Was bedeutet Strumpf?«

Alles in Fritz jubilierte. Er führte eine sprachphilosophische Betrachtung mit dem schönsten Mädchen der Welt am schönsten Strand Europas.

»Du meinst Konsonanten. Strumpf heißt auf Französisch *chaussette*.«

Sie wollte gar nicht mehr aufhören zu lachen. »Strumpf, Sumpf, Mumpf!«, rief sie fröhlich.

»Und wer sind Pierre und Chantal?«, fragte Fritz.

»Pierre ist Dichter und Chantal Malerin.«

»Deine Eltern?«

»Nein! Es sind Freunde von Papa und auch meine Freunde.«

»Hast du keine Freunde in deinem Alter?«

»Doch, aber es sind noch Ferien. Außerdem bin ich schon zehn. Und du?«

»Zwanzig.«

»Das ist alt.«

Er lachte. »Aber jetzt musst du hier verschwinden, Isabelle. Sonst müsste ich …«

»Bist du ein Boche?«, unterbrach sie ihn.

»Ja, nein, also …«

»Du darfst nicht so ernst schauen. Das gibt Falten. Vor allem, wenn man alt ist«, sagte Isabelle streng.

»Woher hast du derartige Weisheiten?« Er schüttelte den Kopf.

»Von Chantal. Sie lacht fast immer, weil sie viel Wein trinkt. Wein macht lustig. Die Boches vertragen unseren Wein nicht, sagt Pierre. Sie saufen ihn wie Bier.«

»Ich komme aus einem Weindorf und kenne mich gut mit Wein aus. Ich vertrage ihn. Und kann einen guten von einem schlechten unterscheiden.«

»Das muss ich Chantal erzählen oder …« Sie überlegte. »Besser nicht. Die sagen, wir müssen besonders achtgeben bei denen mit den zwei kleinen silbernen Blitzen am Kragen. Am besten sollen wir dann den Bürgersteig wechseln. Ihr schneidet Kindern die Hände ab.«

»Unsinn!«

»Und ich soll keine Schokolade nehmen, weil die vergiftet ist.«

»Papperlapapp! Ich hätte hier gerade eine.« Fritz kramte in

seinen Taschen und förderte eine etwas aufgeweichte Tafel zutage.

»Dann musst du aber mitessen!«, rief Isabelle begeistert.

»Damit du siehst, ob sie wirklich vergiftet ist?«

»Freilich.« Das Mädchen lachte verschmitzt.

Und so saßen sie auf einem Baumstamm und teilten die Schokolade, bis sich die Dämmerung herabsenkte.

»Isabelle, du musst jetzt wirklich nach Hause«, sagte Fritz.

»Gut, aber wir treffen uns wieder, Fritz, Ritz, Blitz!«

Sie rannte davon, ein Stück den Strand entlang und dann die Stufen hinauf.

Fritz blieb auf dem Baumstamm sitzen. Es war der erste Tag seit zwei Jahren gewesen, an dem er gelebt hatte. Gefühlt. Und von Herzen gelacht hatte.

Die anderen deutschen Soldaten soffen und vertrugen den Wein wirklich nicht. Sie verprügelten Franzosen, sie pissten in Gärten, sie torkelten betrunken umher und rissen Blumen aus den Töpfen. Die deutschen Behörden hatten den Verkauf von alkoholischen Getränken an Soldaten verboten – allerdings galt das nur für harten Tobak. Bier, Wein und Champagner blieben weiterhin erlaubt. Fritz war das Gebaren seiner Kameraden peinlich. Einige von ihnen verachteten die Vendée als Zwangsferienort und warteten nur darauf, an die richtige Front gehen zu dürfen. Blut und Boden – sie wollten das heimholen, was sie für das großdeutsche Reich hielten. Fritz zweifelte. Er zweifelte oft.

Seine Aufgabe war es, den Bau der Verteidigungsanlagen zu koordinieren. Sie bauten ein Blockhaus nach dem anderen, denn sie wollten die gesamte Küste unter Kontrolle haben. Aber wie wollte man bitte schön das unbändige Meer überwachen?

1940
Benedikt

Agnes war nun BDM-Führerin. Weil sie die dicksten Zöpfe hatte und die blauesten Augen. Das sagte zumindest die Oma. Agnes war vierzehn geworden und hatte auch schon Holz vor der Hütt'n. Das sagte Hanserl, der Großknecht. Für Benedikt war sie Agi, die große Schwester, die sich immer um ihn gekümmert hatte. Die Mama war bei der Geburt von Afra gestorben. Gott hat sie heimgeholt, sagte die Oma. Warum heim, sie war doch hier daheim?, hatte Benedikt einmal gefragt. Magst a Schelln?, war die Antwort gewesen. Benedikt lernte früh, dass man besser nicht nachfragte, sondern den Kopf einzog und sich unsichtbar machte. Das konnte er ganz gut: in Deckung gehen. Heute allerdings konnte er sich nicht wegducken, denn das Heu musste gemäht werden.

Seit drei Jahren hatten sie ein Pferd. Leni war ein Kaltblut, und irgendwie hatte es der Papa immer geschafft, das Pferd vor der Aushebung, wie sie das nannten, zu verstecken. Im Spätherbst letzten Jahres hatten Agnes und Bene die gute Leni in einen alten Stollen geführt und ihr immer wieder Heu vor die Nase gehalten, damit sie bloß nicht wieherte, während die Soldaten kamen. Der Papa hatte den Männern mit den Hakenkreuzen an den Jacken den Ochsen angeboten, aber der war ihnen zu alt gewesen. Sie hatten sich zwei Lämmer gegriffen, die Hühner waren ihnen entgangen. Die hatte die Oma vorher in den Keller gebracht, die Klappe geschlossen, einen Fleckerlteppich drübergelegt und sich samt dem Spinnrad daraufgesetzt. Wenn man gute Ohren hatte, hörte man die Hühner im Keller krakeelen, aber die Oma übertönte das mit ihrem Gezeter und Gejammer, dass sie doch die Lämmer brauche. Dass sie doch sonst verhungern würden.

Bene hatte Angst gehabt und sich doch fasziniert gefragt, wie das Ganze ausgehen würde. Die Staatsmacht gegen die Oma. Wie gefährlich Omas Versteckspiel war, das hatte er nicht begriffen. Auch nicht die lüsternen Blicke der Männer auf Agnes. Es war Afra gewesen, die sie alle rettete. Sie gab ein merkwürdiges Geräusch von sich und spie dann einem der Männer fast auf die Stiefel.

»Arg krank, das arme Kind«, behauptete die Oma. »Ansteckend.«

Die Männer zogen fluchend ab und vergaßen sogar die Lämmer.

»Kind, was hast du gegessen? Die Kirschen?«

Die Frage erübrigte sich, die Farbe und Konsistenz des Mageninhalts waren verräterisch genug.

Afra wiegte den Kopf hin und her. »Eine Birne, ein paar Kirschen. Und was von dem roten Zeug.«

»Von meinem Hagebuttenlikör?«

Afra zog die Schultern hoch und die Nase kraus.

»Wer auf den Punkt speiben kann, hat einen Orden verdient«, meinte Agnes ungerührt.

Seine beiden Schwestern waren völlig unterschiedlich. Agnes, groß und pragmatisch – Afra, klein, dünn, fast sphärisch. Afra war fünf, benahm sich oft merkwürdig und sagte komische Sachen. Ihretwegen musste sich die Oma oft bekreuzigen. Benedikt war mit seinen acht Jahren kein kleines Kind mehr, sein Blick wurde allmählich weiter.

Es gab immer wieder Situationen, in denen das Regime ihnen auf den Pelz rückte, aber eigentlich liefen sie alle unterm Radar. Hier gab es nichts, keine Industrie, keine Städte, nur Kleinbauern, die gerade so überlebten. Bene schnappte immer mal etwas auf, wenn sich der Papa, der Nachbar und die Knechte unterhielten. Wenn jemand im Krieg geblieben war, das war dann wohl so, als wenn Gott einen heimholte, dachte er. Der Nachbar hatte einen Radioapparat, aus dem laute, blecherne Stimmen kamen, die Bene als bedrohlich empfand. Natürlich wusste er, dass Krieg war. Agnes strickte mit ihren deutschen Mädels Socken für die Front. Sie ging gerne zum BDM, denn so entkam sie der Arbeit auf dem Hof. Dort konnte sie mit der Amrei und der Johanna kichern. Dass man einen schnellen Hitlergruß hinwerfen musste, das war eine Pflicht, die man, ohne nachzudenken, erfüllte. Bene war ab und zu beim deutschen Jungvolk gewesen, wo sie vor allem gewandert waren und Lieder gesungen hatten, deren Texte er sich nicht merken konnte. Er hatte es eher albern gefunden. Einmal sollten sie im Heuschober vom Ganahl übernachten, weil das die Jungen stärken sollte. Bene war ohnehin ein Bauernbub, seine Matratze war mit Stroh und Heu gefüttert. Da lag er jede Nacht. Ob ihn das aber stärkte?

Die Tage waren von der Arbeit und dem Wetter bestimmt, und heute musste der Omada eingeführt werden. Sie hatten sechs Tagwerk gemäht. Es war der dritte Tag, sie hatten das kostbare Gut stundenlang gewendet, jetzt war die Zeit der Ernte. Es hatte oft gewittert im August, doch nun lag seit Tagen ein Hoch über dem Land. Die Tage waren schon kürzer, der Nachttau feuchter, die Abende wurden schnell frisch.

Bene aß gerade sein Mus zum Frühstück, als Afra sagte: »Es wird regnen heute Abend.«

»Mädchen, es ist Kaiserwetter, woher soll da Regen kommen?«, grummelte der Vater.

Afra deutete nach Westen. »Von da.«

Sie wendeten mit großen Holzgabeln das Grummet, warfen es auf, flirrende Fäden rieselten zu Boden. Agnes reckte und streckte sich. Ihr schien der Rücken wehzutun.

»Das kommt von den Dutterln, die ziehn nach vorn«, raunte Hansel dem Erwin zu.

Erwin war ein Junge aus dem Bregenzerwald, der im Sommer gegen Kost und Logis auf dem Hof arbeiten durfte. Im Oktober zog er heim, im Winter konnte und wollte man einen unnützen Esser nicht durchfüttern. Aber die Oma gab ihm immer gestrickte Pullover und Socken für die kleinen Schwestern mit, die sich ein Paar Schuhe teilen mussten. Afra, die Agnes' Schuhe auftrug, war aus einem Paar herausgewachsen – das würde Erwin mitnehmen können. Der Junge war fünfzehn Jahre alt, zum ersten Mal war er vor zwei Jahren zu ihnen gekommen.

»Wir müssen dem Herrgott danken, dass es uns so gut geht«, hatte die Oma gesagt.

Sie besaßen fünf Kühe, vier Mutterschafe, den Bock, immer wieder Lämmer, mal mehr und mal weniger Hühner – je nachdem, wie viele Habicht und Fuchs erbeuten konnten. Außerdem hatten sie Leni und den Ochsen. Sie nannten zwölf Tagwerk Wiesen, einen Hangwald und drei Tagwerk Roggen ihr Eigen. Im Gegensatz zum Erwin hatte Bene noch nie Hunger leiden müssen.

Agnes wurde zum Hof geschickt, um das Mittagessen zu holen: einen ordentlichen Ranken Brot und etwas Käse. Sie saßen im Schatten zweier Eichen, als von weit her ein Grummeln tönte.

Der Vater war wie elektrisiert. »Das darf nicht sein!«

Sie schossen hoch, das Winterfutter durfte nicht verderben. Leni, die am Wegrand graste, wollte nur ungern so früh ihre Pause beenden, doch nun wurde sie vor den Schwader gespannt. Das Grummeln war schon etwas lauter geworden. Der Vater und Leni arbeiteten gleichmäßig, keiner sah nach Westen. Leni wurde umgespannt, an den Wagen, es war inzwischen fünfzehn Uhr geworden. Gefleckte Schattenrisse legten sich über das Feld, dann riss es wieder auf, um wenig später dunkler zu werden. Der erste Wagen war beladen. Afra und Agnes saßen obenauf, Bene rechte die Reste zusammen. Irgendwo weiter im Westen rumste es. Bene hob die Augen. Es waren Wolkengebirge, die auf sie zuritten. Hoch und bedrohlich. Der Wagen war zurück, sie gabelten wie besessen. Wind kam auf.

»Der Wind, der Wind, das himmlische Kind«, sagte Afra.

»Jetzt halt den Mund, du Unheilsbotin«, herrschte der Vater sie an.

»Es wird noch nicht so schnell regnen«, sagte sie nur.

Der Himmel wurde immer grauer, der Wind fuhr in das trockene Grummet, hob es an, verwirbelte es, kleine Tornados gaukelten wie neckische Trolle über das Feld. Niemand sprach. Eine Wagenladung nach der anderen wurde im Heuboden abgeladen. Sie beluden gerade den letzten Wagen, als ein Blitz urplötzlich über den Wald zuckte. Das Donnern nahm zu, das Grollen und die Blitze kamen näher, die Abstände wurden kürzer.

»Runter da!«, rief der Vater gegen den Wind an.

Wenn der Blitz einschlagen würde, dann womöglich in den Wagen. Der Vater war wortkarg, aber Bene wusste, dass er nicht auch noch ein Kind verlieren wollte. Im Zweifelsfall würde er Leni opfern, denn ein mit Eisen beschlagenes Pferd konnte den Blitz anziehen. Nun rannten sie alle, um rechtzeitig am Hof anzukommen.

Der Wagen stand unter dem Vordach, als es anfing zu regnen.

»Hoffentlich haben sie beim Eitzenberger das Heu auch drin«, sagte Benedikt und sah in eine Wand aus Wasser. Flori Eitzenberger war sein Freund auf dem Hof hinter dem Hügel, unten am Weiher.

Afra lächelte Bene an. »Alles gut, habt nur Mut.«

Die Oma bekreuzigte sich.

2

Aurelie

Aurelie merkte, dass alle sie ansahen. Isabelle war tot? Das konnte doch gar nicht sein!

»Wie ist sie …? Ist sie …?«, stammelte Aurelie.

»Sie ist in der Schweiz verstorben.«

»In der Schweiz?«, fragte Eike ungläubig.

»Nun, in der Schweiz ist der Umgang mit dem Tod anders als hier.«

»Isabelle hat Sterbehilfe erhalten?«, flüsterte Aurelie.

»Ja, das war ihr Wunsch.«

»Aber …«

»Sie war sehr krank. Sie wollte selbst bestimmen, wann es so weit ist.«

»Na, das passt ja zu ihr«, sagte Eike leise, aber doch vernehmbar.

»Krass!«, kam es von Lotte.

In Aurelies Ohren rauschte es. Isabelle hatte den Freitod gewählt. Sie hatte gar nicht gewusst, wie krank ihre Tante gewesen war. Kein Wunder, schließlich war sie vor fünf Jahren zuletzt am Hintertristerweiher gewesen.

»Und die Beerdigung?«, fragte Laurent.

Pranger sah den Jungen an. »Gibt es nicht. Es gibt ein Urnengrab auf einem Schweizer Friedhof, das man besuchen kann. Sie wollte keinem eine Last sein.«

Eine Last? Isabelle war Aurelies einzige Verwandte gewesen. Ihr einziger Anker in die eigene Vergangenheit, die Aurelie ansonsten verdrängte. Nur in melancholischen Momenten dachte sie an das Meer, an ihren Großvater und die Mutter, die keine gewesen war. Und in solchen Momenten huschte auch Isabelle in ihren Gedanken vorbei, wo sie als Studentin öfter zu Besuch gewesen war. Aurelie war nicht allzu oft melancholisch, das erlaubte sie sich nicht, aber nun schoss ein Pfeil in ihr Herz. Sie hatte Isabelle vernachlässigt. Die Schule, die Kinder, Verpflichtungen, Eikes unstetes Leben mit seinen Recherchereisen, Urlaube – lauter Gründe, nicht an den Weiher zu fahren. Hatte sie etwa geglaubt, dass Isabelle hundert werden würde? Dass sie noch Zeit hätte?

Am liebsten wäre Aurelie jetzt hinausgegangen, weit weg von allen Menschen. Stattdessen saß sie in diesem Raum, umgeben von lauter ausgestopften Tieren, darunter auch ein Rehlein, ein geflecktes Bambi, das in Moos gebettet dalag. Das Moos war zerfleddert, das Rehlein zerschlissen. Wer stopfte denn bitte ein Bambi aus?

Isabelle mit ihrem Gnadenhof für Seniorentiere hätte das sicher missfallen. Früher hatte sie Islandpferde gezüchtet, doch als vor vielen Jahren ihr Mann gestorben war, hatte sie aus der Pferdezucht diesen Gnadenhof gemacht. Soweit Aurelie wusste, schmiss sie den Laden mithilfe einiger Nachbarn, beherbergte gebrechliche Viecher und bewirtschaftete zusätzlich einen Kiosk am Hintertristerweiher, wobei Kiosk etwas klein gegriffen war. Eher ein kleines Gasthaus mit Seeterrasse.

»Sie wollen uns also sagen, dass wir geerbt haben?«, wiederholte Eike. »Diesen Siechentierpark?«

»Herr Brodersen!«, unterbrach ihn Pranger. »Es handelt sich dabei um eine Art Seniorenresidenz für Tiere. Für die Ausgestoßenen, die ja auch noch einen schönen Lebensabend verdient haben.« Er blickte streng in die Runde. »Wie Lolek und Bolek, die eigentlich schon vor vier Jahren beim letzten Ochsenrennen hätten geschlachtet werden sollen.«

»Am Spieß hätten sie auch was hergemacht«, kommentierte Eike ungerührt.

»Papa!«, kam es von Lotte, die Vegetarierin im Übergang zur Veganerin war.

»Und wir erben jetzt die ganze Kohle, die Ferienanlage, zwei Häuser und den öden Gasthof?«, fragte Laurent, der das Pragmatische vom Vater hatte.

»Nun, im Prinzip ja, es ist nur eine klitzekleine Bedingung daran geknüpft«, entgegnete Pranger.

»Bedingung?«, hakte Aurelie nach.

»Nun, Isabelle hat verfügt, dass Sie lediglich ein Jahr lang den Gnadenhof und den Kiosk führen müssen. Also die Tiere versorgen und, wenn nötig, in den Tod begleiten. Wenn Sie sich dann des Erbes als würdig erwiesen haben, gebe ich das Geld frei.«

Das Wort »lediglich« hing im Raum. Auch »würdig« hallte irgendwie nach.

»Bitte?« Eike hatte sich erhoben und sich mit den Händen auf dem Wirtshaustisch aufgestützt.

»Ja, die wunderbare Isabelle war völlig klar bei Verstand, und sie wollte ihr Geld nicht einfach so an ihre einzige Erbin vergeben.«

»Einfach so«, flüsterte Aurelie.

Es war still, Stimmen drangen von draußen herein, die Siegesfeierlichkeiten waren noch in vollem Gang.

»Das ist doch kompletter Schwachsinn!« Eike war zum Fenster gegangen. »Wir werden das Erbe nicht annehmen!«

»Ja, aber was ist, wenn wir ablehnen?«, fragte Aurelie.

»Wollt ihr zwanzig Millionen ablehnen? Spinnt ihr?«, fragte Laurent, der in Mathe sehr pfiffig war.

»Die wunderbare Isabelle hat verfügt, dass dann eine andere Person erbt. Die überdies auch erbt, wenn Sie versagen.«

»Wenn der noch einmal ›wunderbare Isabelle‹ sagt, spring ich aus dem Fenster«, brummte Eike.

»Wir sind im Erdgeschoss, Papa«, bemerkte Lotte lakonisch.

»Wer erbt dann?«, fragte Aurelie.

»Das darf ich Ihnen nicht sagen.«

Wieder legte sich eine Art Schweigeminute über die Gruppe.

»Und wer will bitte schön kontrollieren, ob wir diese debilen Viecher – sofern wir überhaupt zusagen – richtig behandeln?«, fragte Eike.

Pranger lächelte weiter sein smartes Lachen. »Dafür hat die wunder… also die Isabelle auch gesorgt. Mir wird Bericht erstattet werden, ob Sie die lieben Tiere pfleglich behandeln.«

»Von wem?«

»Das darf ich Ihnen nicht sagen.«

»Krass«, meinte Laurent.

»Nice! Wir kriegen einen Tierpark und ein Feriendorf!« Lotte strahlte. »Das muss ich Emma erzählen!«

»Nichts wirst du!«, rief Eike.

Pranger fuhr fort: »Isabelle hat sich in Ihre Lebenssituation hineingedacht. Aurelie arbeitet ja nur von Dienstag bis Donnerstag, und Sie, Herr Brodersen, sind Freiberufler. Aurelie kann also bereits am Donnerstagabend oder Freitag früh an den Weiher reisen. Die Familie kommt nach Schulschluss am

Freitag nach. Für die Tage von Montag bis Donnerstag hat Isabelle eine Tierpflegerin angestellt, und die Gastronomie am Hintertristerweiher …«

»Gastronomie – was für ein Name für ein paar Wurstbrote«, höhnte Eike.

»… die Gastronomie hat sowieso nur von Freitag um vierzehn Uhr bis Sonntagnachmittag geöffnet«, sagte Pranger unbeirrt. »Lediglich in den Sommerferien ist dort auch unter der Woche offen. Ein perfektes Konstrukt. Alles kann weiterlaufen wie gewohnt.« Er hob den Zeigefinger. »Muss weiterlaufen wie gewohnt! Keine Änderungen, die Stammtische vertragen das nicht.«

»Vertragen das nicht«, echote Aurelie, die sich fühlte wie nach einem Marathon, obwohl sie noch nie einen gelaufen war.

»Nun«, sagte Pranger. »Ich gebe zu, Sie etwas überfahren zu haben. Schlafen Sie drüber.« Er sah Eike an. »Natürlich können Sie ablehnen, was ich aber bedauerlich fände. Und was bestimmt nicht in Isabelles Sinn gewesen wäre.«

»Ach ja! Und deshalb tischen Sie uns diese krude Geschichte auf? Diese Alte hat mich gehasst. Das ist ihre letzte Rache!«

»Eike, das geht jetzt nicht«, flüsterte Aurelie.

»Papa, Tante Isabelle war etwas komisch, und ich hab sie kaum gekannt, aber zwanzig Millionen sind ganz bestimmt keine Rache«, sagte Laurent.

Aurelie hätte ihn am liebsten geküsst.

»Wie gesagt, lassen Sie das Ganze sacken, und rufen Sie mich morgen an.« Er reichte Aurelie sein Kärtchen mit seinem Namen. Ein Dr. Dr., eine Adresse und alles in erhabenen goldenen Lettern.

Dann erhob er sich und raffte seine Unterlagen zusammen.

Er nickte Aurelie, Lotte und Laurent zu und ignorierte Eike, ehe er mit großen Schritten zur Tür ging.

Sie sahen ihm nach.

»Dieser aufgeblasene alternde Juristenheini«, hob Eike an.

»Du hörst sofort auf!« Aurelie klang schrill. »Wir fahren heim. Sofort.«

»Und Lolek und Bolek?«, fragte Lotte.

»Die haben bisher auch ohne uns gelebt«, zischte Aurelie.

»Aber nicht ohne Isabelle«, sagte Lotte leise.

Die Heimfahrt verlief schweigend. Laurent tippte wie besessen auf seinem Smartphone herum. Lotte starrte nach draußen.

Am Ammersee erreichten sie den ersten Stau. Ausflügler drängten zurück auf die Autobahn, Blechkiste um Blechkiste. Was mochte diese Menschen antreiben? Hatten die auch geerbt? War jemand gestorben? Überlegten sie gerade, was sie heute Abend essen würden? Hatten die Kinder ihre Hausaufgaben schon gemacht? Fürchteten sie, keinen Parkplatz zu finden? Waren sie glücklich? War sie selbst glücklich?

Sie hatte zwei tolle Kinder, sie mussten sich keine finanziellen Sorgen machen. Sie waren alle vier gesund. Aurelie mochte ihren Beruf und kam gut mit den Schülern aus. Sie eckte im Kollegium selten an, sie war mit ihrem Schulleiter freundschaftlich verbunden.

Und in Liebesdingen? Eike nahm kein Blatt vor den Mund, war nie politisch korrekt. Das mochte sie an ihm, ja, sie bewunderte es sogar, denn sie selbst neigte dazu, sich kleiner zu machen, als sie war. Ganz kurz, bevor die Situation zu kippen drohte, lenkte er meistens ein und nahm seine zynischen Bemerkungen zurück. Das konnte er gut, und damit packte er sie immer wieder. Doch in den letzten Jahren war Eike immer zynischer und bissiger geworden, und damit kam Aurelie immer schlechter klar. Andererseits wurde ihr so oft gesagt, was für ein attraktiver Mann er sei. In der Tat war Eike gut aussehend, aber das war doch nicht alles …

Im steten Stop-and-go auf dem Mittleren Ring erreichten sie Neuhausen. Sie waren in der glücklichen Lage, im Hinterhof sogar über zwei Stellplätze zu verfügen, was ein fast noch größeres Geschenk war als die schöne Altbauwohnung an sich. Lotte und Laurent verließen das Auto fast fluchtartig und waren schon in ihren Zimmern verschwunden, als Aurelie und Eike die Wohnung betraten. Eike holte sich ein Bier aus dem Kühlschrank. Er war jetzt etwas ruhiger.

»Magst du ein Glas Wein?«

»Gern.«

Er schenkte ihr einen Gros Plant ein, einen Wein, den Isabelle immer getrunken hatte und den sie sich aus Frankreich schicken ließ – von einer Winzerin, die Aurore hieß. Daran erinnerte sich Aurelie plötzlich.

»Wir werden …«, begann Aurelie.

»… das Erbe antreten«, sagte Eike.

»Ich dachte, wir lehnen ab. Du warst doch auch davon überzeugt?«

»Aber Laurent hat recht. Zwanzig Millionen! Das eröffnet uns ein ganz neues Leben! Es kann doch nicht so schwer sein, ein paar Viecher zu versorgen. Wir stellen jemanden an. Da ist doch der Nachbar, dieser versoffene Bauer mit seinem Sohn. Die verdienen sich bestimmt gerne was dazu. Bauern lamentieren doch immer, wie schlecht es ihnen geht. Dabei werden die mit Subventionen zugeschüttet.«

»Eike, du …«

»Ich bin einfach Realist. Hinter deiner Gutmenschenempathie steht doch eigentlich nur die Feigheit, der Wahrheit ins Auge zu blicken!«

»Was willst du dann eigentlich von mir? Wenn ich so falsch bin?«, sagte Aurelie leise.

»Dass ihr Frauen gleich so grundsätzlich werden müsst! Hier geht es um das Erbe. Wir werden es annehmen und uns arrangieren.« Er sah sie mit diesem spöttischen Blick an, den sie so attraktiv gefunden hatte, damals, als sie ihn auf der Studentenparty in Hamburg kennengelernt hatte.

»Was kann denn schon passieren, Aurelie? Wenn die Sache nicht klappt, dann ist alles wie vorher. Du hast dir ein Paar Gummistiefel gekauft und eine Latzhose, die an meiner schönen Frau sicher sexy aussieht, und das war's.«

»Du stellst dir das aber schon sehr einfach vor! Und wenn das Jahr um ist?«

»Dann verkaufen wir das ganze Zeug, kaufen uns eine richtig geile Penthouse-Wohnung in einem schicken Viertel und behalten das Haus in Les Sables-d'Olonne als Sommerhaus. Klingt doch nach einem Plan!«

»Das hätte Isabelle bestimmt nicht gewollt.«

»Dann darf sie sich eben nicht so ein seltsames Konstrukt überlegen. Wir nehmen an.« Er sah auf sein Handy. »Ich muss noch einen Text abschließen. Wir rufen diesen Pranger morgen an. Küss die Hand, gnädige Frau.« Er warf ihr eine Kusshand zu. Damit parodierte er Pranger, das war schon klar, aber Aurelie fühlte sich im Stich gelassen.

Laurent kam herein. »Gibt es heute noch was zu essen?«

»Frag den Kühlschrank«, entgegnete sie und ging in ihr Zimmer.

Seit einigen Jahren hatten sie getrennte Schlafräume. Eike pflegte bis in die Morgenstunden zu arbeiten, sie musste früh raus. Und gerade heute war sie froh, eine Tür hinter sich schließen zu können. Sie verbannte ihr schlechtes Gewissen. Die Kinder würden nicht daran sterben, wenn sie sich Brot,

Käse und diverse Aufstriche selber aus dem Kühlschrank holten.

Aurelie schlief überraschend gut. Sie stand um sechs auf und begann, Frühstück für die Kinder zu machen, die um halb sieben eintrudelten.

»Und?«, fragte Lotte.

»Was und?«

»Wir werden ja nicht gefragt, was wir wollen. Was habt ihr denn beschlossen?«

»Ich frage euch doch immer, was ihr wollt!«

»Ich will jedenfalls nicht diese Bio-Schokocreme, die schmeckt echt scheiße«, sagte Laurent.

»Laurent!«

»Laurent!«, äffte er sie nach. »Die schmeckt scheiße. Stimmt doch!«

»Aber in Nutella ist Palmöl drin, das geht gar nicht«, wandte Lotte ein. »Da werden die Regenwälder gerodet, und die Affen …«

»In Nutella ist aber wenigstens Geschmack drin. Du nervst als Öko.«

»Du Lauch!«

»Es reicht jetzt«, rief Aurelie.

»Also, was ist jetzt Phase bei euch? Ich will den Hof«, sagte Lotte. »Weil es dann auch das Haus in Frankreich gibt.«

»Ach ja! Du willst ihn? Darf ich dich erinnern, dass du Meerschweinchen hattest, die du etwa zwei Wochen lang interessant fandest und die ich dann versorgen und ausmisten musste?«

»Da war ich noch klein. Mir geht es vor allem um Frankreich und das krasse Haus am Meer. Außerdem wollte ich immer Wirbelmeerschweinchen, und ihr habt mir glatte gekauft.«

In Aurelie begann es zu kochen. »Ach, und du glaubst, auf Isabelles Hof befinden sich genau die Tiere in den Farben und der Felltextur, die Mademoiselle Lotte gerade gefallen? Das ist ein Gnadenhof. Die Tiere sind alt und teilweise krank. Ob die Wirbel haben, glatt sind oder kariert, wird ziemlich egal sein!«

»Das weiß Lotte«, sagte Laurent. »Das wissen wir alle. Aber wir ziehen das durch. Es geht um das Erbe. Wir dürfen da nicht zu emotional rangehen.«

Ob Laurent das Emotionslose von seinem Vater hatte? Oder anders gefragt: Wollte er ihm gefallen, indem er sich dessen Argumente zu eigen machte? Eike mochte seine Kinder, wahrscheinlich liebte er sie auch, aber sie sollten seinen Tagesablauf nicht durchkreuzen. Seit sie älter und intellektuellen Argumenten zugänglich waren, kam Eike besser mit ihnen zurecht. Als der zweijährige Laurent in der brüllenden Rumpelstilzchen-Trotzphase gewesen war und die fünfjährige Lotte einen sensiblen Magen gehabt und sich ständig übergeben hatte, da war Aurelie zum ersten Mal nahe dran gewesen, sich von Eike zu trennen. Er hatte sie überhaupt nicht unterstützt, sondern mit Sarkasmus reagiert. Aber Kinder verstanden nun mal keinen Sarkasmus. Und schon damals war Aurelie die böse Schwärze in Eikes Reden bisweilen zu viel gewesen.

Das zweite Mal war es fast zur Trennung gekommen, als Eike eine schwedische Skilehrerin gevögelt hatte. Das Verhältnis war über Monate gegangen, und das Schlimme daran war gewesen, dass diese Runa weder jünger noch attraktiver als Aurelie gewesen war. Ein üppiges Vollweib und kein bisschen Eikes Frauentyp. Also musste sie etwas gekonnt haben, was Aurelie nicht konnte. Sie vermutete Runas Qualitäten im Bett – beim schwedischen Rittberger oder Stockholmer Toeloop. Eike hatte dann aber reumütig Besserung gelobt, hatte Aurelie einen wirklich sehr schönen Ring geschenkt, und sie hatte ihm verziehen. Oder etliches runtergeschluckt und sich eingeredet, er würde irgendwann sicher auch ruhiger.

»Wir werden das Erbe annehmen«, verkündete sie. »Aber nicht, weil wir geldgierig sind, sondern für Isabelle. In ihrem Sinn, auf ihren Wunsch hin. Sie war meine Tante und hat viel für mich getan.« Nun hatte sie es gesagt. Das, was sie eigentlich schon in dem dunklen Gasthof gewusst hatte.

»Ist sie eigentlich überhaupt deine Tante?«, fragte Laurent.

»Natürlich, das weißt du doch, Laurent.«

»Schwieriges Terrain, Brüderlein«, bemerkte Lotte.

Aurelie eilte ins Bad und hockte sich auf den Klodeckel, den ein feister Frosch zierte. Ja, es war vermintes Terrain. Ihre Familienbande waren schwierig und schmerzlich. Und Aurelie kannte längst nicht alle Details. Auch was ihre eigene Mutter betraf, hatte sie vieles runtergeschluckt und verdrängt.

Ganz unberechtigt war die Frage nach dem Verwandtschaftsgrad nicht, denn Aurelies Mutter und Isabelle waren nur Halbgeschwister gewesen. Bei der Geburt von Isabelle war die Mutter sehr jung gewesen, hatte das Kind beim Vater gelassen und war bald schon Richtung Paris entschwunden, wo sie ein Opfer des Absinths geworden war – wie Charles Baudelaire oder der manische Toulouse-Lautrec. Später war sie an der Seite eines reichen und wohlwollenden Mannes in der Picardie gelandet und hatte 1950 noch ein Kind in die Welt gesetzt, Aurelies Mutter Odette. Leider hatte diese wohl die Anlagen der Mutter geerbt, denn auch sie bekam in jungen Jahren ein unerwünschtes Kind – Aurelie.

An die ersten Jahre ihrer Kindheit hatte sie kaum greifbare Erinnerungen. Bis zu ihrer Einschulung waren sie oft umgezogen. Odette hatte genug Geld zur Verfügung und saugte Aurelies Vater aus wie ein kleiner, missgünstiger Vampir.

Daher konnte sie ein Kindermädchen beschäftigen und hatte trotzdem noch genug übrig, um viel zu trinken, zu kiffen und das Leben einer Bohemienne zu führen. Aurelie kam zwölfjährig in ein Internat am Genfer See, wo die Unterrichtssprache zwar Französisch war, sie aber dennoch lernte, die deutsche Sprache und Literatur zu lieben. Ihre Mutter erlebte Aurelies fünfzehnten Geburtstag nicht mehr. Man fand sie tot am Strand – vollgepumpt mit Drogen.

Aurelie wollte damals nur eins: weit weg von allen Erinnerungen. Also bewarb sie sich auf einen Studienplatz in Hamburg, wo es Wasser gab und das Meer nahe war. Die schönsten Sommererinnerungen hatte sie nämlich an ihren Opa in der Picardie, der seine Enkelin sicher durch Watt und Priele geführt hatte. Ihre Tante Isabelle hatte Aurelie erst nach dem Tod ihrer Mutter kennengelernt. In ihrer Studienzeit hatte sie etliche Wochen bei Isabelle am Hintertristerweiher verbracht. Es war ihre Tante gewesen, die Aurelie darin bestärkt hatte, den Schritt zu wagen und in Deutschland zu studieren. Schließlich war sie selbst einst nach Deutschland gegangen – allerdings nicht in eine vitale Stadt wie Hamburg, sondern auf einen Einödhof nahe Oberstaufen, wo der Regen an den Bergen hing, wo es ewig Winter blieb.

Aurelie konnte sich genau erinnern, wie sie Eike zum ersten Mal mitgebracht hatte. Die Tante hatte ihn durchaus höflich behandelt, ganz die charmante Französin. Aber sie mochte ihn nicht, das hatte Aurelie gespürt. Mit Eike waren die Besuche bei der Tante seltener geworden. Und noch seltener, als die Kinder da waren. In all den Jahren hatten sie Odette nie thematisiert und höchstens in kurzen Halbsätzen erwähnt. Auch wenn die Schwestern kaum Kontakt gehabt hatten und altersmäßig weit auseinander gelegen hatten, war Isabelle doch Aurelies Tante gewesen.

Sie erhob sich. Beim Blick in den Spiegel stellte sie fest, dass sie nicht so aussah, wie sie sich fühlte: verletzt, verwirrt, müde. Sie wusste, dass sie Glück gehabt hatte. Trotz ihrer knapp fünfzig Jahre wirkte sie viel jünger. »Wir kennen deinen Vater nicht, aber er hat dir gute Gene vermacht«, hatte Isabelle einmal gesagt. Es gab so viele Lücken und Brüche in Aurelies Biografie. Seit dem Tod des Großvaters war Isabelle die einzige Konstante gewesen. Natürlich würde sie deren Erbe antreten!

Aurelie ging zurück in die Küche. »Ich fahre am Freitag erst mal allein an den Weiher, um mir ein Bild zu machen.«

Es kam keine Widerrede, aber Lotte zwinkerte Laurent zu, dann verließen die beiden die Wohnung in Richtung Schule. Mechanisch räumte Aurelie das Geschirr weg und ging ins Bad. Machte sich etwas zurecht. Trödelte. Sortierte Haargummis, befüllte die Waschmaschine. Irgendwann war es neun. Vor elf Uhr würde Eike nicht auftauchen. Also beschloss sie, einkaufen zu gehen, und machte sich auf den Weg zum Rotkreuzplatz. Sie schlenderte durch den Biomarkt, kaufte ein Shampoo, das sie nicht brauchte, und ließ sich treiben. Schließlich landete sie im *Ruffini* und bestellte einen Cappuccino und ein Croissant. Blätterte in der Zeitung. Grüßte eine Nachbarin, machte etwas Small Talk. Sie tat das, was sie eben tat – und doch war alles in ihr aus den Fugen geraten.

Als sie um kurz nach elf nach Hause kam, war Eike schon weg. Aurelie begann, eine Klausur zu korrigieren. Gegen vierzehn Uhr wurde sie aus ihrer Konzentration gerissen. Eike war zurück und hatte eine Tüte vom Thailänder dabei.

»Ich hab dir Gemüsecurry mit Tofu mitgebracht«, sagte er und stellte das Essen auf einen Heftstapel.

»Nicht hier!«

»Die Ergüsse deiner Eleven würden etwas Curry vertragen, das würde sie würziger machen.«

Dann trollte er sich in die Küche. Aurelie kam wenig später hinterher.

»Füll das wenigstens in einen Teller um! Aus Styropor zu essen, finde ich eklig.«

»Wer einmal aus dem Blechnapf aß, der mag nun feinstes Porzellan.«

Was sollte das heißen? Dass sie früher aus Blechnäpfen gefressen hatte? Dass sie exaltiert war? Oder hatte er das einfach nur um des Witzes willen so formuliert? Eike lebte nach der Devise: Lieber einen guten Freund verloren als auf einen verletzenden Witz verzichtet.

Inzwischen hatte er immerhin zwei Schalen aus dem Schrank geholt und kippte das Essen hinein. »Voilà.«

Aurelie aß schweigend.

»Wir rufen nachher den Pranger an und sagen zu.«

Aurelie nickte.

Eike machte zwei Espressi und legte ihr das Telefon hin.

»Eilt es so?«, fragte sie.

»Bring es hinter dich. Ab heute sind es noch dreihundertfünfundsechzig Tage bis zu den Millionen. Aurelie, wir kriegen das hin.«

Ein Jahr ging schnell vorbei. Und Eike hatte ja recht. Das war ein eingespieltes Team am Hintertristerweiher, und Isabelle hatte auf ihre alten Tage sicher keine Ställe mehr ausgemistet. Aurelie versuchte, sich zu beruhigen, nahm Prangers Kärtchen zur Hand und griff zum Telefon.

Das Gespräch war kurz. »Er möchte, dass wir vorbeikommen«, berichtete Aurelie. »Seine Kanzlei liegt in Obermenzing.«

»Na dann, auf, auf! Damit wir den Kindern frohe Aussichten verkünden können.«

Bis Lotte und Laurent gegen fünf von der Schule zurückkamen, war genug Zeit. Sie nahmen Eikes Wagen, einen Audi, den Aurelie protzig und übermotorisiert fand. Prangers Kanzlei lag in einem gediegenen Haus. Aurelie wusste, dass er ein weiteres Büro in Kempten besaß und ein Ferienhaus in der Nähe des Weihers.

»Moin«, sagte Eike ohne Umschweife. »Wir nehmen an.«

»Jetzt nehmen Sie doch erst mal Platz. Kaffee? Tee?«

»Danke, nein. Wir wollen hier ja keine Wurzeln schlagen.«

»Nun, Sie haben jedenfalls eine kluge Entscheidung getroffen.« Pranger räusperte sich und blickte auf. Dabei blieb er an Aurelies Augen hängen.

Es waren große braune Rehaugen mit langen Wimpern, die ihr etwas Melancholisches, aber zugleich sehr Erotisches verliehen. Für einige Sekunden verfingen sich ihre Blicke ineinander, und Aurelie wurde schlagartig klar, dass Pranger ihre Tante geliebt hatte. Seltsamerweise versetzte ihr das einen Stich. Sie hatte sie doch auch geliebt, in all ihrer schrägen Buntheit, in all ihrer überbordenden Großzügigkeit. Sie hätte Isabelle in den letzten Jahren viel öfter besuchen sollen.

Doch nun galt es erst einmal, ein paar Dokumente zu unterzeichnen.

»Und das ist alles rechtens, dass die Alte uns nach ihrem Tod erpresst? Dass sie uns hinhält mit dieser Tiersitter-Challenge?«, brummte Eike.

»Wir haben das akzeptiert!«, fiel Aurelie ein.

»Und Ihnen wird tatsächlich Bericht erstattet? Von wem?«

»Herr Brodersen, wie ich bereits sagte: Das unterliegt der Schweigepflicht.«

»Und nach genau einem Jahr wissen wir, ob wir des Erbes würdig sind?« Eike gab nicht auf.

»Ja, wir vereinbaren einen Termin. Und wenn Sie reüssiert

haben, wovon ich ausgehe«, wieder ein Blick zu Aurelie, »dann gebe ich das Erbe frei.«

»Und wenn nicht?«

»Dann gibt es eine Aufwandsentschädigung von fünfzigtausend Euro«, erklärte Pranger.

»Diese irre Alte! Fünfzigtausend statt zwanzig Millionen! Ich fass es nicht!«

»Nun, die wunderbare Isabelle hat sich großzügig gezeigt, indem sie dieses Jahr vergütet.«

»Als Hausmeister, oder was?«

»Ob der fünfzigtausend im Jahr verdient, wage ich zu bezweifeln«, sagte Pranger scharf.

»Wir haben zugestimmt und werden unser Bestes tun«, versicherte Aurelie und kniff die Augen zusammen.

Eike schnaubte. Im Nebenraum war ein Telefon zu hören, dann eine gedämpfte Stimme. Aurelies Blick schweifte durch den Raum. Aktenregale, die bis zur Decke wuchsen, ein Kamin, auf dessen Sims Bilder aufgereiht waren. Eines zeigte Isabelle und drei Männer, von denen einer Pranger war. Der andere kam ihr vage bekannt vor. Richtig, das musste Benedikt sein, der Altbauer vom Nachbarhof. Der Dritte war groß, blond und sehr hübsch. Das Foto musste aus den Sechzigern stammen. Isabelle trug eine Shorts und eine Karobluse, die Haare waren mit einem Haarreif aus dem Gesicht gehalten. Die Männer hatten ebenfalls kurze Hosen an, der Hübsche war oben ohne und recht gut gebaut. Aus dem Bild schwappte gute Laune und Lebensfreude.

»Wir waren sehr jung damals«, sagte Pranger mit einem wehmütigen Lächeln. »Die Welt lag uns, lag vor allem Isabelle zu Füßen. Nun.« Er erhob sich. »Sie haben es ja eilig.« Eine leise Süffisanz lag in seiner Stimme. Er war subtiler als Eike.

Man verabschiedete sich.

»Sie können mich jederzeit kontaktieren«, sagte er zu Aurelie. »Und ich komme sicher einmal auf ein Bier vorbei oder ein Weinchen.«

»Ich komme sicher mal auf ein Bier vorbei oder ein Weinchen«, parodierte Eike ihn wenig später im Treppenhaus. »Ich stehe ungern auf einem Beinchen.«

Aurelie schwieg.

»Wir müssen herausfinden, wer der Spion ist, und denjenigen entlarven«, fuhr Eike fort.

»Und dann? Im See ersaufen, damit er uns nicht in die Quere kommt?«

»Ich habe nicht an Mord gedacht, sondern an einen Informationsvorsprung! Und so schwer kann das ja nicht zu recherchieren sein. Es muss jemand sein, der öfter an diesem Teich rumlungert.«

»Ich werde jetzt erst mal hinfahren und mir ein Bild machen. Alleine! Und ich werde sicher nicht als Erstes überlegen, wer der Spion sein könnte. Meine Tante ist gestorben, und niemand lässt mich in Ruhe trauern. Sie war immerhin meine Tante.« Die Tränen kamen.

»So oft warst du auch wieder nicht da. Genau genommen seit Jahren nicht mehr«, kommentierte Eike.

»Dass du immer noch einen draufsetzen musst!«, stieß Aurelie aus. Und dachte: Vor allem deinetwegen bin ich nicht öfter hingefahren.

Die Fahrt verlief schweigend. Als sie zu Hause ankamen, waren die Kinder schon da. Aurelie verschwand sofort in ihrem Zimmer.

»Das heißt, heute gibt's schon wieder nichts zu essen?«, hörte sie Laurent von draußen.

»Ich lad euch auf eine Pizza ein«, sagte Eike. »Für eure Mutter ist das alles gerade ein bisschen viel.«

Wenig später ging die Eingangstür, man hörte ein Trappeln auf der Treppe und Lottes Lachen. Wie konnten die anderen einfach so lachen?

Aurelie zog eine geblümte Schachtel vom Schrank, in der sich Fotos befanden. Alte Fotos aus den Achtzigerjahren, als Aurelie ihre Sommerferien bei der Tante verbracht hatte. Da war Isabelle längst über fünfzig gewesen und war doch so jung geblieben. So attraktiv. So schlank. Und so agil. Woher hatte sie nur dieses Strahlen genommen?

Aurelie schämte sich. Sie hatte die Tante so wenig gefragt über deren Leben. Sie kannte nur Bruchstücke. Und jetzt, da bei ihr selbst die fünfzig am Horizont auftauchte, war es besonders bitter. Sie hatte nicht gefragt, und Isabelle hatte auch nichts von sich aus erzählt. Nur von ihren Pferden, von Tölt und Pass, sie hatte Stammbäume herunterbeten können. Woher war eigentlich diese Pferdeliebe gekommen? Pferde waren eine Passion, die Aurelie nicht teilte. Sie fand Pferde hübsch, auch elegant, und das gerne aus der Ferne. Auch das hatte Isabelle gewusst und gespürt – und nun vererbte sie ihr ausgerechnet jede Menge Tiere?

1943

Isabelle

In der Rue des Teintureries kam Isabelle ein seltsames Auto entgegen. Ein Hund saß auf der Motorhaube, ein kleiner schwarzer Pudel. Papa hatte am Morgen seine Waffen abgeben müssen. Er sollte alle Jagdgewehre zur Polizeistation bringen. Zwei nahm er mit, das dritte versteckte er hinter den Weinflaschen. Alle Fenster mussten verdunkelt werden. Dazu verwendeten sie dicke Stoffe wie Leinwand, aus der normalerweise Seemannskleidung hergestellt wurde. Im Dunkeln entzündeten sie Hartmetalllampen mit Karbid, die nicht sehr gut rochen. Wenn Karbid fehlte, saßen sie vor Kerzen. Isabelle fand, dass im Kerzenschein alle schöner aussahen. Radiohören war verboten, dennoch wurden Geräte unter der Hand verkauft. Sie hatten im Weinkeller eines installiert, auf dem die Erwachsenen Radio Londres hörten. Dann sprachen sie davon, dass die Alliierten kämen. Irgendwann. Isabelle spürte, dass die Stimmung schlechter wurde. Der Vater machte an manchen Tagen wie besessen Entwürfe, arbeitete Tag und Nacht. Dann schlief er einen ganzen Tag. Isabelle entzog sich immer mehr, trieb sich in der Stadt und am Strand herum.

Einmal war Isabelle am Ende des Remblai, als eine Mine explodierte. Zum Glück kam niemand zu Schaden. Der Vater schärfte ihr ein, nicht an den Strand zu gehen, aber alle anderen Kinder waren auch am Strand.

Der Vater wurde immer seltsamer. Chantal meinte, das liege daran, dass er keinen Kaffee mehr hätte. Man röstete Eicheln, um eine Art Kaffee zu machen. Ein brauner Saft entstand, der aussah wie Kaffee, aber anders roch. Chantal übernahm die Einkäufe und ging mit Isabelle in die Markthallen. Für Fisch waren keine Bezugsscheine nötig. Fast jeden Tag gab es Sardinen zu essen, Sardinen und Kartoffeln. Als der Vater ein paar Kaninchen mitbrachte, wurde Chantal laut.

»Wenn du die essen willst, dann töte ich dich!«

Also ließen sie die Kaninchen in den Dünen wieder frei.

Es gab Bezugsscheine für Butter, Brot, Seife, sogar für Schulmaterial. Isabelles Lehrerin versuchte, Hefte für die Kinder zu ergattern, was nicht immer gelang. Man musste viel im Kopf behalten, weil man es nicht aufschreiben konnte. Sogar die Tintenflaschen, mit denen man die Füllfederhalter füllte, musste man zurück in den Buchladen bringen, und die leere Zahnpastatube zum Apotheker. Nur dann gab es eine neue.

Isabelle und einige andere Kinder sammelten starre Gräser in den Dünen, die eingeweicht, getrocknet und zur Herstellung von Pinseln und Bürsten verwendet wurden. Zusammen mit Chantal stellte sie Seife aus Pferdefett her. In großen Zubern schmolzen sie Talg.

»Das ist ja ekelhaft«, mäkelte Jean-Luc.

»Die armen Gäule sind doch ohnehin unter der Last zusammengebrochen«, meinte Chantal. »So nutzen sie wenigstens noch etwas.«

Die Bürsten und die Seifen wollte Chantal auf dem Land gegen Lebensmittel eintauschen. Sagte sie zumindest. Sie besaß ein Automobil, einen Simca 5, eine Cabriolimousine. Das Auto war grün und lachte einen mit seinen Augen an. Woher Chantal das Benzin hatte, wusste Isabelle nicht. Ihr war nur bekannt, dass man nachts nicht einfach so herumfahren durfte, aber Chantal tat ohnehin immer, was sie wollte. Sie verließ die Stadt Richtung Süden. Dabei fuhr sie ohne Lampen, und der Mond warf ein bleiches Licht in die Ebene.

»Kein gutes Land zum Versteckspielen«, sagte Chantal zu Isabelle, die neben ihr auf dem Beifahrersitz saß. »In den Alpen kannst du jahrelang untertauchen. Du musst einmal in die Alpen reisen, Kind.«

Der Simca hüpfte und rumpelte. Isabelle war einmal in Nantes gewesen und einmal in La Rochelle. Alpen, ja das wäre schön. Sie stellte sich die Alpen riesig vor. Mit viel Schnee auf den Bergen.

»Wo fahren wir hin?«

»Nach La Tranche-sur-Mer.«

»Das ist weit!«

»Ja, aber dort bekommen wir alles, was wir brauchen.«

Plötzlich, jäh und ohne jede Vorwarnung, tauchten zwei starke Scheinwerfer vor ihnen auf. Zwei düster aussehende Boches in langen Mänteln, die ihre Gewehre griffbereit hatten. Chantal hielt an.

»Guten Abend.« Sie zückte ein Papier und reichte es dem einen Deutschen. Während er las, war auf seinem Gesicht Ungläubigkeit zu sehen, dann Unterwürfigkeit.

»Madame«, sagte er nur.

Chantal fuhr wieder an.

»Warum? Was war da los?«, fragte Isabelle.

»Du musst nicht alles wissen. Es gibt immer einen Schlüssel, der den Sesam öffnet. Du musst ihn nur besitzen.«

»Aber ...«

»Merk dir das, und weiter geht's.« Sie begann, »Sur le Pont d'Avignon« anzustimmen, und Isabelle lachte.

Es war fast Mitternacht, als sie in die Einfahrt eines Gutshofs rumpelte. Eine alte Frau trat heraus, die sich bekreuzigte.

»Wie kannst du hierherkommen?«

»So, wie ich immer alles tun konnte, Maman«, sagte Chantal und wandte sich dann an Isabelle. »Das ist meine Mutter.«

Die Frau hatte noch immer feine Gesichtszüge und war braun gebrannt, was ihre Falten mehr hervortreten ließ. Ihre Augen waren sehr blau, fast so wie Isabelles.

Über Chantals Lippen huschte ein winziges Lächeln.

»Hier auf dem Land ist man Besuch nicht so gewöhnt. Meine Mutter besinnt sich aber sicher noch auf ihre Umgangsformen. Nun aber hinein.«

Drinnen saßen Chantals Bruder Jacques und die Schwägerin Adelais, die aufsprangen und Chantal so begeistert begrüßten, als sei sie seit Jahrzehnten wieder heimgekehrt. Das eigentlich Außergewöhnliche aber war, dass auf dem Tisch ein kalter Braten stand, dazu die blauen Kartoffeln der Region. Und Brot, ein gewaltiger Laib Brot.

»Esst! Und du, Isabelle, lang ordentlich zu, du bist so schmal.«

»Alle sind schmal. Mein Nachbar Maurice hat Beine wie Streichhölzer. Nur die Boches sind feist und fett«, sagte Isabelle und schlug sich auf den Mund.

Jacques lachte. »Es ist unüberhörbar, aus welchem Stall man stammt.«

Chantal ließ sich nicht zweimal bitten. Sie aß vom Braten und sprach auch dem Wein ordentlich zu.

»Jacques, du bist ein Gott!«, rief sie. »Warst du im Château?«

»Ja, und zwar gerade noch rechtzeitig, um die Bestände aufzufüllen.«

»Isabelle, das Château du Coing in Saint-Fiacre müssen wir einmal besuchen. Es wurde 1832 von zwei italophilen Brüdern erbaut, man wähnt sich in Italien. Und rundherum Weinberge mit einem ganz besonderen Terroir! Der Muscadet gedeiht besonders gut auf Gneis, aus der Rebsorte Folle Blanche wird Cognac und Armagnac gewonnen oder eben Weißwein, der Gros Plant«, dozierte Chantal.

»Das wird ein Kind kaum interessieren«, meinte ihre Mutter.

»Weinwissen schadet nie!«

Jacques lachte und schenkte nach. Isabelle nickte irgendwann einmal auf einem großen Kanapee ein und erwachte, weil ein Schatten auf ihr Gesicht fiel. Sie blinzelte und sah doppelt. Zwei Jungen, die etwas älter waren als sie und sich aufs Haar glichen. Isabelle setzte sich auf.

»Archimbald«, sagte der eine. »Albirich«, stellte sich der andere vor.

Isabelle lachte. »So heißt ihr? Ich werde A und A sagen.«

»Und du?«

»Isabelle.«

»Dann sage ich Isa«, meinte der eine. »Und ich Belle«, ergänzte der andere. »Los, Frühstück.«

Es gab schon wieder etwas zu essen? Zu Hause musste man froh sein, wenn es einmal am Tag etwas gab, und hier schienen sie unentwegt zu speisen. Sie tranken sogar echten Kaffee. Die Jungen präsentierten ihr den Hof mit den zwanzig Rindern, unzähligen Schafen und Hühnern. Die Getreidefelder, die bis zum Horizont reichten, wurden von Entwässerungsgräben unterteilt.

»Das gehört alles euch?«

Die Zwillinge nickten synchron.

Auf der anderen Seite des Innenhofes unter den Bäumen standen zwei wunderschöne Pferde. Sie waren weiß, ihre Mähne floss ihnen über den Hals, sie waren wuchtig und doch so ungeheuer anmutig. Zum ersten Mal verliebte sich Isabelle. Binnen Sekunden war sie diesen Geschöpfen verfallen. Das eine Pferd schnoberte an ihrer Hand, und Isabelle sah in seinen Augen nichts als Echtheit und Hingabe.

»Das sind Boulonnais«, sagte der eine. Und der andere: »Willst du reiten?«

»Ich kann nicht reiten.«

»Jeder kann reiten.«

»Ich wohne aber in der Stadt!«, erklärte Isabelle kichernd.

»Dann wird es Zeit für neue Eindrücke«, meinte Chantal, die zu ihnen trat. Sie hielt zwei Zaumzeuge in der Hand, die sie geschickt den beiden Pferden anlegte. »Los!«

Ihr Bruder gab ihr Aufstiegshilfe, und Isabelle setzte er einfach auf den Rücken des anderen Tieres. Es fühlte sich an, als säße man im Spagat. Es war weich und warm. Er erklärte ihr, wie sie die Zügel zu halten hätte. Nicht zu locker, nicht zu straff.

»Wenn du ins Rutschen kommst, dann halt dich an der Mähne fest, nie am Zügel«, sagte Jacques. »Lou läuft sowieso Arthur hinterher.«

Isabelle wollte noch etwas einwenden, aber Lou hatte sich schon in Bewegung gesetzt. Sie fühlte, dass Kraft und Eleganz keine Gegensätze waren, und spürte das Muskelspiel des großen Tieres.

Chantal ritt vorneweg. Sie folgten einem Sandweg durch hohes Dünengras, die Luft war salzig, der Wind sang ein leises Lied. Eine Möwe kreischte, auf den Wiesen lagen Rinder, die wiederkäuten und denen der Weltenlauf egal war. Hier draußen war kein Krieg. Isabelle gewöhnte sich an die Bewegung des Tieres. Als Chantal sich umwandte, lag auf ihrem Gesicht ein anderer Ausdruck als sonst.

»Bist du mutig, mein Mädchen?«

Isabelle wusste nicht, was sie antworten sollte. Wann war man denn mutig?

Vor ihnen lag das Meer. Es war Ebbe, eine endlose glitzernde Fläche breitete sich zu ihren Füßen aus.

»Natürlich bist du mutig! Du musst nur den Rhythmus finden. Fühl ihn!«, rief Chantal, und aus dem Stand flog Arthur davon. Lou stürmte hinterher, und Isabelle griff instinktiv in die Mähne. Das Pferd flog über den Sand, und sie fand in die Bewegung hinein. Nichts anderes zählte mehr.

Nach einer Ewigkeit wurden die Pferde langsamer.

»Bist du verrückt?«, meinte Isabelle atemlos. »Ich kann nicht reiten.«

»Sag nie, dass du etwas nicht kannst, bevor du es versucht hast!«

Chantal war verrückt, da hatte Papa recht. Isabelle war

wütend und glücklich zugleich. Sie sah in Chantals lachende Augen.

Über einen Dünenpfad, vorbei an einstöckigen weißen Häuschen mit blauen Läden, gelangten sie zurück zum Gutshof. Isabelle glitt in Jacques' Arme, ihre Knie gaben nach. Die Zwillinge lachten. »Bist du oben geblieben?«

»Freilich!«

Jacques schüttelte den Kopf, und der Blick, den er seiner Schwester zuwarf, zeugte von einem starken Band, das viel aushalten konnte.

»Wir müssen zurück«, sagte Chantal nur, küsste das Pferd auf die Nase, nahm das Zaumzeug ab und ging aufs Haus zu.

»Gib mir Lou«, sagte der eine Junge.

Isabelle überließ ihm das Pferd. Die Wechsel, die Chantal vollzog, waren zu schnell für sie. Langsam ging sie hinterher. Chantal hatte schon begonnen, das Auto zu beladen. Mit Eiern, Butter, Käse, Kartoffeln, Kaffee, Wein und Wolle. Sie würden im Winter stricken, das taten sie immer. Dabei entstanden diese gelblichen Unterhemden und Socken, weil die Wolle nicht gebleicht war.

Jacques und Adelais umarmten die Besucher zum Abschied, A und A standen etwas linkisch herum. Die alte Dame kam nicht heraus. Chantal sah zum Haus und hob die Hand zu einem Gruß. Ein Vorhang bewegte sich.

»Sie kann nicht anders«, sagte Jacques.

Chantals Blick hatte sich wieder verändert. Das Weiche war daraus verschwunden.

»Gehabt euch wohl. Und betet für mich.«

»Ach, Chantal!«, rief Adelais.

Während das Auto vom Hof rumpelte, winkte Isabelle aus dem Cabrio. Bald erreichten sie La Tranche, wo Chantal auf die Kirche Saint-Nicolas zuhielt. Sie erregten durchaus Aufsehen, Chantal aber blickte stur geradeaus und blieb vor einem lang gestreckten Gebäude stehen. Die Architektur dieses »Hôtel de l'océan« wirkte fremdländisch, und was Isabelle noch mehr erstaunte, war die Tatsache, dass darin die deutsche Kommandantur untergebracht war. Zwei Soldaten bewachten den Eingang.

»Du bleibst im Auto. Und schweigst!«, sagte Chantal nur und stieg aus. Die Soldaten grüßten, Chantal verschwand hinter der Tür. Isabelle hatte Angst. Es verging Zeit, eine Turmuhr schlug, dann war Chantal zurück.

»Fahren wir.«

Isabelle hätte sie anschreien wollen, dass sie abscheulich und garstig sei. Dass man sie nicht einfach so im Auto sitzen lassen dürfe. Doch sie schwieg und war auf einmal ungeheuer müde. Sie erwachte erst, als das Auto mit einem Ruck stoppte. Da waren Deutsche, und erneut durfte Chantal passieren.

»Ich werde etwas mit Tieren machen, wenn ich groß bin«, sagte Isabelle plötzlich.

»Das ist gut. Besser als mit Menschen, du kühne Reiterin!«

Isabelle konnte Chantal nicht lange böse sein. Und sie war nun einmal eine Frau, die einzige in Isabelles Männerhaushalt.

Die Tage gingen dahin, der Vater zeichnete wieder viel, er traf seine Kollegen und vernachlässigte auch Pierre und Jean-Luc. Und so extravagant Chantal sich auch geben mochte, war doch sie es, die einkaufte und kochte.

»Was sind das für Männer?«, fragte Isabelle, als sie ihre Zuteilung an Zucker holten. Die Stiefel der Männer bestanden aus Leinen und Leder, auf die Oberseite des rechten Ärmels war ein gelber, weißer und grüner Fleck mit einem springenden Tiger genäht, versehen mit der Aufschrift »Free India«.

»Komm jetzt! Ich erkläre dir das später!« Chantal zog sie am Ärmel davon.

Zu Hause in der Villa saßen Jean-Luc, Pierre und auch der Papa vor großen Cognacschwenkern.

»Deine Tochter möchte etwas über die Free India Legion wissen«, meinte Chantal.

»Das sind Inder, die einst unter den Engländern litten!«, erklärte Isabelles Vater.

»Im Fall der Engländer«, sagte Chantal, »nannte man das Kolonie. Die Engländer brachten den Indern das Teetrinken bei und die heilsame Wirkung von Gin Tonic. Sie beuteten das Land aus und ließen die Inder als Domestiken arbeiten.«

»Ich glaube kaum, dass das Kind solchen Sarkasmus versteht«, kam es von Jean-Luc.

»Ich bin kein Kind. Ich bin dreizehn!«

»Eben. Die Deutschen nutzten die antibritischen Gefühle der indischen Gefangenen aus und stationierten sie hier bei uns am Atlantik, weil sie ihnen nicht zutrauen, an der Ostfront zu kämpfen. Nach der Niederlage von Stalingrad, wo die blauäugigen Arier zu Hunderttausenden ausbluteten, musste neues Kanonenfutter her, und da war man dann nicht mehr zimperlich mit den Abstammungsnachweisen. Man nahm Skandinavier, Belgier, Ukrainer, Rumänen, Russen und eben auch einige Tausend Hindus.«

»Was sind Hindus?«, fragte Isabelle.

»Die Inder hängen dem hinduistischen Glauben an. Im Idealfall werden sie als etwas Besseres wiedergeboren und werden kaum töten. Sie drehen lieber ihre Gebetsmühlen«, kommentierte ihr Vater.

»Ihr seid Zyniker«, maulte Jean-Luc. »Habt ihr eigentlich das von Félix gehört?«

»Nein«, sagte der Vater und schüttelte müde den Kopf. Er hatte viel von seinem Feuer eingebüßt.

»Er ist betrunken vom Boot gekommen, nach neun Uhr abends, und es kam zu einer Rangelei. Jedenfalls wurde ihm von irgendwoher in den Rücken geschossen. Er brach an der Ecke der Rue Bougainville zusammen. Erst um sechs Uhr morgens wurde er ins Krankenhaus gebracht und dann zurück nach Hause, wo er gestorben ist.«

»Aber warum haben ihm die Leute in der Nacht nicht geholfen?«, fragte Isabelle.

»Weil sie Angst hatten, von den Boches selber wie ein räudiger Hund erschossen zu werden!«

Isabelle beschlich das Gefühl, dass sie Fritz besser niemals erwähnen sollte. Sie hatte immer wieder erwogen, ihn einzuladen, aber sich letztlich dagegen entschieden. Ihr Herz war schwer. Fritz war doch ihr Freund.

1943
Fritz

Isabelle und Fritz trafen sich in unregelmäßigen Abständen. Zufällig, wie Fritz sich einredete. Er war nun schon drei Jahre in Les Sables, und Isabelle war sein Lichtblick und sein Sonnenschein. Mit ihr zu plaudern, war so, als sei kein Krieg, in dem er die Zwangsarbeiter antrieb, den Atlantikwall hochzuziehen.

Sie saßen wieder einmal in den Dünen, versteckt und windgeschützt. Es war am Nachmittag, als das Meer gleichsam blasser wurde, bevor es dann im Sonnenuntergang entflammte. Fritz entfuhr ein Seufzen.

Isabelle lachte. »Was bedrückt dich?«

»Ich weiß nicht. Heimweh, womöglich.«

»Nach deinen Eltern und Geschwistern? Hast du welche?«

»Eltern oder Geschwister? Jeder hat Eltern.« Er lächelte.

»Ich habe nur einen Vater. Meine Mutter ist verschwunden, wegen der Grünen Fee, sagt Papa, und Geschwister hab ich auch keine.« Sie überlegte. »Soweit ich weiß.«

»Tut mir leid. Ich habe Mutter und Vater und auch keine Geschwister. Soweit ich weiß. Ich bin ja schon Jahre weg.«

»Aber Fritz, du bist dreiundzwanzig. Dann sind deine Eltern jetzt schon uralt. Da bekommt man keine Kinder mehr!«

Er lachte. »Wahrscheinlich.«

»Sind sie lieb? Deine Eltern?«

»Ja, meine Mutter ist herzensgut. Und klug. Eine feine Seele. Mein Vater hingegen ist ...« Fritz brach ab. Er hatte noch nie mit jemandem über Gefühle gesprochen.

»Dein Vater ist bestimmt ein Nazi.«

»Isabelle!«

»Egal, erzähl schon, Fritz, Blitz. Wo kommst du her? Ist es schön dort?«

Fritz blickte hinaus aufs Meer, der Himmel kam ihm jeden Tag größer vor. War seine Heimat schön, gemessen an dieser Weite? Er gab sich einen Ruck.

»Bei uns gibt es den Main. Ein schöner Fluss, in dem man auch schwimmen kann. Wir sind als Kinder immer den beladenen Sandkähnen hinterhergeschwommen, haben uns rangehängt und uns mitziehen lassen.«

»Was sicher verboten war, oder? Erwachsene verbieten alles, was Freude macht«, sagte Isabelle ernst.

»Stimmt. Die Sandschöpfer haben öfter mal mit Schaufeln nach uns geschlagen.«

»Was sind Sandschöpfer?«

»Zum Bauen braucht man Sand, und da haben einige Fischer festgestellt, dass sie mit Sand mehr Geld machen können als mit Fischen. Also sind sie mainaufwärts zu den Sandbänken gefahren, haben mit einer Sandhaue Sand geschöpft, das Boot beladen und sich mit der Strömung zur Entladestelle treiben lassen. In einer Stunde lädt ein guter Sandschöpfer bis zu zwei Kubikmeter Sand auf seinen Schelch, also sein Boot.«

Isabelle blickte über den Strand. »Sand? Sand ist doch überall!« Sie lachte wieder glockenhell.

»Hier, aber nicht in meiner Heimat.«

Heimat – ein gewichtiges Wort. Die Mutter hatte geschrieben, dass es ihnen gut gehe. Dass der Vater fast immer in der Klosterbrauerei sitze, mit seinen gleichgesinnten Freunden, die feierten, dass Ende 1941 die Deportationen von Juden aus Würzburg und Unterfranken begonnen hatten. Der Vater fiebere einem »judenreinen« Unterfranken entgegen, berichtete die Mutter. Isabelle hatte recht, unseligerweise. Sein Vater war eindeutig ein Nazi.

»Und dieser Main, wo ist der?«

»In Unterfranken. Ich komme aus Ochsenfurt.«

Isabelle lachte. »Aus einem Ochsendorf?«

»Das ist eine Stadt«, sagte er streng. »Mit hübschen Gassen und Brauereien.«

»Siehst du, Bier, kein Wein!«

»Doch, es gibt auch Wein, den ganzen Main entlang. Die Hänge sind voller Reben. Unser Silvaner ist der Beste!«

»Nun, der Beste für den Vormittag ist ein Sancerre oder ein Gros Plant. Ab zwölf Uhr ein Chablis, nach Sonnenuntergang die Roten, sagt Chantal. Und manchmal trinkt sie mit den Männern Chartreuse, Armagnac und Calvados.«

»Na fein, trinkt sie auch mal was anderes?«

»Natürlich. Wasser, Kaffee und einen fürchterlichen Anistee. Kennst du Anis? Warst du überhaupt in der Schule?«

»Hör mal, natürlich war ich in der Schule! Glaubst du, die Deutschen hätten keine Schulen?«

Sie lachte nur.

»Ich war erst in der Volksschule und ab 1930 auf der Oberschule in Würzburg, am Realgymnasium. Das ist ein großes Gebäude, sag ich dir! Wir waren die Neusprachler und haben Englisch und Französisch gelernt.«

Fritz spürte, dass er angab. Er versuchte, vor dem schönsten Mädchen der Welt gut dazustehen. Sein Herz wurde ihm schwer. Er hatte in der Tat Heimweh. Sooft er die Schule auch verflucht hatte, so sehr vermisste er seine überschaubare Welt von damals. Heute erst war ihm bewusst, dass er privilegiert gewesen war, als Sohn einer angesehenen Kaufmannsfamilie in Ochsenfurt. Viele seiner Kameraden hatten keinen Schulabschluss. Die Vorstellung, eine andere Sprache als den heimischen Dialekt zu sprechen, war ihnen so fern wie der Mond. Sein Vater besaß einen Landmaschinenhandel. Er war ein lauter Mann mit vielen hemdsärmeligen Kunden und Freunden. Es war die Mutter gewesen, die es durchsetzen konnte, dass Fritz nach Würzburg auf die Schule durfte. Der Vater hatte Gefallen daran gefunden, weil er so mit Fritz' guten Noten prahlen konnte.

Er hatte 1938 noch Abitur machen können, anders als sein Freund Abraham Weinberg, der eines Tages plötzlich nicht mehr in die Schule gekommen war. Fritz war noch am selben Nachmittag bei den Weinbergs vorbeigegangen. Ihr Stoffgeschäft war verwüstet worden, die Scheiben eingeschlagen, die Stoffe verbrannt. Abrahams Mutter und die Söhne seien »abgereist«, wie sein Vater es formuliert hatte. Als Fritz zu Hause davon erzählt hatte, war sein Vater sehr laut geworden. Er solle sich fernhalten von diesem Judenpack, das bald ganz verschwinden werde aus den Gassen. Fritz verstand seinen

Vater nicht, und ihm war auch nicht klar, warum seine Mutter immer leiser wurde.

Nach dem Abitur trat er in die Firma ein, spürte aber schon bald, dass ihm das Verkaufen keine Freude machte. Auch mit den Kerlen, die markig hereinstampften, konnte er nichts anfangen.

Am frühen Morgen des 10. November wurden weitere jüdische Geschäfte und drei Synagogen in Würzburg ausgeraubt und zerstört. Fritz erfuhr, dass sich Jakob Weinberg das Leben genommen hatte. Ein Akt der Feigheit, so sei eben das Wesen eines Untermenschen, meinte der Vater. Er lobte Hitler über den Schellenkönig und feierte am 1. September 1939 den Überfall auf Polen. Fritz hatte keinerlei Möglichkeit, sich der Einberufung zu entziehen. Der Vater wäre gerne selber in den Krieg gezogen, aber er hatte bei einem Unfall mit einer Säge den Unterschenkel verloren. »Einen Krüppel braucht das Deutsche Reich nicht, es braucht junge Männer wie dich, Fritz!« Und so war Fritz Mitte Oktober zur Wehrmacht gelangt – eben noch ein wohlbehüteter Bub, der viele Freiheiten genossen hatte.

»Hallo, Fritz, Blitz, bist du noch anwesend?«

»Ja, ich habe nur darüber nachgedacht, wie es zu Hause war, damals.«

»Jetzt hast du ja mich«, sagte Isabelle leichthin. »Und wenn du später wieder daheim bist, dann besuche ich dich.«

Sie war entzückend, und Fritz hätte viel dafür gegeben, selbst noch einen Hauch dieses kindlichen Optimismus zu verspüren.

3

Aurelie

Der Hof war in den letzten Tagen wenig thematisiert worden. Der Alltag hatte wieder voll zugegriffen. Lotte hatte eine Fünf in Mathe herausbekommen und eine in Biologie.

»Bio hättest du zumindest lernen können!«, meinte Aurelie.

»Der Lehrer ist ein Vollpfosten. Er macht irgendwas im Unterricht, und in der Ex kommt etwas ganz anderes dran, was wir noch gar nicht hatten.«

Diese Argumentation war Aurelie mehr als geläufig. Schuld waren immer die Lehrer. Der momentane Schulabfall war nichts als Rebellion. Aurelie wusste, dass Lotte klug war und durchaus Reserven hatte. Momentan taumelte sie zwischen zwei Freundinnen. Lynn war eine sehr zurückgenommene Halbasiatin, mit der Lotte in der Redaktion der Schülerzeitung und in der Theater-AG war. Zum Kontrast gab es Emma, Tussi durch und durch, mit dem goldenen Löffelchen geboren, stark geschminkt und immer mit den neuesten Kollektionen bekleidet. Als Zukunftsperspektive konnte sie sich nur Influencerin vorstellen. Aurelie fand, dass sie wie ein aufgeschminktes russisches Model aussah. Außerdem war sie dank mehrerer wiederholter Klassen schon siebzehn.

Wenn sie ehrlich war, hätte ihr als Freundin für Lotte eine Mixtur aus beiden gefallen – ein ganz normales nettes Mädchen. Lynn machte ihr irgendwie Angst in ihrer existenziellen Düsternis, und Emma weckte Aggressionen in ihr.

Es war Freitag geworden, und Aurelie machte ihre Ankündigung wahr. Sie fuhr zum Hintertristerweiher, allein. Auf der Fahrt sprach sie sich Mut zu. Eigentlich war diese Erbschaft eine gute Sache. Sie würden den Sommer am See verbringen, Lotte kam aus dem Einzugsbereich ihrer beiden Schulfreundinnen heraus, was bestimmt ganz gut war. Und Tieren sagte man doch ohnehin eine heilsame Wirkung auf die Psyche nach.

Aurelie hatte ins Navi »kürzeste Strecke« eingegeben und wurde über Sibratshofen geleitet. Sie fuhr wenig Auto, und diese kurvigen Straßen waren ihr unheimlich. Das Gelände wurde noch buckliger und kleinteiliger, sie fühlte sich wie auf einer Achterbahn. Wie eine Schanze erhob sich die Straße zu ihrem Scheitelpunkt. Von hier aus blickte man weit in die Berge. Aurelie hielt an einer Parkbucht, die man wohl angelegt hatte, weil hier viele Touristen Fotos machten. Diese Natur machte einen klein und demütig.

Nach zwei Stunden gedankenverlorener Fahrt bog sie auf ein Sträßchen ab, das sich durch die Landschaft dahinwand, und passierte zwei Weiler, die nur aus ein paar Höfen bestanden. Sie war fast da, und ihr Herz klopfte. Die Strecke führte hinunter in ein kleines bewaldetes Tal, links zeigte ein Schild den Weg zum »Kiosk am See« und zum »Ferme des Etoiles« – Isabelle hatte sich immer gegen den profanen Namen »Sternenhof« gewehrt. Am Schild hing ein Zettel mit dem Hinweis »Vorübergehend geschlossen«.

Auf den letzten achthundert Metern wurde aus dem Sträßchen ein Feldweg mit einem Grasstreifen in der Mitte, eher geeignet für einen Jeep als für Aurelies Twingo. Hinter dem Wald tat sich eine große Lichtung auf. Der Moorsee lag vor ihr. Rechts befand sich der Kiosk mit der Terrasse, an die sich eine Liegewiese anschloss. An der linken Seite des Weihers reichte der Wald bis ans Ufer. Ein Stück zurückgesetzt lag das alte Anwesen, auf das Aurelie nun langsam zurollte. Es war ein großer geschindelter Eindachhof, links der Wohnteil, rechts der Stall mit der Tenne darüber, auf die eine Tennenbrücke führte.

Auch wenn sie schon so lange nicht mehr hier gewesen war, traf sie der Anblick wie ein Schlag. Auf dem Gelände hatte sie die Eier der Hühner gesucht. Im Garten hatte sie fürs Studium gelernt. Isabelle hatte sie nach einigen Stunden immer gebremst und zur Pause genötigt. Ach, Isabelle! Hinter dem Haus stieg eine Wiese hügelaufwärts, auf der Aurelie im Winter gerodelt war. Dahinter lag der Hof des alten Benedikt, der in Isabelles Alter sein musste. Und plötzlich fiel ihr ein, dass sein Enkel, Beni Schwaiger, den Ochsen geritten hatte. Deshalb war er ihr so bekannt vorgekommen.

Es fiel ihr schwer, auszusteigen, etwas hielt sie im Sitz fest. Doch in diesem Moment traten Isabelles Anwalt, dieser Pranger, und eine Frau aus dem Haus, die ihr vage bekannt vorkam. Aurelies Beine waren wie Blei. Mechanisch ging sie auf die beiden zu.

»Frau Brodersen! Wie schön, dass Sie da sind!«, sagte Pranger und reichte ihr die Hand.

Die Frau begrüßte sie mit einem vertrauten:

»Grüß dich, Relie.«

»Ach, Marie, hallo.« Aurelie lächelte etwas gezwungen. Marie war die Tochter des alten Bene und dürfte inzwischen die sechzig überschritten haben. Sie war kräftig, ohne dick zu sein, und verfügte über eine beachtliche Oberweite und ein

Damenbärtchen, in dem die Sonne spielte. Marie war immer da gewesen, sie hatte Isabelle geholfen, sie war ihre rechte Hand gewesen und eine Seelenverwandte, was diese Tiere betraf. Die hätte den Hof erben sollen, schoss es Aurelie durch den Kopf. Ob Marie auch dieser Meinung war?

»Setzen wir uns doch!«, sagte Pranger und ging voran in den Bauerngarten, der bunt war in seiner Blütenpracht. In der Mitte stand ein Art-déco-Pavillon, der einst weiß lackiert gewesen war und nun ein wenig rostete. Aber er brachte das Flair der französischen Seebäder in den Garten, er war ein Stück Atlantikküste. Auf den weißen Stühlen lagen pastellige Polster. Aurelie schluckte. Isabelle hatte immer auf dem hochlehnigen Stuhl gesessen. Der blieb jetzt frei.

Marie schenkte ihnen Kaffee aus einer Rosenthalkanne ein, die das alte und Aurelie so wohlbekannte Dekor trug. Es gab einen Marmorkuchen, Isabelles Lieblingsgebäck, und Sahne in einer Kristallschale.

»Ich habe Marie in Kenntnis gesetzt, dass Sie das Erbe annehmen, Aurelie. Marie wird Ihnen mit Rat und Tat zur Seite stehen«, erklärte Pranger.

Marie schwieg.

Pranger zwinkerte. »Marie bezieht ein Gehalt, denn sie kümmert sich unter der Woche um die Tiere, bis Sie am Donnerstag vor Ort sind. Sie müssen also nicht …«

»Das passt schon, Relie«, mischte sich Marie ein. »Natürlich helfe ich dir. Du bist ja in diesen Landwirtschaftsdingen nicht so drin, ich meine …«

Aurelie fand, das hörte sich schnippisch an. War Marie womöglich der Spion? Sollte sie am Ende entscheiden dürfen, ob Aurelie des Erbes würdig war? Sie bekam den Gedanken nicht mehr aus dem Kopf. Dieser Bauerntrampel war die Spionin? Vieles sprach dafür.

Ein, zwei Minuten schwiegen sie alle drei. Von irgendwoher sprang ein schwarzes Tier auf den Tisch. Aurelie entfuhr ein Schreckenslaut. Die Katze sah sie strafend an, setzte sich elegant zurecht und tauchte die Pfote in die Sahne. Nachdem sie diese genüsslich abgeschleckt hatte, machte sie Anstalten, sich weiter an der Sahne zu bedienen.

»Victor Hugo! Lass das!«, mahnte Marie lachend und hob den schwarzen Kater vom Tisch. »Es gibt insgesamt zwölf Katzen.«

»Wie viele?«, fragte Aurelie mit belegter Stimme.

»Zwölf. Hölderlin, Heine, Haydn …«

»Danke, das genügt wohl vorläufig. Es gibt eine Liste der Tiere«, sagte Pranger und schien sich um eine fröhliche Attitüde zu bemühen.

»Die Liste hat Isabelle hinterlassen«, ergänzte Marie. »Wir haben eine genaue Akte zu jedem Tier, was es für Medikamente braucht und so weiter. Ich zeige dir alles, wenn wir hier fertig sind.«

Aurelie musste sich zwingen, den Kuchen aufzuessen. Kaum hatte sie die Gabel weggelegt, erhob sich Marie. Pranger und Aurelie folgten ihr. Sie kamen am Hauseingang mit der schweren, blau gestrichenen Tür vorbei und gingen weiter bis zur Stallseite. Isabelle hatte den alten Kuhstall komplett entkernen lassen. Nun gab es zehn größere Boxen, auf jeder Seite des Ganges fünf, die jeweils mit Zaunelementen aus Stahl abgetrennt waren. Jede Box hatte einen eigenen Ausgang auf einen Paddock. Die Ausgänge waren mit transparenten Gummistreifen gegen den Wind versehen. Die Tiere hörten, dass sich etwas regte, und kamen neugierig von draußen herein.

Marie begann, die Gruppen zu erklären: »Das sind die Esel Beppo, Billy und Babsi. In der nächsten Box stehen die Haflinger Sissi und Franzl. Dann kämen eigentlich die Kühe Magda, Martha und Frieda, die sind aber gerade auf der Weide. Und da drüben sind noch Sleipnir, Edda und Faxi.«

An Faxi konnte Aurelie sich erinnern. Lotte war auf ihm geritten. Er war einer der drei letzten Isländer aus Isabelles Zucht. Wie alt musste er inzwischen sein!

»Zwei Boxen bleiben leer, falls man ein krankes Tier separieren muss«, sagte Marie, ohne die Miene zu verziehen. »Auf der anderen Seite siehst du die Schweine Gulli, Hacki, Lami und Lekä. Die Ziegen heißen Lore, Lou, Lady und Luis. Lolek und Bolek kennst du ja schon.«

Mit einer Handbewegung winkte sie Aurelie an eine Box heran, die mit Holz abgetrennt war. Dort hoppelten etwa dreißig Kaninchen und Meerschweinchen herum.

»Haben die auch alle Namen?«, fragte Pranger in weiterhin bemüht witzigem Tonfall.

»Sicher. Nur die Hühner nicht. Die heißen alle Huhn, und der Hahn heißt Giacomo.«

Die Hühner hatten hinter dem Haus einen Stall und einen Freilauf.

»Auf den Weiden stehen noch ein paar Schafe, zwei Maultiere und ein Kaltblut. Die Tiere am Hof brauchen regelmäßig Medikamente, die auf der Weide nicht. Die Haflinger hatten übrigens Rehe.«

Wieso hatten Haflinger Rehe? Das ausgestopfte Bambi kam ihr in den Sinn, aber sie fragte lieber nicht nach.

»Hunde gibt es keine mehr außer dem Anton, aber der ist unterwegs«, fuhr Marie ungerührt fort.

»Was heißt das?«

»Anton geht strawanzen. Wahrscheinlich zu Beni rüber.«

»Beni ist der junge Benedikt? Dein Sohn?«

»Ja, er hat den Hof übernommen. Das macht er gut. Geht

neue Wege. Isabelle hat ihr Fleisch und einiges mehr von ihm bezogen.«

»Aha.« Aurelies Knie fühlten sich wackelig an. Sie spürte einen intensiven Fluchtreflex. Jetzt könnte sie doch noch Nein sagen, oder? Egal, was das Vermächtnis ihrer Tante Isabelle gewesen war. Sie dachte an das, was Lotte gesagt hatte. Ja, das Ferienhaus in Les Sables-d'Olonne wäre ihr, wenn sie ganz ehrlich war, auch lieber gewesen. Ohne weitere Auflagen. Ein Haus in der erhaben schönen Stadt aus Pastell, die ein perfekter Ausgangspunkt wäre für Badeausflüge nach La Tranche-sur-Mer, wo es kilometerweise Sandstrand gab, knallbunte Eisdielen, eine Markthalle, Strandresidenzen und Campingplätze, Kiefern und Pinienhaine – und immer wieder das gewaltige rollende Meer. Warum hatte ihr Isabelle nicht einfach nur das französische Badeparadies vermacht und den ganzen bäuerlichen Rest dieser ach so kompetenten Marie?

1944
Fritz

»Ich muss gehen«, sagte Fritz.

»Gehen? Wohin denn?«

»An die Ostfront. Minsk, Smolensk, an die Beresina, zum Dnjepr, was weiß ich! Oder weiter in den Süden an die Gironde-Mündung, weitab vom Frontverlauf, man munkelt aber, wir sollen dorthin.«

»Papa sagt, der Krieg sei bald vorbei. Hitler wird aufgeben.«

Fritz lächelte müde. »Bestimmt nicht. Sie werden ihn aus dem Obersalzberg schießen müssen. Alles sprengen.«

»Aber wenn der Krieg doch bald vorüber ist, was willst du dann noch an so einer Front?«

»Sterben. Krepieren?«

»Hör mal zu, Fritz, Blitz! Du stirbst nicht! Warum versteckst du dich nicht?«

»Das wäre Desertieren. Dann erschießen sie mich.«

»Nicht unbedingt«, sagte eine Stimme. Chantal kam hinter der Düne hervor, im Gegenlicht sah ihr Haar aus wie ein Feuerkranz. »*Bonjour*, Fritz. Chantal du Pointe.«

»Madame, es ist nicht ... Verzeihen Sie ... Ich hätte nie ...«

»Ich habe euch beobachtet, das musste ich tun. Ich unterstelle dir keine unlauteren Absichten, Fritz. Aber willst du wirklich an der Ostfront verrecken? So kurz vor Schluss?«

»Madame, wie sollte ich das verhindern? Es ist meine Pflicht als Soldat, dass ich ...«

»Merde! Deine Pflicht ist es, zu leben und weiterzutragen, dass es einerlei ist, welcher Nationalität jemand angehört! Dass überall gute Menschen leben und überall auch Kriegstreiber, irregeleitete Männer mit kleinem Hirn, kleiner Körpergröße und übermäßigem Geltungsdrang. Du sollst weiterleben und zu Hause berichten, dass der Erbfeind gar nicht so feindlich gesonnen ist.«

»Madame, ich ...«

»Heute Nacht um genau ein Uhr kommst du zur Chapelle Notre Dame De Bonne Espérance. Dort wartest du unauffällig.«

»Aber es ist feige, zu desertieren!«

»Nein, es ist feige, den Lämmern zur Schlachtbank zu folgen. Du hast die Wahl. Komm jetzt, Isabelle!«

»Nein, ich muss, ich will ...«, setzte Isabelle an.

»Du hast Glück, wenn ich deinem Vater nichts davon erzähle! Auf!«

»Fritz!«

Chantal packte Isabelle am Arm. »Sag ihm *Au revoir*, dann gehen wir!«

»Fritz, wir sehen uns wieder!«, rief Isabelle.

»Ja, Isabelle, ja«, sagte er, glaubte aber nicht daran.

Chantal zog sie davon. »Pass auf, Isabelle! Ab jetzt kümmere ich mich um Fritz. Ist das klar?«

Isabelle nickte unter Tränen.

»Du versuchst auf gar keinen Fall, Kontakt mit ihm aufzunehmen! Alles, was du jetzt noch unternimmst, gefährdet sein Leben! Verstehst du?«

Isabelle nickte wieder.

»Gut! Und lass dir nichts anmerken. Wenn du dich schlecht fühlst, dann sag, dass du eine Erkältung ausbrütest. Geh zu Bett und wage es nicht, das Haus zu verlassen!«

Fritz sah Isabelle und diese Frau in den Dünen verschwinden. Irgendwo schlug eine Glocke, die in seinem Inneren widerhallte. Natürlich würde er das Angebot dieser herrischen Frau nicht annehmen. Doch dann sah er Isabelles Augen vor sich. Er hatte wahrlich nie sexuelle Gedanken gehegt, sie war ein Kind in seinen Augen, die kleine Schwester, die er nie gehabt hatte. Zugleich war sie eine Art Elfe, ein magisches Wesen fast.

Diese Madame Chantal hatte recht. Er wollte nicht verrecken, und er verabscheute diesen Krieg. Wie viele junge Männer war er anfangs heroischen Mutes losgezogen. Aufgestachelt durch die Reden des Vaters, weich gekocht durch die Propaganda. Er hatte bisher Fortune gehabt, war in keinen Kampf verwickelt worden, hatte nie wochenlang in einem Schützengraben gelegen. Doch er hatte Kameraden gesehen, die Leichen gefleddert hatten, und Juden waren an ihm vorbeigetrieben worden. Wenn Fritz eines gelernt hatte: Allianzen zwischen Menschen standen immer auf tönernen Füßen. Die Fahnen im Wind wendeten sich schnell. Er war kein Kämpfer, kein Held, er konnte auch desertieren, das war nur folgerichtig.

Fritz redete sich seine Feigheit schön. Schämte sich. Haderte. Packte den Rucksack wieder aus – und stand doch um kurz vor eins an der Kirche. Schon bald kam das Automobil. Chantal saß darin.

»Schnell«, sagte sie. »Kriech da rein, beweg dich nicht, und wenn ich irgendeinen Laut von dir höre, liefere ich dich höchstpersönlich bei der Kommandantur ab.«

Die Rückbank war ausgebaut worden, Fritz kroch unter eine Schicht Sackleinen, und Chantal schichtete Bürsten und Besen auf ihn. Er hätte nicht sagen können, wie lange sie fuhren, bis das Auto ruckartig stehen blieb. Taschenlampen flackerten. Er hörte Chantals Stimme, die Deutsch sprach. Wortfetzen wie »Verwandte«, »tausche diese Bürsten«, »La Tranche«. Während des ganzen Krieges hatte er nicht annähernd solche Angst verspürt. Nach einer Ewigkeit ruckelte der Wagen wieder los und fuhr eine ganze Weile, bis er irgendwann erneut anhielt. Jemand schien auf den Beifahrersitz zu steigen. Die Straße wurde immer schlechter, Fritz' Rücken jaulte. Und irgendwann standen sie. Stimmen. Dann riss jemand an dem Leinen. Hatten sie ihn doch entdeckt?

»Komm schon raus!« Das war Chantals Stimme.

Fritz brauchte eine Weile, um seine Knochen zu sortieren. Schließlich stand er da und blickte in die Augen eines Mannes, dem anzusehen war, wie zuwider ihm das Ganze war.

»Mein Bruder Jacques. Hör zu, Fritz! Wir sind in La Faute-sur-Mer, an der Mündung des Lay. Hier wirst du bei den Austernfischern und den Salzsiedern mitarbeiten. Du bist der schwachsinnige Neffe, du sprichst nichts oder wenig. Egal, ob Deutsche oder Alliierte hier auftauchen, du bist der debile Verwandte, den wir mit durchfüttern.«

Fritz verstand das alles nicht. Es kam ihm so vor, als würde das Meer immer lauter heranbranden.

»Du bist zu blond«, fuhr sie fort, förderte einen Eimer zutage und nötigte Fritz, den Kopf hineinzuhalten. Dann strich sie sein Haar mit einer stinkenden Pampe ein. »Das muss jetzt einwirken. Bleib hier, ich bin gleich wieder da.«

Sie und ihr Bruder stiegen in ein Fischerboot.

Fritz sah sich um. Der Morgen dämmerte gerade herauf, an der Mole waren einige Boote festgemacht. Es war gespenstisch still. Nach ungefähr zwanzig Minuten kamen Chantal, Jacques und ein weiterer Mann von dem Boot zurück.

»Das ist Patrick. Er sagt dir, was du zu tun hast. Du arbeitest für ihn. Als sein debiler Neffe.« Chantal lächelte. »Steck den Kopf wieder in den Eimer.« Sie wusch die Pampe aus, was sich gut anfühlte. Dann reichte sie ihm ein Handtuch, damit er sich die Haare frottieren konnte. Schließlich reichte sie ihm einen kleinen Spiegel. Jetzt war er schwarzhaarig und sah völlig verändert aus.

Patrick warf ihm ein paar Kleidungsstücke hin. »Zieh das an.«

»Ich …«

»Wir drehen uns auch um«, versprach Chantal und kicherte.

Wenig später trug er eine löchrige Fischerhose, ein gestreiftes Hemd und eine Mütze auf dem Kopf, die speckig war und nach Fisch roch.

»Voilà! Ein neuer Mensch!«

»Und wie heiße ich?«, wollte Fritz wissen.

Chantal sah ihn an. »Kluger Bursche. Wie heißt er?«

»Frédéric, so heißt mein Schafbock, das kann ich mir merken«, brummte Patrick.

»Großartig! So, Fritz, wir müssen aufbrechen. Patrick erklärt dir alles. Du sprichst mit keinem der anderen Fischer oder Salzsieder. Patrick hat dich aufgenommen, weil dein Vater kürzlich verstorben ist. Im Hinterland, drum hast du auch kein Gespür für das Meer. Jacques wird nach dir sehen. Ich auch. Hoffen wir, dass der Wahnsinn bald endet. Alles Gute, Frédéric.«

Sie ging zum Auto. Jacques sah Fritz mit zusammengekniffenen Augen an. »Sie tut das für Isabelle. Ich auch. Nur für sie. Nicht für dich.«

1944

Isabelle

Fritz war fort. Isabelle weinte viel. Allein in ihrem Zimmer oder in den Dünen, wo sie Fritz zuletzt gesehen hatte.

Am 6. August, es ging schon auf den Abend zu, kam sie aus den Dünen und drückte sich unschlüssig auf dem Remblai herum. Schon seit Tagen hatte sie die Flugzeuge beobachtet. Auf einmal war da Feuer, alles explodierte, Schiffe der Deutschen brannten und sanken in der Bucht. Isabelle konnte nicht wegsehen, es war wie ein großes Sommerfeuerwerk. Und als die Sonne unterging, schwemmten die Wellen verkohlte Leichen deutscher Marinesoldaten an. Wie den Kuhkopf damals. Als sie nach Hause kam, schlief der Vater, dabei war es so laut gewesen. Keiner hatte bemerkt, dass sie weg gewesen war. Als sie im Bett lag, zuckten noch immer die Blitze vor ihren Augen.

Beim ersten Luftangriff saß Isabelle im Keller. Am Abend

des 20. August 1944 flogen zweiundzwanzig Beaufighters einen zweiten Angriff auf die deutschen Schiffe und den Hafen. Isabelle lief verbotenerweise auf den Remblai, es pfiff überall, sie drückte sich an eine Hausmauer. Hoffentlich ging es Fritz gut. Im Hafen brannten Schiffe, eines davon trieb kieloben im Wasser wie ein Mahnmal.

Einige Tage später erwachte Isabelle mitten in der Nacht von lauten Stimmen. Als sie schlaftrunken und barfüßig in die Küche tapste, saßen alle um den Tisch versammelt da.

»Sie haben einige Boote im Kanal versenkt. Außerdem haben sie Gebäude gesprengt, darunter das Schloss. Viele Einwohner sind in die Keller geflüchtet, mit Schaufeln, falls etwas einstürzt. Sogar die Forgerie-Brücke in Olonne-sur-Mer haben sie in die Luft gejagt. Pure Zerstörungswut, aber die Boches gehen. Sie gehen. Hurra! Vive la France!« Jean-Lucs Rede war ein einziger Triumphschrei.

Als Isabelle später mit Chantal allein in der Küche war, konnte sie endlich fragen: »Was ist mit Fritz? Geht es ihm gut?« Sie war den Tränen nahe.

»Natürlich geht es ihm gut. Warum sollten die Deutschen Austernfischer mit Bomben bewerfen? Sie zielen auf die Industrie. Auf Häfen. Calais. Le Havre. Und jetzt iss etwas, du bist so blass.«

Die Tage waren lang, die Ereignisse überschlugen sich. In der Nacht vom 27. auf den 28. August war die Befreiung von Les Sables-d'Olonne offiziell. Isabelle konnte die Begeisterung der anderen nicht verstehen, das Leben erschien ihr nur noch undurchsichtiger als zur Besatzungszeit. Chantal wirkte auffällig gehetzt und entzog sich Isabelles Fragen nach Fritz.

»Plünderer haben ihre finstere Arbeit begonnen. Schon vor Tagesanbruch sind sie in die verlassenen Häuser, die Hotels und die Schulen eingedrungen. Widerlich! Auch nicht besser als die Deutschen!«, sagte sie eines Morgens.

»Deine Begeisterung für die Boches wird dich noch teuer zu stehen kommen«, zischte Pierre.

»Schweig!«, herrschte ihr Vater ihn an.

Eines Abends wurden fünf Kinder beim Spielen am Strand von einer Mine zerrissen. Die Stadt stand unter Schock. Überall hatten die Deutschen Minen zurückgelassen. Isabelle durfte nicht mehr an den Strand gehen. Also trieb sie sich in der Stadt herum und blieb oft lange aus.

»Wo kommst du her?«, brüllte ihr Vater an einem kühlen Novembertag.

»Ich war auf dem Platz vor der Notre-Dame-Kirche. Sie rasieren den Frauen die Köpfe kahl, Papa! Warum tun sie das?«

»Das musst du nicht wissen!«

»Natürlich muss sie das wissen!«, rief Chantal. »Sie bestrafen die Frauen, die sich mit deutschen Soldaten eingelassen haben. Sie rauben den Frauen ihre Haare, das Sinnbild der Weiblichkeit. Das ist Frevel. Frevel von Männern an uns.«

»Sie malen mit Lippenstift Hakenkreuze auf die Köpfe, diese Barbaren«, sagte Jean-Luc.

»Das ist doch nur gerecht für ihre horizontale Kollaboration«, wetterte ihr Vater.

»Pass gut auf, Chantal«, sagte Pierre leise.

»Was meint er?«, wollte Isabelle wissen.

Chantals Gesicht war düster. »Es ist vorbei. Jetzt zählt nur, wie es weitergeht.«

4

Aurelie

»Möchten Sie ein wenig allein sein, Aurelie, und sich das Haus ansehen?«, fragte Pranger.

Aurelie kannte das Haus, aber es würde ja nun ihre Heimat auf Zeit werden. Unter diesem Gesichtspunkt wollte sie es sich gern noch einmal in Ruhe anschauen. Und zwar allein. Maries Anwesenheit setzte sie unter Druck.

»Wir machen solange den Kiosk auf«, sagte Marie. »Du kannst ja nachkommen, Relie.«

Also betrat sie allein Isabelles Haus. Die schwere Holztür sank hinter ihr ins Schloss. Dann war es still, totenstill. Isabelle stand im breiten Flur, von dem rechts zwei Türen in die Stube und in die Küche führten. Die dritte Tür ging in die ehemalige Milchkammer, von wo aus man in den Stalltrakt gelangte. Nach links gab es noch eine Tür, hinter der sich das Büro befand. Aus ehemals drei kleinen Räumen hatte Isabelle vor Jahren einen großen Raum machen lassen. Die Treppe nach oben war breit und die Holzstufen ausgetreten. Im Obergeschoss gab es drei Schlafräume und ein Badezimmer. Isabelle hatte hier einen Traum aus portugiesischen Fliesen geschaffen, die Wanne stand auf geschwungenen

Füßen auf einem Podest, das mit denselben Kacheln bestückt war.

Isabelles Geschmack war absolut stilsicher gewesen. Auch bei der Stallarbeit hatte sie Designerjeans, teure Gummistiefel und Barbourjacken getragen, doch ihre Noblesse hatte nie aufgesetzt oder arrogant gewirkt. Ganz oben im Speicher gab es noch eine kleine Einliegerwohnung, auch diese schnuckelig und geschmackvoll eingerichtet.

Aurelie ging langsam hinunter ins Büro. Es war Isabelles Reich gewesen, ihr Rückzugsort, man hatte es nur im Notfall betreten und nur nach festem Anklopfen. Aurelie hatte sich noch nie länger dort aufgehalten. Die eine Wand war mit Büchern bedeckt, Klassiker, Bildbände, Erstausgaben. Außerdem gab es unendlich viele Bücher über Pferdezucht, über Hunde und Katzen. Werke über das Denken und Fühlen der Tiere. Viele Bücher von Verhaltensforschern.

Dann fiel ihr ein altes Kinderbuch in die Hände. *Dick und Dalli und die Ponies* von Ursula Bruns. Sie sank in den alten Chesterfield-Sessel und nahm den abgegriffenen Band wie eine Kostbarkeit in die Hand. *Die Geschichte zweier handfester Mädchen und eines Jungen, aus dem auch noch etwas wurde.* Sie begann zu blättern.

»Vor ihr aber lag ein schwarzes Häufchen Fell mit starr weggestreckten Streichholzbeinen. Der Hinterschenkel war blutverschmiert«, las sie unter Tränen. »Über das raue Fell rannen kurze Fieberschauer.«

Aurelie erinnerte sich an Sarotti, den kleinen Hengst. An Ethelbert, die Großmama und Dr. Pudlich. Vor vielen Jahren hatte sie das Buch gelesen, und später hatte sie sich mit Lotte die Verfilmung angeschaut, *Die Mädels vom Immenhof.* Isabelle hatte ihr einmal anvertraut, sie habe mit Kinderbüchern wie diesem Deutsch gelernt.

Aurelie ging im Raum umher und betrachtete die Fotos an der einen Wand. Dort hing auch das Bild, das auf Prangers Kaminsims stand. Auf einem anderen, das von 1950 stammen mochte, wirkte Isabelle blutjung und wunderschön, neben ihr stand eine Frau, die irgendwie exotisch aussah. Ein Foto von 1970 zeigte Isabelle, die bei der ersten Europameisterschaft der Islandpferde mitgeritten war. Auf einem Bild von 1985 stand sie neben einem von ihr gezüchteten Pferd, das eine Schleife um den Hals trug. Es gab auch ein Foto von Aurelie, die auf einem Pony saß. Ihr Blick war ängstlich, sie war nie ein handfestes Mädchen gewesen, weder innerlich noch äußerlich.

Worauf hatte sie sich da eigentlich eingelassen? Und warum hatte Isabelle das getan? Womöglich hatte sie damit gerechnet, dass Aurelie versagen würde. Vielleicht hatte Eike ja doch recht, und die Tante hatte sich rächen wollen, weil Aurelie die letzten Jahre kaum mehr da gewesen war. Der Alternativerbe würde dastehen und ihr eine lange Nase drehen. Sie hatte unvoreingenommen sein wollen, doch das kleine Teufelchen grinste und zischte: Spione musst du dort suchen, wo die Menschen sind, die sich um Isabelle gekümmert haben. Such sie dort. Such sie dort.

Plötzlich war da etwas an ihren Beinen. Sie starrte in nur ein Auge einer getigerten Katze. Wahrscheinlich war es ein Kater, und sein Name begann auch mit H. Er umschmeichelte ihre Beine und maunzte. Das eine Auge war zugenäht worden, der Schwanz war nur ein Stummel, aber er hob an zu schnurren, und das in beachtlicher Lautstärke.

Aurelie setzte sich wieder in den Sessel. Der Kater sprang auf ihren Schoß, sah sie herrisch an und kringelte sich dann zusammen. Eine weitere Wand war ganz und gar von Gemälden bedeckt. Sie stammten mehrheitlich von Chantal du

Pointe, die sich, wie Aurelie wusste, um Isabelle gekümmert hatte, als diese noch ein Kind war. Einige waren von Gaston Chaissac, dessen Bilder Aurelie aus dem Kunstmuseum in Les Sables kannte. Ein bitterarmer Mann, der sich als Schuster durchgeschlagen und auf allen Untergründen gemalt hatte, derer er habhaft werden konnte: Holzplanken, Bretter, Stoffe, Säcke … Eine solche Planke, eine Art Totem, stand in der Ecke des Zimmers und starrte Aurelie an. Sie fand seine Bilder berührend. Eike hatte gesagt, Chaissac habe prähistorische Höhlenmalerei mit Picasso vermischt – und das ganz schön schlecht.

Als sie sich erheben wollte, drückte der Kater eine Kralle in ihr Knie und blinzelte sie einäugig an. Er hatte ja recht, also blieb sie sitzen und sah sich die Bilder an. Nach etwa zwanzig Minuten sprang der Kater hinunter, ohne sie eines Blickes zu würdigen, und spazierte davon. Aurelie folgte ihm. Draußen war es sehr hell. Sie ging zum Gasthaus hinüber, wo ein paar E-Bikes standen und ein paar ältere Herrschaften gerade von Marie ein Weißbier serviert bekamen. Pranger saß vor einer Tasse Kaffee und winkte ihr zu.

»Ein wunderbarer Platz, nicht wahr?«

Aurelie nickte.

Marie kam dazu. »Ich kann dir die Küche zeigen.«

»Die Küche?«

»Na ja, Isabelle hat immer Brotzeitplatten und Baguettes gemacht, Quiche und Flammkuchen.«

»Selber?«

»Natürlich! Hier gibt es keinen Aufbackmüll!«

Aurelies Mut sank immer weiter. Sie folgte Marie, die ihr die Schränke zeigte, den Ofen, dann die Schankanlage und den Keller für die Fässer.

»Und das hat Isabelle alles allein gemacht?«

»Je nach Ansturm. Mandy hilft mit, und ich packe auch mit an.«

Sie hatte Ansturm, nicht Andrang gesagt. Das klang ungut nach.

»Aber wir haben ja dieses Wochenende noch geschlossen. Wegen dem Tod von Isabelle und auch, weil wir ja nicht wussten, also …«

Ob sie hier antreten würde? Sie hätte ablehnen müssen. Aurelie verfluchte Eike, der sie in diese Sache reingequatscht hatte. Dabei würde er sich hier bestimmt nicht einbringen.

»Und diese Radfahrer?«

»Na ja, wenn wir ohnehin da sind, können die ja auch ein Weißbier bekommen«, fand Marie. »Aber ich mach jetzt wieder zu.«

Eine unangenehme Gesprächspause entstand.

»Ich hab im Haus einen einäugigen Kater getroffen«, sagte Aurelie. »Wie heißt der? Auch irgendwas mit H?«

»Nein, Oswald. Wie der Dichter Oswald von Wolkenstein, der war nämlich einäugig, schon von Kindheit an! Der Kater wurde misshandelt, das eine Auge musste raus.«

Aurelie wehrte sich gegen die Bilder, die in ihrem Inneren aufstiegen. Jedes dieser Tiere hatte eine Geschichte, die sie gar nicht hören wollte. Sie zappte auch immer weg, wenn spätabends Dokumentationen über verletzte Schweine und tote Hühner aus Massentierhaltung kamen oder über Pelztiere in Dänemark oder völlig verfettete Polarfüchse in Finnland, die todkrank auf Gitterböden hockten, nur damit sie besonders viel Fell trugen. Aurelie wollte das nicht sehen und wissen. Deshalb flüchtete sie hinaus zu Pranger, der gerade aufstand.

»Ich muss los, meine Liebe. Wie verbleiben wir?«, fragte er.

»Ich bin nächsten Freitag hier.«

»Sehr gut. Wenn Sie Fragen haben, Aurelie, melden Sie sich. Und auch Marie ist immer für Sie da. Sie ist eine gute Haut.«

Die mich nur leider nicht mag, fügte Aurelie in Gedanken hinzu.

Als sie in München in der Wohnung ankam, war gottlob keiner zu Hause. Ein Zettel lag auf dem Küchentisch. Lotte wollte bei ihrer Freundin Lynn übernachten, Laurent war auf dem Golfplatz beim Jugendtreffen. Sein Trainer, der in der Nähe wohnte, nahm ihn mit. Und Eike war irgendwo.

Aurelie war so erschöpft, dass sie vor dem Fernseher einnickte. Sie träumte von einäugigen Katern, die aus bunten Bildern starrten. Von Stränden, den Austernbooten und einem Salzgarten am Atlantik, wo sie einst gewesen war und das edle Fleur de Sel gekauft hatte.

1944
Fritz

Anfangs hatte er jeden Muskel einzeln gespürt. Patrick hatte ihm die ganze Anlage gezeigt und die Arbeit des Paludiers erklärt. Bereits in den frühen Morgenstunden gingen sie zu den Salzbecken. Dann begann das Warten. Durch das Höhersteigen der Sonne und die leichte Meeresbrise entstand an der Wasseroberfläche das Fleur de Sel. Nun hieß es, den richtigen Moment abzupassen und dann die auf der Wasseroberfläche schwimmenden Salzblättchen abzuschöpfen. Fritz verpasste ihn mehrmals, dann wurden die Salzblättchen zu schwer und sanken zu Boden.

»Die Ernte eines ganzen Tages ist verloren, das gibt nur noch gewöhnliches Meersalz!«, rief Patrick.

Fritz verstand. Es dauerte einige Tage, bis das Meerwasser vollkommen verdunstet war und man das Meersalz vom Boden und den Rändern des Beckens abkratzen konnte. Dann wurde wieder neues vorkonzentriertes Meerwasser eingelassen, und die Jagd nach dem Fleur de Sel begann erneut.

Fritz wurde besser, er arbeitete wie besessen. Und nach sechs Wochen sagte Patrick zum ersten Mal: »Nun hast du es begriffen. Guter Junge.«

Patrick gelang es, Fritz immer so zu dirigieren, dass Besucher und Kunden ihn nur aus der Ferne sahen. Der debile Neffe war sichtbar und doch völlig uninteressant. Fritz schnappte so einiges auf. Hitler schien noch einen wahnsinnigen Endsieg zu wollen und zog offenbar schon Kinder ein. Fritz war es schwer ums Herz, denn er konnte keine Post mehr versenden. Seine Mutter zu Hause dachte sicher, er sei gefallen. Er sagte so wenig, dass er manchmal ganz leise mit sich selbst sprach, um zu prüfen, ob sich die Lippen noch bewegten. Dabei bemerkte er, dass er inzwischen auch mit sich selbst Französisch sprach. Er träumte sogar auf Französisch.

Eines Tages kam einer der Fischer fluchend zum Strand und zerrte einen gelben kniehohen Hund hinter sich her.

»Der Köter hat meine Hühner gefressen. Das wird er bereuen.« Und er zückte ein großes Messer, mit dem er normalerweise Fisch ausnahm.

Fritz stürzte nach vorne, entriss ihm das Messer und brüllte: »Du darfst ihn nicht töten!«

»Sagt wer? Der Wasserkopf aus dem Hinterland, wie?«

Bevor Fritz etwas erwidern konnte, stand Patrick neben ihm.

»Ihr kennt ihn doch. Frédéric, mein Neffe, ist ein bisschen schwachsinnig. Lass ihm doch den Köter.«

Der Fischer schüttelte den Kopf, spuckte aus und ließ den

Strick, der um den Hals des Hundes gewunden war, einfach fallen. Im Weggehen murmelte er etwas von »*imbécile*« und »*crétin*«.

»Nennst du das nicht auffallen?«, zischte Patrick.

»Nein, ich …«

Der Hund hatte die Schnauze in seine Hand geschoben.

Patrick gab sich weiter brummig, aber da war ein kaum merkliches Lächeln. »Du musst noch mehr arbeiten, wenn ich das Tier auch noch durchfüttern muss. Es ist übrigens eine Hündin.«

»Dann heißt sie Isi«, sagte Fritz.

»Pass bloß auf, dass sie sich nicht über weitere Hühner hermacht!«

Isi wurde Fritz' ständige Begleiterin. Sie war auch auf dem Schiff dabei, denn Patrick verdiente sein Geld nicht nur mit dem Salzschöpfen, sondern auch mit der Pazifischen Auster. Es war ein mühsames Geschäft von den Austernbabys im Becken zu jenen, die in der Lay-Mündung an Pfosten hingen und erst im dritten Jahr geerntet wurden. Fritz war glücklich, wenn er auf dem Wasser war. Weiter draußen, wo das offene Meer begann, tanzte das Boot in den Wogen, doch Fritz wurde nicht seekrank. Das brachte ihm eine gewisse Achtung bei Patrick ein.

Fritz hörte zwar, dass der Krieg zu Ende sei, doch die Nachricht beunruhigte ihn eher. Was sollte er tun? Wie mochte es Isabelle gehen? Als Deutscher konnte er sich in dieser Situation sicher nicht einfach zu ihr durchschlagen. Und weil sich hier an der Lay-Mündung nichts änderte, arbeitete Fritz einfach weiter.

Eines Tages im September 1945, als Fritz gerade am Quai anlegte, kam Chantal vorbei.

»*Bonjour*, Fritz, du bist ja kaum wiederzuerkennen.«

»Madame, wie geht es Isabelle?«

»Ihr geht es gut, doch die Welt ist zerstört, Millionen Menschen sind tot. Die Städte sind Schutthaufen. Keiner hat etwas gewonnen, alle haben verloren. Ihre Seele, ihre Herzen, ihre Heimat.« Chantal wirkte müde.

»Madame, kann ich Isabelle sehen?«

»Nein, momentan herrscht noch große Verwirrung. Du solltest gehen, jetzt kannst du dich noch als Franzose bis an die Schweizer Grenze durchschlagen. Überall sind Menschen unterwegs, niemand wird auf dich achten. Versuch, unauffällig durch Frankreich und weiter in die Schweiz zu gelangen, und sei erst in Deutschland Deutscher!«

Fritz war auf einen Poller gesunken. Der Krieg war aus, doch eigentlich wollte er gar nicht gehen.

»Wer ist das?«, fragte Chantal und deutete auf die Hündin.

»Isi.«

»Ach, Fritz! Ich werde dich ein Stück fahren, bis Clisson, ich hab dort zu tun. Ich würde dich morgen hier abholen.«

»Ohne Isi gehe ich nirgendwohin.«

»Ich hole euch beide ab, du Sturschädel.«

»Und Patrick?«

»Wird ohne dich auskommen müssen. Fritz, du bist Deutscher! Es wird lange dauern, bis der Hass in den Köpfen verschwindet. Du musst zurück in dein Land!«

Sie hatte recht. Aber die Zeit hier am Lay hatte ihn fortgerissen von allem, was er gewesen war, von allem, was er ersehnt hatte. Lebte seine Familie noch? Würden sie sich überhaupt freuen, dass er kam? Was sollte er erzählen? Wohl kaum, dass er desertiert war.

Patrick schien schon Bescheid zu wissen. Er drückte Fritz einen schweren Sack in die Hand, in dem sich kleinere Säckchen mit Salz befanden. »Du wirst ab und zu etwas brauchen, um es gegen Essen oder ein Bett einzutauschen. Erzähl allen, dass Patrick das beste Fleur de Sel der Welt erntet.«

Als Fritz am nächsten Tag vor Chantals Auto stand, waren Tränen in Patricks Augen, und auch Fritz zwinkerte heftig.

»Ich danke dir«, stammelte er.

»Und ich dir«, sagte Patrick. »Gott behüte dich.«

Sie fuhren eine Weile durch eine sanft wellige Landschaft, wo sich Dörfer und kleine Châteaus aneinanderreihten. Sie schwiegen, bis der Ort Clisson auftauchte. Etwas so Schönes hatte Fritz noch nie gesehen. Ein malerisches Flüsschen, eine alte Steinbrücke, ein Schloss.

Chantal fuhr in den Hinterhof eines altehrwürdigen Hauses, wo ein Mann wartete, der sie auf die Wangen küsste und zu vergöttern schien.

»Das ist Paul, er ist Weinhändler und nimmt dich nachher mit, wenn er nach Saumur an der Loire fährt.« Sie nahm ihn beiseite. »Sieh zu, dass du immer weiter westwärts gelangst, ich hab hier eine Adresse im Jura. Da solltest du hin. Die kannst du auch angeben, wenn dich jemand fragt. Du warst im Krieg, alle sind tot, du möchtest zu deiner Tante gelangen. Elodie ist eine Künstlerfreundin von mir, sie wird deinen weiteren Weg mit dir durchgehen.«

»Jetzt bin ich also kein debiler Neffe mehr?« Alles in ihm wehrte sich. Chantal bestimmte einfach über ihn. Und doch musste er ihr dankbar sein. Mehr als das.

»Fritz, was willst du?«

»Ich würde Isabelle so gern noch einmal sehen!«

»Du gefährdest dich, du gefährdest uns! Wenn das Schicksal es will, dann werdet ihr euch wiedersehen. Nun steig mitsamt deiner Gefährtin aufs Streitross.«

Isi legte den Kopf schief und sah Chantal an, dann Paul.

»Wer Tiere liebt, kann kein schlechter Mensch sein«, sagte

Chantal, an Paul gewandt. »Tiere führen keine Kriege, sie essen nur, bis sie satt sind. Sie kämpfen nur für ihre Kinder und nicht, um Macht zu erlangen.«

Paul sah sie durchdringend an. »Es lohnt sich, für die Kinder zu kämpfen.« Erneut küsste er Chantal auf die Wangen. »Voilà, Fritz, ab sofort bist du wieder Frédéric.«

Paul hatte einen Lkw, einen Berliet mit einer eckigen Kabine und einem Aufbau aus Holz, der als Milchtransporter deklariert war. Fritz bestieg den Lastkraftwagen, der schon beim Anlassen klang, als würde ein Flugzeug starten. Das Ding röhrte, und der Holzaufbau schepperte. Sie waren sicher schon eine Stunde gefahren, als Paul sagte: »Sie tut es für Isabelle.«

»Ja, ich verstehe das! Ihr tut das alle nicht für mich. Ich bin ein verfluchter Deutscher, ein Boche, ein Nazi. Das meinst du, oder?«

»Möchtest du aussteigen?«

»Wenn du das willst.«

Er lachte auf einmal schallend. Dann zog er von irgendwoher eine Flasche hervor. »Fritz-Frédéric, trink etwas. Chantal tut es für Isabelle, aber auch für dich. Sie hat gesagt, dass du klug bist und ungeheuer fleißig. Dass du dich durchbeißen kannst und dass es schade wäre um so einen hübschen Burschen. Trink!«

Der Wein war ein Chenin Blanc, der zu warm war. Fritz sah Paul vorsichtig von der Seite an. So sah Chantal ihn? Er war ein Vaterlandsverräter, ein Deserteur, er war feige gewesen, anstatt sich durchzubeißen. Und sie alle schienen einen Informationsvorsprung zu haben.

Nach einer weiteren Stunde hielt Paul an. »Pipipause!« Er warf Fritz ein Stück Baguette und Käse zu und fütterte anschließend auch Isi mit Käse.

Nach fast fünf Stunden hatten sie Saumur erreicht. »Hier ist die Cadre Noir, die berühmteste Reitschule unseres Landes. Euer Generalmajor Feldt hat übrigens einen Angriff mit Sturzkampfbombern verhindert, weil er die französischen Kavalleristen und die schönen Pferde verschonen wollte. Pferde machen eben doch bessere Menschen.«

Paul schepperte durch die Stadt bis zu einem Weingut. In einem Tuffsteinkeller gab es zu essen und zu trinken. Fritz' Legende wurde nicht angezweifelt, und er durfte mit Isi auf einem Strohsack schlafen.

Am nächsten Morgen gab ihm die Dame des Hauses noch Wurst und Brot mit, und Paul reichte ihm zum Abschied die Hand. »Viel Glück, Frédéric.«

Der Weg durch Frankreich war ein Weg durch leere Landschaften. Er hörte davon, dass Royan an der Gironde-Mündung fast vollständig zerbombt worden sei. Überall traf er Menschen, die auf Hamstertour waren. Patricks Salz leistete ihm gute Dienste – und Isis Hundeblick. Sie konnte so tragisch aussehen wie kein anderer Hund. Es war Ende Oktober, als Fritz in Mouthe ankam. Er zweifelte keine Sekunde daran, dass es die kälteste Stadt Frankreichs war. Chantal hatte erzählt, dass der Ort häufig in einem Kaltluftsee liege und Eiskellerqualitäten habe.

Der Jura war rau, und Fritz war auf eine ganz eigene Weise von der Region bezaubert. Die Adresse von Elodie lag am östlichen Rand des Städtchens, es war ein kleines Haus mit einem großen Garten. An den Bäumen hingen noch ein paar Äpfel, die schon Frost abbekommen hatten. Dazwischen standen merkwürdige Skulpturen. Isi gab ein kurzes Bellen von sich, das sogleich beantwortet wurde. Ein riesiger Hirtenhund kam auf sie zugesprungen. Er war rabenschwarz und schien nur aus Haaren zu bestehen. Isi war schlagartig verliebt und der Rüde ebenso. Wenig später kam eine Frau aus einem Anbau. Sie hatte Ton an den Händen und lächelte.

»Fritz, nehme ich an?«

Er nickte und konnte wenig sagen, denn der Anblick der Frau war in höchstem Maße verstörend. Sie hatte eine Augenklappe und eine Narbe auf der Wange. Ihre Haare mussten sehr lang sein, denn ihr Zopf reichte fast bis zur Taille. Sie schien um die vierzig zu sein, war sehr schlank, trug eine Latzhose mit allerlei Flecken und darunter einen Pullover mit Löchern.

»Voilà. Willkommen. Tritt ein.«

Fritz fühlte sich unwohl, denn er war schon wieder auf das Wohlwollen einer Fremden angewiesen. Elodie machte es allerdings leicht.

»Ich habe was gekocht. Leider kann ich nicht kochen.« Sie lachte.

Es gab einen Eintopf, der in jedem Fall viel Rotwein enthielt. Fritz erfuhr, dass Elodie Chantal von einer Gemeinschaftsausstellung in Paris kannte, wo beide ausgestellt hatten. Sie standen in lockerem Austausch, und Elodie war auch einen Sommer lang in La Tranche gewesen.

»Kennst du Chantals Familie?«, fragte sie.

»Ihren Bruder Jacques kenne ich.«

»Ein feiner Kerl. Schade, dass er schon an Adelais vergeben war.« Sie lachte. »Chantal hat Glück, ihrer Familie gehört fast die gesamte Küste. Ich hingegen bin eine arme Kirchenmaus.«

Fritz war irgendwie peinlich berührt. Er war es nicht gewohnt, dass eine Frau so ungeschminkt über Geld sprach.

»Schau nicht so, Fritz! Sie sind begütert, und das ist keine Schande. Es ist altes Geld, Fabrikantengeld. Jacques gehören einige Fabriken, der Krieg hat ihm eher geholfen als geschadet. Sei es ihnen vergönnt!« Sie trank einen Schluck Wein. »Und Chantal hat nicht nur die Seite der Revolutionärin. Sie kennt auch das Kalkül.«

Er wusste nicht, was er dazu sagen sollte.

»Es gäbe noch einen Apfelkuchen von meiner Nachbarin. Ich habe ihr erzählt, dass ein entfernter Cousin zu Besuch käme. Backen kann ich nämlich auch nicht.«

»Was kannst du denn?«, entfuhr es Fritz, und er fand sich unangemessen keck und naseweis.

»Komm, ich zeige dir meine Skulpturen.«

Sie war aufgestanden, und er folgte ihr. Im Erdgeschoss des kleinen Häuschens befanden sich die Küche und der kleine Raum, in dem sie gerade gegessen hatten. Außerdem war da noch eine Tür, die wohl zum Abort führte. Elodie stieg eine schmale, steile Treppe hinauf, und sie kamen in einen einzigen großen Raum, der eine Art Atelier war. In einer Ecke stand auch ein riesiges Bett mit vielen bunten Decken.

Elodie machte eine Handbewegung. »Das hätte ich anzubieten. Ob das Können ist, magst du beurteilen.«

Ihre Skulpturen waren bis zu zwei Meter hoch und bestanden aus ganz unterschiedlichen Materialien, Holz, Stein, Ton. Sie sahen Fritz an, mit geplagten Gesichtern, die auf Brusthöhe saßen, aber auch am Rücken oder an der Taille. Sie bewegten ihn.

»Warum humpelst du eigentlich?«, fragte sie plötzlich.

Er zog seine Stiefel aus, die löchrigen Socken. Seine Füße waren eine einzige Wunde.

»Merde! Damit kannst du nicht weiterwandern. Warte.«

Sie verschwand, man hörte sie im Untergeschoss rumoren. Dann kam sie mit einer Wanne wieder, aus der Dampfschwaden mit einem merkwürdigen Geruch aufstiegen.

»Füße hinein!«

Und da saß er nun, auf einem von Farben bespritzten Holzstuhl. Und genoss. Offenbar hatte Elodie im Erdgeschoss den Ofen eingeschürt, aus einer geöffneten Klappe stieg warme Luft nach oben. Isi und ihr neuer Freund trappelten die Treppe hoch und legten sich rechts und links von Fritz' Stuhl nieder.

Elodie kam mit einem Tiegel in der Hand zurück und lachte. »Was für ein Bild! Fritz und sein Gefolge.«

Sie warf ihm ein Handtuch hin, mit dem er sich die Füße abtrocknen konnte, die wirklich übel aussahen. Dann begann sie, eine Salbe aufzutragen. Fritz war erneut peinlich berührt. Da kniete eine fremde Frau vor ihm, die seine Füße salbte. Anschließend wickelte sie sie in Leinentücher ein.

»Die Salbe muss einwirken«, sagte sie. »Du kannst unten schlafen.« Unten stand eine Couch neben dem Ofen. Eine solche Wärme hatte Fritz schon lange nicht mehr erlebt.

Als er erwachte, lag Isi auf seinen Füßen, und Elodie hielt ihm einen Kaffeebecher vor die Nase. Ein Kaffee, der Tote erwecken könnte.

Nach zwei Tagen besserten sich seine Füße. Er plauderte mit Elodie über dies und das. Nie über den Krieg.

»Was wirst du tun, wenn du zu Hause bist?«, fragte sie irgendwann.

Er sah sie überrumpelt an. Er hatte immer nur von Tag zu Tag gedacht.

»Ich? Das weiß ich noch nicht.«

»Was macht dir Freude?«

»Isi«, sagte er ganz spontan.

»Dann solltest du Tiermedizin studieren.«

Fritz blickte Elodie an, als sähe er sie zum ersten Mal. Sein Herz begann zu klopfen. Und dann lächelte er.

Einige Tage später stieg Fritz nach dem Essen die Stufen zum Atelier empor. Elodie war irgendwohin verschwunden. Zum wer weiß wievielten Mal betrachtete er die Skulpturen, in denen er immer wieder etwas Neues entdeckte. Die Figuren waren verführerisch, sie raunten ihm etwas zu. Sie plagten und sie neckten ihn. Bei ihm zu Hause hatte es Ölbilder gegeben, auf denen genau das zu sehen war, was man sehen sollte. Rebhänge am Main. Würzburg. Ein kapitaler Hirsch. Der Großvater.

Das Nachmittagslicht fiel von der Seite her durch eines der Westfenster. Da trat Elodie in den Lichtstrahl hinein. Sie war nackt, und ein schimmernder Schein umgab sie. Ihre Haare bedeckten einen Teil ihrer Brüste, die klein waren und rund. Sie machte einen Schritt auf Fritz zu und strich ihm über die Wange, dann küsste sie sehr sanft sein Ohr. Ihre Brüste berührten seinen Arm.

Fritz explodierte. Sie zog ihm das Hemd aus, murmelte etwas, und ihre Zunge kitzelte seine Brust. Sie sanken rückwärts auf das Bett, Fritz strampelte sich aus seiner Hose, und Elodie kicherte. Seine sexuellen Erfahrungen waren marginal. Sein Vater hatte ihn kurz vor dem Einberufungsbefehl in ein Bordell geschleppt. Fritz hätte nicht einmal sagen können, ob ihm der Akt gefallen hatte. Es war schnell gegangen. »Immer ruhig mit den jungen Pferden«, hatte die Prostituierte gesagt, die ihm alt vorgekommen war. Sein Vater hatte ihm eingeschärft, im Krieg seinen Hannes bei sich zu behalten und sich ja keinen Harten Schanker einzufangen.

Fritz hatte kurz vor seiner Abfahrt noch mit Elisabeth, der Bedienung der Klosterbrauerei, geschlafen. Sie hatte ein Auge auf ihn geworfen, ein üppiges, rotbackiges Mädchen, das kein Kind von Traurigkeit war. Er wusste ja nicht, wie lange er noch leben würde. Da war es gut, dass er es schon mal getan hatte. Zwei seiner Kameraden waren von einer Bombe zerfetzt worden, ohne je eine Frau berührt zu haben. Was doch sehr traurig war. Fritz wusste also, was zu tun war, aber Elodie hatte ihre Finger überall, ihre Zunge konnte wahre Wunder vollbringen.

Sie tranken Crémant, aßen fast nichts und liebten sich tagelang. Zwischendurch fuhren sie mit dem Fahrrad herum, und Elodie zeigte ihm die Umgebung. Sie waren am Lac de Saint-Point, an dessen Ufer ein Dorf kauerte, das Fritz wie eine Filmkulisse vorkam. Port-Titi hatte seinen Namen vom Fischer Titi, der 1904 mit dem Bau von Stelzenhäusern begonnen und sich mit rauschenden Seefesten einen Namen gemacht hatte. Mehrmals waren sie zur Quelle des Doubs geradelt, wo einst eine Wassernymphe gelebt haben sollte.

Fritz dachte wenig an Isabelle und gar nicht an seine Heimat. Es dauerte auch eine Weile, bis er sich traute, nach den Narben an Elodies Körper zu fragen und nach den Wunden.

»Brandzeichen von Zigaretten. Todesmale von einem Gürtel.«

Fritz hatte das Gefühl, als stiege ihm der Schaumwein essigsauer in die Kehle.

»Aber …«

»Soldaten. Ich hätte mich nicht wehren sollen.«

Alles in Fritz bäumte sich auf. Er hätte flüchten wollen, und doch sprach er es aus. »Deutsche?«

Sie küsste ihn sanft auf die Brust. Fritz sah in ihr Gesicht, das entstellt war und doch so schön.

»Und da … da …«

»Da schlafe ich mit dir? Vielleicht wollte ich sehen, dass man auch anders sein kann als Deutscher.«

»Ach, und ich diene dir als Bewältigungsstrategie!« Fritz sprang auf und lief quer durch den Raum und auf den hohen

Spiegel zu. Er hatte sich seit Jahren nicht mehr nackt in einem Spiegel gesehen. Was er sah, kannte er nicht. Es war ein schmaler Mensch, der nur aus Sehnen und Muskeln zu bestehen schien. Er sah einen Mann. Langsam drehte er sich wieder um.

»Wenn ich richtig sehe, Fritz, sind wir noch nicht fertig.« Elodie lächelte.

Und sie hatte recht.

Es war Ende November geworden. Schnee fiel, wenig nur, aber der Schnee erzählte davon, dass der Winter kam. Ein ganzer Monat war vergangen.

»Fritz, du musst weiterziehen. Deine Mutter möchte dich an Weihnachten sicher in ihre Arme schließen.«

»Aber ich möchte …«

»Fritz, du möchtest nach Hause.«

»Aber Isi!«

Elodie strich ihm eine Strähne aus dem Gesicht. Sie hatte seine Haare noch einmal nachgefärbt, in Frédéric-Braun. »Sieh sie dir an. Sie wird bald niederkommen. Wie willst du mit einer Hündin und ein paar Welpen durch den Winter? Ich passe auf sie auf. Wir schreiben uns. Ich schreibe dir, wie viele Welpen es sind. Und du kommst zurück.«

Sie hatten eine Weile beratschlagt, ob Fritz ins Elsass weiterziehen und von dort über die Grenze gehen sollte. Letztlich hatte er sich doch entschieden, durch die Schweiz zu reisen. Elodie hatte von Chantal eine Adresse in Basel erhalten, wo er Station machen konnte.

Und so blieb er zunächst im Jura, wanderte an den Seen entlang und kam gut voran. Hier zu reisen, war leicht, denn die Menschen waren misstrauisch, fragten wenig und glaubten ihm seine Geschichte. Er kam durch das Vallée de Joux, die Wiege der Uhrmacherkunst, und den Bergsportort Sainte-Croix, den noch immer das calvinistische Arbeitsethos der einst hierher geflüchteten Hugenotten prägte. Hier wurden Schreibmaschinen, Filmkameras und Spielautomaten produziert.

Schließlich war er in Basel. Er näherte sich der Stadt von Süden und kam an einem zerstörten Güterbahnhof vorbei. Dann fragte er sich zur Adresse in der Augustinergasse durch. Sie gehörte zu einem hochherrschaftlichen Gebäude, und Fritz zögerte einen Moment, ehe er schließlich läutete. Ein Dienstmädchen öffnete ihm. Er wurde in einen Salon gebeten, wo wenig später ein Mann auftauchte.

»Seien Sie uns willkommen. Mein Name ist Dr. Frank Rosenthal.«

»Verzeihen Sie, ich bin …«

»Nun, das Reisen bringt Staub mit sich. Möchten Sie ein Bad nehmen?«, fragte er lächelnd.

»Das ist mehr, als ich zu hoffen wagte.« Das Deutsche ging ihm schwer über die Lippen.

»Lassen Sie sich Zeit. Das Diner wäre um sieben Uhr. Anne zeigt Ihnen Ihr Zimmer.«

Das Dienstmädchen knickste, was Fritz peinlich war. Er sah schlimmer aus als jeder Landstreicher. Sie führte ihn die Treppe hinauf und durch einen Gang, an dessen Ende sie eine Tür öffnete.

»Bitte schön.«

Das Zimmer war groß und elegant eingerichtet, und gleich nebenan gab es ein Badezimmer mit einer Wanne. Als Fritz ins Wasser glitt, war es das erste heiße Bad seit Jahren. Fritz fühlte sich für Sekunden herrlich, dann gründlich deplatziert.

Die Rosenthals waren doch sicher Juden, und er badete in deren Haus? Er, ein desertierter Deutscher?

Nach einer knappen halben Stunde stieg er aus der Wanne. Das Handtuch war weich und flauschig, und er schlang es sich um die Hüften. Gerade stand er unschlüssig im Raum, als es klopfte. Fritz öffnete die Tür einen Spaltbreit.

»Guten Abend, Fritz. Hier ist Gitta Rosenthal. Ich war so frei, Ihnen etwas von einem unserer Söhne herzurichten. Wenn Sie möchten.«

»Danke, aber ich kann doch nicht, ich ...«

Ein Kleiderbündel kam durch den Türspalt, ein leises Lachen, Schritte, die verklangen.

Am Ende trug Fritz weiße Unterwäsche, eine feste Hose aus Tweed und ein kariertes Hemd. Er ging die Treppe hinunter und wurde schon erwartet. Die Dame des Hauses war etwa Mitte fünfzig und trug die Haare hochgesteckt.

»Sie müssen mein Eindringen verzeihen, aber ich freue mich so sehr, einen jungen Mann im Hause zu haben.«

Fritz sah betreten irgendwohin.

»Keine Sorge«, sagte Dr. Rosenthal, »unsere Söhne sind beide in die Vereinigten Staaten gegangen. Nun aber zu Tisch!«

Eine Suppe wurde serviert, die dick war und sahnig. Man hörte nur die Löffel klingen, bis Dr. Rosenthal sich an Fritz wandte:

»Wie lange sind Sie schon unterwegs?«

»Seit Mitte September.« War er wirklich schon so lange unterwegs? Er hatte das Gefühl, man erwarte von ihm, Konversation zu machen. »Basels Güterbahnhof wurde offenbar auch bombardiert?«

»Man hat es als Versehen tituliert«, entgegnete Rosenthal.

»Und was war eigentlich mit Royan? Ich habe gehört, dass die Briten und die Amerikaner es dem Erdboden gleichgemacht haben.«

»Ursprünglich war Royan ein mondäner Badeort«, entgegnete Dr. Rosenthal. »Es wurde der Stadt zum Verhängnis, dass es von deutschen Truppen besetzt war. Die Briten haben sie im Januar 1945 fast völlig zerbombt. Mitte April kamen die Amerikaner und haben bei ihrem Bombardement Napalm eingesetzt. Sie sehen, der Tod der Zivilbevölkerung wurde als Kollateralschaden einkalkuliert. Es ist eine Legende, dass die Alliierten es nur auf die Rüstungsindustrie abgesehen hätten.«

»Ich mache mir Sorgen, wie es in Würzburg aussehen mag«, sagte Fritz.

»Schlecht, mein Junge. Soweit wir gehört haben, ist die Stadt zerstört«, sagte Gitta Rosenthal. »Haben Sie irgendeine Nachricht von zu Hause?«

»Nein, nichts, ich ...«

»Wir wissen um Ihre kleine Scharade, und seien Sie versichert«, sagte Dr. Rosenthal, »mir ist ein deutscher Deserteur allemal lieber als ein französischer Nazi-Kollaborateur.«

»Frank!« Seine Frau sah ihn strafend an und legte ihm die Hand auf den Arm.

»Mein gutes Weib versucht immer, mildernd auf mich einzuwirken. Was ich damit sagen will, Fritz: Wir sind Juden aus Berlin und schon 1934 gegangen. Andere haben bis zu den Pogromen vom November 1938 gezögert, und das war für viele schon zu spät.«

Fritz schluckte schwer und dachte an seinen früheren Schulfreund.

»Hitler hat den Brand gelegt«, fuhr Dr. Rosenthal fort, »aber diejenigen, die angetreten sind, ihn zu löschen, haben teilweise noch Brandbeschleuniger ins Feuer gekippt.«

»Dennoch ist es sehr großzügig, dass Sie mich als Deutschen hier aufnehmen.«

»Wir sind alle Reisende, alle Flüchtlinge. Schon im Sommer 1938 hat man bei der Konferenz in Évian-les-Bains gesehen, dass sich die teilnehmenden Staaten nicht auf eine Aufnahme der etwa fünfhunderttausend Juden aus Deutschland und Österreich einigen konnten. Die bittere Wahrheit: Sie waren nirgends erwünscht. Keiner sprach Klartext, mit Ausnahme von Australien: ›Da wir kein wirkliches Rassenproblem haben, verspüren wir auch keine Neigung, durch eine ausländische Masseneinwanderung eines zu importieren.‹ Die anderen redeten sich heraus: mit der Finanzkrise, der Wohnungsnot. Die Zusammenkunft endete mit einem Bankett und einem prächtigen Feuerwerk. Noch ein Brandbeschleuniger!«

Der nächste Gang kam, ein Huhn in einer köstlich fruchtigen Soße, dazu kleine Kartöffelchen. Solches Essen war Luxus, und Fritz spürte, dass sein Magen es nicht mehr gewohnt war. Sie aßen eine Weile schweigend.

»Chantal scheint überall Menschen zu kennen«, stellte Fritz nach einer Weile fest.

»In der Tat kennt sie Leute in ganz Europa. Sie ist Künstlerin und Kosmopolitin. Wir alle waren schon so viel weiter – politisch, kulturell, intellektuell –, bevor wir uns ins Mittelalter zurückbombardiert haben. Außerdem verfügt Chantal über beträchtliche finanzielle Mittel. Was in Zeiten wie diesen kein Nachteil ist.«

Es schien, als wolle er nicht mehr sagen. Chantal hatte die Fäden gezogen. Für Isabelle.

»Kennen Sie Isabelle?«, brach es plötzlich aus Fritz hervor.

»Chantals …«, setzte Dr. Rosenthal an.

»Das Mädchen, für das Chantal als Tante fungiert?«, mischte sich Gitta ein. »Nein, nur aus Erzählungen. Und wir haben eine Fotografie gesehen. Sie ist bildhübsch.«

»O ja«, sagte Fritz.

Es gab noch einen Mokka und einen Calvados. Dann sagte der Herr des Hauses: »Wir beherbergen Sie gerne länger, Fritz, aber es gäbe morgen Nachmittag schon die Möglichkeit, mit mir nach St. Gallen zu fahren. Ich habe dort einen Vortrag zu halten. Wie ich die Lage momentan einschätze, würde ich große Grenzen meiden. Lindau liegt in der französischen Besatzungszone, dort würden Sie mit Ihrem Dialekt wenig auffallen, falls Sie jemand aufhalten sollte. Sie müssten natürlich ein Stück durch Österreich.«

»Das schreckt mich nicht«, sagte Fritz, war sich aber nicht sicher, ob er das so meinte.

Tatsächlich fuhr er anderntags mit dem Doktor durch die Schweiz, die ihm so wohlanständig und wie frisch geputzt erschien. Rosenthal chauffierte ihn sogar noch bis zum geschichtsträchtigen Ort Heiden, wo Henry Dunant die letzten Jahrzehnte vor seinem Tod verbracht hatte.

»Sie sind jung, Sie können jetzt mit dem Studium beginnen«, sagte er zum Abschied. »Haben Sie schon eine Idee?«

Sollte er es sagen? Die Idee hing noch am Lebensbaum wie eine unreife, grüne Birne. »Ich dachte an Veterinärmedizin.«

»Sehr gut, sehr gut, mein junger Freund! Dann werden wir fast Kollegen. Ich beim Homo sapiens, Sie bei den Tieren. Passen Sie gut auf sich auf, und geben Sie uns Nachricht, ja?«

»Natürlich. Ich bin Ihnen zutiefst zu Dank verpflichtet. Grüßen Sie bitte auch Ihre Gattin.«

»Es war uns eine Freude.«

Fritz sah dem Fahrzeug nach. Er hatte sich so oft bedankt und hatte selbst nie etwas geben können. Außer etwas Salz.

Es war still in Heiden und ungewöhnlich warm. Ein Föhnwind streichelte warm seine Wangen. An einem Feldkreuz lehnte ein rostiges Fahrrad. Weit und breit war keine Menschenseele zu sehen. War es nicht einerlei, ob er auch noch zum Dieb wurde? Er griff nach dem Zweirad und fuhr talwärts. Ein unerklärliches Hochgefühl erfasste ihn.

Als er in Buechstig ankam, war es dunkel geworden, was Fritz gut zupasskam. Er ging im Dunkeln durch die Auen und stand schließlich an der Mündung des Altrheins in den Bodensee. Der Fluss führte so wenig Wasser, dass er beschloss, das Rad zu schultern. Die Schuhe hängte er sich um den Hals und watete bis zum anderen Ufer. Dort befand er sich schon in Österreich. Weiter ging es durchs Flussdelta bis zum neuen Rhein. Er sah sich um, griff sich ein Boot, verlud sein Rad und versuchte, mit wenig lauten Schlägen das Gegenufer zu erreichen.

Bald schon kreuzte die Bregenzer Ach seinen Weg. Fritz verharrte und dachte nach. War es klug, hier den Fluss zu queren und weiter Richtung Lindau zu gehen? Barg das nicht ungeahnte Risiken? Also folgte er dem Flüsschen, querte es bei Kennelbach und trieb sein Rad bergwärts. Zwischendurch musste er schieben, ab und zu kam ihm ein Auto entgegen, da verkroch er sich im Graben oder hinter Büschen. Im Dörfchen Langen erwachten gerade die Bauern, man sah Licht in den Ställen, in Sulzberg dämmerte es. Als er in Oberreute ankam, war es hell. Er stand auf deutschem Boden und fühlte nichts.

Doch dann sah er hinauf ins Gebirge. Der große gewaltige Berg, der alles überragte, trug schon Weiß. Etwas in ihm wurde angerührt. Das war eine Landschaft, die Kraft ausstrahlte, Würde und Ewigkeit. Er musste schieben bis zu ein paar Höfen, die unter einem bewaldeten Bergrücken kauerten. Eine Bäuerin wusch gerade ihre Milchkannen aus, als sie ihn entdeckte. Fritz lächelte.

»Geht es dort weiter nach Oberstaufen?«, fragte er.

»Wo kommst du her?«

»Aus Frankreich.«

»Vom Krieg?«

Fritz nickte.

»Wart.« Sie verschwand im Haus und kam mit einem Brotlaib und einem gewaltigen Stück Käse wieder. Beides band sie in ein Leinentuch.

»Das kann ich nicht annehmen!«

»Doch, bring mir das Tuch halt ein andermal wieder. Wo musst du hin?«

»Würzburg.«

»Gott segne dich«, sagte sie und verschwand wieder im Haus.

Fritz fuhr in den Wald hinein, es wurde eisiger und die Fahrspur ruppiger. Er schob ein Stück, probierte erneut zu fahren, rumpelte in ein Schlagloch, und es brachen fast alle Speichen.

»Merde!«

Er sah sich um. Links unter ihm lagen ein paar Höfe, und plötzlich lächelte er in sich hinein.

»Treuer Kamerad, hier trennen wir uns.« Er lehnte das Rad an einen Zaun, dann nahm er die Klingel ab und sah sich um. Über die verharschte Wiese ging er zum Waldrand hinauf. Dort hockte er sich auf einen Baumstumpf. Es war winterstill. Aus dem Rucksack nahm er einen kleinen Klappspaten und ein Wachstuch. Er begann zu graben, wickelte die Klingel ein und kennzeichnete die Stelle durch ein paar Steine. Hierher würde er zurückkommen, das schwor er sich.

Dann schlenderte er talwärts, kam durch einen Weiler namens Sinswang und dann nach Oberstaufen. Dort fand er heraus, dass die Züge schon wieder fuhren. Am Bahnhof aß er vom Brot der Bäuerin, trank aus einem Brunnen Wasser und wartete, bis ein Zug kam. Als der Schaffner in sein Abteil trat, hatten sie Immenstadt passiert.

»Leider kann ich mir keinen Fahrschein kaufen. Ich komme aus Frankreich und bin auf dem Weg nach Ochsenfurt. Das ist bei Würzburg«, erklärte Fritz.

»Gefangenschaft?«, fragte der Schaffner.

Fritz zuckte innerlich zusammen, nickte dann aber.

»Würzburg soll auch in Schutt und Asche liegen. Der Zug fährt bis Kempten, vielleicht auch bis Buchloe. Weiter wohl nicht. Alles Gute!« Er tippte sich an die Mütze und ging.

In Kempten hielt der Zug ächzend und quietschend an. Fritz sprang hinaus, sah sich unschlüssig um. Der Schaffner von eben rief ihm zu: »In einer halben Stunde geht es weiter.«

Es war Abend, als Fritz in Buchloe ankam, wo der Zug stehen blieb.

»Sie können gerne im Wagen schlafen«, sagte der Schaffner und drückte ihm ein Bier in die Hand. »Schauen Sie, dass Sie vor Tagesanbruch weg sind.«

»Danke.«

Um fünf Uhr zog Fritz weiter. Es war kalt geworden, und er dankte Gitta Rosenthal in Gedanken für den warmen Lodenmantel, den sie ihm aufgenötigt hatte. Er kam durch das Dorf Igling, das schwer getroffen war. Überall waren noch die Bombentrichter zu sehen. Auch hier fand Fritz eine Bäuerin, die ihm ein Glas Milch anbot.

»Es war im Februar, es war ungewöhnlich warm«, erzählte sie. »Wir waren Überflüge gewohnt, wegen dem Fliegerhorst in Penzing. Aber an dem Tag haben sie uns bombardiert. Bei dreihundert amerikanischen Flugzeugen habe ich aufgehört zu zählen. Es war wie eine Sonnenfinsternis. Gott steh uns bei!«

Abends gelangte er bis nach Augsburg, wo es ebenfalls gespenstisch aussah. Skelette von Häusern, der Bahnhof völlig zerstört. Ein paar Kinder rannten lachend an ihm vorbei, ein kleines Mädchen tauchte hinter einem Haufen aus angekohlten Fensterrahmen auf. »Wartet auf mich!«, rief sie. Das Mädchen hatte Locken wie Isabelle, und der Schmerz zerschnitt sein Herz. Was mochte aus ihr geworden sein?

Seine Reise durch sein verwundetes und zerstörtes Heimatland weckte widersprüchliche Gefühle in ihm. Er dachte an die Worte von Dr. Rosenthal. Hitler war der Brandstifter gewesen und Volksverhetzer wie sein Vater ein williges Gefolge. Aber mit welcher Härte hatten die Briten und Amerikaner die Zivilbevölkerung gestraft? In Crailsheim erzählte man ihm, dass die Bevölkerung schon das Ende habe nahen sehen. Man habe die weißen Fahnen geschwungen und den Ort übergeben wollen. Doch die SS-Schergen hätten ihre Landsleute wegen Hochverrats getötet, dabei war wenig später der Krieg endgültig vorbei gewesen. In Fritz' Kopf waren die Rollen nicht mehr klar vergeben: Wer war Täter? Wer Opfer? Wer war er selbst? Der Deserteur? Der Feigling?

Es war ein Nachmittag im Dezember, als Fritz Würzburg erreichte. Ein Kutscher hatte ihn mitgenommen. Er wandelte über Schutt, die ganze stolze Stadt schien am Boden zu liegen, und von der Altstadt war im Prinzip nichts mehr übrig. Sein Weg wurde ihm mit jedem Schritt schwerer. Was hatte er erwartet?

Als er Ochsenfurt erreichte, musste er feststellen, dass die alte Mainbrücke gesprengt war, eine behelfsmäßige Holzkonstruktion gab eine Art Fahrbahn ab. Die Nepomukstatue, Freund seiner Kindertage, war fort. Aber vor sich sah er die Türme und die wohlbekannten Giebelhäuser. Er zögerte, dann ging er wie ein Hase, der Haken schlug, im Zickzack durch die Stadt. Vor der Roten Schule blieb er stehen, und auf einmal begannen die Tränen zu laufen. Ohne Vorwarnung. Langsam ging er zurück in die Hauptstraße, wo die Fachwerkhäuser standen wie eh und je. Die schweren Tore nach vorne, die Lastenaufzüge in den Giebeln. Vor seinem Elternhaus zögerte er erneut. Er sah Licht im ersten Stock flackern und war nahe daran, wieder wegzugehen. Dann betätigte er doch den Türklopfer. Lange blieb es still. Schließlich öffnete sich die Tür. Seine Mutter stand vor ihm. Sekundenlang geschah nichts.

»Fritz! Fritzle! Lieber Gott, ich danke dir.«

Sie sank in seine Arme. Er fühlte, wie knochig seine Mutter geworden war. Hinter ihr tauchte noch jemand auf, seine kinderlose Tante Bärbel, der immer mehr Tränen über die Wangen liefen.

»Fritz, und das heute!«

Warum heute? Aber ja, es war der 10. Dezember, sein Geburtstag. Er konnte sich gar nicht erinnern, wann er den zum letzten Mal gefeiert hatte. Die beiden Frauen zogen ihn ins Haus.

»Bub, du hast sicher Hunger!«

Fritz nickte.

»Und du bist gesund, ja?«, fragte seine Mutter besorgt nach. »Keine Verletzungen?«

Fritz schüttelte den Kopf.

»Komm, setz dich, ich hol dir Wein und Braten und überhaupt alles. Ach, Fritz, wie schön!« Seine Mutter ging hinaus.

Fritz sank auf einen Stuhl und sah die Tante an, die nur unentwegt den Kopf schüttelte.

»Wir dachten, du bist tot. Es gab keine Feldpost, keine Nachricht, du warst auf keiner der Todeslisten. Ach, Fritz, es ist ein Wunder!«

Es war keines, er war einfach nur ein feiger Deserteur. Er hatte Glück gehabt. Es hatte so viele Menschen gegeben, die ihm wohlgesonnen gewesen waren. Hier fühlte er sich wie ein Fremdkörper.

Die Mutter kam mit Essen und einem Krug Silvaner und schnitt ihm den Braten auf.

»Ich bin kein Kind, ich kann mein Essen selber schneiden«, sagte er, doch es tat ihm schon im nächsten Moment leid.

Sie schwiegen eine Weile, das Licht flackerte. Dann sagte er: »Ochsenfurt sieht unversehrt aus, was für ein großes Glück.«

»Ja«, sagte die Tante, »das haben wir gut hinbekommen.«

»Es war Wahnsinn!«, rief die Mutter.

Fritz sah zwischen den beiden hin und her.

»Schau, der Volkssturm hatte Barrikaden errichtet, um die Amerikaner aufzuhalten. Wir …«

»Vor allem sture Weiber«, unterbrach die Mutter.

»Wir haben sie abgerissen. Das Bollwerk aus Stämmen, Stein und Lehm abgebaut.«

»Damit habt ihr euch in Lebensgefahr begeben!«

»Ach«, sagte die Tante leichthin, »da war einer vom Volkssturm, der uns mit dem Gewehr bedroht hat, aber der hat das Schwänzchen eingekniffen. Wir haben am 29. März geräumt, und der Amerikaner ist in die Stadt gekommen. In Marktbreit unten, da gab es mehr als dreißig Tote. Das wäre auch unser Schicksal gewesen, wenn sie uns bombardiert hätten. So sitzen die Amis nun in der Post, und das schöne Ochsenfurt steht noch.«

»Und die Brücke?«

»Die haben am Gründonnerstag Wehrmachtssoldaten gesprengt, dein Vater war auch dabei.«

»Wo ist der Vater?«, fragte Fritz.

»Er ist interniert.«

»Was heißt das?«

»Die Amerikaner nehmen es sehr genau mit der Entnazifizierung. Genauer als in der britischen oder der französischen Zone, sagt man. Dein Vater gilt als Gefahr für die Besatzungstruppen. Sie unterscheiden zwischen Hauptschuldigen, Belasteten, Minderbelasteten, Mitläufern und Entlasteten«, sagte die Tante. »Er ist ein Belasteter.« Sie schluckte.

»Dann bin ich auch in Gefahr?«

»Nun bist du erst einmal hier. Und du giltst als verschollen.«

»Aber …«

»Nichts aber. Nun iss!«

»Und der Onkel?«, fragte Fritz nach einer Weile.

»Der ist im Krieg geblieben. Jetzt bist du der Mann im Haus.«

1945

Isabelle

Isabelle hatte den Verlust von Fritz noch immer nicht verwunden. Die Lage in der Schule normalisierte sich, der Krieg war weiter abgerückt. Aber dieser Hitler gab nicht auf.

Es war April, als Isabelle krank wurde. Sie versuchte, es vor den Erwachsenen zu verbergen, sie wollte nicht im Bett bleiben, da war es so langweilig. Ihr Hals tat weh, sie konnte immer schlechter schlucken, hatte Bauch- und Gliederschmerzen, und das Fieber stieg und stieg. Schließlich rief Chantal den Doktor, der Isabelle seit ihrer Kindheit kannte. Er bat sie, den Mund zu öffnen, und drückte mit einem Holzspatel ihre Zunge nach unten. Besorgt sah er aus und bedeutete Chantal mit einer Kopfbewegung, nach draußen zu kommen.

Isabelle erfuhr, dass sie Diphtherie hätte, ihr war der Name der Krankheit einerlei. Sie konnte nicht mehr schlucken, ihre Lymphknoten waren geschwollen. Sie bekam Penicillin, doch es ging ihr nicht besser. Nach zwei Wochen wurde sie ins Hospital gebracht. Isabelle war noch nie krank gewesen und noch nie in einem Krankenhaus. Dort roch es nach Medikamenten und dem Linoleumboden. Die Nonnen wirkten in ihrer Schwesterntracht auf Isabelle seltsam fremd und alterslos. Isabelle war nicht bewusst, dass Chantal quasi einen Fahrschein erster Klasse für sie gelöst hatte. Es gab nämlich keineswegs nur Einzelzimmer wie ihres, sondern auch Doppelzimmer und sogar ein großes Mehrbettzimmer. Isabelles Arzt war ein etwas herablassender Mann, der vermittelte, er unterhalte sich nur mit Kindern oder Menschen unter seinem Stand, weil er sie als wissenschaftliches Experiment betrachtete. Nur bei Chantal änderte er seine Attitüde.

Einmal hörte Isabelle ihren Vater auf dem Gang fragen: »Wird sie sterben?«

Die Antwort des Doktors war nicht zu verstehen, die von Schwester Benedicte schon: »Wir beten für sie, aber es sieht schlecht aus.«

Und dann kam der Tag, als Isabelle spürte, dass sie nun wirklich sterben werde, denn sie bekam gar keine Luft mehr. Was um sie herum geschah, nahm sie nur noch vage wahr. Sie hatte keine Ahnung, wie viel Zeit vergangen war, welcher Monat war. Aber sie hatte starke Schmerzen im Hals. Andere als bisher. An ihrem Bett saß Chantal.

»Schätzchen, alles wird gut.«

»Was, was …?«

»Sie haben einen Luftröhrenschnitt gemacht. Alles wird gut. Aber du musst ganz still liegen bleiben. Sechs Wochen, vielleicht, weil dein Herz sonst Schaden nimmt.«

»Sechs Wochen?«

Isabelle erfuhr erst viel später, dass sie bereits seit sechs Wochen im Krankenhaus lag. Nach acht Wochen begann sie, sich etwas besser zu fühlen, nahm die Umgebung wieder stärker wahr. Sie roch den typischen Geruch, hörte die trippelnden Schritte von Benedicte und die schweren der gestrengen Schwester Marie. Sie aß ein wenig und wurde von Benedicte sogar mit einem Rollstuhl an ein offenes Fenster gefahren. Die Luft war purer Sommer. Sie hätte sich so sehr gewünscht, mit Fritz in den Dünen zu sitzen. Pierre und Jean-Luc kamen zu Besuch, und Isabelle konnte kaum glauben, dass schon August war.

Doch dann kamen die Schmerzen in den Seiten. Es war grauenhaft. Binnen weniger Stunden wich jeder Wille.

»Weh, es tut so weh.«

Isabelle dämmerte unter Morphin dahin. Sie begriff nicht, dass ihre Nieren entzündet waren, und dachte erneut, dass sie nun sterben werde.

»Du musst Fritz suchen. Versprich es mir! Und begrab mich in den Dünen.« Das sagte sie oft. Und Chantal antwortete immer: »Du stirbst nicht. Eine Deschamps stirbt nicht, bevor sie geliebt, gelebt und große Taten vollbracht hat.«

»Ich habe geliebt. Dich, Papa, Pierre und Jean-Luc und Fritz.«

Es war Ende November, als Isabelle aufstehen durfte. Sie ging durch die Gänge des Krankenhauses, eine der Nonnen stützte sie. Sie war so schwach, so mürbe, als wäre alle Energie aus ihr gewichen. Es war Mitte Dezember, als sie sich wieder etwas besser fühlte. Sie musste Weihnachten und den Beginn des neuen Jahres im Hospital verbringen. Chantal hatte Champagner eingeschleust, Isabelle bekam ein winziges Schlückchen.

»Wünsch dir etwas für das neue Jahr, Kind«, sagte ihr Vater.

»Ich wünsche mir, dass es Fritz gut geht.«

Am Ende hatte Chantal doch noch von ihm erzählt, weil Isabelle im Delir immer nur den Namen Fritz gestammelt hatte.

»Ich habe Nachricht aus Basel erhalten, dass er gut weitergereist ist. Inzwischen ist er bestimmt sicher zu Hause angekommen«, sagte Chantal.

»Das hättest du mir sagen müssen!«

»Der Brief der Rosenthals kam erst vor wenigen Tagen. Und du musstest dich erst einmal erholen.«

»Ich muss ihm schreiben!«

»Dazu brauchst du seine Adresse. Hast du sie?«

»Er lebt in Ochsenfurt.«

»Fritz in Ochsenfurt. Das erscheint mir wenig vielversprechend.«

»Finde sie heraus!« Isabelle zitterte und spürte, wie das Fieber stieg.

Bald schon war die Rede von einem Rückfall, vom entzündeten Herzmuskel. Isabelle überstand noch einen Monat zwischen Wachen und Dämmern. Es kam ihr aber so vor, als wäre ihr Gehör sensibler geworden.

Einmal hörte sie den Doktor flüstern: »Sie wird keine Kinder mehr bekommen können.« Was Chantal antwortete, hörte sie nicht.

Es war April 1946 geworden, und endlich konnte Isabelle aufstehen, ein wenig auf den Korridoren herumgehen, dann sogar hinaus. Sie schaffte nur kurze Strecken, aber sie fühlte sich wieder etwas stärker. Ihre treuen Begleiter saßen mit ihr im Garten, als Chantal sagte:

»Wir fahren nach Vichy!«

»Bitte?« Pierre sprang so heftig auf, dass sein Stuhl umfiel.

»Das Wasser ist himmlisch, es wird Isabelle guttun.«

»Hier gibt es Seeluft, die genügt. Vichy, das liegt in der eiskalten Auvergne! Und du willst wirklich an den Ort reisen, der zum Symbol der Kollaboration mit den Nazis geworden ist? Wo sich das Böse eingenistet hat in den Hotels? Am besten, du steigst gleich im Hôtel du Parc ab und schläfst im Bettchen von Marschall Pétain!«

»Sei still! Nein, es wird ein privates Chalet sein«, sagte Isabelles Vater. »Es gehört einem Kollegen von mir.«

Und so verbrachten sie zwei Monate bei der Jugendstil-Trinkhalle, unter der maurischen Mosaikkuppel und am Brunnen, wo es lauwarmes schwefeliges Stinkewasser gab, flanierten vorbei an Kanälen und Palazzi wie in Venedig. Ihr Vater echauffierte sich über die neugotischen Schlösschen, die er kitschig fand. Das Schweizer Chalet, in dem sie lebten, konnte vor seinen Augen bestehen, weil es zumindest authentisch war.

Pierre, der mit Jean-Luc nachgekommen war, rezitierte auf dem Boulevard de Russie Passagen aus Dostojewskis *Idiot*, und beim Fünfuhrtee diskutierten sie über das Buch. Isabelle sagte wenig, das Denken strengte sie noch an. Sie kam sich vor wie dieser Fürst Myschkin, der nach mehrjähriger Behandlung seiner Epilepsie aus einem Schweizer Sanatorium nach Russland zurückkehrte. Auch sie war fast ein Jahr krank gewesen. All diese Gestalten in Petersburg erschienen ihr wie ein Spiegel ihres Lebens. Pierres Kritik, es gebe in dem Buch nur überzeichnete Figuren, fand Isabelle unberechtigt. Sie kannte keine »Normalmenschen«, wie Dostojewski sie nannte. Ihr Leben mit dem Vater, Pierre, Jean-Luc und Chantal war nie normal gewesen. Allmählich nahm Isabelle wieder etwas zu, ihre Formen wurden weiblicher, aber sie blieb insgesamt doch zart, schmal und fragil.

Vichy erwachte gerade wieder zum Leben, doch es war ein errötendes Erwachen, denn der Ort hatte Schuld auf sich geladen. Die wenigen Gäste wurden fürstlich bewirtet, und Isabelle konnte sich ohne Weiteres die Glanzzeit während der Belle Époque ausmalen, als die Hautevolee hier residiert hatte, all die echten und unechten Grafen und schönen Damen. Der Ort war inspirierend, am liebsten hätte sie ein Buch geschrieben oder ein Bild gemalt, doch sie spürte, dass es ihr an Talent mangelte. Irgendwann einmal äußerte sie genau das, als Jean-Luc sie fragte, warum sie so bedrückt wirke.

»Ich kann nichts, gar nichts. Chantal kann malen, Papa baut Häuser, Pierre ist Dichter. Ich bin nur ein Normalmensch.«

Jean-Luc nahm ihre Hand. »Kind, dir ist etwas gegeben, was nur wenigen Menschen innewohnt. Du bist schön, innerlich und äußerlich. Du bezauberst die Menschheit allein durch deine Anwesenheit. Das ist mehr, als jedes Talent dir bieten könnte. Künstler sprechen durch ihre Werke, du sprichst aus dir heraus.«

Das traf sie in ihrem Innersten. Mittlerweile war sie sechzehn und bemerkte die Blicke von Männern und Frauen gleichermaßen. Diese Blicke waren weder missgünstig noch lüstern. Aber Isabelle war sich unsicher, ob das reichte für ein Leben.

1945

Benedikt

Der Krieg kam näher, und sie sahen die Bomber über den Hochgrat kommen. In Oberstaufen tauchten immer mehr Flüchtlinge auf, sodass die Familie versuchte, von überall her

Verwandte zu rekrutieren, die einzogen – bloß damit ihnen keine Flüchtlinge zugeteilt wurden. Bald hörten sie Schauerliches aus Oberstaufen. Plötzlich waren überall die Franzosen und diese exotischen Marokkaner.

»Sie haben einen Panzer vor die Pension Bergblick gestellt und schießen nach Hagspiel hinauf, weil sich da angeblich Wehrmachtler verstecken«, erzählte der Vater eines Tages. »Und sie haben einen Bauern aus Buchegg erschossen, dabei wollte der nur Eier abliefern.«

Die Oma bekreuzigte sich. »Es sind gespenstische Zeiten. Kinder, ihr bleibt daheim!«

Wo hätte er auch hingehen sollen?, fragte sich Benedikt. Es gab nur diese eine schlechte Straße nach Oberstaufen, die im Winter oft nicht passierbar war.

Und dann kamen sie. Im Frühling 1946. Benedikt wusste, dass der Vater gehofft hatte, sie kämen nicht. Dass sie unterwegs, ja, was eigentlich, verunglücken würden? Auf der schlechten Straße? Dass sie verhungert wären? Bis zuletzt hatte der Vater gehofft, sie würden zumindest irgendwo anders unterkommen, aber da waren sie nun. Die beiden Frauen zogen einen Leiterwagen hinter sich her, der über den Feldweg hüpfte. Die ganze Familie stand vor dem Haus, nicht wie ein Begrüßungskommando, eher wie eine Front. Der Vater hatte die Arme vor der Brust verschränkt, die Oma bekreuzigte sich. Sie waren fast da, als Afra ihnen ein paar Schritte entgegenging und ihnen eine Löwenzahnblüte hinhielt. »Grüß Gott.«

Die ältere Frau lächelte vorsichtig, die jüngere sah zu Boden. Als sie dann doch den Kopf hob, sah Bene, dass es ein Mädchen in seinem Alter war. Ihre Augen waren braun und wirkten riesig in dem schmalen Gesicht. Sie trug zwei lange

Zöpfe, ihre Schürze war verschlissen, an den Stiefeln spitzte eine Zehe heraus.

»Guten Tag, ich bin Adele Klimesch. Das ist meine Tochter Elke. Wir …«

»Wir haben uns nicht um euch gerissen«, sagte der Vater. »Und bei uns sagt man grüß Gott.« Er ging einfach zwischen den beiden hindurch und stampfte davon.

»Wir …«, begann diese Adele.

»Es ist gut«, kam es von Agnes. Sie lächelte Elke an. »Du brauchst neue Schuhe. Vielleicht passen dir meine alten. Wir haben euch den Speicher ausgeräumt.«

Bene hatte ganz schön geschleppt, und die Oma hatte darauf bestanden, dass man an den Kamin, der durch das ganze Haus lief, einen Holzofen anschließen solle. Sie waren in einer privilegierten Lage. Bei vielen Nachbarn in den Weilern und erst recht in Oberstaufen lebten die Einquartierten in den Schlafzimmern, die die Kinder hatten räumen müssen. Sie hausten in den Stuben und Wohnzimmern, oft ganze Familien, da waren sie mit nur zwei dürren Frauen gut weggekommen. Und die Tatsache, dass der Dachstuhl verschalt war und man nun sogar dort heizen konnte, war Luxus.

»Zeig es ihnen«, brummte die Oma. »Dann gibt es Essen. Ihr schaut so aus, als könntet ihr was vertragen.«

»Danke, wir danken Ihnen, wir …«

»Kommt!«, sagte Agnes. »Los, Bene, lad aus.«

Es gab nicht viel auszuladen. Einen alten Koffer, einen Seesack, ein geschnitztes Kruzifix. Elke kramte im Seesack. »Wir können Ihnen leider nichts geben. Wir wussten nicht, wie alt die Kinder sind. Mama hat etwas genäht.« Sie hielt Afra ein Pferdchen hin, das aus Sackleinen bestand, zwei schwarze Augen aus Knöpfen und ein Halfter aus geflochtener Wolle hatte und mit irgendetwas ausgestopft war.

»Das ist ja unsere Leni!«, tirilierte Afra.

»Ich schneidere gerne«, sagte Adele. Ihre Stimme war sehr leise und etwas heiser. Das war der Moment, als die Oma nach vorne trat.

»Wir danken auch«, sagte sie und fügte mit Blick auf das Kruzifix hinzu: »Und wir danken dem Herrgott, dass er uns Christenmenschen geschickt hat.« Ihr Blick versenkte sich in dem von Adele, und ein feines Band entstand zwischen ihnen, gesponnen aus einem Hauch von Sympathie. Es war ein Anfang. Und Bene wusste gar nicht, warum, aber etwas in ihm jubelte.

Der Vater blieb brummig über die nächsten Wochen, aber er hatte keinen Anlass zu Klagen. Adele Klimesch legte überall mit Hand an, sie half der Oma, wo sie konnte. Elke war ebenfalls ein angenehmer Gast, ein stilles Mädchen, das ungeheures Geschick hatte mit Blumen und Pflanzen. Sie schien fast verzückt zu sein, wenn das Gemüse gedieh. Elke und Adele erzählten wenig. Bene erfuhr, dass sie in einem Flüchtlingslager in Furth im Wald gewesen waren, länger, als es die Durchschleusungspolitik gewollt hatte. Anschließend waren sie in ein Lager im Donau-Ries gekommen und von dort in die Kaserne nach Kempten. Er wagte aber nicht, genauer nachzufragen. Er wusste nur, dass Elke fast an der Ruhr gestorben war und immer Hunger gelitten hatte. Vielleicht hatte sie deshalb diese Freude an allem, was wuchs. Weil es hell war und bunt und Hoffnung gab.

Es war Herbst geworden. Elke hatte gerade Karotten aus der Erde gezogen, die prächtig aussahen. Bene kam näher.

»Die sehen doch gut aus. Warum bist du so traurig?«

»Weil es keine Reben gibt.«

»Reben?«

»Weinreben.«

Bene lachte. »Wenn wir hier Wein anbauen wollten, das gäbe einen rechten Sauerampfer.«

»Ich bin traurig, weil hier sieben Monate Winter ist.«

»Du hast Heimweh?«

»Ach, Bene, ihr seid lieb und doch …«

Sie saßen nebeneinander auf der Gartenbank, so nah, dass sie sich fast berührt hätten. Heute früh hatten alle Mädchen ihre Haare gewaschen, und Agnes hatte von irgendwoher Rosenwasser gezaubert. Elke roch rosig. Passend zu ihren Wangen.

»Warst du schon einmal fort?«, fragte sie. »Ich meine, woanders als hier?«

»Nein, also ja. Ich war einmal am Bodensee«, sagte Bene. »In Lindau. Das war eine lange Fahrt.«

»Ich meine, weiter weg?«

»Nein. Warum auch?«

»Wir wären auch gerne da geblieben, wo wir gewohnt haben. Aber da wohnen jetzt Tschechen.«

»War es schön dort?«

»Wunderschön. Einmal im Jahr sind wir nach Lednice gefahren und haben den Park von Schloss Eisgrub besucht. Du glaubst nicht, was es da alles gibt: künstliche Grotten, Ruinen, Tempelchen, sogar ein Minarett.«

»Hier gibt es kein Minarett. Man glaubt an Gott und die Dreifaltigkeit«, sagte Bene. Man hatte ein gottesfürchtiges Leben zu führen, was gab es denn darüber hinaus?

Sie schwiegen eine Weile, bis Elke sagte: »Wir haben in Nikolsburg gelebt und die Oma in Perná. Da gab es Weinberge den ganzen Hügel hinauf. Pálava heißt der Wein, der da angebaut wird. Er schmeckt nach Bananen.«

Wie konnte Wein wie Bananen schmecken?, fragte sich

Bene. Ohnehin hatte er noch nie eine gegessen. Aber er wusste, dass es Bananen gab, die aus der früheren Kolonie in Kamerun kamen und per Schiff nach Deutschland fuhren. Das hatte er in einer Zeitschrift gelesen, dem *Zwiebelturm* oder *Weltbild*. Er hatte sie von der Haushälterin des Pfarrers bekommen, die sie nach eigener Lektüre weiterverschenkte. Bene las nicht sonderlich schnell, aber wenn er leise lesen durfte, ging es ganz gut. Das laute Vorlesen in der Schule lag ihm nicht.

»Mein Onkel war mal in Afrika«, fuhr Elke fort. »Stell dir vor, er ist mit einem Bananenschiff von Hamburg aus dorthin gereist. Auf der *MS Python*, mit richtigen Betten. Er hat Bananenlikör im Salon getrunken, und es gab sogar eine Bar! Die Rundreise hat viereinhalb Wochen gedauert und fünfhundertfünfzig Reichsmark gekostet.«

Fünfhundertfünfzig Reichsmark – die Summe war unvorstellbar und eine Schiffsfahrt erst recht.

»Ich würde dir so gerne Südmähren zeigen«, sagte sie plötzlich. »Weißt du, das Licht ist ganz anders dort.«

Elke erschien ihm wie ein Zauberwesen. Sie war so weit weg von ihm – und doch so nah.

»Vielleicht können wir irgendwann dorthin fahren«, meinte er. »Die Züge fahren wieder.«

»Du bist lieb«, sagte sie und gab ihm einen federleichten Kuss auf die Wange. Er war ihr verfallen, schon lange, aber nun erst recht.

Elke nahm ihren Korb mit den Möhren, und sie gingen langsam zum Haus, wo das Abendessen wartete. Der Vater sprach ein Tischgebet, dann fiel sein Blick auf Afra. »Wieso ist dein Kleid so schmutzig? Du bist öfter so verdreckt, was treibst du?«

Afra hob den Blick. »Das liegt an der Erschießung.«

»Red nicht immer so einen Unsinn!«

Adele sah das Mädchen an und fragte leise: »Was für eine Erschießung?«

»Unser neuer Lehrer, Herr Guffert, kommt direkt aus dem Krieg.«

Ein Blick flog zwischen dem Vater und Adele hin und her. »Und weiter?«, fragte er.

»Etwa alle drei Tage wird er nervös, ganz unruhig, und ihm steht der Schweiß auf der Stirn. Dann müssen wir uns alle mit dem Gesicht zur Wand stellen, und er erschießt uns. Mit einem Bleistift. So etwa.« Mit ihrem Löffel imitierte sie eine Waffe, die schnell hintereinander Schüsse abgab. »Wir müssen dann umfallen. Dabei wird man dreckig.« Sie zuckte mit den Schultern.

»Und das macht er schon lange?«

»Seit er da ist.«

»Gut, Kinder, ihr könnt aufstehen. Geht hinaus.«

Sie taten wie ihnen geheißen. Und lauschten.

»Wir müssen das melden«, sagte die Oma.

»Sie suchen Lehrer, es gibt keine. Sie werden ihn behalten«, sagte der Vater.

»Ich bin Lehrerin«, sagte Adele.

»Das ist wirklich ein Geschenk des Himmels!«, rief die Oma ungewöhnlich laut.

5

Aurelie

Aurelie hatte wenig Gelegenheit gehabt, mit ihrer Familie zu reden. Eike war auf einer Geschäftsreise, Laurent hatte am Wochenende ein Turnier und ging fast jeden Tag, wenn es der Stundenplan zuließ, zum Training. Einzig Lotte hatte sich ab und zu die Namen der Tiere aufsagen lassen. Aurelie wusste, dass sie das nur tat, um ihrer Mutter einen Gefallen zu tun. Doch als es auf Freitag zuging, wollte Lotte doch nicht mitkommen. Eine Freundin hatte Geburtstag, es sollte eine Übernachtungsparty geben.

»Du wolltest einen Tierpark. Ist deine Begeisterung schon vorbei?«

»Mama, ich wollte ein Ferienhaus am Meer. Das wäre schick. Und wir werden ja wohl sowieso den ganzen Sommer am Weiher abhängen. In zwei Wochen sind Ferien. Du machst das schon!«

Und so fuhr Aurelie wieder allein los. Es war ein komisches Gefühl, das Haus aufzusperren. Von überall her kamen Katzen, auch der Einäugige. Aurelie befüllte Näpfe mit Dosenfutter. Plötzlich sprang ihr etwas in die Kniekehlen. Sie drehte sich um. Da stand ein kniehoher Hund, der eine merkwürdige gelbe Farbe hatte. Er besaß drahtige Haare, einen langen Schwanz, der wie befiedert aussah, und wedelte wie verrückt mit dem Schwanz.

»Bist du Anton?«

Er legte den Kopf schief, dann bellte er.

»Gut, Anton, ich habe euch geerbt und das …«

»Hallo, Relie«, kam es vom Gang her. »Die Tür war offen.«

Als ob Marie keinen Schlüssel hätte!

»Hallo, Marie, was steht heute an?«

»Wir sollten in jedem Fall einige Bleche Quiche machen. Das Wetter soll gut werden, und da kommen immer viele Radler.«

Sie hatte immerhin »wir« gesagt. Und Quiche war etwas, das Aurelie auch konnte.

»Vegetarisch oder mit Speck?«

»Beides«, sagte Marie. Ihr barscher Ton hatte sich verändert.

Von Anton gefolgt, gingen sie hinüber zum Kiosk.

»Das Rezept hängt …«, setzte Marie an.

»Ich bin Französin«, erklärte Aurelie scharf.

Die Zutaten waren im Kühlraum, und Aurelie stellte fest, dass Isabelle eine hochmoderne Gastroküche hatte einbauen lassen.

Die beiden Frauen werkelten konzentriert. Aurelie spürte die Seitenblicke von Marie. Schließlich schoben sie sechs Quiches in den Ofen und säuberten anschließend die Arbeitsflächen.

»Bier?«, fragte Marie.

Es war kurz vor zwölf, und Aurelie hatte noch nichts gegessen. Sie trank fast nie Bier und nickte doch.

»Zapf du mal!«, meinte Marie.

Was kam, war vor allem Schaum.

Marie gab ihr Tipps, und nach etwa zehn Versuchen sah das Bier so aus, wie es sollte. Aurelie bekam dann noch eine Schnelleinweisung, welcher Wein für Schorle gedacht war und welcher pur serviert wurde.

»Die Augsburger trinken das Schorle aber mit dem besseren Wein«, erklärte Marie. Wer auch immer diese Augsburger sein mochten.

Sie setzten sich mit einem Cappuccino nach draußen. Isabelle hatte eine exzellente Espressomaschine, und Aurelie erinnerte sich, wie ihre Tante einst gesagt hatte: »Das Landleben heißt nicht, dass man auf Annehmlichkeiten verzichten muss.« Aurelie hatte gefragt, ob ihr denn nicht Kino, Ballett, Theater und die Oper fehlten, doch Isabelle hatte gelächelt und gesagt, dass sie Männer in Strumpfhosen degoutant fände und das Singen von dicken Frauen schlimmer als jede Kreissäge.

Anton jagte Fliegen, der See kräuselte sich ganz leicht, für einen Moment war es fast wie Urlaub. Da ertönte von irgendwoher ein Grollen, das sich in einem Bulldog materialisierte, von dem ein junger Kerl sprang.

»Beni, grüß Gott. Ein Bier?«, fragte Marie.

»Servus.« Er sah Aurelie an. »Ich weiß nicht, ob du dich noch erinnerst. Der Beni von drüben.«

»Natürlich, entschuldige, beim Ochsenrennen hab ich nicht geschaltet. Früher warst du aber viel kleiner.« Mein Gott, wie dämlich klang das!

Er nickte nur.

»Magst du die Quiche probieren?«, fragte Marie.

»Gern. Aber bitte die mit Geschmack.«

»Ich geh schon«, meinte Aurelie. Sie legte ein Stück mit Speck auf einen Teller und stellte ihn vor Beni auf den Tisch.

Er probierte, nahm noch eine Gabel, lehnte sich zurück.

»Gut. Mindestens so gut wie die von der Isabelle. Eher besser. Echt.«

Das war ein Ritterschlag.

»Wie wollt ihr es mit dem Heu machen?«, fragte er plötzlich.

»Frag sie«, sagte Marie, die die Arme in die Hüften gestemmt hatte. Breitbeinig stand sie da. Sie nahm oft diese Haltung ein.

»Was?«

»Ihr werdet dringend heuen müssen.«

»Wie?«

»Na, Heu machen! Es ist höchste Eisenbahn. Isabelle hat meist im Juni gemäht, jetzt ist schon Juli. Wenn ihr es jetzt nicht packt, wird's eng. Das Grummet schiebt ja schon von unten durch, und das Wetter soll nächste Woche schlecht werden.«

Aurelie blickte zur Wiese hinauf, auf der hohe Grashalme sich im leichten Wind wiegten. Jenseits des Hügels lag Benis Hof.

»Wie viel ist das?«

»Etwa sieben Hektar.«

»Ist das viel?«

Marie gab eine Art Grunzen von sich. »Siebzig Rundballen sollte es schon geben.«

Aurelie schwieg. Der Hahn Giacomo krähte aus vollem Hals, und einer der Esel antwortete. Das viele Gras kam Aurelie bedrohlich vor. Auch Marie war bedrohlich. Aurelie gab sich einen Ruck und wandte sich an Beni.

»Aber wie hat Isabelle das gemacht?«

»Ich hab gemäht, Isabelle hat gekreiselt. Das hat sie sich nicht nehmen lassen. Und geschwadet hat sie auch.«

»Was hat sie gemacht?«

»Ach, Relie! Wie kommt man zu Heu?«, fragte Marie.

»Man mäht Gras und trocknet es. Mach mich doch nicht blöder, als ich bin!«

Marie lachte. »Und das Gras, das schneidet der liebe Beni mit dem großen Traktor und dem Mähwerk. Und dann kommt der kleine Traktor mit dem Kreisler dran, der das Ganze verwirbelt, damit es schneller trocknet. Und am Ende, bevor der Presser kommt, legt man das Gras in die Schwad, also in die Reihe. Dafür gibt es einen Schwader.«

»Und am Ende kommt einer und macht diese weißen Bollen«, sagte Aurelie bestimmt.

»Nein, das wäre Silo. Ihr macht Heu, und da kommt ein Netz drum«, sagte Beni und warf Marie einen Blick zu, der ganz klar besagte: Da fehlt noch einiges.

»Aber ...«

Marie sah sie prüfend an. »Hast du irgendeine Ahnung von Fütterung?«

»Ja, also ... nein! Wie auch! Ich bin Lehrerin für Französisch und Latein. Da gibt es keine Lektionen, wo man Kühe füttert. Da gehen Gaius und Julius spazieren, und Hannibal kommt über die Alpen. Und im Französischunterricht reden wir über Paris.«

»Die Kinder lernen nix mehr über die Natur in der Schule«, meinte Marie seufzend. »Nichts über die Menschen, die ihre Lebensmittel erzeugen.«

»Das stimmt so nicht«, wehrte sich Aurelie. »Wir machen Ausflüge zu pädagogischen Lehrbauernhöfen, wo ...«

»... die Rotzlöffel sich zu Tode langweilen, weil es kein Handynetz gibt«, ergänzte Marie. »Nett gemeint, aber fernab der Realität. Ihr urbanen Mütter müsst nur entscheiden, ob ihr im Biomarkt einkauft oder gleich Veganer werdet. Dabei fehlt es an der Basis. Selbst die Frau Lehrerin kennt nicht den Unterschied zwischen Heu und Silo.«

Es fiel Aurelie schwer, zu fragen, aber sie überwand sich. »Und was ist der Unterschied, Beni?«

»Heu wird je nach Wetter meist zwischen Ende Mai und Ende Juli gemäht. Das Heu braucht drei sonnige Tage zur völligen Trocknung. Heu ist traditionell der erste Schnitt, Grummet der zweite. Hier im Allgäu nennt man den zweiten Schnitt Omada.« Er atmete durch. Offenbar hielt er nur ungern lange Reden. »Wer einen Heuboden hat, befördert das Heu auf den Ladewagen und von dort mit einem Gebläse oder dem Kran lose auf den Heuboden. Häufig wird es aber auch in Ballen gepresst. Ballenpressen machen aus Heu kleine rechteckige Ballen oder große Rundballen. Sie sind meist mit einem Netz umwickelt. Verstanden?«

»Ja, klar. Und der Kreiseldings?«

»Um es trocken zu kriegen, kreiselt man. Mit einem rotierenden Heuwender wird das Mähgut gleichmäßig auf der Grasnarbe verteilt, damit Sonne und Wind hinkommen. Und der Schwader ist das Gerät, das das halb trockene Gras und später das Heu am Ende in eine Schwad legt, damit man es einführen kann. Heumachen ist eine Kunst und gutes Futter Gold wert, hat Isabelle immer gesagt. Womit sie recht hatte. Ich füttere auch nur Heu, weil wir ja ein Heumilchbetrieb sind. Wir haben allerdings eine Heutrocknungsanlage, anders ginge das nicht.«

Aurelie schwirrte der Kopf.

»Und was ist Silo?«

»Silo, oder besser gesagt, Silage, ist ein durch Milchsäuregärung konserviertes Futtermittel. Da es Feuchte braucht, kann es schon nach ein, zwei Tagen eingeführt werden. Es wird luftdicht in Ballen mit Silofolie eingeschlossen. Die Folie gibt es in Weiß und Grün, aber auch mal in Pink – das wäre was für dich!«, sagte Marie. »Blöde Touristen bohren gerne mal Löcher in die Ballen, das ist aber weder witzig noch ein Kavaliersdelikt. Das Futter ist dann nämlich verdorben.«

Beni lächelte ihr aufmunternd zu. »Das Silo hat man früher in Hochsilos gelagert, das kommt aber nur noch selten vor. Es gab viele Unfälle, da sind sogar einige verreckt. Heutzutage hat man vor allem Fahrsilos!« Er sah Marie an. »Beim Alois wickeln sie das Silo jetzt gestreift. Sie wechseln hellgrüne und dunkelgrüne Folie ab.«

»Ja, hab ich schon gesehen. Dieser Depp.« Marie schüttelte unwirsch den Kopf.

»Aha.« Aurelie fühlte sich mehr und mehr unwohl. Sie wollte kein Landwirtschaftsstudium absolvieren. Dass dieses Jahr inmitten der Viecher auch solche Kleinigkeiten wie Heumachen enthielt, hatte sie sich natürlich nicht vorgestellt.

»Silo machen klingt für mich einfacher. Warum macht man hier keins?«, fragte Aurelie.

»Weil es so ist, als würden die Tiere nur noch Sauerkraut fressen«, erklärte Beni. »Es ist auch nur für Wiederkäuer verwertbar, für Pferde und Esel aber absolut ungeeignet. Die Silobauern mähen mehrmals im Jahr, oft auch schon sehr früh, was Folgen für das gesamte Ökosystem hat. Der Löwenzahn ist die erste Tracht für die Bienen. Das frühe Mähen entzieht ihnen und vielen anderen Insekten die Lebensgrundlage, und die Insekten fehlen wieder als Nahrung für Vögel. Aber das ist ein Reizthema, red da mal mit meinem Vater drüber. Der war Vollgas-Silobauer.«

»Du machst das ganz richtig, Bua!«

Aurelie fragte lieber nicht nach, was die Tracht war.

»Ja, und wann macht ihr … machen wir das Heu?«

»Ich könnte heute Abend mähen. Es soll heiß werden. Wir könnten Montag einführen. Ich würde dem Presser Bescheid sagen.«

»Ja, wenn ihr meint, dann machen wir das so. Danke. Was kann ich jetzt tun?«, fragte Aurelie.

»Momentan hier im Kiosk die Stellung halten. Wir öffnen freitags um zwei. Du kannst ab halb zwei mit Gästen rechnen. Ich muss mal rüber«, sagte Marie.

»Okay, dann bis später. Ich denk, ich mäh so auf sieben«, sagte Beni und ging ebenfalls.

Marie hatte recht. Es war kaum halb zwei, als ein Mann auf die Terrasse kam und sie prüfend ansah.

»Die Aurelie«, sagte er. Ihren Namen sprach er bayerisch aus, nicht französisch.

»Sie sind?«

»Mir sind hier per Du«, sagte der Mann.

Aurelie schluckte.

»Der Alois Luiz vom Gschwandtnerhof.«

»Ah ja, ich erinnere mich«, sagte Aurelie, obgleich sie keine Ahnung hatte, wer der vierschrötige Typ da war. Außerdem roch er furchtbar. Und diese ganze Verwirrung mit den Hausnamen hatte sie schon früher nicht begriffen. Der Nachname war Luiz? Der Hausname aber Gschwandtner?

»Ich nehm ein Helles.«

»Ja, bring ich.«

Aurelie verschwand hinter dem Tresen und betete. Sie hatte das Zapfen geübt, und es gelang auch. Erleichtert stellte sie das Bier bei diesem Alois ab.

»Zu kalt.«

»Wie bitte?«

»Zu kalt, ich trink das nie so kalt.«

»Und da ist er auch schon, dein Bierwärmer«, sagte eine Stimme und stellte einen kupferfarbenen kleinen Kübel vor ihm ab. Die junge Frau, zu der die Stimme gehörte, zog Aurelie am Ärmel in die Küche. Sie hatte schulterlange, schwarze Haare und einen blonden Pony und mochte Ende dreißig sein.

»Hallo, ich bin die Mandy.«

»Gott sei Dank. Ich bin Aurelie.«

»Pass auf, ich übernehm das draußen. Gleich kommt der Imkerverein Summsumm, die kriegen immer eine große Brotzeitplatte.«

»Aha, und was gehört da drauf?«

»Alles.«

Aurelie hätte sich nicht mal ansatzweise vorstellen können, wie anstrengend es war, die Zettel von Mandy abzuarbeiten. Sie hatte jetzt schon das Gefühl, in dieser Küche gefangen zu sein. Jedes Mal wurde sie von Panik ergriffen, wenn Mandy wieder einen Zettel ans Bord pinnte. Aurelie leistete jetzt schon Abbitte bei allen Köchen und Servicekräften, die sie mal angepampt hatte, weil es zu lange gedauert hatte.

Gegen halb sechs wurde es ruhiger. Aurelie setzte sich in eine Ecke des kleinen Gasthauses und äugte zum Stammtisch hinüber. Da saßen der alte Bene, dieser Alois und einer, der Franz hieß.

»A Schmarrn. Es bleibt a großer Schmarrn!«, sagte der gerade.

»Das ist kein Schmarrn. Ihr alle verreckt an der Gier der Discounter. Glaubt ihr wirklich, dass es etwas nützt, wenn ihr zweihundert Holsteiner melkt? Die in Polen haben zehntausend, die in China in der Inneren Mongolei noch mehr. Ich hab auf der Landwirtschaftsschule gelernt, dass ein Kuhfladen aus drei Ringen besteht. Ein Fladen! Nicht das dünnflüssige Spritzwasser, das Kühe heute absondern. Der Beni macht das einzig Richtige.«

»Das kann man machen, wenn man Fleischvieh hat, von

mir aus! Dann macht man halt Mutterkuhhaltung. So süß, die kleinen Kälber!«, meinte Alois grinsend, und der Franz lachte polternd. »Aber der Beni hat einen Milchviehbetrieb.«

»Alois Luiz, du Schlaumeier, wir erwarten in Deutschland von der Kuh vierzig Liter Milch am Tag. Um ein Kalb satt zu bekommen, braucht es acht Liter. Natürlich kann man die Mutterkuh das Kalb säugen lassen und sie dennoch melken. Dazu sind Logistik und Respekt nötig.«

»Du Dampfplauderer, du klingst wie so ein Tierschutzdepp.«

Der Alois wollte sich ausschütten vor Lachen. Benedikt sagte nichts.

»Und dann ist der Beni ja auch noch Kuhfriseur!«, brüllte der Franz, und alle bogen sich vor Lachen.

»Der Beni ist Kuhfitter«, sagte Benedikt.

»Und das ist was?«, fragte Mandy.

»Ein Mann, der Kühe so aufhübscht, dass sie noch besser aussehen, als sie es eh schon tun. Die Vorteile rausbringen, die Macken kaschieren. So wie bei euch Weiberleit auch«, erklärte Benedikt lächelnd.

»Ja, genau, Waschen und Legen!« Der Alois grölte.

»Es geht um die Topline«, fuhr Benedikt fort und sah nur Mandy an. »Kuhfitting ist ein Schönheitsprogramm. Waschen, schamponieren, scheren. So eine Kuh hat eine Rückenlinie von der Schulter bis zum Schwanzansatz, und es ist auf der Schau erwünscht, dass sie einen möglichst geraden Rücken hat. Wenn die ausschaut wie ein Hängebauchschwein, muss man nachhelfen. Auch mal mit Haarlack.«

Die anderen starrten ihn an.

»So, Burschen, habe die Ehre.«

Benedikt nahm seine Krücke und erhob sich langsam. Das Gehen schien beschwerlich zu sein. Der Alte versuchte, dabei noch aufrecht zu wirken, das spürte Aurelie. Er wusste, dass die anderen ihm nachstarrten, und wollte Stärke zeigen.

Aurelie folgte ihm und entdeckte ihn draußen, wo er an einem Balken lehnte.

»Geht's?«

»Kaputte Knie. Aber die Hauptsache ist, dass es im Hirn noch nicht ausbeißt.« Er lächelte.

»Das scheint ja noch gut zu funktionieren.« Der alte Benedikt musste fast in Isabelles Alter sein. Aurelie wusste, dass er für ihre Tante immer ein guter und wohlmeinender Nachbar gewesen war und der beste Freund von Isabelles verstorbenem Mann.

»Mein Beileid, Aurelie«, sagte er. »Es war ein Schock.«

»Ja, für mich auch.«

»Mit Isabelles Tod ist es … nun ja … dunkler geworden«, sagte er. Aurelie sah in den wässrigen Augen des alten Mannes, dass auch er Isabelle verfallen gewesen war. Sie hatte eine magische Anziehung auf Männer gehabt, ohne je kokettiert zu haben.

Eine Gesprächspause trat ein.

Aurelie gab sich einen Ruck. »Um was ging es denn vorhin?«

»Ach, der Franz ist ein Depp. Der Alois auch. Genau genommen sind das alles Deppen, meine Stammtischbrüder.«

Aurelie wartete.

»Mei, der Beni.«

Es war spürbar, welche Zuneigung er seinem Enkel entgegenbrachte. Benedikt und Beni.

»Der Beni macht halt alles anders. Der Alfred, sein Vater, musste den Hof an ihn übergeben, Gicht, Rheuma, zu viel Bier und Haxn. Jetzt hockt er grad im Entzug. Ist nicht grad ein Traumschwiegersohn.«

Aurelie war überrascht über die Offenheit des Alten.

»Der Beni wollte raus aus der klassischen Milchwirtschaft. Ich war anfangs auch dagegen. Heimlich hab ich mir Bücher besorgt, und da war auch viel Schmarrn dringestanden, davon, dass sich der Wille der Kuh über die Verdauungsrhythmen mit dem Willen des Menschen verbinden würde. Blödsinn. Ein Viech ist immer noch ein Viech.« Er sah Aurelie an. »Aber in den Kriegsjahren und auch danach, da hatten wir Respekt vor den Tieren. Da haben wir die Kälber auch bei der Mutter trinken lassen. Doch dann ist alles größer geworden. Wachsen oder weichen – das haben uns die Ämter eingetrichtert. Der Beni geht zurück zur muttergebundenen Kälberaufzucht.«

»Das klingt doch gut. Nach Respekt vor den Tieren«, sagte Aurelie.

»Stimmt, und die Kälber sind auch anders. Ganz nette Bollen. Und gesünder. Die Mütter auch. Wie oft hatte der Alfred Euterentzündungen und Pansenerkrankungen bei den Viechern. Ich hab die dann in den Obstgarten gestellt. Meistens sind sie gesund geworden. Wenn der Beni das so will, meinen Segen hat er.«

Aurelie blickte wieder über den See. Mücken tanzten über der Wasseroberfläche, die Sonne wehrte sich, unterzugehen. Nichts würde wieder so sein wie vorher – dieser Gedanke traf sie schmerzhaft. Isabelle war das Bindeglied gewesen, der Kitt zwischen all diesen Menschen. Sie selbst war hier völlig fehl am Platz.

Benedikt nickte, als könnte er Gedanken lesen. »Ja, Madel, die Welt dreht sich weiter.« Dann humpelte er zu seinem Auto.

Aurelie ging zurück in die Küche, wo Mandy gerade aufräumte.

»Hat doch hingehauen«, sagte Mandy. »Aber du hast viel zu viel auf die Platte getan. So gehst du bald pleite.«

»Super!«

»Wird schon. Ach, schau, da ist der Beni.«

Vom Hang herab kam ein Bulldog und begann, Kreise zu ziehen. Aurelie graute es. Kippte der im Hang nicht um? Beni hatte vorne und hinten diesen Schneider, Mähwerk hieß das, erinnerte sie sich.

Nach etwa einer Stunde hielt er am Kiosk an.

»Bier?«, fragte Aurelie.

»Passt.«

Er und Mandy plauderten noch eine Weile über Leute, die Aurelie nicht kannte, und sie war heilfroh, nichts sagen zu müssen, und noch froher, um neun ins Bett sinken zu können. Ihr tat jetzt schon alles weh. Beni hatte angekündigt, um elf kreiseln zu wollen, und ließ von seiner Mutter ausrichten, dass sie um halb sieben zum Füttern komme.

Aurelie schlief bis um zwei Uhr nachts. Da erwachte sie, weil sie plötzlich das Gefühl hatte, ersticken zu müssen. Auf ihrem Hals lag der Einäugige, zwei weitere Pelztiere hatten ihre Füße mit Beschlag belegt. Um halb sechs schälte sie sich aus dem Bett, weil Anton ihr die nasse Nase ins Gesicht hielt und sie abschlabberte. Die Meute hatte Hunger, das hatte sie wenigstens verstanden, und sie füllte mal wieder Näpfe. Katzen tauchten sieben an der Zahl auf, in allen Farben und Größen.

Nachdem die Viecher einigermaßen befriedet waren, machte sich Aurelie einen Kaffee. Natürlich in einer French Press. Sie erinnerte sich, wie sie mit Isabelle Kaffee getrunken hatte, damals am Atlantik. Das Haus in Les Sables-d'Olonne lag eine Reihe hinter der Remblai, in einer stillen Gasse, wo nach wie vor architekturinteressierte Touristen hinpilgerten und die Stadtführerinnen fast ehrfürchtig von Paul Deschamps sprachen. Es waren großartige Sommer gewesen, voller Freiheit, weil der Horizont kein Ende gehabt hatte. Aurelie meinte, noch immer den Wind zu spüren, der neckisch im Dünengras spielte.

Marie kam um zwanzig nach sechs. »Ah, schon wach. Pass auf, ich gebe dir eine kurze Einweisung ins Füttern. Die Katzen haben ja schon was. Hera kriegt noch eine halbe Herztablette.« Sie griff in eine Schublade, die jede Menge Medikamente enthielt, nahm eine Tablette aus dem Blister, zermörserte sie und gab eine klebrige Paste darüber. Dann griff sie sich eine merkwürdig gefärbte kleine Katze aus dem Haufen, setzte sie auf die Arbeitsplatte, tauchte den Finger in die Pampe und ließ das Tier abschlecken. »Die einzige Chance, das Zeug in sie reinzukriegen.«

»Und das ist Hera?«

»Ja, eine Schildpatt. Dreifarbige Katzen sind immer weiblich«, erklärte Marie, und Aurelie fühlte sich schon wieder völlig unwissend.

Ein roter Kater musste eine Augensalbe bekommen, und es war ein halber Ringkampf nötig, bevor Marie sie ihm verabreicht hatte. Schließlich bekam ein getigerter Kater eine Flüssigkeit aus einem Fläschchen ins Maul gespritzt. »Tarantula, gegen entartetes Gewebe«, erläuterte Marie. »Dann komm!«

Im Stall begrüßte sie eine vielstimmige Geräuschkulisse. Einer der Esel ließ die Gießkannenstimme so laut erschallen, dass Aurelie einen Schritt zur Seite trat.

»Ich werf Heu runter, und du verteilst«, sagte Marie und ging eine Treppe hinauf. Bald darauf fiel aus einer Luke Heu herab. Aurelie gabelte es auf und begann, es vor die Tiere zu werfen. Sie las die Schilder und sprach sich die Namen leise vor. Esel: Beppo, Billy und Babsi. Haflinger: Sissi und Franzl.

Isländer: Sleipnir, Edda und Faxi. Ziegen: Lore, Lou, Lady und Luis.

Marie war zurück und lachte. »Du hattest auch noch nie eine Heugabel in der Hand, oder?«

Sie übernahm, bei ihr sahen die Bewegungen leicht und flüssig aus. Alles in Aurelie wehrte sich, sie stand da wie eine Idiotin, und Marie wurde auch nicht müde, ihr das zu zeigen.

»Die Schweine kriegen Pellets und Küchenabfälle, aber nichts Fleischiges. Das macht man nicht mehr, wegen der Tierseuchenvermeidung und der Fleischhygiene. Die heißen übrigens Gulli von Gulasch, Hacki von Hackfleisch, Lami von Salami und Lekä von Leberkäs.«

»Isabelle war ja richtig witzig«, entfuhr es Aurelie.

»Die Karnickel brauchen immer frisches Heu, sie kriegen Karotten und Salat, aber keinen Kohl, der bläht zu sehr. Aber das weißt du ja sicher.«

Noch ein Giftpfeil?

»Morgens bekommen sie nur Heu. Abends geben wir Faxi ein Ergänzungsfutter, das Mash heißt, und die Hafis kriegen ihre Cushing-Tabletten. Sie hatten Rehe, aber das hab ich ja schon erwähnt.«

Was wollte sie immer mit ihren Rehen?

»Jetzt müssen wir nur noch schauen, ob es den Tieren auf der Weide gut geht. Ich hab Lolek und Bolek auch dazugestellt.«

»Wann?«

»Heute früh.«

Heute früh? Wann war sie denn schon da gewesen? Heimlich, als Aurelie noch geschlafen hatte? Diese Marie war wirklich übergriffig.

Den Weidetieren schien es jedenfalls gut zu gehen. Zumindest verbreitete Marie keine weiteren Anmerkungen und

Anweisungen. Um acht hatte Aurelie den Eindruck, sie hätte schon ein Tagespensum absolviert.

»Du solltest was frühstücken«, meinte Marie. »Die Tiere fressen etwa zwei Stunden, dann sperren wir sie auf die Paddocks, misten aus, und um elf macht der Kiosk auf, und der Beni kreiselt. Er wird dir dann zeigen, wie das geht.«

Ausmisten, im Kiosk arbeiten und auf dem Feld sein?

Aber auch dafür hatte Marie eine Lösung parat. »Ich bin um zehn wieder da, die Mandy und die Afra kommen auch.«

»Wer ist die Afra?«

»Die Schwester von meinem Vater. Nicht wundern, sie ist ein wenig wunderlich. Servus!«

Und weg war sie auf ihrem E-Bike.

Dieser ständige Wechsel von Anspannung und Stille machte Aurelie zu schaffen. Wie hatte Isabelle das alles bewältigt? Zwar mithilfe ihrer Nachbarn, aber doch irgendwie allein? Jeden Tag, und das am Ende mit fast neunzig Jahren. War das nicht doch eine Form von Irrsinn, wie Eike es so böse formuliert hatte?

Aurelie hätte gern zu Hause angerufen, aber es war noch viel zu früh. An Samstagen stand bei ihnen keiner vor elf Uhr auf. Da hatte man hier schon sein halbes Tagwerk hinter sich.

Das Ausmisten war schon wieder so eine Wissenschaft für sich. Die meisten Tiere standen auf Sägemehl. Bollen und nasse Stellen sollten entnommen werden, aber sie durfte nicht zu viel Sägemehl verschwenden, wurde sie von Marie ermahnt. Dann wurde frisch eingestreut. Die Schweine brauchten neues Stroh, nur bei den Kaninchen reichte es laut Marie, wenn man einmal in der Woche ausmistete. Ein Hoch auf die kleinen Nager!

Um halb elf schepperte der Golf des alten Bene heran. Er kam erst zum Stehen, als er einen Sonnenschirm und einen

Stuhl erlegt hatte. Aurelie rannte zum Ort des Geschehens, wo sich ein winziges, uraltes Persönchen aus dem Auto schälte.

»Ist Ihnen was passiert?«

»Nein, warum?«

»Sie haben eben einen Schirm überfahren!«

»Tot zu sein bedarf es wenig, und wer tot ist, ist ein König«, summte die alte Frau und ging in den Kiosk.

Waren hier alle irre? Und was war jetzt mit dem Auto? Der Schlüssel steckte. Aurelie hatte Mühe, den Rückwärtsgang einzulegen. Sie fuhr das Auto auf den Parkplatz, wo auch Mandy gerade eintrudelte.

»Na, was hat Afra denn heute umgefahren?«

»Die Frau ist gemeingefährlich! Wenn da jemand gesessen hätte!«

»Der Kiosk ist ja noch nicht offen.«

»Der Frau gehört der Führerschein entzogen!«

»Ich glaub, sie hat gar keinen«, sagte Mandy ungerührt. »Afra ist ein wenig wunderlich.«

»Das habe ich heute schon mal gehört.«

»Aber in der Küche ist sie wirklich eine große Hilfe.«

»Na dann. Ich soll sowieso Kreiseln lernen.«

Aber Mandy war schon weg.

Aurelie ging zur Wiese, wo das geschnittene Gras schlapp am Boden lag. Vom Hang her, über die Bergkante kam Beni auf Aurelie zu, umtanzt von Anton, der mal wieder strawanzen gewesen war.

»Zum Kreiseln nehmen wir Isabelles Bulldog.« Er stapfte auf das Nebengebäude zu, schob die Tür auf, verschwand. Dass alle sie einfach stehen ließen! Sie hätte ja gerne Hand angelegt, wenn sie gewusst hätte, was zu tun war. Ein Tuckern war zu hören, dann rumpelte ein altes, grünes Gefährt aus dem Gebäude. Beni sprang herunter, verschwand wieder und kam mit einem Krallengerät zurück, das er an dem grünen Gefährt befestigte.

»Wir kreiseln mit dem alten Bulldog. Isabelle hat immer gesagt, die Alten müssen aktiv bleiben.«

»Du hast sie gemocht?«

Er sah Aurelie an, und ihr fiel auf, dass er sehr schöne grüne Augen hatte. »Gemocht stimmt nicht so ganz. Jeder hier hat sie bewundert, war fasziniert von ihr. Ich kann immer noch nicht glauben, dass sie fort ist. Sie konnte sich sogar mit Afra unterhalten. Das kann sonst keiner.« Er schob sich eine Haarsträhne aus dem Gesicht. »So, wir müssen. Warte hier.«

Er fuhr eine Runde um die ganze Wiese, die immer größer zu werden schien. Dann war er wieder da. »Jetzt du.«

Alles in Aurelie bäumte sich auf. »Wäre es nicht besser, wenn ich erst mal in der Ebene üben würde, und zwar ohne dieses Ding da?«

»Bulldogfahren kann jedes Kind. Auf geht's.«

Sie saß im Sitz, er erklärte ihr Kupplung, Bremse und Gas. »Fahr im dritten Gang los, später dann im vierten. Hochschalten ist kein Problem, zum Runterschalten brauchst du Zwischengas.«

Als Aurelie die Kupplung drückte, kam es ihr vor wie eine Beinpresse im Fitnesscenter. Das Ding machte einen gewaltigen Satz nach vorne, alles bebte. Beni trabte nebenher. »Jetzt nimm den Vierten.« Wieder ein Ruck. »Einfach immer außen rum fahren, nicht über das, was du schon gekreiselt hast. Sonst brechen die Halme. Ich komm nachher wieder.«

Aurelie krallte sich in das Lenkrad. Sie fuhr bergwärts und war davon überzeugt, dass sie oben einfach umfallen würde. Dann wieder bergab. Nichts passierte. Nach der zweiten Runde bemerkte sie, dass es schlau gewesen wäre, einen Hut aufzusetzen und Sonnencreme aufzutragen.

Eine halbe Ewigkeit später kam Beni zurück. Sie trat die Kupplung und würgte den Bulldog ab. Beni verzog kurz das Gesicht.

»Geht doch. Ich mach das in der Mitte, wo es eng wird. Du kannst reinrechen.« Er hielt einen Rechen in der Hand. Wahrscheinlich schaute sie völlig verständnislos, deshalb setzte er nach: »Du musst vom Waldrand das Gras reinziehen. Da ist es etwas feucht, ich versinke, wenn ich da reinschwade. Und setz dir einen Hut auf.« Er warf ihr einen Strohhut zu, der schon bessere Tage gesehen hatte und ihr zu groß war.

Aurelie hatte schon nach zehn Minuten Rechen das Gefühl, ihr Rücken könne das nie überleben. Nach vierzig Minuten war sie ganz oben, wo Beni den Bulldog abgestellt hatte. Von hier sah man auf seinen Hof hinunter, wo Marie stand und mit den Händen fuchtelte. Offenbar sollte sie kommen. Also ging sie hinunter. Alles tat ihr weh. Auf der Weide standen Kühe, ein Kalb trank gerade bei der Mutter. Ein rührendes Bild, das Aurelie nicht ganz zuordnen konnte. Eine Gruppe Kälber lag in einer Art Kindergarten zusammen, umringt von Müttern und Tanten. Die Kälber sahen proper aus.

»Du hast aber einen gehörigen Sonnenbrand«, sagte Marie rügend. »Du kannst mitessen. Sonst klappst du noch weg.«

In der Stube, wo es angenehm kühl war, saßen Beni und sein Großvater bereits am Tisch. Es gab einen Eintopf mit Kartoffeln, Gemüse und Wurst zu essen. Das war zwar weniger Aurelies Geschmack, aber der erste Bissen überraschte sie. Die Wurst, eine Art klein geschnittener Landjäger, schmeckte ganz anders als das, was sie von Skihütten kannte.

»Sehr schmackhaft«, sagte sie.

»Von unseren Kälbern. Wir vermarkten das Fleisch jetzt auch direkt. Sonst müssten wir ja konventionell weitermästen«, sagte Beni.

Aurelie verstand wieder kein Wort, und außerdem fand sie es grauenvoll, die goldigen Kälbchen zu essen. Aber sie wollte nicht unhöflich sein.

»Ich könnte nachmittags noch mal kreiseln«, bot Marie an, »dann kannst du beim Kiosk vorbeischauen. Ich würde dir dann abends noch ein paar Sachen wegen der Fütterung zeigen.«

»Danke. Das ist nett.« War das ein Friedensangebot?

Beni stand auf und warf ein »Servus« in die Runde.

Aurelie half noch, die Teller abzutragen, und stieg dann wieder bergwärts. Sie ruhte sich auf der alten Holzbank aus, die genau am Scheitelpunkt stand. Schon nach einem Tag hatte sie das Gefühl, mehr gelaufen zu sein als in einer Woche München. Anton hatte sie bis zum Bulldog begleitet und war dann wieder umgekehrt. Dort unten lag der »Ferme des Etoiles«, sanft eingebettet zwischen Weiher, Wald und Wiesen.

Aurelie betrachtete ihre Oberschenkel, Knie und Unterarme, die knallrot waren. Ihre Haut saugte die Après-Sun-Lotion sofort auf. Sie zog eine lange weite Hose an und ein weißes Leinenhemd. Auf der Wiese lagen Badegäste, ein paar Kinder kauften Eis, unter dem malträtierten Sonnenschirm saß ein älteres Pärchen, das Quiche aß.

»Sie müssen Aurelie sein!«, sagte die Frau, als Aurelie vorbeiging. »Die Quiche ist wunderbar!«

»Danke.«

»Bringen Sie uns noch zwei Schörlchen vorbei?«

»Gerne.«

Drin saß Mandy vor einem Cappuccino. »Auch einen?«

»Gerne. Sind das die Augsburger? Die mit den Schörlchen?«

»Ja, die haben ein Wochenendhaus in Oberreute. Sie ist ein bisschen exaltiert. Die beiden geben aber immer gutes Trinkgeld. Ich übernehm das schnell, du hast ein bisschen viel Sonne abbekommen.«

Afra kam. Sie war wirklich winzig. »Hab Sonne im Herzen, ob's stürmt oder schneit. Ich bringe dir morgen eine Tinktur mit, ja, ja.« Und schon verschwand sie wieder in der Küche.

Es erschien Aurelie wie ein Wunder, dass sie zehn Minuten dasitzen und einfach nur Kaffee trinken konnte. Auf einmal seufzte sie tief.

»Bisschen viel, oder?«, sagte Mandy einfühlsam.

»Ja, ich …«

»Das spielt sich ein«, meinte Mandy lächelnd.

»Und du, wie lange bist du schon hier?«

»Seit drei Jahren. Ich bediene von Dienstag bis Donnerstag in Oberstaufen. Und montags bin ich an der Tankstelle in Lindenberg. Aber hier war es immer am schönsten.«

Warum? Weil Isabelle alle verzaubert hatte? Was, wenn Mandy hier weggehen würde? Das wäre der Super-GAU! Aurelie zückte ihr Handy und ging hinters Haus, wo es schattig war und ein paar leere Bierkästen standen. Sie tippte.

Eike, ihr müsst kommen! Ich schaff das hier nicht alleine!

Postwendend kam die Antwort: *Ich habe einen Abgabetermin, Laurent ist beim Turnier, und Lotte ist bei Lynn. Das weißt du doch. Und was soll es bringen, wenn wir Samstagabend da sind? Du kommst doch am Sonntag wieder.*

Aurelie ärgerte sich. *Ich kann erst Montagabend zurückkommen,* schrieb sie. *Hier wird nämlich eingeführt, falls es dich interessiert. Da wirst du morgens zusehen müssen, dass die Kids in die Schule kommen. Au revoir.* Sie drückte die rote Taste und versuchte, ihre Tränen zu unterdrücken.

So war es immer. Am Ende fühlte sich Aurelie schlecht und meinte, etwas falsch gemacht zu haben. Aber für größere Gefühle oder Betrachtungen war keine Zeit. Während Marie kreiselte, wusch Aurelie Gläser ab und räumte die Spülmaschine ein und aus. Um halb sechs stand Marie auf der Matte und erklärte ihr die Mash-Zubereitung. Eine Pampe, die man mit warmem Wasser anzurühren hatte und die ziehen musste.

»Mit den Cushing-Tabletten mach ich es so, dass ich ein Loch in die Karotte bohre und eine halbe Tablette hineinstecke«, erzählte Marie. »Jeder von den Hafis kriegt eine halbe.«

»Was ist eigentlich Cushing?«

»Eine Stoffwechselentgleisung. Die Tiere haben öfter Koliken, abnormes Fell, Rehe, kann man aber mit der Tablette ganz gut im Griff behalten.«

Nein, sie würde nicht weiterfragen, schon jetzt hatte sie den Eindruck, als seien all diese Tiere krank und gebrechlich. Genau genommen war es wie mit der Oma, die man im Altenheim abgab. Die Viecher kamen eben in den Gnadenhof. Weil beide nicht in eine Welt passten, in der man jung und athletisch sein sollte.

Abends gab es wieder Heu für alle, der einzige Lichtblick war, dass der Kiosk freitags und samstags rigoros um sieben Uhr und am Sonntag um vier Uhr nachmittags schloss. Das hatte Isabelle immer so gehandhabt, und da gab es auch keine Beschwerden.

Afra erschien wie ein Gespenst aus dem Nichts und reichte Aurelie eine bräunliche Flüssigkeit. »Wenn du glaubst, es geht nicht mehr, kommt von irgendwo ein Lichtlein her. Heute Nacht schmieren. Morgen ist der Sonnenbrand fort.«

»Was ist da drin?«

»Es gibt nichts Gutes, außer man tut es«, sagte sie und ging einfach.

Aurelie roch vorsichtig an der Tinktur. So schlimm war der Geruch nicht, und so strich sie das Zeug auf. Schlimmer konnte es kaum werden, ihre Nase pellte sich schon.

Sie schlief gut. Anton kam wieder pünktlich um sechs. Heute tauchten drei weitere Katzen auf. Die eine war auffällig schön. Schneeweiß mit einem schwarzen Fleck auf der Nase. Ihre Augen waren stechend grün. Marie kam nicht, also fütterte Aurelie allein, was sicher ungeschickt aussah, aber seinen Zweck erfüllte. Sie lehnte sich bei den Pferden an die Wand, und Faxi schob seinen Kopf auf ihre Schulter. Sein Atem blies ihr ins Ohr. Ganz still standen sie da. Er hatte trübe Augen, und auch Aurelies wurden feucht. Sie schöpfte sich im Haus kaltes Wasser ins Gesicht. Die Behandlung mit Afras Tinktur schien geholfen zu haben. Sie sah schon viel besser aus.

Mandy war schon da. »Du siehst ja gar nicht mehr aus wie Winnetou!«, rief sie lachend.

»Afra hat mir was gegeben, hat wirklich Wunder gewirkt.«

»Mutig.«

»Wieso mutig?«

»Ach, nur so.«

»Jetzt sag schon!«

»Man munkelt, dass sie früher mal dran schuld gewesen sein soll, dass Elke ihr Kind verloren hat.«

»Was für ein Kind?«

»Es wäre ein älteres Geschwisterchen von Marie gewesen. Elke und Benedikt haben sie erst viel später bekommen. Aber mehr weiß ich auch nicht. Ist Gerede und ewig her.«

»Und was hat das mit Afra zu tun?«

»Elke hat wohl irgendeine Tinktur von Afra bekommen.« Sie zuckte mit den Schultern und begann, Wurst in Scheiben zu schneiden.

Aurelie eilte zum Spiegel im Kiosk-WC. Nein, sie sah gut aus. Aber diese Afra war bestimmt eine Art Hexe.

Gottlob war für weitere Betrachtungen keine Zeit. Das Vormittagskreiseln übernahm wieder Aurelie. Diesmal in langer Hose und mit einem breitkrempigen Hut. Am Kiosk saßen neue Menschen, einige kondolierten, und alle fanden Worte, die Isabelle immer mehr auf einen Sockel hoben.

Es war um die Mittagszeit, Aurelie bereitete gerade Quiche und Brotzeitplatten vor und machte Schweizer Wurstsalat, als von der Terrasse her ein Quieken zu hören war. Dann hörte man Gelächter, und jemand rief: »Husch, husch!«

Aurelie eilte hinaus und traute ihren Augen nicht. Mitten auf der Terrasse stand ein Pferd. Es war fuchsfarben, hatte eine blonde Mähne, das Fell sah struppig aus – und es fraß Brot aus einem Brotkorb. Einige der Gäste machten Handyfotos. Mandy griff sich schließlich einen Kochlöffel und trieb das Tier beherzt vor sich her. Gelassen schritt es die Badewiese hinunter und begann zu grasen. Nicht, ohne auch noch über ein paar Handtücher zu latschen.

»Mandy, es ist ausgebrochen! Wir müssen es einfangen!«, rief Aurelie.

»Nein, das ist die Oma. Die läuft überall frei herum.«

»Bitte?«

»Sie ist ein Rheinländer Kaltblut und zweiunddreißig Jahre, das ist uralt für ein Pferd! Eigentlich haben wir ein Schild am Parkplatz. Warte …«

Sie zog aus einer Kammer neben der Küche eine Holzplanke mit der Aufschrift: *Vorsicht, frei laufende Oma!*

»Wir haben es dann abgenommen, weil Isabelle fand, es klänge so, als seien sie oder Afra gemeint.« Mandy lachte herzlich.

Die hatten hier wirklich alle einen Dachschaden! Aurelie stapfte zurück in die Küche und heulte in die Zwiebeln. Mittlerweile war es Sonntagnachmittag und schon vier Uhr durch. Die Augsburger saßen noch da mit diesem Franz, der ihnen anscheinend Holz verkaufte.

Aurelie hörte ihn noch sagen: »So machen mer's, ich kipp das bei euch ab. Achtzig Euro der Ster.«

»Supi, Franzl, darauf nehmen wir noch einen Willi. Mandy!«

Die hatte die Runde schon vorbereitet. Alle drei kippten das Stamperl, und der Franz zog ab. Die beiden Augsburger zahlten, und die Frau schwankte auf dem Weg zum Auto.

Mandy schüttelte den Kopf.

»Der Franz! So ein Sack! Achtzig Euro für einen Ster Fichte! Alles Käferholz und sicher schlecht abgemessen. Das gute Holz verkauft er denen nie, er zockt immer nur die Zuagroasten und die Zweitwohnungsleute ab.«

Marie war gekommen. Sie hatte alles mitbekommen und sah Aurelie an. »Die freuen sich, wenn sie Kontakt zu Einheimischen haben. Fühlen sich großartig und auserwählt.«

Das waren ja tolle Aussichten. Würden sie mit ihr auch so verfahren? Diese Marie war eine furchtbare Frau, dachte Aurelie.

»Relie?«, sagte Marie gerade. Ihr Blick war nicht recht zu deuten. Was kam jetzt wieder?

»Ja?«

»Du, dem Heine geht es sehr schlecht.«

»Was heißt das?«

»Schau selber.«

Sie gingen ins Haus hinüber, wo der Kater unglücklich vor dem Wassernapf saß. Er schien trinken zu wollen, doch es schien ihm nicht zu gelingen. Heine hatte eine seltsame Entenhaltung eingenommen, die Knochen stakten aus dem struppigen Fell, er war nicht viel mehr als ein bepelztes Skelett. Und er schnurrte sehr laut.

»Aber er schnurrt doch«, meinte Aurelie erstaunt.

»Das ist das Todesschnurren. Katzen schnurren nicht nur,

wenn sie gekrault werden und tiefenentspannt sind. Auch wenn sie krank oder verletzt sind. Manche schnurren beim Tierarzt, um sich selbst zu beruhigen, und wenn sie sterbenskrank sind. Auch wenn sie unsicher sind. Viele Menschen lächeln auch dämlich, wenn sie nervös sind.«

Aurelie hob den Kater hoch, der ihr federleicht vorkam, und setzte sich mit ihm auf einen Sessel.

»Er hat ein Loch in der Herzklappe«, erklärte Marie. »Lange Zeit hat er Medikamente bekommen. Die Tierärztin meint, er sei austherapiert. Wir haben noch etwas abgewartet, solange er noch Lebensqualität hatte. Solange die guten Stunden die schlechten überwogen haben. Aber ich glaube, sein taktloses Herz will nun Ruhe haben.«

»Er stirbt?«

»In einigen Tagen sicher. Wenn wir ihn nicht vorher erlösen.«

»Aber …?«

»Ich kann Susu anrufen, unsere Tierärztin.« Marie ging hinaus.

Aurelie wand vorsichtig eine Fleecedecke um das Tier, dessen Pfoten eiskalt waren. Sie streichelte es mechanisch, sie kämpfte Tränen nieder, und es verstrich so viel Zeit, bis diese Susu kam.

»Ich gebe ihm zuerst ein Sedativum, damit er völlig entspannt einschläft, erst dann folgt die eigentliche Injektion. Gut?«

Aurelie nickte. Am liebsten wäre sie geflüchtet, aber sie blieb, und das Tier auf ihrem Schoß schlief ein. Die Tierärztin nahm das Bündel und legte es auf die Erde. Setzte ihre Spritze. Sie flüsterten nun.

»Es ist gut so«, sagte Susu. »Es gibt auch Menschen, die sich auf die Position zurückziehen, dass so ein todkrankes

Tier sich irgendwohin zurückzieht und stirbt, das sei vollkommen natürlich. In Wahrheit ist es grauenvoll, wenn das Tier verschwindet. In so einer Phase wird es irgendwo elend verenden. Euthanasie ist der letzte Liebesbeweis an ein Tier.« Sie hörte den Kater noch einmal ab. »Er ist tot. Das gehört leider auch dazu. Wir sehen uns ja nun sicher öfter. Viel Glück.«

Sie nickte den beiden Frauen zu, nahm ihre Tasche und ging. Aurelie wäre es lieber, wenn sie diese Frau nicht so oft sehen musste.

Wie konnte Isabelle ihr so etwas antun! Ihr so viel Schmerz zufügen? Sie zwingen, Verantwortung für das Leben so vieler Tiere zu übernehmen? Zugleich wurde ihr bewusst, dass Isabelle nicht nur skurril und starrsinnig gewesen war, sondern auch sehr stark. Sie hatte so viele arme kranke Tiere aufgenommen. Mit ihnen gebangt. Gekämpft für sie. Und sie auch gehen lassen. Welche Kraft das kostete, das wurde Aurelie erst jetzt klar.

Sie beerdigten den Kater bei den anderen in einem Gräberfeld unterm Pflaumenbaum.

»Er hatte ein langes Leben«, sagte Marie. »Andere Katzen werden überfahren, herausgerissen aus ihrem kunterbunten, spannenden Katzenleben.«

So barsch sie war, sie schien Tiere wirklich zu lieben.

»Ich geh dann«, fuhr sie fort. »Hoffentlich hält das Wetter morgen! Mit dem Heuen ist ein großer Posten durch. Und nächstes Wochenende kommt auch Frederik, der hilft gerne mit.«

»Frederik?«

»Ja, den kennst du doch.«

Frederik dürfte jetzt Mitte fünfzig sein. Aurelie hatte ihn in den Achtzigern und Neunzigern ein paarmal getroffen. Sie hatten sogar mal ein wenig herumgeknutscht, und Aurelie hatte gespürt, dass Isabelle es gern gesehen hätte, wenn sie ein Paar geworden wären.

Weil Aurelie nichts sagte, meinte Marie: »Frederik ist eine treue Seele. Sein Vater Fritz hat eigentlich jeden Sommer bei uns Urlaub gemacht. Ich glaube, schon seit Ende der Fünfzigerjahre. Später mit seiner Frau und dem kleinen Frederik. Nachdem seine Frau sich von ihm getrennt hatte, kamen nur noch Fritz und Frederik. Und irgendwann Frederik allein«, erzählte Marie.

»In eurer Ferienwohnung?«

»Anfänglich war das nur ein Speicher, der später ausgebaut wurde. Wir hatten immer Gäste.«

»Ist das nicht anstrengend?«

»Es ist ein Zubrot. Das ist hier auf dem Land traditionell eine zusätzliche Aufgabe der Hausfrau. Elke, also meine Mutter, hat sich früher um die Feriengäste gekümmert, dann eben ich.«

»Und eines Tages trifft es Benis Zukünftige? Hat er nie daran gedacht, etwas anderes zu machen? Ich meine, reisen, in die Stadt ziehen oder so?«

Marie warf ihr einen Giftpfeilblick zu. »Beni war in der Stadt. Und er war sechs Monate in Australien auf einer Rinderfarm. Das hat ihm gereicht. Was soll er in einer Stadt?«

Ins Kino gehen? In die Oper? In einem Straßencafé sitzen? An Schaufenstern vorbeischlendern? Essen gehen, heute pakistanisch, morgen Sushi? Es waren die immer gleichen Argumente, die schon bei Isabelle nicht gezogen hatten. Dabei war ihre Tante im Gegensatz zu Marie eine weit gereiste Frau gewesen.

»Dann geh ich jetzt ins Bett«, sagte Aurelie.

»Alles klar. Gute Nacht«, murmelte Marie.

Als Aurelie später aus dem Fenster sah, saß Marie mit Anton am Grab des Katers. Beide blickten in dieselbe Richtung und saßen völlig regungslos da. Aurelie griff zum Handy, Eike ging sogar dran.

»Meine Frau, die Landwirtin. Stell dir vor, Laurent hat in seiner Altersklasse gewonnen.«

»Schön«, sagte Aurelie.

»Was ist los? Zu viel Sauerstoff hemmt die Sprachfähigkeit?«

»Wir mussten eine Katze einschläfern lassen.«

»Sind ja noch genug andere da«, entgegnete Eike.

Aurelie drückte ihn weg. Wieder kam kein Rückruf.

Sie trank zwei Gläser Schnaps, hockte am Küchentisch und konnte nicht einmal weinen. Nach und nach kamen die Katzen, und zwar alle elf. Sie saßen auf dem Tisch und auf dem Boden und sahen aus, als hielten sie eine Totenwache für Heine.

Am nächsten Morgen waren die Tiere schon gefüttert, als Aurelie aufstand. Niemand war zu sehen. Diese Marie in ihrer Übergriffigkeit nervte sie. Gegen halb neun fuhr ein Auto vor. Pranger stieg aus, wie immer aus dem Ei gepellt, wie ein Best-Ager-Model für einen Landhausmodenkatalog.

»Ich wollte mal nach Ihnen sehen, Aurelie! Kommen Sie zurecht?«

Was sollte sie darauf antworten? Sie wollte Pranger keinen Einblick in ihre Gefühlswelt geben und schon gar nicht auf Marie schimpfen, auf die Pranger ja so große Stücke hielt.

»Es ist ungewohnt. Auch die körperliche Arbeit.« Das klang doch neutral. »Kaffee?«

»Machen Sie mir einen in der French?«, fragte er. »Ich bin da etwas altmodisch.«

»Gern, setzen Sie sich doch in den Garten.«

Aurelie ging hinein, und als sie wieder nach draußen kam, hatte sie den Eindruck, es wäre in der kurzen Zeit einige Grad wärmer geworden.

»Danke. Sehr gut. Sie haben schon Farbe bekommen, meine Liebe.«

»Eher Sonnenbrand. Afra hat mir eine Tinktur gegeben. Ich wurde allerdings gewarnt.« Das konnte sie sich jetzt nicht verkneifen.

»Vor Afra?«, fragte er.

»Vor ihren Mixturen, sie habe damit …«

»Wenn ich Sie unterbrechen darf. Keiner der Beteiligten spricht darüber. Alles Legende! Elke hat in der Tat 1950 ihr Kind verloren und erst acht Jahre später ein weiteres geboren. Wissen Sie, nach dem Krieg hatten alle zu tun. Wiederaufbau, eine neue Zeit, eine neue Währung. Für die Kinder war keine Zeit.«

Aurelie wartete.

»Afra war immer ein merkwürdiges Mädchen. Damals wusste man ihr Gebaren nicht so richtig zu benennen. Nach heutigen Kriterien wäre sie eine Autistin. Man hat sie 1950 weggebracht, in eine Anstalt. Da war sie ein Jahr, soweit ich weiß. Bene hat sie zurückgeholt. Was damals wirklich passiert ist, vermag ich nicht zu sagen. Ich war damals fünf.«

Aurelie rechnete. Dann war er 1945 geboren und jetzt auch schon Mitte siebzig. Dafür hatte er sich wirklich gut gehalten.

Er schien sie zu durchschauen. »Vor Ihnen sitzt ein alter Mann. Ich bin in Budapest geboren, mein Vater war österreichischer Diplomat, meine Mutter Stubenmädchen. Er war bei meiner Zeugung schon fünfundfünfzig, hat meine Mutter vergewaltigt und sie dann davongejagt. Wie ein Feudalherr.«

Aurelie schluckte schwer.

»Es hat meine Mutter wie so viele zum Schrothkurbetrieb

nach Oberstaufen gespült. Ich war 1958 zum ersten Mal hier am Weiher. Mit dreizehn und einem unglaublich heruntergekommenen Moped, das immer Fehlzündungen erlitt.« Er lächelte. »Ich war sozusagen das Maskottchen, das Baby in der Freundesgruppe am See.«

»Und dann sind Sie …?«

»… zum Studium nach München gegangen, später nach Berlin. Aber ich war, sooft ich konnte, am Hintertristerweiher. Er packt einen. Das werden Sie auch noch spüren, Aurelie.«

Zum Glück musste sie darauf nicht antworten, weil Marie angestampft kam.

»Max, habe die Ehre. Relie, guten Morgen! Wir kreiseln heute früher. Der Presser kommt schon um zwei. Beni hat ihn überredet.«

»Wozu? Warum?«

»Es wird gewittern. Sonst ist Isabelles Futter im Eimer.«

Isabelles?

»Ich helfe mit. Ich bin großartig an der Gabel«, erklärte Pranger grinsend. »Durch die wilde Mixtur meiner Gene bin ich trotz meines Alters noch ziemlich fit.«

Marie lachte ihn an. »Ein echtes Stiangglander, eine Pudel-Spitz-Dachs-Mischung!«

Aurelie fühlte sich ausgeschlossen. Aber für Empfindlichkeiten war keine Zeit, denn nun wurde jede Hand gebraucht. Beni kreiselte, während Aurelie und Pranger rechten. Den Anwalt schien die Arbeit gar nicht anzustrengen. Marie brachte ihnen Sandwiches und Wasser, es war unglaublich heiß. Über den Schweizer Bergen begannen sich Wolken zu türmen. Es war halb eins.

»Scheiße!«, sagte Beni. »Ich fang an zu schwaden.«

»Es wird doch halten?«, fragte Aurelie und versuchte, die Panik zu unterdrücken.

»Sicher, meine Liebe«, meinte Pranger.

»Ich fahr schnell rüber, ich frag Afra«, kam es von Marie.

Pranger und Aurelie sahen ihr nach, wie sie auf dem Bulldog hinter der Hangkante verschwand.

»Warum Afra?«

»Sie ist gut in Wetterdingen«, sagte Pranger und lächelte Aurelie aufmunternd an.

Um halb zwei nahm der Wind zu. Die Wolken waren über den Bregenzerwald gezogen, um kurz vor zwei begann es zu grummeln. Um zehn nach zwei kam der Presser. Alles, was liegen blieb, rechten Aurelie und Pranger wie besessen in Reihen. Um halb drei zuckte ein Blitz über den Hochgrat. Die Natur konnte doch nicht so grausam sein!, dachte Aurelie. Beni hob die gepressten Ballen mit seinem Zweizack am Frontlader hoch und fuhr hangabwärts.

»Kommen Sie, Aurelie, Ballen rollen!«, rief Pranger.

Die beiden nahmen die Ballen in Empfang und rollten sie über den Holzboden. Sie waren schwer und ließen sich nur schlecht anpacken. Aurelie rutschte mit ihren Sneakers immer wieder weg, und schon bald hatte sie keinen einzigen intakten Fingernagel mehr. Um halb vier kamen die ersten Tropfen. Zum Glück regnete es nur wenige Minuten.

»Einige der Ballen sind nass geworden«, sagte Aurelie und bemühte sich, nicht wie ein wimmerndes Kind zu klingen.

»Das macht nichts, wenn sie schon gepresst sind«, beruhigte Pranger sie.

Marie kam von irgendwoher. »Macht ihr weiter, ich füttere schon mal die Tiere. Es wird erst um Viertel vor fünf richtig regnen.« Sie klang ernst und überzeugt.

Um halb fünf sprang Beni vom Bulldog. »Das war der Letzte.«

»Das war Timing«, meinte Pranger grinsend.

Plötzlich kamen Blitz und Donner in schneller Folge. Und dann Regen, Sturzregen, Wassermassen!

»Los, rüber zum Kiosk, bevor wir klatschnass sind!«, rief Beni und rannte los.

Sie spurteten hinterher und waren doch völlig durchnässt, als sie ankamen.

Pranger zapfte Bier. »Auf Ihr erstes Heu, Aurelie!«

»Na ja, ohne euch ... Danke, vielen Dank.«

»Am Land hilft man zamm«, sagte Marie, die ebenfalls gekommen war.

Bei aller Erleichterung störte sich Aurelie schon wieder an ihrem Ton.

Um halb sieben verabschiedeten sich alle.

Aurelie hatte zwei Gläser Bier und zwei Schnäpse getrunken. Heute würde sie ganz sicher nicht mehr Auto fahren. Daheim ging keiner ans Telefon. Bei den Handys ihrer Familienmitglieder meldete sich nur die Mailbox. Die schienen sie ja nicht zu vermissen.

Sie setzte sich in die Küche, wo der Einäugige der Länge nach auf der Tischplatte lag. Sie war zu müde, ihn wegzujagen. Alle hier verband ein langer Zeitfaden, von dem sie nicht wusste, wie sie ihn aufnehmen sollte. Es gab so viele Geschichten, und sie erfuhr immer nur kleine Teile eines großen Puzzles. Schade, dass Isabelle diese Geschichten nirgends aufgezeichnet hatte, dachte Aurelie plötzlich. Isabelle hätte bestimmt einen wunderbaren Roman schreiben können.

1947
Benedikt

Direkt hinter Harbatshofen lag die Zonengrenze. Nach einem kurzen, beängstigenden Gastspiel der Marokkaner stand der Landkreis Lindau nun unter französischer Besatzung, während in Oberstaufen die Amerikaner waren. Auch Lindenberg, wo die Verwandtschaft lebte, gehörte zur französischen Besatzungszone. Man hörte, dass zweihundert erholungsbedürftige französische Kinder nach Lindenberg gekommen waren, die man im Tannenhof, im *Hotel Krone* und in der Berufsschule untergebracht hatte. Die elternlosen deutschen Flüchtlingskinder mussten weichen.

»Stellt euch vor, im französischen Sektor dürfen Ein-Kuh-Betriebe nur einen Liter Milch am Tag für sich selbst behalten. Die übrige Milch müssen sie abliefern«, erzählte der Vater. »Die hungern die Bauern aus. Und diese Marokkaner klauen wie die Elstern.«

»Da sind wir mit dem Amerikaner besser dran«, meinte Adele. »Das Problem bei den Marokkanern ist, dass sie selber nichts haben.«

Inzwischen unterrichtete sie tatsächlich an der Volksschule in Oberstaufen und hatte große Freude an ihrer Arbeit. Da sie als Lehrerin auch ein regelmäßiges Einkommen hatte, konnte sie der Familie eine kleine Miete für sich und ihre Tochter zahlen. Elke hatte begonnen, ihr Gemüse an Städter zu verkaufen, die auf den Hof kamen und sich für die frischen Produkte begeisterten.

Adele hatte sich mit einer gewissen Frau Brosig angefreundet, die mit ihren Söhnen Karl-Heinz und Jörg auf einem Flüchtlingstreck hierhergekommen war. Es war ein kleines Wunder, dass ihr Gatte Dr. Hermann Brosig 1947 nach seiner

Rückkehr aus der englischen Kriegsgefangenschaft ausgerechnet in Oberstaufen landete. Dort lebte er zunächst ganz inkognito, bis er eines Tages auf der Straße erkannt wurde – von Hubert Meissner, Mitarbeiter des Verkehrsamtes und ebenfalls ein Sudetendeutscher. Meissner war begeistert: Brosig war der bekannte Kurarzt aus Niederlindewiese, der dort vor dem Krieg erfolgreich Schrothkuren durchgeführt hatte. Inzwischen hatte Brosig längst Angebote aus Bad Orb, Badenweiler und Baden-Baden, doch der Überzeugungskraft von Verkehrsamtsleiter Robert Mulzer war zu verdanken, dass er letztlich doch in Oberstaufen blieb.

Benedikt, der Vater und auch die Oma staunten. Da kam ein Sudetendeutscher und wollte den Menschen vermitteln, dass kalte Wickel und nichts zu essen gesund sei, nachdem die Menschen doch jahrelang Hunger gelitten hatten?

Doch Adele und Elke waren glücklich, denn sie hatten etwas gefunden, wo sie ankern konnten. Adele nutzte ihre Kontakte und suchte übers Rote Kreuz in ganz Deutschland nach Menschen, die einst in Niederlindewiese in der Kurklinik gearbeitet hatten. Die Freude wurde noch größer, als Frau Volkmann rekrutiert werden konnte, eine erfahrene Packerin, die Adele zufällig von früher kannte. Allein die Wohnungssuche war schwierig, denn noch war jedes Bett, jedes Kanapee mit Flüchtlingen belegt.

Am 20. August 1948 wurde die Zonengrenze zwischen der französischen und der amerikanischen Besatzungszone geöffnet. Man konnte wieder frei zu den Nachbarn und zum Bodensee reisen. Das Reisen generell wurde einfacher, und nun konnte die Schrothkur in Oberstaufen anlaufen.

»Papperlapapp! Kaltes Wasser und Hungern!«, brummte die Oma. Doch als der Kurgast Schulte Wittig, ein Mann aus Düsseldorf, durch die Behandlungen von seiner Neurodermitis geheilt wurde, war die Erfolgsgeschichte der Schrothkur nicht mehr aufzuhalten.

Benedikt freute sich von Herzen für Adele und Elke, die neue Freunde gefunden hatten. Er selbst hatte genug mit dem Hof zu tun, denn der Vater litt mehr und mehr unter der Schüttellähmung, und keiner wusste, was man dagegen tun konnte. Es kam hinzu, dass er zunehmend schwermütig wurde, oft stundenlang im Sessel saß und ins Leere starrte. Agnes arbeitete für die Amerikaner in der Verwaltung, und Benedikt war ungeheuer stolz darauf, wie gut sie Englisch sprach. Und Afra? Afra blieb ein merkwürdiges Mädchen, das sich in Reimen verschanzte und ständig abwesend zu sein schien. Sie lief eben nebenher.

Bene traf sich ab und zu mit seinen Nachbarn, Sepperl und Florian. Noch immer verband ihn mit Florian eine enge Freundschaft. Er lernte Hufschmied, was nach seinen Erzählungen kein Zuckerschlecken war. An einem Sonntag im Sommer 1950 saßen sie wie so oft auf dem Steg am Weiher. Flori hatte von irgendwoher Bier organisiert, und Benedikt steuerte Zigaretten bei, die Agnes mitgebracht hatte.

»Beim Luiz haben sie ein Dieselross«, berichtete Sepperl.

»Beim Luiz?«

»Ja, die haben sich ein Dieselross von Fendt gekauft.«

Bene war mit dem Vater letztes Jahr auf der Allgäuer Festwoche gewesen, der ersten nach dem Krieg und mit der neuen Währung. Sie hatten sich die aktuellen Bulldogs angeschaut. Die Gebrüder Eicher, die im Krieg Flugmotoren für BMW hatten bauen müssen, hatten einen Sechzehn-PS-Schlepper mit Direkteinspritzung konstruiert, und bei Hanomag gab es wieder den Bauernschlepper RL 20. Im landwirtschaftlichen Wochenblatt hatte er gelesen, man müsse dabei sein bei den Neuerungen. Er war zwar mittlerweile achtzehn Jahre alt, aber der Kauf eines Dieselschleppers erschien ihm so fern, als würde man ihm anbieten, nach Amerika zu reisen.

»Hat Fendt nicht Kirchturmuhren gebaut?«, fragte Flori.

»Im Krieg, ja, aber jetzt ist Aufbruch!« Sepperl klang wie ein Marktschreier. »Wir kaufen uns auch bald einen Traktor!«

»Ihr Kleinhäusler?« Flori lachte.

»Wetten!«

Sepperls Vater war Schuster. Seine Mutter war an der Schwindsucht verstorben, so lautete zumindest die offizielle Lesart. Hinter vorgehaltener Hand allerdings erzählte man sich, dass der Vater sie totgeschlagen habe.

»Wir kaufen einen Fendt F15 mit fünfzehn PS. Ihr werdet schon sehen!«

»Ja, du Dampfplauderer. Hast du den Zaun zwischen unseren Weiden schon freigemäht?«

»Mach ich, wenn ich …«

»Das machst du jetzt!«

Sepperl verzog das Gesicht und stand ungelenk auf.

Auch Flori erhob sich. »Ich muss los. Ich glaub das nicht mit den Traktoren. Wir haben in der Schmiede so viele Pferde zu beschlagen, dass wir kaum hinterherkommen. Vor allem die Läufer brauchen ständig neue Hufeisen!«

Die Läufer waren meist schwere Warmblüter, die Kutschen zogen und zu Fahrten beispielsweise an den Bahnhof eingesetzt wurden. Die Kaltblüter brauchte man für die Feldarbeit.

Bene sah den beiden nach. Florian war schmal, aber doch sehnig und muskulös, und bei den Mädchen durchaus beliebt. Sepperl war hingegen spindeldürr und wuchs immer weiter. Seine Knie sahen aus wie dicke Knödel, in denen Zahnstocher steckten, und die Arme schlenkerten. Alles an ihm schlenkerte. Das kam davon, dass er als Kind zu wenig Vitamine gegessen hätte, meinte die Oma.

»Rosen, Tulpen, Nelken, alle Blumen welken. Und das Sepperl wird sehr krank werden«, sagte eine Stimme.

»Afra, erschreck mich nicht immer so, und red nicht solchen Unsinn.«

Afras Haut war weiß wie Marmor und blieb auch weiß, wenn sie in die Sonne ging. Noch immer tauchte sie ganz plötzlich auf, als wäre sie vom Himmel gefallen.

»Elke speibt schon wieder. Ist schon ganz grün im Gesicht.«

»Ja, soll ich ihr die Schüssel halten?«, fuhr Bene seine Schwester an.

»Bald wirst du das Bankert halten«, sagte Afra ungerührt. »Besser, du heiratest sie. Bald schon. Die Oma weiß es. Agnes und Adele auch.«

In Benes Ohren rauschte und gurgelte es. Urplötzlich wurde ihm heiß. »Was weiß die Oma?«

»Dass die Elke im Winter niederkommt. Ihr Kinderlein kommet …«, sang Afra.

»Halt den Mund!«

»Brüderlein, man sieht es ja schon. Du solltest sie flugs ehelichen.«

Benedikt rannte zum Hof zurück. Die Elke bekam ein Kind. Wie konnte das sein? Die ein, zwei Male im Heu? Und wenn es fünfmal gewesen war. Er war achtzehn. Da konnte er doch nicht Vater werden! Er griff sich eine Axt und begann, Holz zu spalten, immer schneller, immer besessener. Einen riesigen Berg schuf er und hätte weitergemacht, immer weiter, wenn nicht Agnes gekommen wäre.

»Hör auf! Davon wird es auch nicht besser.«

Er starrte seine Schwester an. Sie reichte ihm einen Becher Wasser.

»Du hast es nicht gewusst?«, fragte sie.

»Nein!«

»Mein kleiner Bruder! Nicht einfach nur poussieren, nein, er ist ein rechter Schwerenöter!«

»Agnes, was soll ich tun?« Das war fast ein Schrei.

»Magst du Elke?«

»Freilich.«

»Liebst du sie?«

War es Liebe, dass er die richtigen Worte vergaß, wenn er mit ihr sprach? War es Liebe, dass ihm warm wurde, wenn er sie über den Hof gehen sah und er sich auserwählt fühlte, wenn sie ihm zuwinkte? War es Liebe, dass sein Ding da unten tanzte, wenn er nur ihren Geruch wahrnahm?

»Ja. Aber …«

»Aber was?«

»Sie ist so schön, so gescheit, sie kennt so viele Dinge, die ich nicht kenne. Ich bin … ich …«

»Du bist vor allem der Vater ihres Kindes«, sagte die pragmatische Agnes. »Mach ihr einen Antrag.«

»Mag sie mich denn auch?«

Agnes lachte. »Sie betet dich an. Sie hat eine Heidenangst, dass wir sie vom Hof jagen. Wir haben ihr Obdach gegeben, aber sie hat keine Mitgift, sagt sie. Elke will dich mitnichten in die Ehe drängen. Ich glaube, sie passt zu dir. Sie wird eine gute Bäuerin. Sie hat so eine Erdverbundenheit. Viel mehr als ich.« Agnes' Blick umwölkte sich. »Ihr habt es nun in der Hand. Vor allem, wenn ich weggehe.«

»Weg? Wieso weg?«

»Ach, Bene, du Lieber. Mit welchen Augen gehst du nur durch die Welt! Ich ziehe mit Jim nach Amerika.«

»Mit dem Neger?«

Sie lachte. »Du hörst dich an wie der Vater. Er ist kein Neger. Seine Mutter ist blonder als wir. Sein Vater ist Schwarzer. Ja, wir gehen nach Jackson Hole.«

Benedikt schwieg.

»Das ist in Wyoming. Da gibt es mehr Schnee als hier, viel mehr Schnee. Und eine große Farm. Und Cowboys. Jim kann sogar Ski fahren. Er ist einmal über einen Buckel gesprungen, und der Buckel war ein verschneiter Meister Petz, und der Bär wurde ungeheuer unwirsch.« Sie lachte. »Und das ist kein Bär, den ich dir aufbinde.«

Alle kamen von irgendwoher oder gingen irgendwohin. Sie schienen alle so viel mehr zu wissen und hatten einen viel weiteren Horizont als er. Aber er war doch glücklich hier. Eigentlich reichte ihm sein Leben. Und doch fühlte er sich minderwertig.

»Bist du auch ... ich meine ...?«

»Brüderlein, ich bin etwas schlauer als du!«

»Hilfst du mir?«

»Natürlich. Wobei?«

»Wie man einen Antrag macht und dergleichen?«

Dank Agnes, der Blumen und eines Rings, den er aus Holz gedrechselt hatte, gelang der Antrag. Selbst die Oma war vergleichsweise milde. »Na, wenigstens ist sie Katholikin.«

Das Wetter am Hochzeitstag war heiter. Agnes und Adele hatten eine lange Tafel im Hof aufgebaut, die Nachbarn kamen, und Elke sah in ihrem Hochzeitskleid wunderschön aus. Ihre Mutter hatte es sich nicht nehmen lassen, es ihr zu schneidern – aus einem alten Kleid von Benes Mutter. Der Vater wirkte abwesend und zitterte manchmal so stark, dass er die Kaffeetasse nicht halten konnte.

Es folgten goldene Spätherbsttage. Elke war Ende des siebten Monats, litt an geschwollenen Beinen und war oft sehr weinerlich. Benedikt wollte ein guter Ehemann sein, trotzdem flüchtete er oft und war häufig im Wald unterwegs. Eines Abends, als er heimkam, saßen die Frauen weinend in der Stube. Elke lag auf dem Kanapee, und Adele tupfte ihre Stirn ab.

Als Agnes ihn entdeckte, zog sie ihn am Ärmel in den Hausgang.

»Elke hat das Kind verloren.«

»Verloren? Wie?«

»Es ist abgegangen.«

Benedikt verstand seine Schwester nicht. Sie nahm seine Hand. »Das Kind ist tot. Ihr erbarmt mich so.«

Benedikt sperrte sich im Bienenhaus ein, das er erst am nächsten Morgen verließ. Dann ging er in die Küche, wo Agnes und Adele miteinander tuschelten.

»Was ist?«

»Es ist so ein Unglück«, flüsterte Agnes. »Warum hat sie das nur getrunken?«

»Was hat sie getrunken?«

»Elke hat die Tinktur für die geschwollenen Venen getrunken. Aus Gottesgnadenkraut und Arnika. Dabei war sie zum Einreiben gedacht!«

Auf einmal wurde es in Benedikt sehr kalt. »Woher hatte sie das Zeug? Von Brosig?«

»Nein.«

»Woher dann?«

»Von Afra. Sie hat ihr auch gesagt, es sei zum Einreiben.«

Zwei Tage später kamen zwei Männer aus der Heil- und Pflegeanstalt und nahmen Afra mit.

Benedikt hörte sie im Gehen ganz leise sagen: »Alles, alles ist vergänglich, nur der Kuhschwanz, der bleibt länglich.«

Die sonnige Elke wurde ernst und verschloss sich. Auch diesmal war es die Familie Brosig, die sie rettete, indem sie ihr eine Ausbildung zur Krankengymnastin anboten. Elke war nun häufig fort.

Benedikt arbeitete wie besessen. Ab und zu, wenn ihn keiner sah, ging er zum Friedhof. Das tote Kind hatten sie an der Friedhofsmauer begraben, aber doch in geheiligter Erde. Das kleine Holzkreuz trug nur die Inschrift: *Benedikt jr. 1950*.

1947
Isabelle

Erst 1947 war Isabelle wieder ganz gesund. Sie hatte in der Schule so viel versäumt, dass sie mit Kindern in einer Klasse lernen musste, die zwei Jahre jünger waren. Dort fühlte sie sich deplatziert. Zu Hause war der Zirkel der Künstler gewachsen. Gaston Chaissac war in die Vendée zurückgekommen. Er war schwermütig und wurde von engstirnigen Zeitgenossen angefeindet. Seine Gespräche mit Chantal waren ihm eine Wohltat, und Isabelle bewunderte ihn zutiefst. Er malte auf allen erdenklichen Trägern wie Pappe, Stein, Holz oder Wellblech, und aus Holzbrettern schuf er Totems.

Der Vater und Chantal planten ein Feriendorf, kleine zweistöckige Häuschen, die Intimität versprachen und doch die Natur ins Haus ließen. Dabei vertrat er die Ansicht, dass Wände nicht immer gerade sein müssen. Er war mit Frank Lloyd Wright in Kontakt, bewunderte das Goetheanum bei Basel und baute organische Architektur. Die Tragstrukturen waren aus Stahl, was ihm ermöglichte, die Seite, die dem Meer zugewandt war, fast völlig zu verglasen. Jedes der Häuser stand so, dass niemand Einsicht nehmen konnte. Er kombinierte Beton und Holz und sprach fast manisch vom Verhältnis von Proportion, Detail und Material. Zwischen den Häusern gab es Wege und Gemeinschaftseinrichtungen wie ein Restaurant, das an ein gewaltiges Iglu erinnerte, und ein

Café, das im Boden versenkt war. Das Ladengeschäft hatte eine Kuppel und stand auf Pfeilern. Und alles vor dem Hintergrund des gewaltigen Strandes. Isabelle begann zu ahnen, was für Dimensionen der Besitz von Chantals Familie eigentlich hatte.

Isabelle war nun viel in La Tranche bei Chantals Bruder. Die alte Mutter war ihr gegenüber noch immer sehr reserviert. Isabelle verbrachte ihre Tage, wann immer es ging, mit den Pferden. Sie wurden ihre besten Freunde, denn die Zwillinge waren in Nantes an der Universität. Isabelle flog über den Strand, und die Einheimischen raunten, sie sei ein Zentaur. Das ganze Bauprojekt war in der Region höchst umstritten, »eitriger Furunkel im Sand« nannten sie es. Große nationale Medien berichteten darüber, und sogar ein Reporter der *Times* reiste an. Bald darauf las Chantal den Artikel vor, der von einer »nie da gewesenen architektonischen Vision in der Ferienarchitektur« sprach.

»Es ist vollbracht, nun werden die Gäste nur so strömen.«

Chantal sollte recht behalten. Das Dorf eröffnete im August 1950 mit einem Wochenende für geladene Gäste, darunter hochrangige Politiker, Architektenkollegen, Künstler, Journalisten und einfach nur Freunde. Chantal hatte für Isabelle ein Ensemble von Dior mitgebracht. Es war ein grünes Kleid mit eng geschnittenem Rock, dessen Saum bis zur Wadenmitte reichte, und einem Seitenschlitz. Die Taille war eng, das Oberteil hatte nur wenige Knöpfe und einen kleinen Kragen. Dazu gab es einen kleinen kecken Hut und Handschuhe. Isabelles Locken waren ein wenig gekürzt worden, reichten aber immer noch weit über die Schultern. Sie bezweifelte, dass sie auf den Pumps würde laufen können, aber Chantal beruhigte sie.

»Schau geradeaus und lächle, das ist alles.«

Im Restaurant spielte die Kapelle einen Tusch. Dann kündigte ein Conférencier den Vater an. Alle Augen waren auf den Eingang gerichtet. Als er heraustrat, brandete Applaus auf, der immer lauter wurde.

»Und jetzt begrüßen Sie mit uns Chantal du Pointe, die Bauherrin und Visionärin«, fuhr der Conférencier fort, »und Isabelle, die reizende Tochter des Architekten.«

Chantal nickte Isabelle zu, und sie schritten gemeinsam in den Raum. Es war ein magischer Moment, denn alle Augen waren auf Isabelle gerichtet. Es vergingen Sekunden, dann erst kam der Applaus, und die Blitze der Fotografen zuckten. Sie mussten mehrmals posieren, bis sich alle beim Champagnerempfang an kleinen Stehtischen platzierten. Isabelle landete am Tisch eines Ehepaars aus Basel. Offenbar emigrierte Juden. Gitta Rosenthal machte ihr ein Kompliment für das Kleid.

»Es sieht so aus, als wäre es für Sie gemacht! Was für eine Taille! Sie sollten Mannequin bei Dior werden!«

»Ach nein, das liegt mir nicht.«

Aber was lag ihr schon?

Es dauerte eine Weile, bis das Gespräch ganz zufällig auf Fritz kam.

»Er war bei Ihnen? Wie schön! Ich war so lange krank und wollte ihm immer schreiben. Kennen Sie seine Anschrift?«

»Nein, aber die sollte doch herauszufinden sein«, meinte Gitta Rosenthal.

Isabelle fiel ihr um den Hals und entschuldigte sich sofort. »Wir haben uns nahegestanden in der Zeit, als er hier war.«

»Er wird sicher seinen Weg machen«, meinte Dr. Rosenthal. »Er hat mir anvertraut, dass er Tiermedizin studieren wollte.«

Isabelle traten die Tränen in die Augen. »Wenn er es nach Hause geschafft hat.«

»Bestimmt«, sagte Gitta und drückte ihre Hand.

Isabelle plauderte mit vielen Leuten und war doch abwesend. Hoffentlich ging es Fritz gut!

Nach dem rauschenden Fest übernachtete ein Teil der geladenen Gäste in den neuen Häusern. Chantals Belle Plage war großartige Realität geworden. Irgendwann einmal war auch Jacques gekommen und hatte Isabelle zugeprostet. »Deine Zukunft, Mädchen.«

Warum denn ihre? Chantal hatte keine Kinder, aber sie hatte ihre Familie, auf deren Grund das Dorf ja schließlich stand. Ihre Neffen, die Zwillinge, stünden sicher in der Erbfolge an erster Stelle, wobei es die beiden wohl nicht zurück in die Vendée zog. Aber es konnte insofern ihre Zukunft werden, als das Dorf jede Menge Arbeit bot.

Am nächsten Morgen saßen die Gäste im Restaurant beim Frühstück. Isabelle ging in die Küche und band sich eine gestärkte Schürze um, nahm die Kaffeekanne und begann, den Gästen einzuschenken. Bis sie an Chantals Tisch kam.

»Schätzchen, was machst du?«

»Ich bin zwanzig und habe bisher nichts gelernt. Aber servieren werde ich wohl können!«

»Du warst lange krank. Sehr lange!«

»Ja, und weil ich jederzeit wieder krank werden kann, arbeite ich jetzt hier.«

»Chapeau!«, sagte Dr. Frank Rosenthal. »Sie werden die Zierde dieser Anlage werden.«

1946
Fritz

Fritz fand nur schwer in sein Leben zurück. Er fühlte sich wie ein Außerirdischer, der zufällig hier am Main gelandet war. Er ging durch die Stadt seiner Kindheit und betrachtete das Nachkriegstreiben, als säße er im Kino. Alle vier Wochen war Säulesmarkt. Auf dem Mainplatz wurden die kleinen Ferkel verkauft, die die Bauern mitgebracht hatten, und es stank bestialisch. Nach diesen Märkten wurde in den Wirtschaften gezecht und diskutiert. Fritz begegnete ein, zwei alten Schulfreunden. Kilian hatte keinen Arm mehr, Armin sprach kaum ein Wort. Er trank nur mit leerem Blick ein Bier nach dem anderen. Überhaupt sprach man nicht über den Krieg, es musste einfach weitergehen.

Im Februar 1946 bekam Fritz den Fragebogen der OMGUS-Behörde und wurde im September vor eine Spruchkammer in München zitiert. Er gab an, nie den Hitlergruß verwendet zu haben, und erzählte zum ersten und einzigen Mal offiziell, dass er desertiert war. Ein Mitglied der Spruchkammer begann auf einmal, sehr holprig französisch zu sprechen, und Fritz antwortete in der melodischen Sprache, die ihm leichter von den Lippen ging als seine Muttersprache. Er überzeugte, wurde als Mitläufer klassifiziert und musste nicht einmal einen Sühnebetrag leisten.

Hinterher fühlte er sich schrecklich und lief ziellos durch München. Bis zur Universität, wo er erfuhr, dass er sich sehr wohl für Veterinärmedizin immatrikulieren könne. Er war sechsundzwanzig Jahre alt, und die nette Dame mit dem strengen Dutt meinte, dass dieser Tage ja weitaus ältere Studenten begännen.

Auf dem Heimweg nach Ochsenfurt kreisten die Gedanken in seinem Kopf. Die Mutter hatte das Geschäft, er konnte sie doch nicht allein lassen, solange man nicht wusste, was aus dem Vater werden würde. Es ging schon auf den Spätherbst zu, als sie erfuhren, dass der Vater im Lager verstorben sei. Er war keine siebzig gewesen, und bis auf einen hohen Blutdruck war keine Vorerkrankung bekannt.

Die Nachricht verbreitete sich wie ein Lauffeuer. »Die Kleinen hängt man, die Großen lässt man laufen«, lautete der Grundtenor. Tatsächlich standen zahlreiche Beamte des Dritten Reiches im Dienst der Besatzungsmächte. Fritz hatte den Eindruck, dass überwiegend leichte Fälle verhandelt worden waren.

Bei einem Abendessen Ende Oktober sagte die Tante: »Hand aufs Herz, Fritz, du bist kein Landmaschinenhändler, oder?«

»Ach, Tante Bärbel, ich …«

»Den Landmaschinenhandel könnte ich verkaufen«, meinte die Mutter. »Ich würde aber weiter die Buchhaltung machen, und Tante Bärbel will das Weingut weiterführen.«

Fritz war sprachlos.

Die Mutter legte ihm die Hand auf den Arm. »Du trachtest doch nach etwas ganz anderem, mein Junge, nicht wahr?«

»Ja, ich will Veterinärmedizin studieren!«, brach es aus ihm hervor.

»Dann tu das.«

Und so gehörte Fritz zu den Studenten, die im November 1946 die ersten Vorlesungen bei den Professoren hörten, die von der amerikanischen Militärregierung entlastet waren. Sie alle liebten ihren Professor Hilz, der so empathisch war, von allen Papa Hilz genannt wurde und so viel Improvisationstalent hatte. Wegen des Platzmangels saßen sie bei Präparierübungen im Sommer auch im Freien, während Myriaden von Fliegen sie umschwärmten.

Sie alle hatten Aushilfstätigkeiten, um das Hörgeld finanzieren zu können. Für die von ihm so geliebte Vorlesung Pharmakologie und Toxikologie bei Hilz, die vier Wochenstunden umfasste, musste Fritz zwölf Mark berappen. Die Kommilitonen arbeiteten als Sattler, halfen bei Impfungen gegen die Maul- und Klauenseuche, waren bei der Bahn. Fritz hatte das große Glück, dass er in den Semesterferien bei der Tante auf dem Weingut Geld verdienen konnte.

Für Studierende aus Bayern und Baden-Württemberg war München die erste Adresse. Fritz hatte ein winziges Zimmer bei einer Witwe bezogen, dessen Wände mit scheußlichen weinroten Tapeten versehen waren. Das schmale Bett hatte eine dreigeteilte Matratze, die einen bisweilen abwarf, wenn man unruhig schlief. Aber Fritz war glücklich. Zum ersten Mal seit langer Zeit.

Er hatte guten Kontakt zu seinen Kommilitonen, darunter begabte junge Männer wie Anton Mayr oder Hermann Röcken, und doch bewahrte Fritz immer ein klein wenig Distanz. So folgte er nicht den Einladungen in die Burschenschaften, aber das wurde ihm nicht übel genommen. Unter den Studenten gab es nur wenige Mädchen, und Fritz war ihrer aller Favorit, denn er war groß, muskulös, blond, männlich und jungenhaft zugleich. Er wusste, dass man ihn den »hübschen Fritz« nannte, aber er hatte keinerlei Ambitionen, ein Verhältnis mit einer seiner Kommilitoninnen anzufangen, weil er wusste, dass die jungen Damen schnell anhänglich wurden. Gelegentlich schlief er mit einer drallen Bäckereiverkäuferin bei ihm in der Straße, die sich ab und an die Zeit mit ihm vertrieb. Wenn er mit ihr im Bett lag, dachte er an die zarte Elodie.

Sie hatte Wort gehalten und ihm geschrieben. Von fünf

Welpen, die alle gesund waren und einen guten Platz gefunden hatten. Eine Hündin hatte sie behalten. Und sie hatte ihm ein Bild gemalt von Isi, dem Rüden und den fünf Welpen. Eine Fotografie hatte sie sich nicht leisten können. Das Bild war sein Heiligtum und stand auf seinem Nachttisch.

Fast jeden Tag dachte Fritz an Isabelle. Sie musste inzwischen eine junge Dame sein. Er überlegte immer wieder, ob er ihr schreiben sollte. Über Elodie hätte er ihre Anschrift herausfinden können, aber sie war nicht mehr das schönste kleine Mädchen der Welt, und man würde seine Absichten vielleicht missverstehen. Ein wenig traurig war er auch. Isabelle hätte doch auch einmal Kontakt aufnehmen können? Oder Chantal? Wenn sie wirklich gewollt hätten, dann hätten sie seine Adresse herausgefunden.

In der vorlesungsfreien Zeit war Fritz zu Hause in Ochsenfurt und genoss es. Er arbeitete wie besessen, und wenn er vorbeiging, kicherten die Mädchen, die bei der Lese in den Weinbergen hoch über Sommerhausen halfen. Der hübsche Fritz, der hübsche Fritz …

Wenn er zwischendurch freihatte, schlenderte Fritz durch den Ort und staunte darüber, dass die Grundschulkinder noch immer in Klassen nach Glauben und Geschlecht getrennt unterrichtet wurden. Sogar auf dem Schulhof wurden die Katholischen von den Evangelischen getrennt. Als er die Kinder aus dem Mainviertel beobachtete, wie sie am Fluss Kügeles spielten, fühlte er sich in seine eigene Kindheit zurückversetzt: Löchles, Schiffle, Butterfass.

Eines Tages kam ein kleiner Zirkus nach Ochsenfurt. Fritz saß gerade in der Klosterbrauerei, als ein Nachbar der Tante hereinstürmte.

»Fritz, die brauchen einen Tierarzt!«

»Ich bin Student!«

»Egal! Besser als nix. Dr. Bruemmer habe ich nicht erreichen können.«

Fritz schüttelte den Kopf. Bruemmer war einer von drei Hausärzten, ein Eigenbrötler, der seinen eigenen Strom produzierte, weil er sich mit dem Elektrizitätswerk überworfen hatte. Er hatte einen Sohn, den er vor dem Einzug zur Wehrmacht schützen wollte, indem er ihm Herzmedikamente verabreichte, um so ein schlechtes Musterungsergebnis zu bekommen. Der Sohn war allerdings an der Dosierung der Herzmedikamente verstorben. Nicht wirklich eine vertrauenerweckende Expertise.

»Die Hebamme Betty ist auch nicht da!«

»Hör zu, wir brauchen keine Hebamme, sondern einen Arzt! Hast du schon versucht, Dr. Popp zu erreichen?«

»Ja, der fährt gleich los, das dauert aber noch. Jetzt komm du solange mit!«

Fritz rannte hinter dem Nachbarn her, bis zum Zirkus am Fluss, wo ein glutäugiger Mann mit rabenschwarzen Koteletten und einem Ziegenbart wild herumfuchtelte. »Die Regina, sie verblutet uns!«

Die Regina war eine Löwin.

Fritz schluckte. Das Tier lag auf der Seite, an der Flanke klaffte eine große Wunde.

»Legt ihr ein Tuch über die Augen und haltet sie fest.« Zum Nachbarn sagte er leise: »Schau, ob der Doktor endlich da ist. Wir brauchen etwas zum Nähen. Schnell!«

Fritz versuchte, so gut es ging, das Blut mit viel Druck am Fließen zu hindern. Die Löwin war nicht amüsiert.

Dann kam endlich Dr. Popp, und Fritz beschrieb ihm die Situation.

»Gut gemacht«, sagte der Arzt. »Wir müssen mit einer Lokalanästhesie auskommen. Haltet das Mädchen solange fest.«

Inzwischen hatten sie die Pfoten der Löwin mit Lederbändern gefesselt.

»Dann nähen Sie, junger Mann.«

»Ich?«

»Natürlich, es ist doch Ihre Patientin.«

Fritz schwitzte, doch es gelang ihm, zu nähen, ohne zu zittern.

»Feine Naht, Herr Kollege.«

Fritz lächelte. Er wollte Veterinär werden! Nun war er ganz sicher.

Vom Zirkus bekam er fünf Freikarten für seine Mutter, seine Tante und zwei der Mädchen, die immer bei der Lese halfen. Mit dem Damenflor saß er im Zirkus, und der Clown reichte ihm unter dem Applaus aller sogar eine Nelke.

Die Zeit lief dahin, und es wurde Winter. An Weihnachten war er wieder daheim. Die Kinder fuhren Schlitten am Pohlsacker, die Rodelbahn ging bis zur Straße hinunter, und wenn sie schnell waren, standen sie mitten drauf. Gottlob war der Autoverkehr noch nicht stark. Bilder aus seiner eigenen Kindheit stiegen auf: Sobald der Main und die Altwasser zugefroren waren, gingen sie aufs Eis – zum Schlittschuhfahren und Eishockeyspielen. Wenn Eisschollen auf dem Fluss schwammen, hatten sie Eisschollenspringen gemacht. Fritz erinnerte sich, wie er einmal abgerutscht und ins Wasser gefallen war. Bis er zu Hause gewesen war, war seine Hose steif wie ein Brett. Obwohl in den letzten Jahrzehnten so viel Schlimmes geschehen war, spielten die Kinder immer noch dieselben Spiele wie damals. Ein wenig beneidete er sie, denn sie begannen ihr Leben ohne die Last der Vergangenheit.

Im Winter 1951 saß Fritz mit einigen Kommilitonen in Altschwabing in der *Seerose*, sie diskutierten, tranken, lachten.

Fritz blätterte in einer alten Ausgabe des *Spiegel*, der seit 1947 wieder erschien. Plötzlich sah er das Foto mit dem Untertitel: *Architekt Paul Deschamps mit Tochter Isabelle und Bauherrin Chantal du Pointe.*

Offenbar entgleiste ihm das Gesicht völlig, denn Alois, der ein Semester über ihm war, fragte besorgt: »Hast du ein Gespenst gesehen?«

Da Fritz nichts antwortete, drehte Alois die Zeitschrift zu sich. »Willst du Ferien am Atlantik machen? Ich fürchte, das können wir uns nicht leisten.« Er lachte. »Und dieses Mädchen? So schön darf doch kein menschliches Wesen sein. Was will man dann noch mit der Lore?« Er klopfte der Bedienung ganz leicht aufs Hinterteil.

»Finger weg!« Auch sie griff sich die Zeitschrift. »Pah, die ist dünn wie ein Hacklstecken! Das findet ihr schön?«

Fritz war unendlich froh, dass keiner mehr auf ihn achtete. Aber er hatte sich den Namen der hochgelobten Ferienanlage gemerkt. Und er würde ihr schreiben.

Die Blätter, die er zerknüllte, füllten den Papierkorb. Er hatte sich seit sechs Jahren nicht gemeldet. Was schrieb man da? Und was, wenn Isabelle längst verheiratet war? Das könnte als Affront gewertet werden, aber es brannte in ihm.

Meine liebe Isabelle!
Wie schäme ich mich. Es ist so viel Zeit vergangen, ohne dass Du Nachricht von mir erhalten hast! Dabei seid Ihr es gewesen, die mich gerettet haben. Du und Chantals wunderbare Freunde. Bitte überbringe meine besten Wünsche. Isabelle, wie ist es Dir ergangen? Sind Deine Lieben wohlauf? Ich las in einem Magazin von Belle Plage. Bitte sag Deinem Vater meine herzlichste Gratulation. Ich wünschte, ich könnte das einmal sehen. Mein Leben findet

nun einen Teil des Jahres in München statt. Stell Dir vor, ich studiere Veterinärmedizin. Es macht mir große Freude. Isabelle, ich weiß gar nicht, ob ich zu hoffen wage, dass Du mir antwortest.
Mit vielen Grüßen bin ich Dein ergebener Fritz-Blitz

Lang war der Brief nicht geworden. Fritz brachte ihn dennoch zur Post und hoffte insgeheim, dass er gar nicht ankäme. Womöglich bekam Isabelle den Brief und warf ihn weg. Sie war ihm so weit entrückt.

Teil II

Stille Wasser

6

Frederik

»Also, dein Eselhengst ist einfach ein geiler Bock«, sagte Frederik.

»Wie kann ein Esel ein Bock sein? Biologie sechs«, meinte Edeltraut grinsend.

Sie hatte mit ihrem Mann das Weingut von Frederiks Großtante übernommen und führte eine Besenwirtschaft. Für die Kinder der Gäste hielt sie ein paar Tiere: zwei Esel, drei Zwergziegen und vier Alpakas. Leider stand in Witterungsweite des Eselhengstes die Stutenherde vom Reitstall. Zwei Stuten waren völlig verzückt von ihm und dazu dauerrossig, und der Esel war in steter Paarungsbereitschaft.

»Der ist völlig gesund. Seine Gewichtsabnahme hat einzig und allein damit zu tun, dass er den Weibern viel zu sehr und zu lange hinterherrennt.«

Vielleicht sollte er auch mehr hinter den Frauen her sein? Aber seit Claudia ihn vor knapp einem Jahr verlassen hatte, waren Frauen so ziemlich das Letzte, was ihn interessierte. Sie war ausgezogen, weil er ihrer Meinung nach ein Eigenbrötler und der langweiligste Mann auf Erden war. Anfangs schrieb er das den Wechseljahren zu, da erfanden sich ja viele Frauen neu. Kündigten den Job, gingen auf Yoga-Reise, ließen sich eine neue Frisur verpassen und sortierten die Wohnung nach irgendwelchen fernöstlichen Feng-Shui-Prinzipien um. Aber warum sie ihn gleich mit aussortiert hatte, war ihm völlig schleierhaft. Es war doch alles so gut gewesen.

Inzwischen aß er unregelmäßig bis gar nicht, was bei ihm aber weniger zur Gewichtsabnahme als zu einem Bäuchlein geführt hatte. Wahrscheinlich war es für seinen Stoffwechsel unvorteilhaft, wenn er sich beim Bauern Herbert schnell drei Würste reinstopfte und bei der Edeltraut am Nachmittag einen Apfelkuchen – mit Sahne. Immer ganz schnell. Immer in Gummistiefeln, meist im Stehen. Und abends waren Wein oder Bier in Begleitung von Chips zwar gut für die Seele, aber ganz schlecht für das, was man heute *shape* nannte. Gerade er als Tierarzt hätte wissen müssen, wie wichtig die richtige Ernährung war. Für den Kuhkomfort war der Faktor Futter ganz entscheidend. Aber er war ja nur ein Mensch. Mitte fünfzig, in mittelgutem Erhaltungszustand. Das wenige verbliebene Haar hatte er sich millimeterkurz rasiert. Das machte immer Laura, seine Tierarzthelferin.

»Komm mir jetzt bloß nicht mit Kastration!«, meinte Edeltraut. »Don Emilio will bestimmt ein intakter Macho bleiben.«

»So denken die wenigsten Frauen«, erwiderte Frederik.

Edeltraud sah ihn prüfend an. »Claudia wollte auch keinen Macho mehr?«

Er zuckte mit den Schultern. »Sie wollte einen Mann, der Zeit hat. Nicht einen, der neben ihr im Kino sitzt, und in der romantischsten Szene geht der Piepser. Und keinen, der gerade mitten im, na, du weißt schon, einen Anruf kriegt, dass das Fohlen verkehrt liegt.« Er lächelte etwas wehmütig. »Claudia wollte reisen! Bali, Thailand, Malediven, lauter Ziele mit Strand, Cocktails, Palmen. Mir reichen ein Schoppen Wein und eine Tanne.«

»Tanne! Damit nährt man aber nicht die Sehnsucht einer Frau!«

»Welche Sehnsucht? Claudia hatte doch alles. Ihren Job in der Apotheke. Ihre Reiterei.«

»Ja, das schon. Aber du warst selten auf einem Turnier dabei.«

»Ich habe nun mal einen Beruf, der nicht am Freitag endet! Ich konnte nicht zu jedem Turnier mitfahren. Außerdem sind wir doch verreist.«

»Ja, nach Bayern. Jedes Jahr. Sehr abwechslungsreich.« Edeltraut schüttelte den Kopf.

»Ich dachte, Claudia gefällt es im Allgäu. Sie konnte da auch reiten. Ich habe mir gestern ihr Facebook-Profil angesehen. Da steht, sie hasse Berge und liebe das Meer. Mir hat sie das nie gesagt.«

»Du warst auf Facebook?«

»Nein, ich nicht. Laura …«

Edeltraut schüttelte nachsichtig den Kopf. »Aber du fährst morgen schon nach Bayern, oder? Allein?«

»Natürlich fahre ich. Allein bin ich ja nicht. Ole kommt mit.«

Das war sein Kumpel, der beste, den er je gehabt hatte. Ole, ein sanfter und extrem schlauer Pudel-Collie-Mischling. Überhaupt kein Männerhund.

In Wahrheit bereitete es ihm schon Bauchzwicken, an den Hintertristerweiher zu fahren. Zum ersten Mal seit zwanzig Jahren fuhr er allein. Er hatte erfahren, dass Isabelle tot war. Der Anruf von Max Pranger hatte ihn in seinen Grundfesten erschüttert und verwirrt. Aber nun musste er erst recht fahren.

Aurelie

Sie hatte am Dienstagmorgen um fünf gefüttert, dann hatte sie geduscht und war losgefahren. Marie würde staunen, dass alle Arbeit getan war. Ein kleiner Triumph. Immerhin hatte sie morgens eine SMS von Lotte bekommen. *»Hi, Mama, wir waren gestern Abend im Escape-Room. Drum kein Netz. Alles klar, bis später. Bisou.«*

Aurelie fuhr direkt in die Schule, wo ihre Kollegin Anne ihren Teint lobte.

»Warst du auf einem Detox-Wochenende?«

»Sozusagen. Viel Wurstsalat und Obstler«, erwiderte Aurelie und ließ sie stehen. Anne war eine furchtbare Nervensäge, die bei Lehrerkonferenzen immer die unnötigsten Fragen stellte und damit das Geschwafel noch weiter in die Länge zog. Zudem gab sie Englisch, und das in einem niederbayerischen Akzent, der grausam war. Die Kinder lernten bei ihr Aiwanger-Englisch. Aber bei dem Lehrermangel zerrte man ja alles hinter den Büschen hervor.

Die Woche rannte dahin, die Zeugnisse waren weniger schlimm als erwartet. Lotte hatte doch noch einen Vierer in Mathe hingezaubert. Ein paar Dreier, eine Zwei in Deutsch.

»Die Französisch-Zwei ist krass unfair. Diese blöde Wellens!«, maulte Lotte. »Ich kann ja wohl Französisch.«

Die Krux bei zweisprachigen Kindern. Grammatik lag Lotte leider nicht so.

»Ach komm, Frau Wellens ist eine ganz Liebe«, sagte Aurelie etwas lahm. »Und was ist mit deinem Zeugnis, Laurent?«

Er reichte ihre sein Zeugnis. Mathe eins. Sport eins. Deutsch fünf.

»Wie kommt man bei einem so sprachbegabten Vater zu einem Fünfer in Deutsch?«, fragte Aurelie.

»Blöder Lehrer«, sagte Laurent nur. »Was krieg ich jetzt für das Zeugnis?«

»Für jeden Einser fünf Euro, für Zweier zwei Euro«, sagte Eike.

»Und für Dreier?«, fragte Lotte.

»Lotte, eine Drei ist Durchschnitt. Ich belohne keine Durchschnittlichkeit!«

Lotte gab ein genervtes Geräusch von sich.

Aurelie fand es generell nicht angebracht, Kinder für Noten zu bezahlen, doch sie schluckte ihren Ärger hinunter.

»Na gut, jetzt packt mal«, sagte sie. »Abfahrt zum Weiher ist um eins.«

»Ich hab aber keinen Bock«, maulte Lotte. »Ich hätte …«

»Ja, hätte. Konjunktiv. Die Realität ist anders«, sagte Eike, drehte Lotte an den Schultern herum und schob sie in Richtung ihres Zimmers. Er selber ging auch, nicht ohne Aurelie noch einen Blick zuzuwerfen, der in etwa besagte: Das wird was werden.

Laurent war in den ersten beiden Ferienwochen auf einem Golfcamp. Und Lotte war deshalb supersauer. Sie hätte mit Emma nach Sardinien fahren können, denn Emmas Vater Ralf, ein Orthopäde mit eigener Klinik und Porsche-Sammlung, besaß ein Haus in Porto Cervo. Aurelie fand ihn großkotzig und seine Frau Tanja grauenvoll. An ihr war alles operiert, was man an einer Mittvierzigerin so wegsaugen, glätten und hinzaubern konnte. Aurelie war gar nicht glücklich, dass Emma die beste Freundin ihrer Tochter war.

Lotte kam mit ihrem Rucksack zurück und ließ ihn zu Boden fallen. »Für Laurents Camp habt ihr Kohle. Der Scheiß kostet achthundert Euro! Und ich hätte umsonst mit nach Sardinien fahren können.«

»Bis auf den Flug und das Taschengeld, das in Emmas

Familie bei ungefähr achthundert Eurochen am Tag gelegen hätte. Hier ein Champagner, da ein paar Austern«, bemerkte Eike in schneidendem Ton. Er war mit leichtem Sturmgepäck und einer Kameratasche aufgetaucht.

Aurelie war froh, dass er sie in dem Fall unterstützte. Was Emmas versnobte Familie betraf, waren sie sich einig. Eike verachtete Ralf Mertens und hob immer auf seine Körpergröße von knapp einem Meter siebzig ab. »Das nennt man Napoleonkomplex, darum braucht er die vielen Autos als Penisverlängerung.« Und Tanja Mertens hieß bei ihm nur »Carmen Geiss für Arme«.

Alles in allem ein sehr schlechter Start an diesem wolkenverhangenen Freitagmittag. Lotte schwieg die gesamte Fahrt über, Eike beschäftigte sich mit seinem Tablet. Er legte es erst weg, als sie über den Feldweg rumpelten.

»So viel Natur, Lotte, das wird dir gefallen«, meinte er süffisant.

Aurelie ärgerte sich. Eike hätte sie unterstützen sollen, statt Lotte zusätzlich aufzuwiegeln. Denn ihre Tochter hatte offenbar beschlossen, das alles ganz furchtbar zu finden und es ihnen auch zu zeigen. Sie bezog ihr Zimmer mit Leichenbittermiene und warf die Tür hinter sich zu. Während Aurelie Eike sein Zimmer zeigte, hörten sie allerdings, dass im Obergeschoss etwas los war. Man hörte ein Kratzen und Bellen und dann, dass Lotte ihre Tür wieder öffnete. Sie hatte Anton reingelassen, immerhin.

»Die Viecher laufen überall rum?«, fragte Eike, als Hera auf sein Bett hüpfte. »Du weißt, ich bin allergisch.«

»Dann musst du eben die Tür zumachen!« Aurelie lief die Treppe hinunter, ins Büro, das ihr in der Kürze der Zeit zum Ruhepol geworden war. Isabelles Geist schien hier irgendwo Beruhigung und Optimismus zu versprühen. Außerdem hatten die Bilder von Chaissac eine aufmunternde Wirkung auf Aurelie. Der einäugige Kater hatte allerdings wenig Kunstverstand, sondern schärfte seine Krallen an einem der Totems.

»Das ist Kunst!«

Aber vielleicht wusste er ja genau das und bevorzugte Kunst statt profaner Bretter oder Kratzbäumen?

Auf einem der Fotos an den Wänden stand sie als Fünfzehnjährige mit Isabelle am Strand der Vendée. Sie hatte nie nachgefragt, warum Isabelle eigentlich diese Ferienhausanlage besaß, die in jedem Architekturlexikon verzeichnet war. Aurelie war zweimal dort gewesen, da hatte der Beton schon etwas gelitten. Beton alterte leider nicht in Würde, und auch die Holzteile waren verwittert, aber es lag immer noch eine zeitlose Größe über der Anlage.

Mandy hatte den Kiosk schon aufgesperrt, als Aurelie später dazustieß. Gegen achtzehn Uhr tauchte Lotte auf. Es war ein kühler Tag, und Beni hatte recht behalten: Das Heu hatten sie gerade noch rechtzeitig eingebracht. Lotte nahm sich wortlos ein Eis aus der Truhe und starrte in ihr Smartphone.

»Ich mach gleich zu. Wollen wir nachher was essen?«

»Aber nicht den Fleischfraß hier.«

»Geh in den Gemüsegarten, hol Salat und Lauchzwiebeln, dann machen wir einen schönen Salat.« Aurelie reichte ihr eine große Schüssel. Überraschenderweise ging Lotte davon und kam bald mit einiger Beute zurück. Sie begann sogar, den Salat zu waschen, bis sie plötzlich kreischte wie angestochen.

»Tu das weg!«

An Lottes Schnürsenkel hing ein Huhn, das zerrte und zupfte.

Aurelie musste lachen. »Das ist doch nur ein Huhn!«

»Das ist nicht witzig! Es beißt mich!«

»Das will nur spielen«, kam es von Eike. »Das sagen diese Tiermenschen doch so. Husch, husch, du Huhn. Weiche, Satan!«

Sein Auftritt war noch weniger dazu angetan, Lotte zu beruhigen. »Ich hasse euch!«, brüllte sie und konnte fliehen, weil das Huhn sich nun den Brotbröseln am Boden zuwandte.

Eike sah ihr nach. »Warum sind diese Viecher überall? Katzen im Bett, im Bad hat der Hund hingekotzt. Ein Pferd hat neben mein Auto geschissen, und Hühner laufen durch eine Gastroküche? Schon mal was von Hygiene gehört?«

Inzwischen pickten sechs Hühner am Boden herum.

»Ich such das Mädchen und fahr mit ihr nach Oberstaufen, da wird es ja wohl eine Pizza geben.«

»Du glaubst auch, dass Pizza immer hilft!«, brüllte Aurelie lauter als beabsichtigt.

»Konkurrenzlos gegen Bauernspeck und Wurschtsalat.« Er ging grußlos davon.

Aurelie zapfte sich ein kleines Bier und sank auf einen Stuhl in der kleinen Wirtsstube. Sie würde hier in kürzester Zeit zur Alkoholikerin werden, wenn das so weiterging.

Da klopfte es an der Vordertür.

»Wir haben zu!«, schrie sie.

Ein Bellen antwortete. Noch ein Klopfen. Sie ging zur Tür, wo Anton, ein weiterer Hund und ein Mann standen.

Das war ja Frederik! Er grinste schief. »Passt es gerade nicht so gut?«

»Frederik, entschuldige. Ich dachte, da kommt …«

»… ein lästiger Touri?«

»Nein, ja … Ach du, das ist viel schwerer, als ich je gedacht hätte, ich meine, die Gastronomie.«

Er lachte und hielt ihr eine Flasche Wein hin. »Silvaner gefällig?«

»Gern. Ich sollte nur was essen. Ich wollte für Lotte einen Salat machen, aber dann sind die Hühner gekommen und ...«

Gerade trieben Ole und Anton die Hühner in bester Hütehundmanier wieder nach draußen.

»Ich würde auch einen Salat essen. Ich muss sowieso abnehmen. Kann ich was helfen?«

Sie schaute ihn genauer an. Er war ergraut, was im Blond nicht so sehr auffiel. Außerdem hatte er ein Bäuchlein, aber soweit sie sich erinnerte, war er auch damals nicht gertenschlank gewesen. Damals, als sie ein wenig rumgeturtelt hatten.

Aurelies Sommer am Weiher waren für eine junge Frau, die in Hamburg studierte, immer eine Art Kulturschock gewesen. Und ein junger Mann in der Nachbarschaft, der gar nicht schlecht aussah, war durchaus ein Lichtblick gewesen. Zumal dieser Frederik anscheinend Isabelles Augenstern war. Klar, er hatte sein Tiermedizinstudium beendet, und ein Mann, der Tiere liebte und diese auch noch behandeln konnte, war in Isabelles Augen wahrscheinlich ein Hauptgewinn. Für Aurelie war er eigentlich zu alt, aber als Urlaubsflirt ganz kurzweilig gewesen. Vielleicht war sie sogar ein bisschen in ihn verliebt gewesen, aber er war ihr so erwachsen vorgekommen, so fokussiert und ernsthaft. Aurelie hatte es beim Urlaubsflirt belassen, etwas Adrenalin gegen Weiherlangeweile. Ab und zu hatten sie miteinander telefoniert, aber das war alles noch vor WhatsApp gewesen. Irgendwann war Eike in ihrem Leben aufgetaucht. Er und Frederik waren keine Freunde geworden, als Aurelie Eike zum ersten Mal an den Weiher mitgenommen hatte.

»Der Gummistiefel-Fredi, immer mit dem Arm in der Kuh«, hatte Eike gelästert und sich über Frederiks fränkischen Dialekt mokiert.

Eike mochte generell keine Männer, die »markige Berufe« hatten, wie er es nannte. Er hasste Handwerker, Bauern, Tierärzte und Chirurgen gleich dazu. Das mochte daran liegen, dass ihn schon das Einschlagen eines Nagels überforderte. Isabelle hatte ihn dereinst mal gebeten, ein Kilo Nägel zu kaufen. Er hatte sich entrüstet, dass man ihn so verarsche – dabei gab es Nägel wirklich kiloweise …

»Wenn man hier etwas brauchen kann, dann Hilfe«, stieß Aurelie aus.

»So schlimm?«

»Schlimmer! Jetzt lass uns den Salat machen, und dann klage ich dir beim Essen mein Leid.« Sie lachte.

Er öffnete den Wein, und sie stießen an. Frederik schnitt Tomaten und Radieschen, dann verstümmelte er zwei Karotten beim Versuch, sie zu schälen. Aurelie wusch den Salat, kochte Eier und machte eine Joghurtsoße. Und fühlte sich seit Tagen endlich einmal locker – und sicher.

Sie setzten sich mit dem Salat an den Stammtisch, Aurelie reichte ihm ein Stück Baguette.

»Böse Kohlenhydrate.« Er lachte und biss hinein.

»Bitte keine Ernährungsthemen! Seit ich hier bin, esse ich Dinge, die ich sonst nie angerührt hätte. Obatzdn, Wurstsalat, meine Lotte hasst mich dafür. Und es gibt auch keinen Asiaten, wo man schnell was holen kann. Egal, ich will nicht gleich lamentieren. Seit wann bist du hier?«

»Seit heute Nachmittag. Marie hat mir …«

»Sie hat dir erzählt, dass ich Isabelles Erbin bin, aber des Erbes nicht würdig und alles falsch mache?«

»Nein, sie hat von der Erbschaft erzählt, aber kein böses Wort. Wirklich nicht. Sie schien mir eher besorgt zu sein.«

»Klar, wegen der Tiere. Dass ich was falsch mache. Eine steile Lernkurve ist ja was Schönes, aber von null auf hundert gelingt mir nicht.«

»Das wird schon.«

»Das sagen alle.« Aurelie stocherte im Salat. »Du warst doch jeden Sommer hier.« Sie stutzte. »Warst du wirklich jeden Sommer in dieser Einöde?«

Er zuckte mit den Schultern.

»Egal, ist ja Geschmackssache«, fuhr sie fort. »Aber du kennst Isabelle sicher besser als ich. Hat dir Marie auch erzählt, dass ich nur erbe, wenn ich es hinbekomme, den Hof hier zu führen? Und dass jemand dem Anwalt, der sich um das Erbe kümmert, Bericht erstatten wird, wie ich mich schlage? Ansonsten erbt nämlich ein anderer.«

»Ja nun, also …«

Weil Frederik sonst nichts sagte, ergänzte Aurelie: »Oder eine andere! Ich bin sicher, Marie ist die Alternative. Warum hat Isabelle ihr nicht gleich alles vererbt?«

»Warum habt ihr dann das Erbe angenommen?«

»Ach, Frederik, ich wollte ablehnen, aber das ist ganz schön viel Geld, und irgendwie habe ich mich auch schuldig gefühlt. Ich war die letzten Jahre so wenig da. Und Isabelle hatte mich wohl doch im Herzen. Ach!«

Es war ihm anzusehen, dass er sich unwohl fühlte.

»Entschuldige, ich rede in einer Tour. Wie geht es dir?«

»Gut.«

Aurelie lachte. »Bitte nicht so viele Worte. Bitte keine Details.«

Er musste auch lachen. »Sorry. Also, ich arbeite immer noch als Tierarzt in der Gegend von Ochsenfurt. Mit dem Schwerpunkt Großtiere, in geringerem Umfang behandle ich auch Kleintiere, und ich hab mich ein bisschen auf Neuweltkameliden spezialisiert.«

»Auf wen?«

»Lamas und Alpakas. Ich bin halt mehr mit Tieren zusammen. Die schätzen es, wenn man nur wenige klare Ansagen macht. Und den fränkischen Bauern geht auch nicht grad der Mund über.«

»Und deine Frau? Die redet nichts?«

»Claudia ist weg. Seit fast einem Jahr.«

»Weg?«

»Sie hat mich verlassen. Weil ich so wenig rede. Und immer hierher in Urlaub will.«

Aurelie musste schon wieder lachen. »Entschuldige, natürlich ist es nicht witzig, dass sie dich verlassen hat. Aber deine Art, dich so knapp zu halten, entbehrt nicht einer gewissen Komik.«

»Das zieht sich durch mein ganzes Leben. Schon meine Schulaufsätze waren immer nur Halbseiter. Aber was soll ich da Sprachgirlanden winden. Claudia ist weg, ich rede zu wenig, und mein Lieblingsplatz ist hier.«

»›Sprachgirlanden winden‹ ist ein großartiger Ausdruck!«

Er grinste. »Ist aber wohl mehr die Domäne deines Mannes. Wie geht es ihm eigentlich?«

»Gut.«

Nun lachten sie beide.

»Er reist viel, er arbeitet viel, er wird immer zynischer und tut so, als wäre das alles hier ein Klacks«, berichtete Aurelie. »Das Problem ist nur, dass er vor allem durch Abwesenheit glänzt. Außerdem steht er nie vor elf Uhr auf. Das verträgt sich nicht mit dem Lebensrhythmus hier auf dem Hof.«

»Um die Zeit bin ich schon das zweite Mal müde«, entgegnete Frederik lächelnd. »Dafür schlafe ich um neun vor dem Fernseher ein. Das hat Claudia auch gehasst. Aber du kannst immer auf meine Hilfe zählen, Aurelie. Auch frühmorgens, da leide ich nämlich an seniler Bettflucht.«

»Danke!«

Sie plauderten dann noch eine Weile über dies und das, bis Frederik aufbrach.

»Ich nehme Anton mit rüber, er liebt Ole.«

»Anton tut sowieso, was er will.«

»Er ist ein Freigeist. Wie Isabelle. Der Hund war ihr Heiligtum.«

Sie hatten sich erhoben. Es gab drei Küsschen auf die Wange. Er roch gut. Gar nicht nach Tierarzt.

Frederik war schon in der Tür, als Aurelie sagte: »Das ist alles nicht so einfach für mich. Ich denke oft an Isabelle und vermisse sie ziemlich. Wirklich schön, dass du da bist!«

»Ich freue mich auch!«

1951
Isabelle

Isabelle hatte sich durchgesetzt. Im Belle Plage wurde sie immer mehr zur Rezeptionistin oder zur Concierge, die Gäste begrüßte und jedem das Gefühl gab, mit der Buchung die richtige Entscheidung getroffen zu haben. Sie hatte es sich angewöhnt, frühmorgens um fünf über den Strand zu reiten. Immer, wenn sie zurückkam, stand die alte Mutter von Chantal und Jacques da und sah ihr zu. Manchmal winkte sie Isabelle heran, und ganz selten drückte sie ihr ein Tässchen Mokka in die Hand.

»Einst habe auch ich den Pegasus geritten«, sagte sie dann. Oder: »Die frühe Sonne macht längere Schatten.«

Isabelle lächelte nur und schwieg. Ab sieben war sie dann immer in der Anlage präsent, half bei den Buchungen, telefonierte und servierte.

Der August war um, als die alte Dame einmal ihre Hand

nahm und sie drückte. Ihre Finger waren sehr schmal, sehr kalt und wie Pergament.

Der Himmel verdunkelte sich erst im Herbst, als die alte Dame verstarb. Obwohl Isabelle nie den Eindruck gehabt hatte, das Verhältnis zwischen Mutter und Tochter sei gut gewesen, brach Chantal bei der Todesnachricht zusammen. Sie hatte gerade auf einer der Terrassen gestanden und einer Amerikanerin die Unterschiede beim Geschmack von Austern erklärt, als Jacques kam und sie um eine kurze Unterredung bat. Weinend fiel sie in seine Arme, es war ein wenig wie im Film und erschütterte Isabelle sehr.

Chantal war doch der stets kühne, nonkonforme, nie um einen Ausweg verlegene Rotschopf gewesen, und nun wirkte sie so gebrochen. Zwei Tage lang empfing sie nur ihren Bruder, dann erhob sie sich wieder. Sie gab sich wie immer, nahm die Kondolenzbekundungen an. Nur Isabelle sah, dass sie andere Falten um die Augen hatte und dass ihre Hände leicht zitterten. Auch Isabelle war traurig. Die alte Dame war ihr immer ein bisschen wie ein Fabelwesen vorgekommen und war ihr eine lieb gewonnene Konstante ihrer stillen Morgenstunden gewesen. Auch Isabelle trauerte leise.

Die Beerdigung war gewaltig. Noch nie hatte die Vendée mehr Menschen auf einem Begräbnis gesehen. Isabelles Vater, der gerade in Amerika an der Columbia University unterrichtete, kam nach Hause. Der Sarg wurde von Jacques, den Zwillingen und Patrick, dem Fischer, getragen. Auch er musste der alten Dame nähergestanden haben, als Isabelle es geahnt hatte. Chantal ging am Arm von Isabelles Vater, dahinter folgten nähere und entferntere Verwandte und ein nicht enden wollender Strom von Menschen.

Der Leichenschmaus fand in der Ferienanlage statt, wo die Mitarbeiter Zelte aufgestellt hatten. In jedem davon stand ein

Bild der alten Dame auf einer Staffelei. Sie war auch im hohen Alter eine sehr schöne Frau gewesen.

Einige Tage später wurden sie alle zur Testamentseröffnung gebeten. Der Notar der Familie aus einer Kanzlei in Nantes hatte einen Ziegenbart, trug einen schwarzen Zweireiher und war sichtlich erregt. Isabelle war nicht ganz klar, was sie hier sollte, aber vielleicht hatte die alte Dame sie mit einem Erinnerungsstück bedacht. Sie würde es in Ehren halten. Mit dem Verlesen der vielen Seiten wurde Isabelle wieder einmal bewusst, wie groß das Vermögen der du Pointes war. Die alte Dame hatte Anteile an diversen Fabriken gehalten, die nun teils an die Zwillinge, teils an Jacques gingen. Außerdem hatte sie zwei Häuser und eine Plantage auf Martinique besessen. Was Isabelle auch nicht gewusst hatte: Fünfzig Prozent von Belle Plage hatten ihr gehört, die anderen fünfzig Chantal. Schließlich wandte sich der Anwalt an Isabelle.

»Isabelle Deschamps, Sie sind hier erschienen und können sich ausweisen?«

Isabelle runzelte die Stirn, hielt ihm aber ihre Identitätskarte hin.

Er stellte das Mokkaservice vor sie hin, das aus zwei Tässchen bestand.

»Madame du Pointe hat verfügt, dass Sie das bekommen. Und ihre fünfzig Prozent am Belle Plage.«

Wie liebenswürdig, dass sie ihr das Service gab. Sie hatte ihre kleinen frühmorgendlichen Treffen also doch genossen. Da alle sie anstarrten, horchte Isabelle noch einmal nach. Was hatte er gesagt?

»Und ihre fünfzig Prozent am Belle Plage«, wiederholte der Notar, dem der Schweiß auf der Stirn stand.

Chantal lief plötzlich hinaus. Isabelle war sprachlos und wie gelähmt. Es war Jacques, der das Wort ergriff.

»Sehr schön, Monsieur Bouillot. Sie leiten alles Weitere in die Wege?«

Der Anwalt nickte. Isabelle saß immer noch reglos da.

»Isabelle, kommst du?«, fragte Jacques.

»Ich … ich … kann doch nicht! Warum hat sie das getan? Ihr hasst mich jetzt! Ich will das nicht!«

»Isabelle, es ist ihr Wille. Du wirst dich bequemen müssen, ihren Willen zu akzeptieren. Wir hassen dich nicht, sondern schätzen sehr, dass die Anlage auch in deinen Händen sein wird.«

»Aber sie gehört Chantal. Sie hasst mich nun. Meinetwegen ist sie hinausgelaufen!«

»Chantal freut sich mehr als alle anderen«, sagte Jacques. »Und jetzt komm!«

Ein Tag ging ins Land, ehe Isabelle Chantal endlich sprechen konnte.

»Du denkst jetzt sicher, ich hätte mich angebiedert und um ihre Gunst gebuhlt«, sagte sie. »Aber so war es nicht!«

»Schätzchen, niemand konnte ihr liebedienern. Sie war starrsinnig und hart. Aber du hast ihr Herz berührt, und deshalb bin ich glücklich, dass sie dir die Anteile vermacht hat. Ich hätte …« Chantal zwinkerte. »Ich hätte nie damit gerechnet.«

Isabelle besaß fortan zur Hälfte das Werk ihres Vaters, und das machte sie stolz. Die Gästeschar wurde immer internationaler, denn der Ruf der Anlage eilte über den Globus. Chantal, die weiterhin als Geschäftsführerin agierte, verstand es, die echten Größen aus Kunst und Kultur anzuziehen. Sie verwöhnte ihre Gäste, es gab immer eine Flasche Champagner zur Begrüßung, aber sie umgarnte niemanden. Keiner wohnte gratis dort. Vielmehr sahen es die Gäste als eine Ehre, überhaupt da sein zu dürfen.

Der Vater hatte so viele Folgeaufträge bekommen, dass er

selber selten vor Ort sein konnte, umso mehr freute es die Menschen, dass die Tochter des Architekturzauberers anwesend war. Isabelle merkte sehr wohl, dass etliche Männer ihr Avancen machten. Sie blieb bezaubernd, natürlich und konnte doch Distanz halten. Es waren meist reiche und gebildete Männer, die ihr Komplimente machten, die ihr mehr oder weniger deutlich mehr oder weniger edle Absichten antrugen. Isabelle empfand das nicht einmal als schmeichelhaft, denn sie hielt sich nach wie vor für das Dummerchen, das nichts gelernt hatte und solcher Männer nicht würdig war.

Aber auch sie hatte Sehnsucht, und die stillte sie ab und zu mit Albirich, der inzwischen sein Studium der Juristerei abgeschlossen hatte und in die Firma eingetreten war. Was ihn für Isabelle anziehend machte, waren sein sanftes Wesen und die Tatsache, dass er entstellt war. Eine gewaltige Narbe durchzog sein Gesicht, er trug eine Augenklappe, und es gab Tage, an denen er nur sehr schlecht gehen konnte. »Mein Kriegsmitbringsel«, war das Einzige, was er dazu sagte. Isabelle schlief mit Albirich, weil er nicht perfekt war, und der junge Mann war entzückt, dass La Belle ihn erwählt hatte.

Es war Dezember geworden, das Meer rollte grollend an den Strand, und im Belle Plage wurde das Weihnachtsbankett geplant. Isabelle hatte sich dank Chantal und des Weinhändlers Paul ein profundes Weinwissen erworben, und sie hatte einen richtiggehenden Ehrgeiz entwickelt, den Gästen treffsicher den richtigen Wein zu empfehlen. Gerade verkostete sie einen Muscadet, den Chantal flach fand, uncharmant und auch zu süß. Isabelle und Paul aber waren der Meinung, dass gerade die Amerikaner und auch die Engländer eher zu Süßem tendierten.

»Weil sie unwissend sind und ahnungslos«, wetterte Chantal.

»Aber wir verdienen Geld damit, jeder soll das bekommen, was ihm mundet.« Isabelle zwinkerte Paul zu.

In dem Moment kam Brigitte, ein junges Zimmermädchen, mit der Post herein. Chantal überflog die Absender und stutzte plötzlich. Ihre Züge veränderten sich.

»Schlechte Nachrichten?«, fragte Paul.

»Ein Brief für Isabelle. Aus München.«

Isabelle riss den Umschlag förmlich auf. »Von Fritz! Er ist von Fritz!«

Paul lächelte. »Fritz oder Frédéric?«

Chantal machte eine Kopfbewegung und ging dann mit Paul hinaus.

Isabelle las den Brief. Einmal, zweimal, immer wieder. Fritz lebte, er studierte Veterinärmedizin. Er hatte sie nicht vergessen. Sie war es doch, die ihn vergessen hatte. Gleichzeitig wusste sie, dass das nicht stimmte. Die Zeit war so dahingeflogen, und mit jedem Jahr war es ihr absurder vorgekommen, ihm zu schreiben. Aber Fritz hatte es getan!

Isabelle rannte hinaus und fuhr mit dem Fahrrad zum Haus der du Pointes. Dort stürmte sie in ihr Zimmer und nahm am Sekretär Platz, wo es einen Füllfederhalter und Papier gab. Doch dann zögerte sie. Wann hatte sie zuletzt einen Brief geschrieben? Kurze Sätze an Gäste und auf Speisekarten, ja – aber einen ganzen Brief? Doch als sie einmal begonnen hatte, fiel es ihr gar nicht schwer.

Liebster Fritz!
Welche Freude hast Du mir bereitet! Und wie sehr bin ich beschämt, dass ich nie versucht habe, Dich zu erreichen. Ach, Fritz, Du sollst wissen, dass ich sehr lange krank war. Über

viele Monate war ich bettlägerig, dämmerte dahin. Aber nun geht es mir wieder gut, und ich möchte meine Krankheit nicht vorschieben, um mein Schweigen zu entschuldigen.
Du bist in München, wie wunderbar! Und wirst Tierarzt, das ist vortrefflich. Weißt Du, ich reite fast jeden Morgen am Strand entlang. Pferde sind solch wunderbare Tiere, so groß und elegant und uns kleinen, dummen Menschen doch so ergeben. Und Du hast vom Belle Plage gelesen? Papa hat Großes geschaffen, ich arbeite dort, helfe hier und da, was mir viel Freude bereitet. Du musst eines Tages herkommen! Und ich, ich muss allen berichten, dass es Dir gut geht. Sie sind alle wohlauf. Chantal, Patrick, Paul.
Wie ich mich freue! Schreibe mir bald zurück.
Deine entzückte Isabelle

Und natürlich erzählte sie jedem von Fritz. Alle waren wohlwollend und ließen Grüße ausrichten. Es gingen ein paar Briefe hin und her, jedes Mal bebte Isabelles Herz, wenn er schrieb. Es war Sommer geworden, als der Postbote ihr wieder einen Umschlag überreichte.

Liebste Isabelle,
wie sehr wünschte ich, endlich zu kommen. Aber das Studium hat mich fest im Griff, die vielen Prüfungen und Klausuren. Stell Dir vor, ich habe vor einigen Tagen einer Laparotomie beigewohnt. Bei einem Rennpferd. Professor Westhues hat eine Darmresektion vollzogen. Ein ungeheuer schwieriger Eingriff, aber durchführbar.
Derzeit arbeite ich an Studien für meine Doktorarbeit. Der Hund meiner Tante ist kläglich verendet, nach dem Genuss eines Rattentoxins. Es darf doch nicht sein, dass Haustiere an solchen Giften sterben müssen. Oh, Isabelle, was schreibe

ich für einen Firlefanz, als ob Dich das fesseln könnte. Verzeih, aber meine Studien begeistern mich so sehr. In den Ferien werkle und hantiere ich übrigens im Weingut meiner lieben Tante. Du siehst, ich kümmere mich um Wein und nicht um den Gerstensaft. Darf ich so unbescheiden sein, auf eine Antwort zu hoffen?
Dein Fritz-Blitz

Sie antwortete sofort.

Liebster Fritz!
Wie sehr bewundere ich Dich. Von solchen Heldentaten kann ich Dir nicht berichten. Wir haben stets viele Gäste, diesen Sommer aber sind sie besonders interessant. Jacques Tati dreht in Saint-Marc-sur-Mer die »Ferien des Monsieur Hulot«. Er kennt und verehrt Chantal und kommt uns besuchen, wir waren auch schon am Drehort. Stell dir vor, er hat mir eine Rolle angeboten – für jetzt oder später. Ich habe das natürlich abgelehnt. Er sagt immer, ich sei schöner als Brigitte Bardot. Ich habe eine Fotografie von ihr gesehen, mich mit ihr zu vergleichen wäre vermessen. Wir haben schon Teile des Filmes gesehen, im Geheimen, fast ein Stummfilm, Monsieur Hulot spricht im ganzen Film nur ein Wort, nämlich seinen eigenen Namen. Herr Tati hat einen ganz köstlichen Humor. Er bringt ab und zu Alain Romans mit, der Jazzsessions macht.
Fritz, die Sommertage fliegen zwitschernd wie ein Vöglein dahin. Wann kommst Du denn nun?
Deine Isabelle

7

Aurelie

Eine Woche war wie im Flug vergangen. Lotte trotzte immer noch, aber zumindest konnte sie ihre Bikinis am See ausführen. Und sie schloss Freundschaft mit den Katzen, fütterte diese sogar und postete ungeheuer viele Bilder in dem Instagram-Account, den sie eigens für »Nasi« erstellt hatte, den weißen Kater mit der schwarzen Nase und den grünen Augen. Stolz verkündete sie, dass der Kater schon dreihundertfünfundvierzig Follower habe. Das kam Aurelie zwar albern vor, aber lieber eine Tochter, die einen Petfluencer aufbaute, als eine, die herumlief wie drei Tage Regenwetter.

Allmählich kannte Aurelie die Besetzung des Stammtisches, der im Kern aus Bene, Alois, Franz und Heini bestand, alles Altbauern. Ab und zu hockten sich Beni und sein Kumpel Kilian dazu, der einen Baggerbetrieb hatte. Manchmal kam auch die Tierärztin Susu vorbei. Sie war immer sehr freundlich, fast zu freundlich. Was, wenn sie die Spionin war? Eine junge engagierte Tierärztin, die genau auf Isabelles Wellenlänge gelegen hatte. Die wäre doch die perfekte Erbin gewesen, und bei ihr wäre das Geld bestimmt in guten Händen.

Am Stammtisch saßen häufig auch zwei junge Mädchen.

Anna war die Tochter des Dorfmetzgers, der seinerseits nie kam, weil der Kiosk sein Fleisch weitgehend von Beni bezog. Auf Aurelie wirkte das Mädchen eher schüchtern, sie war allerdings nur die Gefolgschaft von Ophelia, einem wirklich bildhübschen Mädchen, das sich ganz anders benahm, als der Name es hätte hoffen lassen. Ophelia, brünett, schlank, mit einem schönen Busen, den dank der dünnstoffigen, billigen T-Shirts auch jeder sehen musste, trank Bier wie ein Kutscher – aus der Flasche und stets gefolgt von einem Rülpsen aus tiefstem Magengrund. Ihr Verhalten war ihr offenbar keineswegs peinlich, sie schien es sogar zu kultivieren und die Provokation zu lieben. Ab und zu saß sie bei Kilian auf dem Schoß und fingerte an ihm herum, was den aber ziemlich kaltließ.

Aurelie beobachtete das eine Weile, dann nahm sie Mandy beiseite und fragte nach.

»Ach, die Ophelia. Die hat auch noch zwei Schwestern, Valentina und Judika.«

»Ja, und?«

»Na ja, die Eltern haben ein Faible für Exotik. Er ist Heilpraktiker, und sie macht keltischen Schmuck, den sie auf Märkten verkauft.«

»Wogegen per se ja nichts einzuwenden ist«, sagte Aurelie zögerlich.

»Ja, klar, aber die Gören wurden null erzogen, denn die Eltern sind der Meinung, sie müssten ihren Weg allein finden. Die Ältere ist grad im Jugendknast, die Kleine klaut. Da ist Ophelia noch die Harmloseste. Trinkt und rülpst, ist aber sehr hilfsbereit.«

Das stimmte. Sie hatte schon mehrfach den Hühnerstall ausgemistet, eine Tätigkeit, die bei Aurelie Brechreiz auslöste. Außerdem hatte sie die Pferde geputzt. Ophelia konnte sehr gut reiten und bewegte zusammen mit der Metzgerstochter ab und an die Haflinger und die Maultiere. Auch diese Mädchen waren quasi Teil der Erbschaft. Womöglich konnten sie Lotte das Reiten beibringen? Das war definitiv ein anderer Umgang als Emma – ob das Erlernen von Rülpsen allerdings besser war?

»Und was macht sie sonst so? Arbeiten?«, fragte Aurelie.

»Nö, sie hat den Quali gemacht, und jetzt sucht sie ihren Weg.« Mandy grinste.

»Wie alt ist sie denn?«

»Neunzehn.«

»Was? Sie sieht viel jünger aus!«

»Bier konserviert.«

Dieses Landvolk war merkwürdig, fand Aurelie. Einerseits kam ihr deren Welt eng und engstirnig vor, andererseits wunderte sie sich, wie integrativ die Leute hier waren. Menschen wie Afra und Ophelia liefen einfach mit. Und wenn sie an so manche lautstarke Diskussion am Stammtisch dachte, wunderte sie sich, dass die Männer jede Woche erneut zusammenhockten. In Ermangelung anderer Kontakte oder weil Streit beflügelte und zusammenschweißte?

Eike hatte seine eigene Theorie zu Ophelia: »Die Kombi von Heilberuf und Buddhismus führt bei Kindern automatisch zu Rebellion. Muss es ja.«

Er hatte sich mittlerweile überraschend gut eingefunden. Auch hier arbeitete er nachts, Isabelle hatte nämlich ein ebenfalls überraschend gutes Internet, und schlief bis mittags, was ihn schon mal der Stallarbeiten enthob. Er joggte, wobei ihn Anton begleitete, und ab und zu trug er Getränkekisten und schloss Bierfässer an. Das konnte er wundersamerweise trotz seiner linken Hände, weil er in seiner Studentenzeit mal als Barkeeper gejobbt hatte. Wenn es an manchen Tagen rundging, war er eine große Hilfe am Tresen. Vielleicht würde ja doch alles gut werden. Eike zapfte und hockte sich sogar an den Stammtisch, wo er weniger ätzend war, als Aurelie vermutet hätte. Für die Männer dort hatte er einen gewissen Unterhaltungswert. Auch das war Eike: Er konnte sich, wenn er wollte, in den unterschiedlichsten Kreisen zurechtfinden. Das war sicher auch seinem Beruf als Journalist geschuldet.

Gestern hatte er zwei Touristinnen, die nach etwas Veganem fragten, ausgerechnet die Speck-Quiche angeboten. Sie waren entsetzt gewesen, als er meinte: »Fleisch war immer schon mein Gemüse. Esst ihr nie Kalbskopf?« Dabei hatte er die Lacher auf seiner Seite gehabt.

Seine Meinung zu Bayern München war schon schwieriger: »Eine schlecht erzogene und überbezahlte Söldnertruppe!« Er hatte nur Glück, dass der gesamte Benehof Augsburg-Fan war und Mandy für den RB Leipzig die Daumen drückte. Die anderen grummelten irgendwas und wechselten das Thema. Aber in der Öffentlichkeit konnte Eike den netten Burschen geben und sehr charmant sein.

Als Marie mit einem neuen Rotton in den Haaren daherkam, sagte er: »Rothaarige Frauen werden mir leicht gefährlich.« Sein Zwinkern fand Aurelie übergriffig, aber Marie schien es zu schmeicheln.

»Du hast so einen netten Mann. So gebildet und gepflegt«, sagte Marie zu Aurelie. Das hatte man wohl von ihrem eigenen Mann nicht behaupten können. Über ihn hatte Aurelie bisher fast nichts erfahren, bis auf den Hinweis des Alten, dass der Schwiegersohn derzeit im Entzug sei.

Eike hatte ihr erklärt, dass man diese Marie mit Charme überziehen und in Sicherheit wiegen müsse, denn er war sich absolut sicher, dass sie die Spionin war. Aurelie hatte ihm von ihrem Verdacht erzählt, dass Susu ebenfalls als Erbin und eventuell auch als Spionin infrage käme.

»Das hat was, Sherlock! Kluges Mädchen! Die behalten wir auch im Blick. Du darfst aber in beiden Fällen nicht so stutenbissig sein. Wir müssen sie in Sicherheit wiegen.«

Zwar hatte er »wir« gesagt, um aber dann doch noch eins draufzusetzen: Sie war doch nicht stutenbissig!

So war das Leben mit Eike: ein ständiges Wechselbad. Diese Spannung hatte Aurelie lange Zeit angezogen und fasziniert, aber das schien sich gerade abzuschleifen …

Am nächsten Tag stand gegen zehn plötzlich die Polizei im Gastraum und wollte Isabelle Deschamps sprechen. Aurelie erstarrte. In solchen Momenten war sie froh, dass Eike da war.

»Die Dame ist tot«, erklärte er. »Sie war die Tante meiner Frau.«

»Das … ähm … das verändert natürlich die Situation. Mein Beileid … ähm …« Der junge Polizist war sichtlich aus der Fassung geraten.

»Worum geht es überhaupt?«, fragte Aurelie.

»Nun, wir haben … wir hatten einige Anzeigen gegen Frau Deschamps vorliegen, die wir erst einmal bearbeiten mussten. Wir wollten Frau Deschamps dazu vernehmen«, erklärte er.

»Ja, wozu denn? Ist sie zu schnell gefahren? Dieses Verbrechen wird sie ja wohl kaum mehr begehen, da tot.« Eike schenkte dem Polizisten einen gelangweilten Blick.

Manchmal war Eike wirklich großartig, fand Aurelie. Er ließ sich nie einschüchtern.

»Nein, es geht um Sachbeschädigung.«

»Aha. Und was wurde beschädigt? Ein Einkaufswagen? Gartenzäune? Gartenzwerge?«

»Garten ist schon mal ganz gut geraten«, sagte der ältere Kollege. »Es geht um Rasenroboter.«

Rasenroboter?

»Frau Deschamps hat im gesamten Westallgäu auf Rasenroboter geschossen oder sie anderweitig zerstört.«

Eike begann zu lachen. »Die Tante meiner Frau war verrückt, aber das toppt selbst meine Fantasie. Eine Rasenrobotermörderin!«

»Sie war der Meinung, dass diese Mäher Insekten töten und Igel verstümmeln und deshalb ermordet … ähm … zerstört werden müssen.« Der Polizist bemühte sich, ernst zu bleiben.

»Womit sie ja recht hatte«, meinte Aurelie, die gerade erst mit einer Biologiekollegin über dieses Thema gesprochen hatte. »Diese Maschinen fügen Tieren schlimme Verletzungen zu.«

»Damit will meine Frau aber nicht sagen, dass sie das Werk fortführen wird«, sagte Eike. »Sie sind im Dienst?«

»Na ja …«

Eike zapfte vier kleine Bier. »Prost! Ich befürchte, Sie werden unverrichteter Dinge zurückfahren müssen.«

»Passt schon«, meinte der Jüngere.

Als die beiden Männer später aufbrachen, sagte der Ältere: »Falls noch Waffen im Haus sind, wäre es gut, Sie würden sie dann abgeben. Und schicken Sie uns bitte einen Totenschein, dann schließen wir das Ganze ab.«

»Unbedingt!«, versicherte Eike.

Als sie draußen waren, sank er lachend auf einen Stuhl. »Großartig! Da denkt man immer, auf dem Land sei nichts los. Dabei gibt es hier Mord und Totschlag! Sag mal, meinst du, Isabelle hatte Waffen im Haus?«

»Keine Ahnung, ich hab bisher keine gefunden.«

»Diese Isabelle! Sie war wahnsinnig! Das habe ich dir doch immer schon gesagt. Aurelie, ich sehe da eine Geschichte in mir aufsteigen, ich muss das gleich zu Papier bringen.« Er warf ihr eine Kusshand zu und verschwand.

Wie konnte er nur alles ins Ironische ziehen? Aber in gewisser Weise hatte er natürlich recht: Isabelle war weit gegangen in ihrer Tierliebe, und ihre Mittel waren wohl nicht immer die besten gewesen. Aurelie war schlagartig traurig und beunruhigt dazu. Was, wenn hier irgendwo Waffen versteckt waren und die Kinder sie fanden?

Mandy kam herein. »Hi, Aurelie! Mir ist gerade die Polizei entgegengekommen. Was war denn da los?«

Aurelie berichtete. »Weißt du was von irgendwelchen Waffen?«

»Na ja, irgendwo müssten die Jagdgewehre von Florian sein.«

»Wo ist ›irgendwo‹?«

»Keine Ahnung, Aurelie, das ist doch auch egal.«

Ihr wurde entweder Ironie oder Gleichgültigkeit entgegengebracht. Aurelie hatte genug und rauschte hinaus.

Sie startete ihr Auto und fuhr einfach drauflos. Irgendwann war sie in Sinswang am Lift. Sie parkte und stieg langsam bergwärts, die Teerstraße hinauf, durch den Weiler, in den Wald hinein. Sie keuchte. Schließlich war sie ganz oben, wo man weit ins Tal sehen konnte. Der Hochgrat stand trutzig da und grenzte sich scharf gegen den Himmel ab. Es war ein ganz besonderer Ort. Tränen flossen ihr übers Gesicht, keine Tränen der Verzweiflung, sondern der Erschöpfung. Sie saß einfach nur da. Lange.

Mandy sagte nichts, als Aurelie nach drei Stunden zurück war. Alles ging seinen gewohnten Gang, auch ohne sie. Genau diese Gleichförmigkeit der Tage machte Aurelie so zu schaffen. Früh raus, Tiere versorgen, Essen vorbereiten, Gäste bespaßen und tot ins Bett fallen. Eike, der ja nur ab und an mithalf, behauptete gern, es sei doch ein Klacks, einen Hof zu führen. Er verstehe gar nicht, warum Aurelie sich da so reinstresse.

Zu ihren Aufgaben gehörte es auch, einkaufen zu fahren. Denn auch wenn es auf Benis Hof vieles gab, ganz ohne Supermarkt lief es doch nicht. Kaum saß sie im Wagen, als aus dem Nichts ein Blitz herabzuckte. Dass die Gewitter hier schnell kamen, das wusste sie, aber so schnell? Blitz, Donner, ein gelbliches Licht im Süden. Marie hatte ihr erklärt, dass die schlimmsten Gewitter die seien, die in die Berge zögen und dann noch mal zurückkämen.

Vorne an der Straße begann es zu regnen. Dicke Tropfen verzischten auf dem heißen Asphalt. Sie überlegte, ob sie abwarten sollte, fuhr dann aber doch. Als sie eine Weide von Alois passierte, sah sie eine Kuh, die gerade ein Kalb gebar. Bei diesem Wetter, das arme Tier!

Sie hielt vor dem Hof und rannte durch den Regen. Alois war in der Tenne und schraubte an einem Bulldog herum.

»Hoher Besuch«, brummte er.

»Alois, da ist ein frisch geborenes Kalb. Ich wollte dich informieren, damit ihr es holen könnt.«

»Aha.«

»Es ist grad erst geboren worden!«

»Ja, wir schauen schon.«

Sie hatte kein gutes Gefühl, und als sie eine Stunde später vom Einkaufen zurückkam, lag das Kalb immer noch da. Sie wendete und brüllte bei Alois erneut über den Hof. Diesmal bekam sie von seiner Frau die Antwort, dass dann später einer schauen werde. »Die halten was aus«, schickte sie noch hinterher.

Entsetzt fuhr Aurelie zurück zum Weiher. Frederiks Geländewagen stand gut erkennbar am Kiosk. Aurelie schleppte ihre Körbe herein, ließ sie sinken und sah Frederik an.

Frederik

»Beim Luiz liegt ein Kalb auf der Weide«, erzählte sie. »Ich hab denen Bescheid gesagt, dass es da liegt! Einmal, bevor ich weggefahren bin, und jetzt noch mal! Es sind zwei Stunden vergangen.«

»Aurelie, es ist ganz normal, dass Kälber auf der Weide zur Welt kommen«, entgegnete Frederik.

»Ja, aber das Gewitter! Es ist kalt geworden, nass und stürmisch. Der Alois hat nur blöd gelacht, und seine Frau hat gesagt, dass die Viecher das schon aushalten. Ich fahr da jetzt noch mal hin!«

»Du kannst nicht einfach bei einem Nachbarn auf die Weide gehen!«

»Aber du schon, du bist schließlich Tierarzt!«

»Wenn ich nicht gerufen werde, kann ich da auch nicht einfach hin. Normalerweise leckt die Kuh das Kalb trocken und animiert es zum Aufstehen. Es ist wichtig, dass es die Biestmilch trinkt, das ist eine Art Immunkur.«

Aurelie saß schon im Auto, obwohl es immer noch aus Kübeln goss. Frederik sprang hinein. Vielleicht konnte er ja das Schlimmste verhindern. Auf der Waldweide, vom Hof der Familie Luiz nicht einsehbar, aber doch nur fünfhundert Meter entfernt, standen die Kühe. Bei einer hing die Nachgeburt noch fest. Aurelie kroch unter dem Zaun durch. Weiber waren einfach zu stur. Frederik sah sich um und folgte ihr.

Aurelie stand da und starrte zu Boden. Da lag das tote Kalb. Schwarz-weiß, ein Bullenkalb.

»Es hat gelebt, als ich die zum ersten Mal informiert habe. Es hat gelebt!« Ihr liefen die Tränen herunter.

»Es kann krank gewesen sein, nicht lebensfähig.«

»Sie haben nicht einmal nachgesehen. Diese ekelhaften, rohen Bauernschädel!«

»Aurelie, du …«

»Was? Ich muss das verstehen? Ich hab Bescheid gesagt. Es hat gelebt. Es wurde geboren, um wenig später zu verrecken? Das war ein Baby!«

»Aurelie, wir müssen gehen, bitte.«

»Und lassen es da liegen?«

»Sie werden zum Melken eintreiben.«

»Und dann?«

Womöglich würden sie es dem Fuchs überlassen, dachte Frederik, sprach es aber nicht aus. »Sie werden es sehen.«

»Aber sie hätten kommen müssen! Frederik, du bist Tierarzt, hast du nicht auch so einen Eid geschworen? Und was sagt der Tierschutz dazu?«

Unter seinen Kunden waren solche und andere Bauern, söttene und söllene, wie sie im Allgäu sagten. Den Bauern gab man die Schuld am Artensterben und an der Gewässerverunreinigung. Sicher hatte die industrielle Landwirtschaft einen großen Anteil an den Missständen, aber mit Pauschalurteilen war keinem geholfen. So mancher Landwirt fühlte sich in die Ecke gedrängt und schaltete auf stur. Die Mehrheit der Bauern hatte das Volksbegehren Artenschutz »Rettet die Bienen« nicht unterzeichnet. In seinem Landkreis hatten die Jungbauern in ihren WhatsApp-Gruppen dazu aufgerufen, auf keinen Fall zu unterzeichnen. Frederik versuchte immer, einen Konsens zu finden – auch das hatte Claudia an ihm gehasst. Er sei ein Opportunist, hatte sie ihm vorgeworfen, weich wie Knetgummi.

»Aurelie, wir gehen jetzt!«

Sie folgte ihm und fuhr los, die nassen Finger blau vor Kälte. Frederik fühlte sich verpflichtet, etwas zu sagen. »Schau, es ist so, dass Kälber im Verkauf nur noch wenig einbringen, da … da …«

»Da lässt man es lieber verrecken?«

»Ein kluger, verantwortungsvoller Landwirt weiß, dass jedes Kalb dafür verantwortlich ist, dass die Kuh Milch gibt. Und diese Milch ist eine Einkommensquelle. Wenn das rund drei- bis viertausend Euro im Jahr sind, dann müsste einem das Kalb doch etwas wert sein.«

»Das ist Gutmenschengeschwätz!«, rief Aurelie. Eike warf ihr doch immer vor, sie würde versuchen, alle und jeden zu verstehen. Und nun attackierte sie Frederik, indem er ihr einen Spiegel vorhielt.

»Man kann ja auch über gesextes Sperma das Geschlecht des Kalbes bestimmen.«

»Was?«

»Bei gesextem Sperma werden das X- und Y-Chromosom getrennt, damit man in der Zucht das Geschlecht des zukünftigen Kalbes bestimmen kann. Der kluge Züchter belegt seine Kühe dann so, dass hoffnungsvolle weibliche Nachzucht rauskommt.«

»Weil Bullen nichts wert sind, genau wie männliche Küken? Schreddern, ohne Betäubung kastrieren, verrecken lassen?«

Frederik fühlte sich in die Ecke gedrängt. Vor allem, weil er gar nicht für Alois Luiz Partei ergreifen wollte. Inzwischen hatten sie den Kiosk erreicht, wo Aurelie ein Schnapsglas bis zum Rand mit Obstler füllte, leerte und hustete. Frederik klopfte ihr vorsichtig auf den Rücken, denn er hatte Angst, an dieser zarten Frau etwas kaputt zu machen.

»Auch einen?«

Frederik nickte. Obstler floss in ein weiteres Glas. Am Stammtisch saßen der alte Bene, Beni und Lotte. Sie trug heute eine 7/8-Slimfit-Jeans, ein bauchfreies Top und Sandaletten mit Strasssteinchen. Ein bisschen viel für einen Bauernhof. Aurelie wollte offenbar gerade etwas sagen, als Eike hereinkam. Er runzelte die Stirn.

»Feierst du, oder willst du dein Hirn wegsaufen, um dich deiner Umgebung anzupassen?«

Frederik schwieg, und Aurelie erzählte in einer etwas zu schrillen Stimme, was geschehen war.

»Meine Frau wird ab und an etwas überemotional«, kommentierte Eike.

»In diesem Fall hat sie wahrscheinlich recht. Der Alois ist ein alter Grattler«, sagte Bene. »Ein Choleriker und Sadist.«

»Und dem Jungen kannst du unterm Gehen die Schuhe besohlen und die Knie operieren«, ergänzte sein Enkel.

»Aber nur weil in dieser Familie ein gewisser …«

»Familienirrsinn«, warf Eike ein.

»Meinetwegen Familienirrsinn herrscht, kann man nicht alle konventionellen Bauern über einen Kamm scheren«, sagte Frederik.

»Warum macht der Beni dann lieber Bio?«, fragte Aurelie.

»Das habe ich auch nicht sofort getan. Es war ein langer Weg. Ich habe zuerst auf Heumilch umgestellt, auf Silo verzichtet, habe den Kühen ihre Hörner gelassen. Aber da blieb immer noch das Problem, wie du den Umgang mit der Nachzucht respektvoller machst.«

»Weil kein Landwirt alle Kälber behalten kann, gehen sie an den Viehhändler, der aber weniger für behornte Tiere zahlt, weil er sie ja noch enthornen muss«, erwiderte Eike. »Die Bullenkälber gehen zum Mäster, fahren oft irrwitzige Strecken bis an die holländische oder französische Grenze und werden dann weiterverteilt. Bis in den Nahen Osten, richtig?«

Eike war zwar zynisch, aber auch blitzgescheit und immer informiert. Er war auf der ganzen Welt unterwegs gewesen, schrieb auch für Fachmagazine und verstand es, dem Leser komplexe Zusammenhänge so zu servieren, dass sie lesbar waren und doch nichts an Inhalt einbüßten. Neue Horizonte waren das Füllhorn, aus dem er schöpfte.

»Ja, genau«, sagte Beni. »Ich habe mir gedacht, es muss auch anders gehen. Solche Wege wollte ich einem Tier, das man aufgezogen hat, nicht zumuten. Ich habe dann jeden Monat ein Tier verladen und wenige Kilometer in den regionalen Schlachthof gefahren und das Fleisch direkt vermarktet.« Er nahm einen Schluck von seinem Bier. »Aber das hat mir irgendwie nicht gereicht. Ich hab erst probiert, Kraftfutter ohne Gentechnik einzukaufen, und dann war ich bei ein paar runden Tischen, wo es um die Umstellung auf Bio ging. Da saßen nicht wenige, die primär wegen des Geldes umstellen wollten. Aber von so etwas musst du ja überzeugt sein.«

»Du wolltest es ja auch komplizierter«, entgegnete Frederik lächelnd.

»So kompliziert ist das gar nicht mit der muttergebundenen Kälberaufzucht. Bei mir bleiben die Kälber rund drei Monate bei der Mama und trinken bei ihr. Sie folgen ihrem natürlichen Verhalten. Kleinere Kälber saufen bis zu acht Mal am Tag, die größeren oft nur noch zwei Mal. Ab der dritten Woche gibt es eine eklatante Gewichtszunahme. Zum Melken bleibt mir noch genug Milch. Und die Kälber sind fit. Beim Absetzen von der Mutter wiegen sie im Schnitt zweihundert Kilo, also mehr als ein normales Milchkalb zu diesem Zeitpunkt. Ich brauche auch selten den Tierarzt«, sagte er und ergänzte ein »Sorry« mit Seitenblick auf Frederik.

»Alles gut, ich sehe auch lieber gesunde Tiere.«

»Wäre der Weideschuss eine Option für dich?«, fragte Eike.

»Ja, unbedingt. Da bin ich dran. Ich mache grad den Jagdschein. Dann habe ich selber den nötigen Sachkundenachweis.«

»Der Beni gibt eben ungern was aus der Hand«, kommentierte der Opa stolz.

»Man könnte auch gar kein Fleisch mehr essen und auch keine Milchprodukte. Dann ginge es der Welt gleich besser«, bemerkte Lotte. »Außerdem pupsen Kühe Methan aus.«

»Gerade meine Tochter sollte nicht alles blöken, was die Herde vorschreit. Was lernt ihr eigentlich in der Schule?«, sagte Eike und sah Aurelie an. »Nur gut sieben Prozent der CO_2-Treibhausgase in Deutschland stammen aus der Landwirtschaft. Man sollte stattdessen die wichtige Rolle der Landwirtschaft bei der CO_2-Bindung berücksichtigen. Getreide und Grünland binden je vierundzwanzig Tonnen pro Hektar im Jahr. Außerdem setzt Landwirtschaftsfläche tonnenweise Sauerstoff frei. Das könnte man ja auch in den Emissionshandel einbinden.«

Beni sah ihn interessiert an. »Magst du einen Job bei uns in der Gruppe als Marketingmann?«

»Ich bin zu teuer. Aber genau da liegt das Problem. Die kleinen Leute tun Gutes, nur hört man zu wenig davon, und den Bauern fehlt es an Sprachrohren, sorry. Typen wie dieser Alois sind keine guten Visitenkarten für die Zunft.«

»Es können eben nicht alle so elegant formulieren wie du«, zischte Aurelie.

»Eike hat aber recht«, sagte Frederik. »Massentierhaltung zum Beispiel ist ein sehr emotionaler Begriff, eine einheitliche Definition gibt es nicht. Die meisten Verbraucher gehen davon aus, dass bei fünfhundert Rindern, tausend Schweinen und fünftausend Tieren Geflügel die Massentierhaltung beginnt. Aber Tierwohl und Tiergesundheit sind nicht eine Frage der Betriebsgröße. Wenn Kühe artgerecht untergebracht sind, wenn sie genug Platz, ausreichend Luft und Wasser haben und ihr Sozialverhalten ausleben können, geht es ihnen gut. In Bayern liegt der Durchschnitt bei den Milchkühen übrigens bei vierzig Tieren, in Deutschland bei dreiundsechzig Tieren pro Betrieb.«

»Aber der Alois hat hundertzwanzig«, sagte Lotte. »Und was ist da gewesen im Unterallgäu? Ich habe auf YouTube Videos gesehen, lauter tote Kälber im Dreck. Da will man doch sofort Veganerin werden!«

»Lotte, das sind Einzelfälle von nicht adäquater Tierhaltung und Defiziten im Management. Das Motto der Politik – wachsen oder weichen – hat einige Betriebe in Bedrängnis gebracht. Landwirtsfamilien fehlen aufgrund der demografischen Veränderung häufig die Arbeitskräfte«, erklärte Frederik.

»Alles immer verstehen und entschuldigen, das ist eure Generation. Ihr redet und argumentiert, und Papa verdreht alles so lange mit seinem Sprachquirl, bis allen ganz schwindlig ist. Aber ihr hinterlasst uns eine beschissene Welt. Wir sind doch total lost.«

»Genau deshalb versuche ich, es ja besser zu machen. Du kannst schon Veganerin werden, aber was passiert dann mit der Landschaft?«, entgegnete Beni. »Kühe fressen auch für den Artenschutz und schaffen Biodiversität. Wir brauchen Beweidung, am besten mit unterschiedlichen Arten. Ziegen helfen bei verwachsenen Flächen durch Weideverbesserung, Rinder und Pferde bevorzugen unterschiedliche Pflanzen und sorgen für gleichmäßiges Abweiden. Was besonders in Steillagen wichtig ist.« Weil niemand etwas sagte, fuhr er fort:

»Das Wasser sickert besser ein, und das bedingt eine Abflussverzögerung bei Starkregenereignissen. Ein ehemaliger Kommilitone von mir schreibt darüber grad seine Doktorarbeit. Tiere treten die Weideböden fest und festigen die Hangstabilität. Ihre Trittlöcher sind eigene kleine Biotope, wo Wasser stehen bleibt, und ihr Kot hilft Hunderten von Insektenarten zu gedeihen. Ist so!«

»Ich glaube, den Job im Marketing kannst du selber machen«, sagte Eike.

»Wie schlau er ist«, bemerkte Lotte.

»Ich habe in München Agrarwissenschaften studiert«, sagte Beni. »Wir sind nicht alles Bauerndeppen hier draußen.«

»*No front*, ich hab das nicht so gemeint.«

»Mit deinem Gettoslang machst du es auch nicht besser«, rügte Aurelie.

»Was wollt ihr eigentlich? Wenn ich mich gepflegt ausdrücke, dann sagt ihr, ich soll nicht so auf altklug machen. Wenn ich normal rede, ist das Slang. Warum hab ich solche Eltern bekommen?« Sie stürmte hinaus.

»Schwieriges Alter«, bemerkte der alte Bene.

»Ich verstehe ja Lotte und ihre Wut. Wir eiern wirklich nur herum«, sagte Frederik. »Und man kann alles aus verschiedenen Blickwinkeln weicher zeichnen. Auch die Veterinärämter sind chronisch unterbesetzt.«

»Warum will ein Tierarzt aufs Amt?«, erwiderte Eike. »Weil er eine ruhige Kugel schieben will. Mir hat bei einer Recherche, bei der es um die Zustände im Unterallgäu ging, der zuständige Amtstierarzt eiskalt gesagt: ›Wenn wir tausend Ohrmarken kontrollieren müssen, wie sollen wir da sehen, ob irgendwo ein totes Kalb liegt?‹ Deine Zunft, Frederik. Sesseljob *nine to five*, Beamtenbesoldung.«

»Ich bin auch verbeamtet«, meinte Aurelie und sah aus, als könne sie ihre Wut nur mühsam unterdrücken. »Mein Gehalt ist der sichere Hafen für die Familie.«

»Ach, verdien ich dir zu wenig?«, konterte Eike und sah Frederik an. »Das Wesen des Freiberuflers können Beamte nie ganz nachvollziehen. Deine Praxis läuft doch auch nur gut, wenn du selbst und ständig auf die Höfe fährst, oder?«

Frederik nickte. Er mochte keine Missstimmung in der Luft, davon bekam er Sodbrennen. Ja, er war harmoniesüchtig, auch etwas, was Claudia an ihm gehasst hatte.

»Bei dem Wetter wird ja wohl keiner mehr zum Kiosk kommen, oder?«, fuhr Eike fort. »Ich würde noch etwas arbeiten.«

»Ich füttere die Tiere«, kündigte Aurelie an.

»Und ich bin bei Marie zum Essen eingeladen«, sagte Frederik und erhob sich.

1952
Fritz

Von der Tante durfte er sich den VW Käfer ausleihen. Der Brezelkäfer mit der winzigen geteilten Heckscheibe war ihr Heiligtum, doch sie erklärte sich bereit, den Wagen aus der Hand zu geben, weil sie hinterher ein bisschen damit prahlen wollte, dass ihr Käfer bis nach Frankreich fahren könne. Im Gegensatz zu seiner Tante hatte Fritz wenig Vertrauen in die Fähigkeiten des Autos. Bisher war der Käfer maximal bis Würzburg gefahren, und da war er schon zweimal liegen geblieben. Aber Fritz wollte nach Frankreich, denn wenn er jetzt nicht fuhr, würde er es womöglich nie tun. Die Mutter und die Tante hatten ihm Wegzehrung für eine halbe Armee mitgegeben, dazu Wein als Gastgeschenk. Den Einwand, dass dies Eulen nach Athen tragen sei, ließen sie nicht gelten.

Und so steckte Fritz den winzigen Zündschlüssel hinein und drückte den Startknopf. Schon nach einigen Kilometern hatte er das Gefühl, sein Rücken verhärte sich, bequem waren die steilen Sitze nicht gerade. Zwar hatte er einen Führerschein, aber so viel fuhr er nicht, und das Herunterschalten in den zweiten Gang mit dem Zwischengas entlockte dem Käfer jedes Mal ein ungutes Krachen. Immer wieder musste er stärker bremsen, und einmal wäre er dabei fast auf eine Kutsche aufgefahren. Der Kutscher fluchte herzhaft. Fritz fand sich hinein und freute sich jedes Mal, wenn der Richtungsanzeiger hinter der Tür ausklappte. So ein Wagen war pure Freiheit.

Fritz plante, an einem Tag bis Oberstaufen zu fahren, denn er hatte ein Leinentuch im Gepäck. Im Allgäu begann es zu regnen, der Scheibenwischer schob das Wasser gemächlich zur Seite, das Fenster beschlug. Fritz fuhr langsamer, was sich als gut erwies, denn bei einem weiteren Bremsmanöver rutschte das Auto über die Straße wie Kinder auf Gleitschuhen. Nach acht Stunden war er fast da, nur noch die steile Etappe am Paradies lag vor ihm.

Obwohl es regnete, ließ er den Wagen oben am Scheitelpunkt der Straße stehen und ging bergwärts, am Hof vorbei. Bald gelangte er zu seinem Baumstumpf. Die Klingel war noch immer an der Stelle, wo er sie vergraben hatte! Als er wieder auf dem Hof eintraf, war Melkzeit. Er schob den Kopf vorsichtig in den Stall. »Hallo?«

Dieselbe Frau wie damals kam ihm entgegen. Sie erkannte ihn nicht, als er ihr aber das ordentlich gefaltete Leinentuch hinhielt, verstand sie.

»Ja, Bua! Du hast Wort gehalten.«

In einem Dialekt, der in Fritz' Ohren reichlich krude klang, erklärte sie ihrem Mann, wann sie Fritz zum ersten Mal getroffen habe. Aber der Bauer schien es eilig zu haben, und Fritz verstand etwas von einem Kalb.

»Ich bin angehender Tierarzt, soll ich vielleicht …«

»Los, Bua!«, sagte die Frau.

Es war nur der Schwanz des Kalbes zu sehen, die Kuh sah erschöpft aus. Die Frau reichte Fritz Seife und einen Eimer mit heißem Wasser. Er war ganz ruhig. Von irgendwoher kamen noch zwei semmelblonde Mädchen. Fritz fühlte, dass sich das Kalb in Steißlage befand. Er drückte alles vorsichtig wieder hinein, brachte die Beine in die richtige Lage und begann, das Kalb herauszuziehen.

»Ein Kuhkalb!«, jubelte eines der Mädchen.

»Reibt es ab. Das tut dem Kreislauf gut.«

Der Bauer starrte Fritz an wie ein Weltwunder.

»Wie hoscht des g'macht?«

»Nur die Haxn sortiert«, erwiderte Fritz lächelnd.

»Wie heisch du?«, fragte das kleinere der beiden Mädchen.

»Fritz.«

»Dann heißt das Kalb jetzt Fritzi«, sagte sie.

Der überschwängliche Dank der Leute war Fritz fast peinlich, und die Einladung, über Nacht zu bleiben, lehnte er ab, versprach aber wiederzukommen. Er wollte unbedingt noch ein bisschen fahren, um morgen recht früh in Basel zu sein.

Den Rosenthals hatte er geschrieben, dass er sie gerne besuchen würde, und sie hatten ihn so begeistert willkommen geheißen, dass er fast beschämt war. Dieses Mal war sein Aufzug besser, er überbrachte eine Flasche Frankenwein als Gastgeschenk. Der Schmaus war wieder extraordinär, er saß in einem dieser Samtfauteuils und musste viel von seinem Studium erzählen, dabei wollte er gar nicht so viel von sich preisgeben.

»Herr Dr. Rosenthal, nun muss ich Sie doch nach Isabelle

fragen. Es gab eine heitere Korrespondenz zwischen uns, aber …«

Gitta lächelte. »Sie möchten wissen, ob es da eine Liaison in ihrem Leben gibt? Es scharwenzeln so einige um sie herum, aber uns ist nichts von einem festen Verhältnis bekannt, oder, mein lieber Frank?«

»Mitnichten.«

»Ich möchte nicht stören, falls es da einen Verlobten geben sollte, ich meine …«

»Fritz, gemach, gemach! Nun fahren Sie erst einmal und bewundern das formidable Refugium am Meer. Sie gehören doch gewissermaßen zur Familie.«

»Na ja. Aber sogar in München hört man, welch großartige Bauten Paul Deschamps geschaffen hat. Offenbar hat Isabelle die Hälfte geerbt. Wie kommt das?«

»Nun, die Grande Dame war Isabelles Großmutter.«

Fritz stutzte. Es war ganz still.

»Das würde doch bedeuten, dass Isabelle …«

»Chantal ist Isabelles leibliche Mutter.«

Fritz' Gedanken explodierten, und er war außerstande, etwas zu sagen.

»Ich bin auch nicht in die gesamte Geschichte eingeweiht«, fuhr Dr. Rosenthal fort. »Aber ich kann mir doch ein wenig zusammenreimen, was dahintersteckt. Sehen Sie, Ende der Zwanzigerjahre hat der Zirkel um Paul Deschamps … nun … trunken auf dem Vulkan getanzt. Liederliche Zeiten, nicht eben sittsam. Zwei sehr schöne junge Frauen tanzten mittendrin: Chantal du Pointe, reich, schön und wild, und Guinevere Blanc, bettelarm, noch schöner und noch wilder. Paul ehelichte Guinevere, ohne sich der Verantwortung bewusst zu sein. Alles war Spiel, alles Gaukelei. Wahrscheinlich hatten beide eine Liaison mit Paul …«

»Eine Ménage-à-trois?«

»So in etwa, ja. Irgendwann war Chantal in anderen Umständen, und sosehr sie auf alle Konventionen verzichtet hätte, war sie doch eine du Pointe. Ihre ehrsame und gestrenge Mutter hätte ein uneheliches Kind von einem verheirateten Mann nie akzeptiert. Also wurde Isabelle Guineveres Kind. Die aber fand auf die Dauer weder Gefallen an der Mutterrolle noch an Paul und tauchte in den Opiumhöhlen von Paris unter.«

»Und Chantal hat sich des Kindes angenommen?«

»Ja, mit aller Hingabe, zu der ein Freigeist wie Chantal fähig ist.«

»Aber Paul ist Isabelles Vater?«

»Ja, aber sie haben die Legende immer aufrechterhalten. Chantal ist für sie eine Art Tante.«

»Warum?« Fritz' Stimme bebte.

»Anfänglich wegen der Dame des Hauses, die aber doch davon Kenntnis erhielt und Chantal mit Verachtung strafte.«

»Aber letztlich wussten es alle, oder?«

»Ja, der Zirkel um Paul wusste es. Und gute Freunde des Hauses, so wie ich.«

»Man hätte es Isabelle sagen müssen!«

»Sie haben den Zeitpunkt verpasst. Paul wurde immer renommierter, und Chantal war als Tante letztlich mutiger und kühner denn als Mutter. Ich kann aber nur spekulieren, lieber Fritz!«

»Deshalb hat die alte Dame Isabelle die Ferienanlage vermacht. Sie hat sie ihrer Enkelin vererbt!«

»Ja, damit hat sie sich spät vor Chantal verbeugt und ihr verziehen.«

»Aber es ist zu spät! Isabelle hätte eine Mutter gehabt und eine Großmutter.«

»Ach, sie hatte diese Menschen doch um sich. Ist es wichtig, dass man sie benennen kann?«

Eine gewichtige Frage. Fritz schwieg lange, dann sagte er mit fester Stimme: »Ja.«

»Ich denke, es ist letztlich Chantals Entscheidung, ob und wann sie Isabelle einweihen möchte. Sie, Fritz, dürfen hier nicht intervenieren. Und nun zum Dessert.«

Das Gespräch war beendet. Als Fritz gegen fünfzehn Uhr aufbrach und sich artig verabschiedete, war da eine Warnung in den Augen von Frank Rosenthal. Gitta raunte ihm noch zu: »Alles wird sich weisen, Fritz. Eine gute Reise. Tragen Sie Sorge für sich!«

Fritz fuhr westwärts. Er hatte immer wieder den Eindruck, dass ihm auch ablehnende Blicke folgten. Lag es an dem deutschen Auto? An Tankstellen hingegen stieß er eher auf Interesse, denn er packte sein Französisch aus, das nach einigem Stottern wieder ansprang. Wie das Auto auch. Ein Mann in Poitiers hielt ihn für einen Franzosen, und Fritz erzählte etwas von einer Tante im Elsass, die sich ein deutsches Auto habe ausleihen dürfen.

Es waren noch knapp zweihundert Kilometer. Sein Herz klopfte, und die Finger umklammerten das harte Lenkrad. Am späten Nachmittag stellte er den Käfer vor dem Belle Plage ab. Was er sah, deckte sich mit keinem der Bilder, die er von den Häusern gehabt hatte. Die Gebäude duckten sich in den Dünen, sie hatten kaum gerade Wände.

Fritz sog die Luft ein, spürte den Wind. Da war dieser gewaltige Himmel, und ihm war, als käme er nach Hause. Er betrat ein Gebäude mit der Aufschrift »Empfang und Restaurant«. Auf einem mahagonifarbenen Tisch stand ein Champagnerkühler. Fritz betätigte die Klingel zögerlich und erschrak beim lauten Klang. Man hörte Schritte.

»*Bonjour, vous …*« Dann erstarb die Stimme. Sekundenlang starrten sie einander an. Fritz war wie geblendet. Als er Isabelle zum letzten Mal gesehen hatte, war sie vierzehn gewesen. Fast noch ein Kind. Maximal ein Backfisch. Nun stand hier eine junge, grazile Frau in einer schmalen schwarzen Hose, die über dem Knöchel endete, und einer weißen, ärmellosen Bluse. Die Locken hatte sie zu einem Pferdeschwanz gebunden. Er hatte das schönste Mädchen der Welt verlassen und stand nun vor der schönsten Frau der Welt. Das kleine Mädchen hatte ihn bezaubert und amüsiert, die Frau ließ ihn erstarren und schweigen.

»Fritz! Du bist es! Fritz!« Sie kam hinter der Theke hervor und fiel ihm um den Hals. »Fritz!«

Er konnte nur linkisch seinen Arm um sie legen, sie war so schmal, so filigran und so überirdisch schön. Nach einer langen Weile löste sie sich von ihm. Tränen standen in ihren Augen. Von irgendwoher war Chantal gekommen, die jetzt einen Kurzhaarschnitt trug. Sie lächelte. »Na, du verstehst es ja meisterlich, Menschen zu überraschen!«

Sie schenkte Champagner ein, und Isabelle lief überall herum, um zu erzählen, wer Fritz sei. Er bekam eines der Häuschen zugeteilt und wurde gebeten, sich frisch zu machen. Dann treidelte er durch einen Film, in dem er augenscheinlich die Hauptrolle zu geben hatte. Als er um kurz nach sechs frisch geduscht und präsentabel mit einer beigefarbenen Hose und einem weißen Hemd bekleidet ins Restaurant trat, wurde er schon von Chantal, Isabelle, Jacques, Adelais und Patrick erwartet.

Der Abend war sehr champagnerlastig, und Fritz musste mit allen Brüderschaft trinken. Er vertrug das Getränk nicht sonderlich gut, aber er musste gar nicht so viel sprechen, sondern konnte lauschen und Isabelle betrachten. Sie schilderte ihm in farbiger Sprache ein paar Gäste aus Amerika, sie plauderte so entzückt von den Pferden und sah immer wieder zu ihm herüber. Er fühlte sich auserwählt.

Um elf Uhr fiel er in sein Bett. Von der Wand blickte ein Gemälde von Chantal auf ihn herunter, eine Frau mit einem blauen Gesicht inmitten von grafischen Blumen.

Fritz erwachte erst, als es an seiner Tür klopfte. Isabelle! Er sprang aus dem Bett, warf ein Hemd über und riss die Tür auf. Da stand Chantal und kam ungefragt herein.

»Du weißt es! Wenn du es ihr sagst, töte ich dich.«

Fritz war vollkommen perplex.

»Frank Rosenthal hat es dir gesagt, der geschwätzige Dummkopf!«, fuhr sie mit blitzenden Augen fort.

Endlich war Fritz aufgewacht. »Er ist kein Dummkopf! Und was wäre so desaströs daran, wenn Isabelle wüsste, dass du ihre Mutter bist? Was?«

»Sie wird es erfahren. Aber erst, wenn ich das verfüge. Nicht du oder sonst jemand.«

»Und wann wird das sein? Wenn du betagt bist? Wenn du ins kalte Grab gefahren bist? Wenn Isabelle alt ist?«

»Wenn die Wogen des Hasses sich glätten. Wenn die Nationalität und die Religion eines Menschen nicht mehr bedeutsam sind.«

Fritz zögerte kurz. Er saß einer Dame gegenüber. Einer Frau, der er sein Leben verdankte. Und damals, als er Frédéric gewesen war, hätte er nie so zu ihr gesprochen, aber er war nun zweiunddreißig Jahre alt und hatte viel Zeit gehabt, um immer wieder über die beiden Jahre zu sinnieren, die sein Leben grundlegend verändert hatten. Vor 1944 und 1945 hatte es ihn als Buben gegeben, an diese Zeit hatte er nur fahle Erinnerungen. Und es gab ihn jetzt, aber wirklich bedeutsam und maßgebend waren die Dünen gewesen.

»Solche Worte aus dem Munde einer Realistin? Wann soll das sein? Geht es nicht viel eher darum, dass Isabelle nicht erfährt, wer du warst?«

»Ich war die, die ich sein musste. Ich war mutig.«

»Falls ich mich irren sollte, entschuldige ich mich in aller Form, aber ist es nicht so, dass du mit den Deutschen kollaboriert hast? Du hast doch mit dem Kommandanten geschlafen? War das deine Vorstellung vom Zweck, der die Mittel heiligt?«

»Du sprichst von deinen eigenen Landsleuten. Deine Mischpoke hat unser Land besetzt. Besser, du hältst dich bedeckt. Du hast überlebt, Isabelle hat überlebt, die anderen, die ich liebte. Darum ging es. Und um mehr kann es nicht gehen im Leben.«

Fritz schwieg.

»Du hättest nicht kommen sollen«, fuhr Chantal fort. »Das macht alles nur komplizierter, denn es rührt an den Festen der Ruhe, die gerade eingekehrt ist.«

Mit diesen Worten ging sie davon. Fritz' Herz bebte, doch sie hatte recht. Ihre Leben hatten sich ungewollt überschnitten und wieder getrennt. Was wollte er hier? Eine sentimentale Erinnerung an das schönste Mädchen der Welt aufleben lassen? Er würde abreisen, er hatte gesehen, was er sehen wollte. Alle waren wohlauf, alle steuerten in den Erfolg des Wirtschaftswunders.

Es klopfte erneut, diesmal war es Isabelle.

»Fritz, mach dich fertig. Ich möchte heute nach Les Sables fahren, ins alte Haus, und hätte dich gern dabei.«

Sie war so entzückend begeistert, dass er es nicht übers Herz brachte, sie zu enttäuschen. Er würde ihr später sagen, dass er heimführe. Und so schaukelten sie durch das topfebene Land, vorbei an wiederkäuenden Rinderherden. Die kleinen schneeweißen Häuschen mit den blauen Läden schienen frisch getüncht zu sein. Je näher die Stadt kam, desto mehr wurde gebaut und gewerkelt. Sie stellten das Auto ab und gingen die wenigen Schritte bis an den Strand.

»Sieh, die neue Promenade, sie wurde im August 1950 eingeweiht. Großartig, oder?«

Fritz blickte über die neuen Rundbauten zwischen dem Place Foch und dem Quai Joffre. Auf der Promenade standen Frauen in kurzen Röcken und merkwürdigen Holzschuhen mit Absätzen und einer hohen Kopfbedeckung. Sie begannen zu tanzen, ein paar Männer musizierten, der Text war schwer zu verstehen.

»Was für ein Mummenschanz«, sagte er.

»Kein Mummenschanz, du Dummer! Das ist die Tanzgruppe Le Nouch, Léo David hat sie gegründet, um die Traditionen neu aufleben zu lassen, unser aller Identität«, sagte Isabelle.

Die wir euch fast genommen hätten, dachte Fritz. Chantals Rede hallte in ihm wider. Isabelle bog in eine der Gassen ab. Fritz hatte sie nicht so schmal in Erinnerung, wiewohl er wusste, dass man sie so eng und verwinkelt angelegt hatte, um die stürmischen Seewinde abzuhalten. Die Stockrosen waren verblüht, ein salziger Wind wehte dennoch. Der Sand auf den Pflastersteinen knirschte.

Und dann standen sie vor der Villa Beaujolais. Isabelle sperrte auf. Drinnen war es kühl, und es fiel nur wenig Licht durch die Lamellen der Holzjalousien. Über den Möbeln hingen Leintücher.

»Seid ihr gar nicht mehr hier?«

»Nur mein Vater ab und zu. Aber er verbringt die meiste Zeit in Amerika, und ich wohne in der Villa der du Pointes. Ich habe es dir ja geschrieben: Chantals Mutter hat mir ihren

Anteil am Belle Plage vermacht. Ich war so beschämt. Aber nun bist du endlich da. Wir müssen feiern.«

»Isabelle, ich habe gestern schon zu viel Champagner getrunken.« Herrgott, er musste ihr die Wahrheit sagen! Jetzt wäre der Moment. Doch er ließ ihn verstreichen. Isabelle verschwand und kam mit einem Gros Plant und zwei Gläsern wieder.

»Leichter als Wasser, sagt Chantal immer.« Isabelle lachte. Sie hatte sich im Schneidersitz auf den Teppich gesetzt, und er hockte sich dazu.

»Als Kind habe ich immer auf dem Boden gesessen«, fuhr sie fort. Die Gläser klangen glockenhell und vibrierten nach.

»Ist dir nicht kalt?«, fragte Fritz besorgt. »Warte, ich hole das Plaid.«

Fritz breitete das Plaid über Isabelle aus, und sie nötigte ihn, von seinem Leben in München zu erzählen. Diesmal wollte er nicht angeben und seriös wirken, doch er trank zu schnell von dem Wein. Isabelle holte eine zweite Flasche. Sie legte ihren Kopf in seinen Schoß. Er erstarrte.

»Fritz, Blitz, du bist wie ein Stock«, sagte sie lachend. »Jetzt erzähl weiter!«

Er redete, und seine Hand entglitt ihm. Sie begann, ihre Schläfe zu streicheln, dann ihre Stirn. Isabelle schloss die Augen. Seine Fingerspitzen brannten, ihre Haut war wie Samt. Auf einmal erhob sie sich und drehte sich zu ihm. Strich ihm eine Haarsträhne aus dem Gesicht, fuhr mit dem Finger über seine Lippen. Er verachtete sich, er war nichts als ein Lüstling.

Für den Bruchteil einer Sekunde wollte er aufspringen, doch dann küsste er sie. Nur ganz leicht, aber von ihr kam etwas zurück, was alles andere als keusch war. Sie sanken beide zur Seite, Isabelle drückte sich an ihn. Seine Hand wanderte ihren Rücken hinunter, dorthin, wo ein Stück Haut bloßlag zwischen ihrem Jäckchen und der Hose. Die Hand wanderte wieder hinauf. Konnte ein Wesen so weiche Haut haben? Ihre Hand zog an seinem Hemd. Fritz hielt den Atem an, da blitzte der Gedanke auf, dass er nun gehen müsse.

Langsam sank ihr Jäckchen zur Seite, sie trug keinen Büstenhalter. Mit ernstem Blick im Halbdunkel knöpfte sie sein Hemd auf. Als ihr warmer Körper seine Brust traf, als sie sich an ihn schmiegte, brachen alle Dämme. Und als er schließlich in sie eindrang, stand die Zeit still.

Irgendwann einmal stand Isabelle auf, wickelte sich in eines der Tücher und kam mit zwei Gläsern Wasser zurück.

Fritz trank wie ein Verdurstender. Und dann entfuhr es ihm. »Hast du schon mal …?«

Sie lachte hell. »Du möchtest wissen, ob ich das schon einmal getan habe?«

Er wäre am liebsten im Erdboden versunken.

»Ja, das eine oder andere Mal«, antwortete sie. »Es war unnötig, aber ich musste doch ein wenig üben für dich.«

Sie hatte mit Männern den Beischlaf vollzogen? Dieses reine Wesen? Mit wem? Und warum? Doch als sie sich auf seinen Schoß setzte, zogen die Fragen davon wie Nebelschwaden.

Irgendwann war es dunkel draußen.

»Wir müssen zurück«, sagte Fritz.

»Ja, wie schade!«

Sie hielten sich an der Hand, als sie durch die dunklen Gassen liefen. Im Auto legte sie ihre Hand auf sein Knie.

Es war nach Mitternacht, als sie zurück waren. Fritz ließ Isabelle an der Villa aussteigen und fuhr dann zu seinem Ferienhäuschen. Chantals Bild sah ihn strafend an.

»Du blaue Frau! Ja, du hast recht. Es war töricht. Meine

Lüsternheit hat gewonnen.« Und je länger er auf das Bild starrte, desto banger wurde ihm. Isabelle war schöner als jede Göttin. Sie war reich. Sie war eine bezaubernde Französin. Und er war der Sohn eines Landmaschinenhändlers aus Franken. Er war ihrer nicht würdig. Morgen würde er abreisen, auch wenn ihm allein beim Gedanken daran das Herz brach.

Nach einer unruhigen Nacht erwachte er schon wieder von einem Klopfen. Isabelle! Wunderschöne, bezaubernde Isabelle. Welche Worte würde er nun finden müssen? Ihm graute davor.

Aber es war Jacques, der vor ihm stand. Seine Augen schwammen in Tränen.

»Ist etwas mit Isabelle?«

Er schüttelte den Kopf wie in Zeitlupe. »Chantal ist verunglückt. Sie ist tot. Das Auto hat sich überschlagen. Die Bremsen. Sie ist tot.«

»Weiß Isabelle es schon?«

»Ja, sie ist bei Adelais. Der Doktor war schon da. Isabelle schläft jetzt.«

»Kann ich etwas tun?«

»Nein, für den Moment nicht.«

»Werdet ihr …? Ach, Jacques, ich weiß, dass Chantal ihre Mutter war.«

»Fritz, nicht jetzt. Das ist eine Sache der Familie. Bleib gerne noch ein paar Tage. Ich muss gehen.«

Er ließ ihn einfach stehen und hatte ihm quasi untersagt, sich einzumischen. Fritz wusste, dass er nicht gehen konnte, ohne Isabelle zu sehen.

Oben im Restaurant war niemand. Fritz goss sich einen Calvados ein. Im Laufe des Tages kamen Pierre und Jean-Luc, die er bisher noch nicht kennengelernt hatte. Dann tauchte Patrick auf. Sie alle flüsterten, und Patrick erzählte etwas von defekten Bremsschläuchen. Sie tranken den ganzen Abend. In seinem Häuschen setzte Fritz seinen Dialog mit der blaugesichtigen Frau fort.

»Warum? Warum jetzt?«

Weil Gott einen seltsamen Humor hat, raunte die blaue Frau.

»War das wirklich ein Unfall? Ja? Hätte sie einen Grund gehabt, aus dem Leben zu scheiden?«

Das wirst du nie erfahren, selbst wenn sie es wissen sollten, denn du gehörst nicht zur Familie, sagte die Blaue.

1952
Isabelle

Nach zwei Tagen hatte sich Isabelle etwas stabilisiert. Sie hatte sich bei Adelais zweimal nach Fritz erkundigt, die ihr versicherte, er sei noch da. Am Nachmittag kam der Notar Monsieur Bouillot. Und es war wie ein Déjà-vu, als er ihr sagte, dass nun das gesamte Belle Plage in ihren Besitz übergehe.

»Was soll mich das jetzt interessieren? Chantal ist tot!«

»Ich habe hier auch einen Brief von Ihrer Mutter für Sie, Isabelle. Sie hat verfügt, dass Sie diesen erst nach ihrem Tod öffnen sollen.«

»Was sagen Sie da? Ich kenne meine Mutter nicht«, rief Isabelle. »Ich weiß gerade einmal, dass sie Guinevere hieß, eine liederliche Person war, meinen Vater geheiratet und sich bald nach meiner Geburt aus dem Staub gemacht hat.«

»Bitte, Isabelle, lesen Sie den Brief. Urteilen Sie nicht zu hart.«

»Wir lassen dich jetzt allein. Klingle getrost, wenn wir kommen sollen«, sagte Adelais.

Als sie alle draußen waren, entfaltete Isabelle das dünne Papier, das mit kleinen Lettern beschrieben war.

Meine wunderschöne Isabelle,
der Tag ist gekommen, an dem Du noch ein bisschen besser auf Dich aufpassen musst. Ich muss jetzt gehen, und mein letzter Gedanke bist Du. Sollte ich es in den Himmel schaffen, woran ich zweifle, dann würde ich von oben auf Dich herabsehen und Dir Wattewölkchen senden. Und Sonne. Und einen lauen Wind.
Du weißt nun alles, was Du wissen musst. Du kannst Wein bewerten und die Menschen erkennen. Du bist oft still, und weil Du so eine edle Seele hast, öffnen sich die Menschen – wie meine Mutter. Sie war Deine Großmutter, so wie ich Deine Mutter war. Bitte bestrafe nicht Deinen Vater, nicht die anderen. Es war mein Wunsch, dass Du erst nach meinem Tod davon erfährst. Ich hatte genug Gründe – nicht zuletzt den, dass ich Dich nicht in Gefahr bringen wollte, denn nicht alle meine Handlungen waren integer.
Aber ich war immer bei Dir, und ich werde immer bei Dir sein. Ich habe Dich mehr geliebt als mein Leben, das ich jederzeit für Dich gegeben hätte.
Und nun zieh hinaus in die Welt und erobere sie. Ich habe es mit Feuer versucht, dabei verbrennt man sich und andere. Du kannst es einzig mit Deiner Seele und Deiner Anmut tun. Lebe und liebe und denke immer daran, dass Du die Wahl hast: Wenn eine Flutwelle auf Dich zukommt, kannst Du eine Mauer bauen. Du kannst aber auch ein sturmerprobtes Boot besteigen. Wenn der Wind stärker wird, kannst Du Dich in den Dünen ducken oder aber ein Segel hissen.

Geliebte Isabelle, segle hinaus auf den Schwingen des Lebens. Ich werde Dein Schutzengel sein.
Auf immer
Deine Chantal

Isabelle las den Brief mehrmals hintereinander, doch es war nichts an den Worten zu deuteln. Und auf einmal obsiegte die Wut.

»Du predigst Mut!«, rief sie. »Dabei warst du jahrelang zu feige, dich zu mir zu bekennen und mir die Wahrheit zu sagen. Warum?«

Die Tränen kamen konvulsivisch. Sie griff sich das Taschentuch mit dem Monogramm ihrer Großmutter Germaine du Pointe. Sie schluchzte und weinte. Es verging eine lange Zeit, bis es an der Tür klopfte. Es war ihr Vater.

»Herzchen …«

»Was? Herzchen? Ich bin jahrelang belogen und hintergangen worden.«

»Isabelle, so lass mich doch …«

»Papa, warum hast du geschwiegen? Bist du überhaupt mein Vater? Oder ist es vielleicht Pierre oder Jean-Luc? Ihr nehmt es doch nicht so genau mit der Wahrheit.«

»Kind, natürlich bin ich dein Vater. Gewiss war es falsch, dich im Unklaren zu lassen, aber die Situation war diffizil, es herrschte Krieg, du warst krank, und wir …«

»Ihr habt mich doch nie ernst genommen, dabei bin ich längst kein Kind mehr. Ach, und willst du etwas Absonderliches wissen? Ich habe, ohne es zu wissen, mit meinem Cousin geschlafen. Albirich ist mein Cousin! In deiner Welt ist das nur ein extravagantes Detail, nicht wahr, Papa? Für dich und Chantal hat immer nur die Kunst gezählt. Die Menschen waren euch einerlei!«

»Isabelle, das ist nicht wahr. Du warst immer mein Augenstern. Ich war kein guter Vater, aber wir alle haben dich herzinniglich geliebt.«

»Ihr alle, ja, dieser ganze wüste Haufen an Lügnern und Egoisten! Geh jetzt!«

Er verließ den Raum, und wieder verging eine lange Zeit. Bis die Tür sich öffnete und eine weiße Fahne hereinwehte. Unwillkürlich musste sie lächeln. Hinter der Fahne schob sich ein Tablett mit Tee und Naschereien herein, getragen von Albirich. Sie redeten so lange, dass Isabelle irgendwann erschöpft einschlief. Albirich hielt ihre Hand.

Als es am nächsten Morgen klopfte, war sie für einen Moment verwirrt. Fritz trat ins Zimmer, und sie setzte sich im Bett auf.

»Weißt du, was ich erfahren habe, Fritz? Ich will weg von hier, ich …« Ihre Stimme brach, als sie in sein Gesicht sah. »Du hast es auch gewusst, ja?«

»Isabelle!«

»Ich habe dich etwas gefragt.«

»Isabelle, mein Herz! Ja, ich habe es gewusst, aber erst seit Kurzem. Dr. Rosenthal hat es mir …«

»Du hast es gewusst. Du hast mich verraten. Wie alle anderen auch!«

»Aber Isabelle!«

»Geh jetzt! Verlasse das Belle Plage. Was für eine Ironie des Schicksals. Alle verlassen mich, und mir gehört diese Anlage. Ihr habt mich alle verraten!« Sie schob ihn hinaus. »Geh und komm niemals wieder.«

1952
Fritz

Er packte hastig seine Sachen zusammen und eilte zum Parkplatz. Dort stieß er fast mit Jacques zusammen.

»Fritz, du verlässt uns? Jetzt?«

»Sie hat mich ihres Besitzes verwiesen. Sie kann mir nicht verzeihen, dass ich die Wahrheit kannte. Ihr alle wusstet es, seit ihrer Geburt. Ich weiß es erst seit wenigen Tagen, aber mich straft sie!«

»Warte doch, bis sich die Wogen geglättet haben. Isabelle ist nicht das sanfte Lamm, das alle in ihr sehen. Sie hat Chantals eisernen Willen geerbt. Lass Zeit ins Land ziehen.«

»Warum hat Chantal es nicht gesagt? Warum?«

»Sie wollte es ihr sagen, sogar schon bald. Chantal dachte immer, dass die Zeit ihr nichts anhaben könnte, aber sie hat gemerkt, dass es nicht so ist. Und nun ist sie so jung gestorben.« Er rang sichtlich um Fassung. »Ich will nicht weiter in dich dringen, Fritz, aber warte bitte einen Moment.«

Es dauerte einige Minuten, dann kam er zurück. Er hatte etwas in eine Wolldecke geschlagen, was er Fritz reichte. »Nimm es. Erinnere dich im Guten an uns. Lebe wohl und auf ein Wiedersehen.«

Fritz peitschte den Käfer voran, ohne zu essen oder zu trinken. Er fuhr und fuhr, bis er Mouthe erreichte. Der Wagen qualmte, als er anhielt. Beim Aussteigen wäre er fast auf den eisglatten Boden geschlagen. Da kam etwas angeflogen. Isi! Er rutschte an seiner Autotür hinunter, saß am Boden, die Hündin leckte seine Tränen. Als er aufsah, stand da Elodie.

»Du siehst schlimm aus, Fritz. Und du kommst immer, wenn es so kalt ist«, sagte sie nur, reichte ihm die Hand und zog ihn hoch. Isi umtanzte ihn. »Tiere lieben dich auch nach Jahren noch. Bitte komm herein.«

Sie stellte ihm Wasser und Wein hin, Käse und Trockenfleisch und ermahnte ihn zu essen.

Fritz nahm Platz und schwieg. Dann sagte er leise: »Chantal ist tot. Mit dem Auto verunglückt.«

Elodie schlug sich auf den Mund, schenkte sich Wein ein und leerte das Glas in einem Zug.

»Es wird etwas von manipulierten Bremsseilen gemunkelt.«

Elodie nahm seine Hand. »Chantal war hier. Letzten Sommer. Sie hat mir ein paar Skulpturen abgekauft. Bei der Gelegenheit war sie hier im Dorf bei Madame Dufay, die ihr keinen Mut gemacht hat.«

»Was? Wie?«

»Madame Dufay ist eine Heilerin, die dir auch sagt, wenn sie dir nicht helfen kann.«

»Chantal war krank?«

»Das nehme ich an, ja.«

»Sie hat sich, sie ist …«

»Das müssen wir nicht wissen. Was ich weiß, ist, dass Chantal nie etwas dem Zufall überlassen hat.«

»Und du kennst auch Isabelle und weißt …?«

»Auch das war Chantals Entscheidung.«

»Aber …«

»Fritz, du darfst dich nicht gegen die Vorsehung stemmen. Es kommt, wie es kommen muss.«

»Die Kriege mit all den Toten! Deine Narben, meine Schmerzen! All das soll Vorsehung sein? Was für ein fatalistischer Glaube.«

»Vieles wird damit leichter. Ich kann nicht in die Zukunft sehen. Aber ich hoffe, es kommen Generationen nach uns, die den Tod nicht mehr als täglichen Begleiter begreifen müssen. Bei uns ging es immer um den Tod. Das verändert die Sicht auf das Leben. Also fahr jetzt heim und lebe!« Sie lächelte. »Ah, da kommt Girgis.«

Ein Mann war eingetreten, der Elodie fragend ansah und auf die Stirn küsste.

»Girgis, das ist Fritz. Wir kennen uns aus dunklen Zeiten.« Sie lachte.

»*Enchanté*, Fritz«, sagte er nur und goss sich Wein ein.

Girgis war auch Künstler, er und Elodie schienen sich zu schätzen und zu ergänzen. Sie rauchten alle irgendetwas, was Fritz erst lustig, dann sehr müde machte. Er erwachte auf der Küchenbank. Elodie sah auf ihn hinunter.

»Du hast Schlaf gebraucht.«

»Wie spät ist es?«

»Mittag.«

»Ich habe …«

»Du hast zehn Stunden geschlafen. Das ist gut so. Hier ist ein Kaffee, der Tote weckt. Du wirst weiterfahren wollen, oder?«

Fritz nickte. Isi hatte ihren Kopf auf sein Knie gelegt. Ein zweiter Hund saß daneben und sah ihn ernst an.

Er musste lächeln.

»Nimmst du Isi mit?«, fragte Elodie.

»Wie?« Fritz starrte Elodie an. »Kannst du sie denn entbehren?«

»Sie hat all die Jahre auf dich gewartet. Aber du müsstest auch Ibis mitnehmen.«

»Wer ist Ibis?«

»Die Hündin, die so aussieht wie ihre Mama. Es ist ihre Lieblingstochter. Die beiden sind unzertrennlich.«

Und so reiste er weiter. Mit zwei Hunden, die er über die

Grenzen schmuggeln musste. Er erwog, bis ins Elsass zu fahren, um nur eine Grenze überwinden zu müssen. Aber das wäre ein Umweg gewesen, und der Käfer ächzte sowieso schon. Elodie verriet ihm einen geheimen Bergweg hinüber in die Schweiz. Alle paar Stunden hielt er an und ließ die Hunde laufen, die sich inzwischen ans Autofahren gewöhnt hatten.

Und dann wurde es ernst. Von der Schweiz nach Deutschland wählte er einen unbekannten Grenzübergang hinter Schaffhausen. Die Hunde mussten hinter den Sitzen liegen, und er drapierte eine Decke darüber, auf die er wie zufällig seine Tasche und seine Jacke legte.

»Ihr müsst ganz still sein. Ganz, ganz still«, sagte er.

Diesmal verspürte er weit mehr Angst als damals, als er in Chantals Auto gelegen hatte. Der Schweizer Grenzer betrachtete den Pass, sah ins Auto und winkte ihn weiter. Der deutsche Grenzer las den Pass sehr genau. »Haben Sie etwas zu verzollen?«

»Nein.«

»Kaffee? Zucker?«

»Nein.«

Es vergingen Sekunden, aberwitzig lange schweigende Sekunden.

»Isch guat.«

Fritz ermahnte sich, langsam weiterzufahren. Erst nach einem Kilometer hielt er an, zerrte an Tasche und Jacke. Ibis' Kopf schob sich heraus.

»Ihr seid die Besten.«

Ibis' Blick schien sagen zu wollen, dass sie das wisse.

Und Fritz weinte alle Tränen, die er seit Jahren nicht geweint hatte. Aber er war nicht mehr allein. Er hatte nun zwei Hunde. In Meßkirch hielt er an und kaufte bei einem Metzger ein. Sie aßen gemeinsam auf dem Marktplatz, teilten Wasser und Wurst.

Fritz sah die Hunde ernst an: »Ich erhoffe mir nichts mehr von meinem Leben, aber lieber Gott, lass euch beide alt werden. Methusalemisch alt für Hunde.«

Fritz legte 1953 sein Examen ab. Seine Doktorarbeit zum Thema Rattenbekämpfungsmittel und ihre unerwünschte Wirkung auf Haustiere wurde mit »summa cum laude« bewertet. Er hatte darin alte und neue Gifte beschrieben und ausdrücklich die Gebrauchsanweisung vieler Rattenstreupulver verurteilt, die dazu führten, dass es zu einer großen Zahl von Haustiervergiftungen kam. Seine Erkenntnisse zum Wirkstoff Scillirosid hatte die Prüfungskommission als »bahnbrechend« bezeichnet. Darauf war er ein klein wenig stolz, was er sich sonst verbat.

Mit zwei Hunden wurde ihm das Wohnen in der Stadt allmählich zu beengt. Fritz kaufte der Tante ein Häuschen ab, das am Rande der Weinberge lag, und eröffnete 1954 seine eigene Praxis. Als eine junge Tierärztin bei ihm vorsprach, um bei ihm zu hospitieren, war er skeptisch. Er hatte ja selbst gerade erst begonnen. Aber diese Gudrun war beharrlich, hatte ihn wegen des Themas seiner Doktorarbeit erwählt und war eine beeindruckend gute Operateurin. Eine Arbeiterin im Weinberg seiner Tante hatte eine kleine Tochter, die Meerschweinchen besaß. Eines davon wurde sehr krank, und das Kind war untröstlich. Die Tante fragte an, ob man etwas tun könne.

»Es ist ein Meerschweinchen. Sie hat noch zwei andere«, sagte Fritz.

»Es ist ein Lebewesen. Ich sehe es mir an«, sagte Gudrun. Und operierte am Ende zwei kompliziert liegende Tumoren.

Gudrun war ernsthaft und konzentriert bei ihrer Arbeit, und es war ihr ein großes Anliegen, der Welt zu beweisen, dass Frauen sehr wohl gute Tierärzte sein konnten. Fritz' Respekt wuchs, aber auch seine Sympathie. Gudrun war acht Jahre jünger als er, durchaus hübsch auf eine etwas spröde Art und Weise. Sie wuchsen zusammen, erlebten sowohl Behandlungserfolge als auch dunkle Stunden, wenn sie den Kampf um das Leben der Tiere nicht gewonnen hatten. Die beiden heirateten im Sommer 1955.

8

Aurelie

Es war wieder Samstag. Gottlob war Aurelie ein Morgenmensch. Inzwischen hatte sie etwas mehr Sicherheit gewonnen. Womöglich kam Marie deshalb nicht mehr jeden Morgen. Vielleicht hatte sie aber auch schon genug gesehen, um sie bei Pranger zu denunzieren.

Im Prinzip hatte sich gar nicht so viel geändert in Aurelies Leben. In München hatte sie Frühstück für zwei Kinder gemacht, die es hinunterschlangen und dann zur Schule gingen. Hier machte sie Frühstück für ein paar mehr Kinder, die ihr Futter ebenfalls hinunterschlangen. Immerhin wurde sie hier von einigen Tieren freundlich begrüßt – von Beppo mit seiner Gießkannenstimme, von Giacomo, der stets krähte, wenn sie kam, und die Ziegen stellten sich mit den Vorderfüßen in die Raufen, legten den Kopf schräg und sahen sie mit ihren merkwürdigen Augen an. Der alte Faxi legte sogar ab und zu seinen Kopf auf Aurelies Schulter. Sie standen dann ganz still, Aurelie lauschte dem Geräusch der mahlenden Kiefer, es hatte fast etwas Meditatives.

Bis irgendwo etwas schepperte, ein Tier seinen Artgenossen vom Futter wegjagte und die kontemplative Stille weggefegt war. Faxi war ein liebes Tier, er machte ihr keine Angst. Und weil das so war, tat sie einen mutigen Schritt. Sie legte ihm etwas ungeschickt ein Halfter an, klickte den Führstrick ein und wagte es, ihn hinauszuführen.

»Gehst du mit mir spazieren?«

Er blieb die Antwort schuldig, ging aber neben ihr her. Anton gesellte sich dazu, sie liefen am See entlang und landeten auf einem Waldweg.

»Für dein Alter läufst du ganz schön schnell«, sagte Aurelie und meinte plötzlich, Isabelles Stimme zu hören: *Das ist ein Isländer, die haben einen sehr starken Schritt.*

Sie kam richtig aus der Puste. Nach etwa zehn Minuten weitete sich der Wald, und ihr Blick schweifte weit über Felder und Hügel und in die Berge. Rechts stand eine kleine Bank, Aurelie setzte sich, wollte vor allem ihre Schnürsenkel binden, da blieb ihr Blick an einem Stein hängen, auf dem *Isi 1960* stand. Aurelie schob das Gras etwas zur Seite. Noch ein Stein: *Ibis 1962*.

Grabsteine, aber für wen? Das Pferd graste, und Anton lag zu ihren Füßen, den Kopf auf die Vorderpfoten gelegt.

»Anton, sind das Tiergräber? Isi und Ibis?« Auch Anton schwieg beharrlich. Sie gingen zurück. Im leeren Biergarten saß ein alter Mann.

»Wir haben noch nicht geöffnet.«

»Macht nichts.« Er sah sie ernst an. »Früher gab es hier eine Kegelbahn. Kennst du die noch?«

Aurelie schüttelte den Kopf.

»Wir haben als Buben die Kegel aufgestellt. Dafür gab es immer ein paar Pfennige. Vom Bürgermeister. Oder vom Schullehrer. Oder dem Pfarrer. Ich hab mir davon Fußballschuhe gekauft.«

»Interessant.« Was sagte man auch dazu?

»Der Vater war gegen Fußball. Er hat mir die Schuhe versteckt. Ich hab dann ohne gespielt. Der Max von den Lindenbergern ist mir auf die Füße gesprungen, war alles geschwollen.«

»O weh.«

»Aber ich bin drangeblieben. Ich hab siebenhundert Spiele gemacht. Als Spieler und Trainer. Ich bin dann selber zu den Lindenbergern. Bei uns wollten sie nämlich keinen Arbeiter. Nur Großbauern und Bürger.«

»Na ja …«

»Ich war immer ein fairer Trainer. Immer. Hab immer gesagt: Wer nicht zum Training kommt, der spielt auch nicht. Auch wenn das der Sohn vom Apotheker war.«

»Nur gerecht.« Aurelie war die Situation unangenehm. Der Mann war so ernst, und sie wusste nichts zu sagen.

Plötzlich rannte Anton los, Marie kam vom Haus her.

»Grüß dich, Hans. Bisschen früh heute?« Sie lächelte.

»Maria, du weißt es. Ich hab über siebenhundert Spiele gemacht.«

»Aber so was von.« Sie wandte sich an Aurelie. »Wie lange frisst Faxi schon?«

»Ein paar Minuten.« Sie verschwieg die anderen paar Minuten am Waldrand geflissentlich. Kaum tauchte Marie auf, fühlte sie sich klein und ungenügend.

»Er darf nicht zu viel Fruktan erwischen. Das Cushing, die Rehe. Mensch, Aurelie!« Sie nahm ihr den Führstrick aus der Hand und stapfte davon.

»Das waren Zeiten. Wir sind mit den Gespannen hergefahren. Und sind hier hocken geblieben. Die Pferde sind alleine heim und wir dann zu Fuß. Meine Frau war böse mit mir, aber sie war eine gute Frau. Es hat einfach gepasst.« Er sah Aurelie an. »Ja, dann komm ich später wieder.« Er stieg auf ein Radl, das sicher schon zwei Weltkriege überlebt hatte.

Es hat einfach gepasst. Das klang so einfach, doch wie oft passte es nicht?

Marie kam zurück, und Aurelie wartete auf eine Tirade, die aber nicht kam.

»Wer war das?«

»Der Hans, der Johann. War der Lehrling, als Florian schon Geselle war.«

»Als Hufschmied?«

»Ja, damals gab es im Betrieb viel zu tun. Als der Hans Ende der Fünfzigerjahre mit vierzehn seine Lehre begann, fuhr er dreiunddreißig Kilometer mit dem Fahrrad zur Lehrstelle. Später mit dem Moped – und weil's im Winter so saukalt war, rannte er zum Teil neben dem Moped her! Von sieben Uhr morgens bis sieben Uhr abends wurde beschlagen. Zwölf Pferde konnten in der Schmiede nebeneinanderstehen.« Sie streichelte Anton. »Der Flori und der Hans waren starke Typen. Inzwischen ist Florian schon lange tot, und beim Hans funktioniert eben nur noch das Langzeitgedächtnis. Bald sterben die Geschichten mit ihnen.«

Marie war eine merkwürdige Frau. Aus ihren Worten sprach so viel Zuneigung, und im nächsten Moment erschien sie Aurelie wieder so hart und streng.

»Und Isabelle hat in … ich sag mal … in so einem Umfeld Isländer gezüchtet? Ponys?«

»Florian und die anderen haben sie immer ein bisschen auf die Schippe genommen mit ihren Heustockmardern. Aber Florian und auch mein Vater waren so stolz auf sie, als sie auf der WM geritten ist. Als die Pferde vom Hintertristerweiher gefragt waren und Isabelle eine der erfolgreichsten Züchterinnen Deutschlands wurde. Letztlich ging es um Pferdezucht. Da steckt Herzblut drin, egal, welche Rasse. Umgekehrt hat Isabelle die Süddeutschen ja auch geschätzt.«

»Die Süddeutschen?«

»Die Süddeutschen Kaltblüter, meine ich.«

»Verstehe. Ich weiß nur wenig über Isabelles Leben und über deinen Vater …«

»Sie waren alles Pferdemenschen. Und stur. Schau, es waren Leute wie der Flori und mein Vater, die die Süddeutschen Kaltblüter gerettet haben. Mitte der Fünfziger wurden waggonweise die besten Pferde zum Schlachten gefahren. Wunderbare Zuchtstuten, vielversprechende Hengste! Weil man nun Traktoren kaufte. Nur einige wenige bäuerliche Züchter haben ihre Pferde behalten. Aus Starrsinn und aus mangelnder Fortschrittsbegeisterung. Mein Vater redet von seiner Leni wie von seiner ersten Liebe. Er hatte lange keine Seilwinde, also fuhr er weiter mit dem Pferd ins Holz. Belächelt und verspottet von den Bauern, die dem Lockruf von Deutz, Eicher und Fendt gefolgt waren.« Sie lächelte ein bisschen wehmütig. »Die lachten aber nicht mehr, als es um die bäuerlichen Festzüge ging. Maibaumtransport zum traditionellen Aufstellen am 1. Mai, Georgi- und Leonhardifahrten, da waren Pferde eben doch gefragt. Der Flori hatte noch welche. Es gab Gautrachtenfeste, da waren alle seine Pferde unterwegs. Ja, ja …« Sie stutzte. »Jetzt klinge ich schon wie eine Oma, die die gute alte Zeit besingt.«

»Nein, gar nicht! Das hört sich schön an. Ich verstehe nur eben nichts von Pferden.«

»Pferdezucht ist wie Hundezucht. Der Mensch pfuscht rein. In den Siebzigern waren unsere Kaltblüter maximal eins sechzig groß und eher drahtig. Erst in den Achtzigern gab es die Vorgabe des Zuchtverbands, größere und schwerere Pferde zu züchten, weil man endlich mal in die oberen Chargen der Brauereirösser aufsteigen wollte.«

»Woher weißt du das alles?«

»Ich hab mal Pferdewirtin gelernt.«

»Echt?«

»Ja, die Bäuerin, Hausfrau und Ferienwirtin hat was gelernt. Genau genommen hab ich sogar ein paar Semester studiert.«

»Echt?« Fiel ihr wirklich gar nichts anderes ein?

»Ja, echt. Biologie, aber ich musste dann abbrechen. Passt ja auch besser zu mir, oder?«

Es war so schwierig. Jedes Mal, wenn sich Marie kurz öffnete, kam der Holzhammer gleich hinterher. Aurelie wollte darauf nicht eingehen, sich nicht rechtfertigen müssen. Stattdessen sagte sie: »Am Ende des Waldes sind zwei Steine mit Namen drauf. Sieht aus wie Grabsteine. Für Isi und Ibis.«

»Das waren Hunde.«

»Von Isabelle?«

»Nein, von Fritz.«

»Frederiks Vater?«

»Ja.«

Aurelie wartete.

»Ich kann mich bis heute erinnern, wie Ibis begraben wurde. Das war 1962, und ich war vier. Es war ein regelrechter Trauermarsch durch den Wald. Fritz hatte den toten Hund auf den Armen.« Sie schwieg kurz. Dann wechselte sie das Thema. »So, und bitte keine Pferde füttern. Es hängen überall schon Schilder. *Bitte nicht füttern.* Aber die Leute denken: Ist ja nur Gras. Furchtbar!« Sie ging davon.

Die Leute. Ja, so ein Leut war sie auch, dachte Aurelie. Ein ahnungsloses Stadtleut.

Heute würde Laurent kommen. Eike wollte ihn zusammen mit Lotte in Kempten abholen, damit sie vorher noch etwas

Stadtluft schnuppern konnte. Als Aurelie das Haus betrat, waren die beiden wundersamerweise schon wach. An einem solchen Tag konnte man anscheinend aufstehen. Um ihr zu helfen, kroch keiner aus den Federn. Eike hatte sogar Kaffee gekocht. Lotte aß immer nur Naturjoghurt, um keinesfalls zuzunehmen. Ihr war nicht beizubringen, dass sie ganz sicher keine Neigung zum Dickwerden hatte. Sowohl Aurelie als auch Eike konnten essen, was sie wollten, und waren immer schlank geblieben.

»Schon die ganzen lieben Tierchen versorgt?«, empfing sie Eike.

»Tatsächlich! Und wenn ihr mir helfen würdet, ginge es schneller. Ihr wollt doch erben!«

»Wenn du so weitermachst, dann wird das wohl nichts. Ich habe Marie getroffen. Du hast einen von diesen alten Isländern Gras fressen lassen, was er nicht verträgt. Isabelle hat sich bestimmt nicht vorgestellt, dass du auf diesem Weg alle Tiere um die Ecke bringst.«

Aurelie war sprachlos. Dann rannte sie einfach aus der Küche und den Hang hinauf, wo die schiefe Bank stand. Man konnte von hier auf beide Höfe sehen. Den der perfekten Marie und den der Versagerin. Von unten kam eine Gestalt, zwei Hunde lösten sich und sausten auf sie zu. Deutlich später kam Frederik an.

»Kondition sehr schwach«, sagte er und sah sie prüfend an. »Hast du geweint?«

»Nein. Ja. Ich mache alles falsch. Und Eike reibt es mir auch noch unter die Nase. Die göttliche, allwissende Marie gegen die dämliche Aurelie. Ich habe gar keine Chance gegen sie.«

»Das ist doch kein Wettkampf«, meinte Frederik.

»Doch, genau das ist es. Marie gegen mich. Ein ungleicher

Kampf. Ich hasse Isabelle. Warum hat sie sich das alles bloß ausgedacht?«

»Also, ich glaube, dass Marie …«

»Heute erzählt sie mir noch, sie hätte Biologie studiert«, unterbrach Aurelie ihn. »Stimmt das?«

»Ja, aber dann ging es ihrer Mutter so schlecht. Sie wollte sie in jedem Fall selber pflegen.«

»Was sie sicher bravourös getan hat!«

»Das ist jetzt nicht ganz fair. Marie hatte es auch nicht leicht. Sie war das einzige Kind, auf ihr lastete viel Druck. Ich glaube, sie hätte ein Junge werden sollen.«

»Wie?«

»Benedikt und Elke hatten ganz jung schon ein Kind erwartet, doch es gab einen Abgang. Es war ein Junge. Ich glaube, der alte Bene, so lieb er ist, hätte unbedingt einen Jungen gewollt. Und Elke hatte viel zu viel Angst um das Kind. Sie wollte nicht noch eins verlieren. Marie stand ihrer Mutter sehr nah, aber Elke hat sie nie losgelassen. Sie ist zum Studieren jeden Tag mit dem Zug nach München gefahren, eine Wohnung dort wäre undenkbar gewesen.«

Aurelie sah ihn an. »Du hältst ja ein richtiges Plädoyer, wo du doch sonst nicht so viel redest.«

»Schau, ich komme seit über fünfzig Jahren hierher. Das ist fast meine Familie. Marie denkt selten an sich selbst und hat dann auch noch den falschen Mann geheiratet.« Er lächelte in sich hinein. »Na ja, das mit der Partnerwahl haben wir alle nicht so gut drauf.«

»Ich auch nicht?«, fragte Aurelie.

»Das musst du dir selbst beantworten. Eike ist gebildet, sieht gut aus und …«

»Und?«

»Er ist ein Arsch. Viel zu selbstgefällig«, sagte er.

Aurelie musste lachen.

Frederik zuckte mit den Schultern.

»Auf dem Land ist vieles anders«, fuhr er fort. »Dass heute junge Frauen in Höfe einheiraten, die kaum mitarbeiten, das hätte es vor einer Generation nicht gegeben.«

»Aber …«

»Dass eine Lehrerin oder Bankfilialleiterin einen Landwirt heiratet und nachmittags mit den eigenen Kindern an den Badesee fährt, anstatt auf dem Hof zu sein, das wäre unmöglich gewesen. Und in den Köpfen der Alten ist eine Bäuerin eben eine Bäuerin. Hausfrau, Köchin, Erzieherin, Schneiderin, zuständig für Kälber und Hühner, gerne auch für die Buchhaltung.«

»Aber …«

»Das ist ein Beruf. Ein abwechslungsreicher dazu. Kein Grund, jetzt in die Emanzipationskiste zu greifen.«

»Schwanger und barfuß hinter den Herd?«

»Du bist polemisch. Nichts ändert sich so sehr wie das Landleben. Einer wie Beni dreht das Rad zurück. Er wirtschaftet wieder wie der Opa. Mäht nur zweimal im Jahr. Füttert kein Soja aus Südamerika. Kennt seine Tiere mit Namen. Verwertet weitgehend ab Hof. Legt Wert auf hochwertige Lebensmittel, isst den Braten nur am Sonntag. Aber er nutzt moderne Maschinen und den Laptop. Und wenn er eine Bäuerin sucht, könnte sie vielleicht auch Agraringenieurin oder Forstwirtin sein.«

»Alois tickt da aber völlig anders!«

»Stimmt, der ist ein roher Idiot. Maries Mann ist vom selben Kaliber. Aber man hat ihnen auch eingeredet, sie müssen wachsen. Größer werden, dickere Maschinen kaufen.«

Aurelie schwieg. Dann sagte sie: »Du magst sie alle sehr, oder?«

»Ja, weil mein Leben so viel mit ihrem zu tun hatte.«

»Du hättest Marie heiraten sollen.«

»Stimmt!« Er lachte schelmisch. »Ich glaube aber, ich war ihr zu jung.«

Sie schwiegen eine Weile, während die Hunde damit beschäftigt waren, irgendetwas auszubuddeln. Die Erde flog, Anton hatte sich in die Grasnarbe verbissen.

»Marie hat mir erzählt, es gäbe zwei Gräber von Hunden deines Vaters?«

»Ja, von Isi und Ibis. Wir haben diese Grabstätten immer besucht, wenn wir hier waren, und dort ein Bier getrunken. Meine Mutter fand das sehr unnötig. Aber Anton ist auch irgendwie ein Nachfahre der Isi-Linie. Frag mich nicht!«

»Anton, der Freigeist, hat also große Ahnen«, sagte Aurelie mehr zu sich selber.

»Das ist wohl so«, entgegnete Frederik.

»Ach, Frederik, ich verstehe die Menschen hier nicht. Ich begreife auch nicht, was Isabelle hierher gezogen hat. Und dein Vater war auch in diesen Ort verliebt. Er kam immer wieder, wo die Welt doch so groß ist. Warum nur?«

»Ehrlich gesagt, weiß ich das nicht. Er ging so in seiner Arbeit auf, er hat bestimmt achtzig Stunden in der Woche gearbeitet. Ihm hat die Stille hier gefallen, und dann sind Berge eben schon ganz anders als unsere Heimat.« Er lächelte. »Mich zieht es übrigens auch nicht auf Fernreisen. Ich fahre ab und zu auf eine Fortbildung oder einen Kongress.« Er überlegte. »Mein Vater war auch immer mal auf Vorträgen, immer mal im Herbst, glaub ich.«

Aurelie seufzte. »Schau, da kommen zwei Autos. Die Pflicht ruft.«

1954
Isabelle

Außer Albirich gelang es niemandem, an Isabelle heranzukommen. Er war es auch, der ihr riet, Abstand zu gewinnen. Behutsam fädelte er den Kontakt zu den Rosenthals ein. Isabelle wusste, dass er betrübt war, weil nichts mehr aus ihnen werden konnte. Er war ein Freund, der einzige, den Isabelle als solchen bezeichnet hätte.

Frank Rosenthal gelang es letztendlich, Isabelle zu besänftigen. Sein Fingerzeig wurde zu einem Plan. Es wurde korrespondiert, und im März verkündete Isabelle:

»Ich gehe nach Oberstaufen.«

»Wohin?«, fragte Adelais.

»Oberstaufen. In Deutschland. Ich reise zu einem Freund der Rosenthals. Als Au-pair.«

Adelais zog die Stirne kraus. »Ein Au-pair hütet meines Wissens Kinder. Hast du da Erfahrung?«

Isabelle zuckte zusammen. Nein, die hatte sie nicht. Und würde sie auch nie haben. Sie konnte keine Kinder mehr bekommen, der Satz aus dem Krankenhaus, wo es nach scharfen Chemikalien gerochen hatte, hallte in ihr nach. Sie würde nie eigene Kinder bekommen. Sie hatte nichts gelernt und würde nie eine vollwertige Frau sein. Auch Adelais traute ihr nichts zu. Aber Isabelle übte, sich nicht mehr in die Karten sehen zu lassen. Kühl sagte sie:

»Was soll daran so schwer sein? Er ist Anwalt, und seine Frau leidet an Morbus Charcot und muss im Rollstuhl sitzen. Es gibt eine Krankenschwester, und sie haben zwei Kinder, auf die ich aufpassen werde! Frank Rosenthal hat erzählt, dass schon Mitte des 19. Jahrhunderts junge Frauen aus dem deutschsprachigen in den französischsprachigen Teil der

Schweiz gereist sind. Sie kümmerten sich dort um Haushalt und die Kinder und verbesserten ihr Französisch.«

»Dein Französisch sollte ganz gut sein! Englisch kannst du auch.«

»Es geht auch andersherum. Ich lerne Deutsch!«

»Es ist wegen Fritz, oder?«

»Nein, wer ist Fritz? Es geht mir um mich. Ich will euch nicht mehr jeden Tag sehen müssen. Oberstaufen klingt so, als wäre es weit weg von der Welt. Eurer Welt.«

»Ach, Isabelle!«

»Ihr habt mir meine Mutter vorenthalten!«

»Genau genommen hat sie das selbst getan. Wir haben nur ihren Bitten und Wünschen entsprochen.«

»Aber ihr habt es gebilligt!«

»Mädchen, welchen Unterschied macht das denn? Chantal hat alles für dich getan. Sie war da, als dein Vater hinter seinen Entwürfen vergessen hatte, dass er eine Tochter hat. Hast du je daran gedacht, dass Jacques direkt nacheinander seine Mutter und seine Schwester verloren hat? Was gibt dir das Recht, dich so aufzuführen?«

Zum ersten Mal war Adelais laut geworden.

Es war eine lange Fahrt, bis Isabelle in Lindau ankam. Sie sollte dort abgeholt werden, und tatsächlich stand am Bahnsteig ein Herr mit zwei Kindern. Der Bub hielt ein Schild mit dem Namen *Isabelle Deschamps* in die Höhe. Hätte da nicht besser »Du Pointe« stehen sollen? Aber das war nun obsolet.

Das kleine Mädchen hatte Affenschaukeln und Sommersprossen und sagte sehr ernst: »*Bienvenue*, Isabelle.«

Isabelle schmolz augenblicklich dahin. Der Mann trat vor und reichte ihr die Hand. »Willkommen, Dr. Eugen Pfalzer. Wir freuen uns sehr, dass Sie hier sind, Mademoiselle.«

»Die Freude ist auf meiner Seite. Und ihr beiden seid?«

»Leopold«, sagte der Junge. »Klara«, stellte sich das Mädchen vor.

»Dürfte ich Ihren Koffer nehmen?«, fragte der Mann.

»Gerne.«

Isabelle fiel ein Stein vom Herzen. Er sprach sehr gut Französisch und machte einen angenehmen Eindruck. Es waren Freunde von den Rosenthals, natürlich waren das feine Menschen, aber Isabelle hatte sich doch ein wenig unsicher gefühlt.

Sie stiegen in einen Opel Kapitän, der sehr geräumig war, und fuhren durch die anmutige Landschaft, die von Obstbäumen geprägt war. Isabelle, die immer nur am Meer gelebt hatte und nur das eine Mal in Vichy gewesen war, blickte fasziniert nach draußen. Es ging immer weiter bergauf. Durch einen Ort namens Simmerberg wand sich die Straße wie eine Schlange. Isabelle sah diese trutzigen Häuser mit den Holzschindeln zum ersten Mal, und sie berührten ihr Herz. Sie kamen ihr schwer vor, unverrückbar.

»Diese Straße, sie ist …«

»… ein großer Mist«, sagte Leopold.

»Leo!«, rügte der Vater.

»Die Straße ist berüchtigt. Stellen Sie sich vor, die schweren Salzfuhrwerke kamen hier vorbei. Man musste zusätzlich Pferde vorspannen, auf der anderen Seite des Berges wurden Bremser engagiert. In der Wirtschaft der Brauerei ging es immer hoch her.«

Die Welt da draußen war ihr fremd, aber auch verführerisch. Weit vorne stand ein gewaltiger Berg vor ihnen. Wie eine Wand.

»Der Hochgrat«, erklärte Dr. Pfalzer.

Was er mit den Bremsern gemeint hatte, wurde Isabelle

klar, als sie die Straße hinter Hahnschenkel sah, die steil hinunterstürzte bis zu einem Weiler namens Genhofen.

»Ist Ihnen wohl?«, fragte der Doktor.

Isabelle war in der Tat etwas blümerant zumute, aber sie war doch zu fasziniert von der Umgebung, um auf ihre Befindlichkeit zu achten. Draußen waren Kühe zu sehen, die braun waren und schöne Augen hatten.

In Oberstaufen war Isabelle überrascht. Sie hatte ein Dorf erwartet, entdeckte aber auf den Straßen sehr gut gekleidete Damen und einen Modeladen, der durchaus mondän wirkte. Die Familie lebte in einem schönen Haus in der Schlossstraße. Dagmar, die Dame des Hauses, stand auf der Treppe, auf Gehhilfen gestützt, und begrüßte Isabelle herzlich. Sie wirkte sehr fragil. Das neue Au-pair-Mädchen wurde dann noch der Köchin und einem Hausmädchen vorgestellt.

Isabelle unternahm mit den Kindern Spaziergänge im Ort und übte Deutsch. Metzgerei, Milchgeschäft, Schlossberg. Nach einigen Tagen schon fühlte Isabelle sich sicherer. Auch weil ihr alle so zugeneigt waren. Dagmar litt unter Morbus Charcot, was sie hier Multiple Sklerose nannten. Sie litt unter Schüben, und es kam ein junges Mädchen ins Haus, das mit ihr eine Bewegungstherapie machte.

»Ich bin die Elke«, sagte das Mädchen, das nur wenig jünger als Isabelle zu sein schien und immer ein wenig traurig wirkte.

Die ersten vier Wochen vergingen wie im Fluge. Isabelle bestaunte die schönen Hotels, das *Büttner* und das *Hehner*, wo sie mit den Pfalzers schon mehrfach den Fünfuhrtee zelebriert hatte. Und dann hielt sogar der Sonderzug mit der deutschen Nationalmannschaft, der auf dem Weg zur Fußballweltmeisterschaft in Bern war. Isabelle plauderte mit Fritz Walter und erfuhr erst später, wer das war. Genau genommen war hier mehr los als am Atlantik, wo Isabelle ja nur noch zwischen dem Belle Plage und der Villa gependelt war. Sie arbeitete hart an der deutschen Sprache, die so schwer war. Lauter Ausnahmen, starke und schwache Verben. Er, sie, es. Dr. Pfalzer konterte, dass der Subjonctif im Französischen weitaus schwieriger sei.

Sie freundete sich mit Elke an, und die beiden saßen öfter zusammen im Park, bis Isabelle nicht mehr an sich halten konnte.

»Elke, warum bist du immer so bekümmert? Gerade an einem so hellen Tage wie heute?«

»Ich habe eben meinen Kummer«, sagte Elke abwehrend.

Isabelle zögerte, dann begann sie zu erzählen, von ihrem eigenen Leben und vom Betrug an der Wahrheit. »Das ist mein Kummer«, schloss sie.

»Wie furchtbar, was du durchstehen musstest. Ich habe mein Kind verloren.«

»Das betrübt mich. Aber du kannst immerhin noch eines bekommen. Ich nicht. Ich war einmal sehr krank.«

»Ach, Isabelle, ich bin so selbstsüchtig. Es tut mir leid!«, rief Elke.

»Es muss dir nicht leidtun. Wir haben alle Zeit der Welt und sind noch jung. Unseretwegen drehen sich die Herren da drüben um.«

In der Tat gingen gerade drei männliche Kurgäste vorbei, die herübergrüßten. Die beiden Mädchen kicherten. Zum ersten Mal hatte Isabelle eine Freundin in ihrem Alter.

Es waren etwa drei Monate ins Land gegangen, als Elke sie einlud, am freien Tag mit ihr zu kommen. Sie lebte auf einem Bauernhof, und Isabelle hoffte, dass es dort Pferde gab, denn die vermisste sie am meisten. Sie bekam ein Rad geliehen und gute Wünsche mit auf den Weg. Die beiden strampelten los, und Elke legte ein ganz schönes Tempo vor.

»Diese Strecke fährst du immer mit dem Fahrrad, Elke? Hier ist alles steil und bucklig. Ich komme aus einem Land, das ist flach wie ein Kuchenblech.«

Elke lachte, und nach einer guten halben Stunde erreichten sie den Hof.

»Wie weit war das?«

»Etwa acht Kilometer«, meinte Elke und lachte. »Nicht weit.«

Auf dem Hof standen zwei junge Männer, beide in kurzen Lederhosen. Sie waren für einen Moment wie erstarrt, als sie Isabelle sahen. Sie kannte ihre Wirkung auf Männer, ohne zu verstehen, warum sie sie sprachlos machte. Der eine stellte sich als Benedikt vor, Elkes Mann. Der zweite war Florian, der Nachbar. Während sie eine Weile miteinander plauderten, sah Isabelle sich immer wieder um.

»Fehlt Ihnen etwas?«, fragte Florian.

»Bitte nennt mich Isabelle.« Sie lächelte. »Ich hatte gehofft, Pferde zu sehen.«

»Ach, wirklich? Ich züchte Kaltblutpferde«, erzählte Florian, und Benedikt ergänzte: »Unsere uralte Leni ist auf der Koppel. Zusammen mit Leni zwei, die bilde ich gerade aus. Sie ist erst drei. Aber Flori hat fünf Pferde. Wir könnten zu Flori hinübergehen. Wir müssten nur da die Wiese hoch.«

»O ja.« Isabelle eilte schon los, die anderen folgten ihr. An der Kante des Hanges blieb sie stehen und sah hinunter in ein kleines Tal, über einen See und grüne Wiesen. Es war so unglaublich grün hier. Der Ort berührte ihre Seele. Unten lag ein schöner Hof, und in einem Karree, das von Brettern umsäumt war, stand ein imposanter Fuchs mit langer weißer Mähne.

»Wie schön er ist!«

»Das ist Dorian. Der Deckhengst.«

Das Tier legte die Ohren an.

»Was ist mit ihm?«

»Er ist außer Rand und Band. Niemand kann seiner Herr werden. Er macht so schöne Fohlen, aber im Umgang ist er garstig.«

»Kein Pferd ist je garstig«, sagte Isabelle.

Florian sah sie mit gerunzelter Stirn an. »Kennst du dich mit Pferden aus?«

»Ich hatte zwei Boulonnais und bin früher viel geritten. Zur Leibesertüchtigung, aber mehrheitlich für mein Herz. Geh bitte mal zur Seite.«

»Du kannst da nicht reingehen!«

»Isabelle, der ist gefährlich!«, rief Elke.

Aber Isabelle war schon durch die zwei Stangen gekrochen. Das Pferd wich in die Ecke aus und scharrte, die Ohren lagen flach am Kopf.

»Bébé! Bubele!«

Der Hengst klappte ein Ohr nach vorne. Isabelle stand nur da. »Bubele, bist du so ein Armer?«

Das zweite Ohr. Isabelle ging in die Knie. Sie hörte Elke murmeln: »Das ist Wahnsinn.«

»Psst«, machte Isabelle in Elkes Richtung.

Das Pferd trat einen Schritt auf Isabelle zu. Und noch einen. Dann senkte es den Kopf zu ihr herunter.

»Feines Bubele«, sagte sie.

Isabelle blieb einige Minuten dort hocken, dann stand sie sehr langsam auf. Klopfte seinen Hals, was er geschehen ließ.

»Öffnet die Stangen.«

»Wir werden ihn nie mehr einfangen können«, meinte Florian.

»Doch, das werden wir. Auf jetzt!«

Die Stangen wichen. Das Pferd stand. Isabelle machte eine Handbewegung. »Jetzt geh, Bubele.«

Er trabte los, wurde schneller und flog über die Wiese. Er schien das Gras nicht mehr zu berühren. Isabelle wandte sich an Florian. »Ich weiß, er ist wertvoll, er soll sich nicht verletzen, aber du musst ihm seine Freiheit geben. Nur wer frei ist, kann auch zurückkommen.«

Sie alle starrten Isabelle an, als sei sie von einem anderen Stern hergereist.

»Und du willst mir wirklich versichern, dass du ihn wieder einfangen kannst?«, fragte Florian.

»*Bien sûr*, lass ihn ein wenig grasen. Wollen wir nicht etwas trinken?«

»Bier?«

»Warum nicht?«

Sie standen da und betrachteten das Pferd. Isabelle erkundigte sich nach den Stuten, die auf einer anderen Koppel standen. Und auf einmal gab sie lächelnd ihre Flasche an Elke weiter und trat auf die Wiese.

»Bubele!«, rief sie. Der Hengst kam auf sie zugetrabt. Und dann schwang sie sich auf seinen Rücken. Lenkte ihn, der nur ein Halfter trug, am Zaun entlang, trabte, galoppierte. Ihr braunes Haar wehte mit dem des blonden Pferdes um die Wette.

»Das ist ein Teufelsweib«, sagte Florian fassungslos.

»Ich glaube eher, eine Göttin«, sagte Elke sehr leise.

Es sprach sich herum wie ein Lauffeuer, dass diese wunderschöne Französin, die beim Pfalzer lebte, reiten konnte wie ein Husar. Sie wurde immer öfter vom Verkehrsverein für Übersetzungstätigkeiten und Dolmetscheraufträge angefragt, denn es gab auch französischsprachige Gäste. Die Begegnungen mit den Gästen bereiteten ihr Freude, denn genau das konnte sie. Charmant die Herzen berühren. Sie dachte seltener an den Atlantik, immer weniger an Fritz. Es kamen Briefe von Jacques, Adelais und Albirich. Anfangs öffnete sie sie nicht, dann las sie alle auf einmal. Das Belle Plage reüssierte weiter, sie alle baten sie um Verzeihung. Schließlich brachte Isabelle einen Brief auf den Weg, der sehr kurz war.

Ich gewinne Abstand. Ich verzeihe euch. Es war Chantals Willen, das begreife ich nun. Sie ist es, die ich tadeln muss. Ihre Anlagen schlummern aber auch in mir, auch das muss ich annehmen lernen. Gehabt euch wohl und lasst mir noch ein wenig Zeit.

Einige Wochen später kam ein großes Paket an. Es war eine Holzkiste, die man aufstemmen musste und in der sich Bilder von Chantal befanden. Isabelle lächelte. Ja, nun konnte sie diese aufhängen.

Wann immer es ihr möglich war, ritt sie den Hengst. Und als Florian ihr einen Antrag machte, sagte sie Ja. Sie war angekommen in ihrer neuen Welt.

1957
Fritz

Er hatte in München zu tun gehabt, und irgendetwas hatte ihn angespornt, nach Oberstaufen zu fahren. Er war vor drei Jahren noch einmal dort gewesen, war auf den Kapf gestiegen und zu seinem Baum. Die Klingel war noch da gewesen. Auch heute wollte er nachsehen. Er ließ sein Fahrzeug in Sinswang stehen und lief auf den Kapf. Von oben blickte er in die hohen Berge, die schon weiß überzuckert waren. Der Winter hier war schneereich und bitterkalt, ganz anders als in Franken. Oberstaufen lag unten in der Herbstsonne. Der kleine Ort mauserte sich, viele Kurgäste in Bundhosen und mit Wanderstöcken waren in den Bergen unterwegs. Fritz fand seine Klingel und grub sie wieder ein.

Beim Abstieg sah er einen Schimmel mit langer Mähne, der den Weg unter ihm entlangging. Obwohl sich das Tier für seine Begriffe seltsam bewegte, saß die Reiterin schier bewegungslos da. Als er die Frau genauer betrachtete, glaubte er, seinen Augen nicht zu trauen. Das konnte doch nicht sein! Im nächsten Moment rannte er die Wiese hinunter und rief gellend: »Isabelle!«

Die Frau zog an den Zügeln. Das Pferdchen blieb stehen. Beide sahen zu ihm hin. Sie war es wirklich! Er war nahe daran, umzudrehen. Sie rutschte von dem Schimmel, der nichts mit den Kaltblütern gemein hatte, die er am Atlantik kennengelernt hatte.

»Fritz?«

»Reitest du immer noch ohne Sattel?«

Und auf einmal lachte sie so, wie sie immer gelacht hatte. »Natürlich!«

»Was machst du hier?«

»Ich trainiere.«

»Was?« Konnte ein Mensch dümmer fragen?

Sie lachte wieder. »Ich will der Welt zeigen, wie schön Isländer sind. Sieh dir Hvítur an. Ist er nicht wunderschön?«

Ein Isländer? Obwohl er Tierarzt war, kannte Fritz diese Pferde bislang nur aus Büchern.

»Warte.« Sie wendete und stob mit dem Pferdchen davon. Und dann kamen sie zurück. Das kleine Tier hatte plötzlich eine Körperspannung wie ein Pfeil. Es war unglaublich schnell, als es an ihm vorbeiflog. Nach geraumer Zeit wendete sie wieder. Nun ging das Tier langsamer, und zwar in dieser merkwürdigen Bewegungsabfolge, die er zu Beginn gesehen hatte.

»Das ist ein Rennpasser, und er kann tölten.«

»Guten Tag, Herr Hvítur. Ich bin Fritz und habe deine Reiterin früher einmal sehr verletzt. Würdest du ein gutes Wort für mich einlegen?«

Eine ganze Weile passierte nichts, bis Hvítur abschnaubte.

»Nun, er sagt, ich solle mit dir reden«, entgegnete Isabelle.

»Danke, edler Hvítur.« Plötzlich hatte er eine Idee. »Darf ich dir etwas zeigen? Wir müssten allerdings den Berg hinauf.«

Isabelle sprang wie eine Turnerin auf den Rücken des Pferdes. »Dein Problem, mein Lieber.«

Sie hatte »mein Lieber« gesagt. Fritz kam etwas ins Schnaufen, der kleine Hengst legte ein beeindruckendes Tempo vor. Und dann erreichten sie den Waldrand. Isabelle wand die Zügel um einen Baum, und der Hengst blieb artig stehen. Fritz verschwand im Dickicht und begann zu graben, zog schließlich das Wachstuch mit der rostigen Klingel heraus. Er hielt sie wie eine Reliquie empor.

»Weißt du, ich hatte 1945 ein Fahrrad … gemopst, könnte man sagen, und es hat da unten auf dem Weg seinen Geist aufgegeben. Alle Speichen sind gebrochen. Also habe ich die Klingel hier versteckt. Und mir geschworen, immer wieder hierher zurückzukehren. Das kommt dir sicher merkwürdig vor, oder?«

»Nein. Etwas hat mich auch immer hierhergezogen, an den Fuß des Berges«, sagte Isabelle leise.

Fritz hielt die Klingel in der Hand, betrachtete sie, dann das weiße Pferd. Er suchte Isabelles Blick und machte einen Schritt auf sie zu, sein Hemd rutschte aus der Hose, und plötzlich fühlte er ihre Finger auf der Haut. Sie hatte den Zeigefinger auf ihre Lippen gelegt. Er nahm ihre Hand, sie gingen ein wenig in den Tann hinein und sanken auf den Waldboden nieder. Sie war athletischer geworden, vermutlich verbrachte sie viel Zeit im Sattel. Und doch war sie noch immer so zart, ihre Haut weich wie Samt, und das Gefühl jenes Nachmittags in Les Sables-d'Olonne kehrte zurück, mit aller Macht. Er empfand unbändiges Verlangen und tiefe Achtsamkeit zugleich. Fritz hatte genug Frauen gehabt, aber niemals war er so hoch geflogen wie mit Isabelle.

Irgendwann zogen sie sich wieder an, Isabelle löste Hvítur vom Baum und ließ ihn grasen. Es war hier leichter gewesen, wo die Worte schweigen konnten und der Verstand in den Hintergrund trat.

»Isabelle, es tut mir so leid«, sagte er dennoch. »Es ging alles so schnell. Ich war wie in einem Strudel gefangen. Die anderen haben mir verboten …«

»Fritz, lass gut sein. Nur eines will ich wissen: Sie haben alle gesagt, es sei doch nicht wichtig, ob ich Chantal als Mutter bezeichnet habe oder nicht. Sie sei doch immer für mich da gewesen. Denkst du auch so?«

»Nein! Als Frank Rosenthal mir das Geheimnis verraten hat, war mein erster Gedanke, dass es so wichtig ist, zu wissen, wo man herkommt und wer man ist. Die Gene sind entscheidend.«

Isabelle lachte. »Ja, wie in der Pferdezucht.«

»Du züchtest wirklich Pferde? Diese Ponys?«

»Sag nicht Ponys! Isländer sind die Pferde der Wikingergötter. Ja, ich züchte sie. Wir stehen noch am Anfang, aber ich prophezeie dir, dass sie einmal sehr bekannt sein werden.«

»Hast du Ursula Bruns gelesen? Und die Filme gesehen?«, fragte Fritz lächelnd.

»Ja, tatsächlich. Als ich ankam, konnte ich kaum Deutsch. Also habe ich deutsche Kinder- und Jugendbücher gelesen und dabei Ursula Bruns entdeckt. In ihren Büchern sind mir diese Pferde begegnet. Man spürt, dass die Autorin nicht nur eine Pferdenärrin ist, sondern auch eine echte Kennerin.« Sie lachte so bezaubernd wie eh und je. »Natürlich habe ich wie alle anderen *Die Mädels vom Immenhof* gesehen. Heidi Brühl ist ganz entzückend, wirklich begeistert haben mich aber die Pferde. Ich habe mit dem Gestüt Heidhof der Wahrendorff'schen Forstverwaltung bei Hannover Kontakt aufgenommen. Die züchten schon seit 1904 Islandpferde in Deutschland.«

Fritz stutzte. »Gab es nicht kürzlich diese Pressemeldung, in der zu einer Rettungskampagne aufgerufen worden ist? Wo man in Deutschland Islandfohlen kaufen sollte, weil sie auf der kargen Insel im Norden nicht mehr ernährt werden können und daher geschlachtet werden müssten? Ich hielt das eher für eine Marketingkampagne.«

»Gunnar Bjarnason, der isländische Staatskonsulent für Pferdezucht, will die Pferde natürlich außerhalb von Island bekannt machen. Wie ich auch! Im Januar wird ein Schiff etliche Fohlen von Reykjavík nach Hamburg bringen. Ich habe mir fünf davon bestellt. Blutauffrischung für meine Zucht.«

»Du fährst nach Hamburg, um Fohlen zu holen?«

»Diese Pferde sind einzigartig!«

»Aber könnte ich als Mann so ein Tierchen besteigen?«

»In dir spukt wohl noch immer das Bild vom schneidigen Offizier herum. Weißt du, was Ursula Bruns zu hören bekam? Die Pferdezüchter der Wahrendorff'schen Anstalten setzen die Islandpferde bei den geistig Behinderten ein, und doch behauptete der Leiter, dass sich ›kein deutscher Mann von Ehre‹ jemals auf so ein zottiges Pony setzen werde. Sieht meiner zottig aus?«

»Na ja, er ist hübsch. Nur eben sehr klein.« Fritz lachte.

»Größe wird aus Mut gemacht«, entgegnete Isabelle sehr ernst.

Fritz hatte den kleinen Goldring an ihrer rechten Hand sehr wohl gesehen. Sie musste seinen, der an einer Kette an seinem Hals baumelte, auch entdeckt haben.

»Und du bist …?«

»Ich wohne am Hintertristerweiher, und ja, ich bin verheiratet. Florian ist Hufschmied und ein großer Freund des Süddeutschen Kaltblutes. Er ist gut zu den Pferden, anders als so mancher Schmied, der ungeduldig wird und laut. Meine Pferdchen nennt er Heustockmarder, aber er interessiert sich sehr für die Zucht. Wir haben auch eine kleine Jausenstation. Ich erkläre den Banausen hierzulande gerade die französische Küche und den Wein.« Sie lachte. »Und ich habe immer auch ein wenig übersetzt, für die Gäste aus Frankreich. Aber inzwischen ist Renate zurück.«

»Wer ist Renate?«

»Die Tochter des Verkehrsamtsleiters. Sie war längere Zeit in Paris und spricht jetzt vermutlich besser Französisch als ich. Mittlerweile hat sie das Verkehrsamt in Oberstaufen übernommen, sie macht das *très charmant*.«

»Wo hast du deinen Mann kennengelernt?«

Sie lachte wieder. »Nur das interessiert dich? Ich habe ein Mädchen namens Elke kennengelernt. Sie hat mich zu sich nach Hause eingeladen, und ihr Mann ist der beste Freund von Florian. Sehr simpel.«

»Den du dann gleich …«

»Fritz, nicht gleich! Ein Jahr später. Und du?«

»Ich habe 1955 geheiratet. Gudrun. Eine Kollegin. Wir führen unsere Praxis zusammen.«

»Und du bist wirklich Veterinär geworden! Wie schön! Erzähl mal, wie ist es in deiner Heimat? Gibt es noch die Sandkähne?«

»Daran erinnerst du dich?«

»Freilich.«

»Ja, es gibt sie noch, die Sandschöpfer, am Ostrand der Stadt liegt ein Sandwaschwerk. Und 1954 wurde endlich eine neue Mainbrücke errichtet. Es ist immer noch so viel zu tun.«

Stille senkte sich herab. Irgendwo schimpften Vögel mehrstimmig. Der Schimmel schnaubte. Plötzlich ergriff Isabelle Fritz' Hand.

»Wann hatten wir unsere beste Zeit?«, fragte sie.

»Gerade eben?«

»Das ist die Sicht des Hengstes. Enttäusch mich jetzt nicht!«

Würde er sie wieder enttäuschen? Wann war die beste Zeit gewesen? Jener taumelnde Nachmittag in der Villa Beaujolais? Fritz spürte in seine Erinnerung hinein.

»Als wir in den Dünen saßen«, sagte er schließlich. »Als du ein kleines Mädchen warst und ich ein dummer Soldat. Da war ich glücklich. Anders glücklich als je zuvor.«

Sie schenkte ihm einen warmen Blick. »So ist es. Als keiner etwas von uns wusste. Weil keiner in unsere Herzen sehen konnte. Weil unsere Welt nur zwischen den Dünen lag.«

Es war klar, was sie damit sagen wollte. Es gehörte ihnen und hatte mit ihren jetzigen Leben nichts zu tun.

»Der wievielte ist heute?«, fragte sie plötzlich.

»Der 22. September.«

»In genau einem Jahr treffen wir uns in der Villa Beaujolais.«

Er sah sie verwirrt an.

»So, ich habe noch eine gute Strecke nach Hause zu reiten. Ich stelle dich heute Abend meinen Freunden vor.«

»Und dein Mann?«

»Ist auch mein Freund. Ein guter dazu.«

Sie griff die Zügel des Schimmels, der brav gegrast hatte, sprang auf seinen Rücken, schnalzte und drehte sich noch einmal um. »Du kommst heute Abend!« Sie rief ihm eine Adresse zu, dann verschwand sie im Wald wie eine Elfe auf dem Einhorn.

Er wollte noch etwas rufen, aber seine Stimme versagte. Dann versteckte er seine Klingel erneut. Und ging zurück nach Oberstaufen. Er rang mit sich. Und dann siegte die Neugier? Oder die Kühnheit? Der Wunsch, Isabelle wiederzusehen?

Als er in den Feldweg einbog, der zum Hof führte, war ihm fast übel. Sein leerer Magen rebellierte. Der Blick tat sich auf, rechts ein Hang, links ein kleiner See, dahinter Wald. Ein anmutiger Ort, der den Besucher umfing und leiser machte. Isabelle stand in der Einfahrt und winkte.

»Fritz, du bist da! Komm!«

Und dann wurde er Elke und Benedikt, Afra und Florian vorgestellt, die alle ein klein wenig skeptisch wirkten. Sie nahmen miteinander an einem Tisch Platz, Isabelle hatte Quiche gemacht. Doch schon bald wich die Kühle, sie plauderten vor allem über Tiere. Fritz fühlte sich aufgenommen und vergaß vorübergehend sein schlechtes Gewissen. Verstohlen betrachtete er Florian. Er war groß und kräftig, doch er besaß feine Gesichtszüge, und so, wie er Isabelle immer wieder ansah, war er ihr verfallen. Fritz bekam die fünf Kaltblutpferde zu sehen und fünf Isländer.

»Aus Paritätsgründen«, erklärte Isabelle lächelnd. »Jeder hat einen Hengst und vier Stuten. Dabei hätte ich zehn Pferde verdient, meine wiegen ja nur die Hälfte. Aber im Januar werde ich siegen.«

»Ach du«, sagte Florian mit all der Liebe im Blick, zu der ein Mann fähig war.

Die drei jungen Frauen verschwanden irgendwohin, nun stand Fritz zwischen Benedikt und Florian am Zaun. Ihm war bange.

»Wir dachten, da kommt ein Schnösel. Ein Studierter«, sagte Benedikt.

»Aber du kannst wiederkommen«, meinte Florian grinsend und reichte Fritz einen Flachmann, der nun kreiste.

»Danke für eure Gastfreundschaft. Ich … wisst ihr … also …«

»Du warst in Frankreich. Das genügt«, sagte Florian. Der Flachmann kreiste erneut.

Er war so klar, sein Charakter war rein. Fritz schämte sich. Niemals würde er versuchen, Isabelle für sich zu gewinnen. Und tief im Herzen war er nun glücklich. Einst war er Isabelle begegnet, dem schönsten Mädchen der Welt. Irgendwann waren sie alle auseinandergegangen, nicht ahnend, dass sie sich wiedersehen würden. Nun hatten sie sich erneut gefunden, und das war viel.

Er war spät, als Fritz aufbrach, Isabelle brachte ihn zum Auto.

»*Au revoir.*« Dann ging sie, ohne sich noch einmal umzudrehen.

Er stand da, unschlüssig, fast erschöpft, als Afra neben ihm auftauchte. »Denk nicht zu viel, bleib im Spiel. Was geschehen soll, was geschehen soll, ist mal Dur, mal Moll.« Dann verschwand auch sie in der Dunkelheit.

1957
Isabelle

Es ging auf den Winter zu. Isabelle war immer noch verzückt vom Schnee. Im ersten Jahr waren die Straßen wie Eiskanäle einer Bobbahn gewesen. Rutschig in der Mitte und gesäumt von drei Meter hohen Schneewänden. Die Eingänge zum Haus hatte man freigeschaufelt, damit man einigermaßen durchpasste. Dr. Pfalzer und die Kinder hatten ihr Skifahren beigebracht. Sie hatte schnell gelernt, und als sie zum ersten Mal drei zusammenhängende Kurven fahren konnte, war sie so stolz wie selten in ihrem Leben.

In diesem Jahr hatte es schon im Oktober geschneit, doch mittlerweile hatte es wieder getaut, und sie wollte noch ein wenig reiten, bevor alles vereist und unpassierbar wurde. Am Feldstadel sah sie Benedikts NSU Quickly stehen. Sie sprang vom Pferd und rief: »Hallo!«

Benedikt kam heraus und blies eine Haarsträhne aus dem Gesicht.

»Was machst du?«

»Die Heinzen wegräumen. Ein paar Maschinen einwintern. Und du? Wieder einer, der arbeiten muss?«

»Das ist eine Stute, sie heißt Bletta, die Gescheckte. Allmählich muss sie den Ernst des Lebens kennenlernen.«

»Du mit deinen Islandponys! Warum keine Norweger oder Haflinger oder Bosniaken?«

»Ach, Bene, sie alle haben ihre Arbeit in der Landwirtschaft verloren und brauchen nun Fürsprecher in der Reiterei. Für Kinder und Jugendliche. Und ich habe mich eben den Isländern verschrieben.«

»Na dann.« Er wandte sich um.

»Warte! Es kann so nicht weitergehen!«

»Was?«

»Du und Elke! Ihr seid ein Ehepaar. Aber ihr begegnet euch wie Fremde.«

»Wir arbeiten.«

»Das Leben ist nicht nur Arbeit.«

»Elke hat ihre Pflanzen, das Gemüse, die Krankengymnastik. Sie sieht ein wenig nach Afra. Und ich habe den Hof. Die Tiere.«

»Und die Liebe?«

»Liebe ist flüchtig. Das war einmal.«

»Elke hat ein Kind verloren, das größte Unglück! Aber das liegt sieben Jahre zurück. Ihr könntet doch noch ein Kind haben.«

Benedikt sah zu Boden. Man redete nicht über Körperliches.

»Ich weiß, dass du, der Heinzi und noch ein, zwei andere ein paar Damen von der Schrothkur zu Willen seid. Weil ihr den Wein nicht vertragt und weil ihr lüstern seid und sie es euch leicht machen.«

Benedikt errötete.

»Das ist doch nur …«

»Ja, sicher, das ist keine Liebe, sondern nur animalische Lust. Aber du hast eine hübsche Frau. Sie ist einsam. Sie vertrocknet neben dir.«

»Aber sie will es nicht …«, murmelte er verlegen.

»Benedikt, eine Frau ist eine Blume. Sie blüht nur auf, wenn man sie umgarnt. Sie will auch einmal schöne Worte hören.«

»Du hast auch keine Kinder, Isabelle!«

»Weil ich einst sehr krank war. Ich wäre beinahe gestorben. Deshalb wird es mir nie vergönnt sein, Kinder zu bekommen. Florian hat das akzeptiert. Aber du und Elke, ihr könnt noch Eltern werden.«

Isabelle sah ihn ernst an, dann nahm sie seine Hand und führte ihn ins Innere des Stadels. Flüsternd lehrte sie ihn behutsam Dinge, die er noch nie erlebt hatte.

»So, und nun geh heim und übe weiter«, sagte sie schließlich und stieg wieder in ihre Reithose.

»Wie soll ich Florian je wieder in die Augen sehen können?«

»Das kannst du schon. Es betrifft ihn nicht. Und du gehst ab sofort nicht mehr zum *Café Oriental*, wo die lüsternen Weibsen warten!«

Benedikt nickte.

9

Aurelie

Die beiden SUVs mit Ulmer Kennzeichen parkten raumgreifend, und es stiegen zwei Frauen aus, die plaudernd auf die Terrasse kamen. Die Damen waren etwa Mitte fünfzig, was sie aber mit allen Mitteln zu übertünchen suchten. Leider war das Platinblond bei beiden schauerlich geraten. Sie bestellten je einen Spritz und ein stilles Wasser.

»Oha, zwei späte Blondinen!«, flüsterte Frederik. »Pass auf, nachher ordern sie bestimmt noch eine Latte.«

Aurelie gluckste.

Wenig später kam die Latte-Bestellung.

»Danke«, sagte die eine. »Sind Sie neu hier?«

»Quasi«, erwiderte Aurelie.

»Da war doch früher diese ältere Dame, eine faszinierende Frau. Wo ist sie? Wir machen immer mal einen Ausflug hierher, wenn es gerade passt.«

»Meine Tante Isabelle ist verstorben.«

»Oh, wie schade. Mein Beileid«, sagte die andere.

Offenbar fühlte sie sich berufen, noch etwas zu sagen. »Wir haben die Kinder gerade zur Fridays-for-Future-Demo gefahren«, erzählte sie. »Da war auf einmal etwas freie Zeit.«

Aurelie flüchtete in die Küche, wo Frederik gerade versuchte, sein Lachen zu unterdrücken. »Da fahren die mit zwei SUVs die Kids zur Klimademo und dann in zwei Karren hierher. Verstehst du, warum ich letztlich lieber hier bin als unter solchen Leuten?«

»Ich verstehe, was du meinst«, sagte Aurelie leise. »Letzte Woche saß ein Junge auf der Terrasse und hat einen Specht gesehen, der zur Fütterung gekommen war. Die Oma fragte: ›Was ist das für ein hübscher bunter Vogel?‹ Der Junge hat gegoogelt und stolz verkündet: ›Ein Papagei.‹« Aurelie nahm sich ein Glas Wasser. »Wir müssen einen Weg finden, dass Stadt und Land nicht noch weiter auseinanderdriften.«

»Womöglich kannst du das als Lehrerin ja«, sagte er und drückte kurz ihre Hand.

Mandy kam herein. »Na, beehren uns mal wieder die Zahnarztgattinnen?«

»Sind das echt Zahnarztgattinnen?«, fragte Aurelie.

»Keine Ahnung, sie sehen so aus«, erwiderte Mandy und verschwand lachend im Lager.

»Was hältst du davon, wenn wir eine kleine Wanderung machen?«, schlug Frederik vor. »Deine Familie ist ja eh weg.«

»Und der Kiosk?«

»Den schafft Mandy auch allein. Muss ja keine Hochgebirgstour werden.«

»Ich bin nicht so der Bergfex!«

»Komm, für den Kapf wird es reichen.«

»Na gut. Fahren wir mit zwei Autos?«, fragte Aurelie.

Sie lachten noch, als sie in Sinswang parkten – mit nur einem Auto – und auf den Berg stiegen. Aurelie stellte fest, dass ihre Kondition durchaus ausbaufähig war. Frederik stapfte wortlos voran, er schien das Schweigen zu genießen.

An der Abzweigung nach Berg blieb Aurelie kurz stehen, wandte sich um, aber Frederik ging einfach weiter.

»Wie hoch ist der Berg?«, fragte Aurelie, als sie schließlich schwer atmend ankam.

»Keine tausend Meter!«

»Glaub ich nicht. Gleich kommt der Gletscher.« Aurelie lachte und umarmte Frederik spontan.

Er hielt sie umfasst, was sich gut anfühlte.

Sie liefen schließlich wieder talwärts, an der Abzweigung verharrte diesmal Frederik. »Siehst du die Bank am Waldrand?«

»Ja?«

»Ich muss dir etwas zeigen.«

»Man trampelt doch nicht bei fremden Leuten über die Wiesen«, sagte Aurelie und lachte. »Siehst du, nun denke ich schon wie ein Landei.«

»Völlig richtig, aber es ist abgemäht und trocken, wir wagen es.«

Kurz darauf saßen sie auf der Bank. Und Aurelie fühlte sich auf einmal, als würde sie sacken. Als würde ihr Körper schwerer und entspannter. Sie atmete tief durch und ließ ihren Blick über die bucklige Landschaft schweifen, hinüber zu den Einzelgehöften. Wenn man so lebte, musste man ein anderer Mensch werden als in einem Wohnblock. Dann ging ihr Blick nach links.

»Sieh mal, noch ein Kreuz.«

»Ja, von einem Bergwachthund.«

»Woher weißt du das?«

»Ich hab mehrfach mit der Altbäuerin vom Hof da unten geplaudert. Sie saß hier immer. Es war ihr Lieblingsplatz.«

»Wie alt war sie?«

»Bestimmt in den Neunzigern, sie ist vor einigen Jahren verstorben, hat Marie erzählt.«

Aurelie wartete, aber es kam nichts mehr. Auf dem Weg strampelten E-Biker bergauf, von oben kam eine Familie mit zwei Kindern, die mit Haselnussstecken fochten wie in einem Kostümfilm. Aurelie wäre am liebsten ewig hier sitzen geblieben. Als Zuschauerin.

»Gehen wir?«, fragte Frederik.

»Ja, aber ungern.«

Er lächelte, erhob sich und hielt ihr dann am Auto galant die Tür auf.

»Danke für den schönen Ausflug.«

»Gerne. Mit dir am liebsten.«

1959
Isabelle

Ein Großereignis stand bevor. Die Deutschen Alpinen Skimeisterschaften. Isabelle und Elke unterstützten Renate dabei, Startlisten mit der Schreibmaschine zu tippen, sie halfen im Wettlaufbüro, im Leseraum der Kurverwaltung, arrangierten Stühle für die Pressekonferenz im *Alpenhotel*. Dabei unterhielten sie sich mit dem Sportreporter Bruno Moravetz und dem Präsidenten des Deutschen Skiverbands, Dr. Heine. Die Gebirgsjägerdivision aus Mittenwald war abkommandiert worden, die Strecken zu treten, und die Männer – Bene, Flori und Fritz, der eigens hergekommen war – halfen mit. Die Abfahrt am Hochgrat, der Riesentorlauf am Hündle wurden ausgesteckt, es gab noch keine Lifte. Die junge Lokalmatadorin Heidi Biebl gewann den Riesentorlauf. Sie alle standen im Zielraum und jubelten. Es lagen so viel Freude und Aufbruch in der Luft.

»Wir sind so ein Haufen bunter Hunde!«, rief Isabelle

übermütig. »Ein Viechdoktor vom Main, zwei Burschen vom Weiher, unser Baby Maxim, das in Budapest geboren wurde. Dieses Mädchen aus Mähren.« Sie lächelte Elke zu, die ihre kleine Marie an der Hand hielt. »Und eine Französin, die außer Reiten und neuerdings Skifahren wenig kann.«

»Du kannst sehr viel mehr«, protestierte Elke.

»Du Liebe!«, erwiderte Isabelle. »Wir hatten vor allem Glück. Haben alle den Krieg überstanden. Durften ankern an den Gestaden eines Moorsees. Wisst ihr überhaupt, wie viel Glück wir hatten? Wir haben uns!«

TEIL III

Vage Wahrheiten

10

Aurelie

Die Wanderung hatte ihr gutgetan. Berge rückten vieles in ein besseres Licht, wenn man hoch oben stand über den Nebelniederungen. Die Familie kam erst spät am Abend zum Weiher. Aurelie stellte sich schlafend, aber niemand klopfte noch an ihre Tür.

Am nächsten Morgen klingelte der Wecker wie üblich, und Aurelie war mit der Fütterung längst fertig, als Laurent gegen zehn Uhr als Erster in die Küche kam.

»Puh, ist das still hier. Soll ich hier echt den ganzen Sommer abhängen?«

»Es gibt einen See, und es gibt jede Menge Tiere.«

»Ich bin allergisch, begreif das mal, Mama.«

»Deine Mutter weiß das, und jetzt reiß dich am Riemen!«, kam es von Eike, der im Türrahmen stand.

Aurelie schickte ihm ein stummes »Danke« zu.

»Und wie du dank Google sicher längst weißt, gibt es hier einige Golfplätze, wo du spielen kannst.«

»Ja, toll, die sind so steil, dass ich Steigeisen brauch.«

»In Buflings ist es maximal hügelig, da hast du eine Ferienmitgliedschaft. Wir können gleich mal rüberfahren.«

Sowohl Aurelie als auch Laurent waren perplex. Der Junge reagierte schneller. »Echt jetzt? Das wäre ja mega!«

»Ganz echt. Du kannst dein Bag holen.«

Laurent stürmte hinaus.

»Das hättest du mit mir absprechen müssen!«, rief Aurelie.

»Hat sich so ergeben.«

»Ich hätte davon wissen müssen! Ich wollte, dass wir hier den Sommer als Familie verbringen. Dass Laurent mal mithilft!«

»Er ist allergisch, ich übrigens auch.«

»Und ich bin allergisch dagegen, dass du dich mit solchen Aktionen einschleimst und den Superdaddy gibst! Darf ich dich daran erinnern, dass du das Erbe antreten wolltest?«

»Darf ich dich daran erinnern, dass es deine Tante war und nicht meine?« Er stapfte wortlos hinaus.

Aurelie fegte vor Wut eine leere Katzenfutterdose von der Anrichte, die scheppernd ausrollte. Und vor Lottes Sneakers liegen blieb.

»Dicke Luft? Ich dachte, auf dem Land ist alles so friedlich. Ich hab übrigens Lynn eingeladen. Sie kommt mit dem Zug nach Oberstaufen.«

»Fragst du mich vielleicht mal vorher, ob mir das recht ist?«

»Ich sag es dir ja gerade.«

»Ich hole sie nicht ab! Und Papa auch nicht, der fährt mit Laurent zum Golfplatz.«

»Ich weiß«, sagte Lotte ungerührt. »Ich hab mir schon was organisiert.« Sie schnappte sich ein Croissant und ging.

»He, warte!«

Aber Lotte drehte sich nicht einmal um.

»Merde!«, brüllte Aurelie, und dann liefen die Tränen. Anton stupste sie an und legte sich auf ihre Füße. »Ach,

Anton, keiner nimmt mich ernst.« Antons Blick besagte, dass er das sehr wohl tat.

Sie tätschelte ihn und ging nach draußen, wo Afra gerade vorfuhr.

»Ich nehm das Mädle mit nach Oberstaufen.«

Aurelie wollte Afra natürlich nicht kränken, aber ihr Fahrstil war lebensgefährlich.

»Afra, eine Sekunde.« Sie packte Lotte am Ärmel und zog sie in den Kiosk.

»Du fährst nicht mit der Irren mit.«

»Mama, du hast Vorurteile. Die soll man doch nicht haben. Afra ist ein bisschen crazy, aber ich find sie cool. Wir verstehen uns echt gut.«

Aurelie war sprachlos.

»Mama, das passt schon. Lynn wird sie lieben. Und so schlecht fährt sie auch nicht. Ich wollte immer schon eine crazy Grandma. Oma Helga ist ja bloß nervig.«

Und zum zweiten Mal ließ ihre Tochter sie einfach stehen. Aurelie rannte hinterher. Lotte stieg gerade ins Auto.

»Afra, ich glaube jetzt nicht, dass …«

»Wer um alle Dinge sorgen will, den erwartet Leides viel«, sagte Afra und hätte Aurelie beim Auskuppeln beinahe touchiert.

»Wenn du glaubst, es geht nicht mehr, kommt von irgendwo ein Lichtlein her!«, rief Lotte aus dem Fenster. Dann rumpelte das Auto vom Hof.

Aurelie sah dem Wagen nach, ihre Tränen liefen und liefen, bis ihr etwas von hinten in die Kniekehle hopste. Ole. Wenig später kam Frederik hinterher.

»Du weinst schon wieder? Ist etwas mit den Tieren?«

»Nein, mit den Menschen! In meiner Familie gibt es Menschen, und die machen, was sie wollen. Sie … sie …«

Frederik nahm ihre Hand. »Komm, wir gehen zum Kiosk, ich mach dir einen Spritz.«

»Es ist noch nicht mal Mittag!«

»Aber fast, und du musst sowieso bald öffnen.«

»Und eine besoffene Wirtin sieht besser aus?«

»Du siehst immer gut aus.«

Das kam überraschend. »So verheult sehe ich gut aus?«

»So ungeschminkt.«

Aurelie stutzte. Heute hatte sie tatsächlich vergessen, sich herzurichten. Sie war keine Frau, die in den Farbkasten fiel, aber ganz ohne Schminke ging sie nirgendwohin. Bis auf heute. Sie straffte die Schultern.

»Dann komm!«

Der Spritz, den Frederik zauberte, bestand nur aus Aperol und Prosecco. Sie gab immer noch Mineralwasser dazu, der hier haute sie sofort aus den Socken.

Marie tauchte auf. »Ist Lotte echt mit Afra nach Oberstaufen gefahren?«

»Ja, und außer mir schien das auch jeder zu wissen.«

»Relie, so schlecht fährt Afra gar nicht. Die Strecke kann sie im Schlaf fahren.«

»Angeblich hat sie gar keinen Führerschein.«

»Nicht?«, entgegnete Marie mit ernstem Gesicht. Dann lachte sie. »Natürlich hat sie einen. Wir würden sie doch sonst nicht fahren lassen. So, was steht an?«

Schön, wie man hier das Thema abwürgte, dachte Aurelie.

»Quiche und Kuchen.«

»Du Quiche, ich Kuchen«, sagte Marie und zwinkerte Frederik zu, der sich auf die Terrasse setzte.

Kurz vor zwei streckte eine junge Frau den Kopf herein.

»Nicki, wie schön!«, jubelte Marie. »Du bist im Lande? Weiß Beni, dass du da bist?«

Nicki nickte. »Ja, er müsste gleich rüberkommen, Wolfi auch. Ach, ich kann immer noch nicht glauben, dass Isabelle tot ist!«

»Das geht uns allen so.«

In dem Moment fuhr ein Cabrio mit einem Züricher Kennzeichen vor. Beni und ein junger Mann stiegen aus, vermutlich Wolfi. Er sah dieser Nicki ziemlich ähnlich. Es gab Umarmungen und Küsschen, und es dauerte eine Weile, bis alle saßen. Marie stellte ihnen Aurelie als Isabelles Nichte vor, und ihre Beileidsbekundungen waren echt und herzlich.

»Der Weiher ohne Isabelle? Ich kann mir das gar nicht vorstellen«, sagte Nicki. »Es gab Zeiten, da wäre ich hier fast verzweifelt. Es war langweilig, ich war schlecht in der Schule, nur Isabelle war für mich da. Sie hatte die Pferde, und ich bin nach der Schule immer zu ihr gegangen.«

»Du hast quasi im Stall gelebt und immer nach Gaul gestunken!«, bemerkte Wolfi lachend.

»Stimmt«, meinte Beni.

»Und das sagst du als Kuhbauer! Aber jetzt erzähl, wie läuft es drüben?«

Beni sprach von seinem Konzept, Sätze flogen hin und her, das Gespräch reiste durch die Zeiten, die sie miteinander erlebt hatten. Aurelie trollte sich in die Küche, kam mit Quiche wieder und setzte sich dazu.

»Ihr seid stockbesoffen mit Ski heimgefahren«, sagte Marie gerade.

»Das wusstest du?« Beni grinste.

»Natürlich! Ihr habt euch in Oberstaufen ein Sammeltaxi bestellt und seid nach Sonthofen oder Kempten gefahren. Und die letzte Strecke wart ihr auf Ski unterwegs. Ihr hattet gute Schutzengel.«

»Das Glück ist mit den Kühnen«, sagte Wolfi. Sie prosteten sich zu.

»Und ihr helft jetzt der Mama?«, erkundigte sich Frederik.

»Ja, sie will verkaufen. Das Haus wird ihr einfach zu groß. Außerdem will sie weniger Schnee und näher an den See hinunter. Ich hatte ihr eine Einliegerwohnung in meinem Haus angeboten, aber das hat sie abgelehnt.«

»Grüß sie mal und sag ihr, ich schau die Tage mal vorbei«, meinte Frederik.

Hans, der alte Hufschmied, kam über die Terrasse. Nicki winkte ihm zu. »Hans, griaß di!«

»Die Nicki und der Wolfi. Habe die Ehre.« Er setzte sich. Aurelie wusste, was zu tun war. Ein Radler und ein Obstler.

»Vergelt's Gott«, sagte er. »Ihr wisst es noch. Der Vater war gegen Fußball und hat mir die Schuhe versteckt. Ich hab dann ohne gespielt. Der Max von den Lindenbergern ist mir reingesprungen.«

»Hans, das glaub ich«, sagte Wolfi.

»Aber ich bin drangeblieben. Siebenhundert Spiele hab ich gemacht. Ich bin dann selber zu den Lindenbergern. Bei uns wollten sie keinen Arbeiter. Als Trainer war ich immer fair und hab gesagt: Wer nicht zum Training kommt, der spielt nicht. Auch wenn das der Sohn vom Apotheker war.«

»Unbedingt«, sagte Nicki.

»Nicki, du weißt es. Ich hab über siebenhundert Spiele gemacht.«

»Na klar. Aurelie, magst du uns eine Runde holen, damit wir auf Isabelle anstoßen können?«

Sie wollte sich gerade erheben, da kam Mandy schon mit einem kleinen Tablett an den Tisch. Auch sie kannte die beiden. Aurelie empfand ihr Verhalten als übergriffig. Die anderen griffen nach den Schnapsgläsern, und auch Aurelie nahm sich eines, obwohl sie wütend war. Wieder einmal fühlte sie sich ausgeschlossen. Die anderen hatten eine gemeinsame Geschichte, die sie alle mit Isabelle geteilt hatten.

Ihre Traurigkeit nahm zu, als auch noch Susu auftauchte. Sie vertiefte sich in ein Einzelgespräch mit Nicki, bei dem es um Pferde ging. Wortfetzen hallten herüber, der Name Isabelle kam immer wieder vor. Eine kalte Hand packte Aurelies Schulter. Was, wenn diese Nicki die Kandidatin für das Erbe war? Sie hatte Isabelle verehrt, und ihre Tante hatte sie offenbar jahrelang wie eine Tochter oder Enkelin behandelt.

Die fröhliche Runde löste sich um vier auf, Beni und Marie mussten in den Stall, Nicki und ihr Bruder wollten sich mit dem Immobilienmakler treffen, und Susu musste in ihre Praxis. Der alte Hans war inzwischen verschwunden. Nur Frederik blieb sitzen.

»Nicki und Wolfi.« Er grinste. »Die Eltern haben 1980 den Ganslerhof gekauft und renoviert. Oder besser gesagt, energetisch saniert. Da kam keine Elektrostrahlung durch.«

»Es ist ja auch nicht sicher, ob diese ganzen Strahlen nicht doch schädlich sind. Darüber sollte man sich nicht lustig machen!«

»Mach ich nicht, Aurelie, aber die Kinder wollten später halt doch mal ins Internet. Die beiden sind sowieso lässiger drauf als die Eltern.«

»Heißt was?«

»Na ja, wenn eine Berenike und ein Wolfram eingeschult werden, deren Mutter schamanische Körperarbeit anbietet und deren Vater ein Büro für Abschirmprodukte gegen Elektrosmog hat, dann ist das für die Leute hier natürlich erst mal befremdlich. Aber die Kinder wurden schnell zu Nicki und Wolfi. Sie waren übrigens mit Beni auf der ganz normalen Volksschule, nicht etwa auf der Waldorfschule oder so. Nicki war übrigens mal mit Beni zusammen.«

»Hübsche junge Frau. Was macht sie heute?«

»Sie lebt auf einer Ranch in Namibia, die Reittouren anbietet. Das Reiten hat sie in der Tat von Isabelle gelernt. Pferde sind ihr Leben.«

»Und der Bruder? Das sind Zwillinge, oder?«

»Ja, er ist Banker in Zürich. Hat ein Haus an der Parkside am Zürisee. Keiner von den Elektro-Twins, so haben wir sie immer genannt, will Mamas Haus. Das ist auch eine Seite des Landlebens. Die Jungen gehen, vor allem die der Aussteigereltern, die heute Ende sechzig sind. Sie hatten ihre eigene Vision vom Landleben und wollten sich hier selbst verwirklichen. Aber ihre Träume sind nicht die der Kinder. Die Kids sind hier aufgewachsen, haben es aber locker geschafft, von Landeiern zu Kosmopoliten zu werden. Ich glaube, es ist leichter, mit starken ländlichen Wurzeln in einer Stadt zurechtzukommen, als andersrum.«

Das war wohl so. Sie als Städterin tat sich hier wahrlich schwer.

»Drum ist es ja so wichtig, dass einer wie Beni hier weitermacht«, fuhr Frederik fort. »Als Landwirt, als Landschaftspfleger. Verstehst du?«

Ja, sie verstand. Oder auch nicht. Seit sie hier war, prasselten so viele Eindrücke auf sie ein, und immer wenn sie glaubte, diesen Kosmos ein klein wenig zu verstehen, wurden ihre Gedanken verwirbelt wie Herbstblätter.

»Drum ist auch der Weiher so wichtig. Es gibt hierzulande kaum noch ein Dorf mit einer Wirtschaft und entsprechend wenige Stammtische. Und wenn ein Gasthof noch offen hat, ist es meistens ein Italiener, Grieche oder Kroate geworden.«

»Auch die Leute auf dem Land essen gern mal was anderes, oder nicht?«, warf Aurelie ein.

»Darum geht es nicht. Es geht um einen dramatischen Strukturwandel.«

Oder um deine ganz persönliche Melancholie, dachte Aurelie. »Du machst es dir einfach. Du hättest gern die Welt deiner Kindertage, bist aber in Franken. Du kommst nur zum Urlaub her. Da schwelgt man leicht in der Vergangenheit!«

»Auch das ist richtig«, sagte er.

Aurelie wurde wütend. »Die Menschen hier sind in ihren Familien verankert, auf ihren Höfen, in der Natur. Und sind verdammt konservativ. Aber trotzdem war früher alles besser, ja?«

»Nein, natürlich nicht! Es war nicht alles besser und schon gar nicht in der guten alten Zeit. Kleine Katzen wurden erschlagen und ersäuft, Hunde hingen ihr Leben lang an Ketten, Pferde wurden zu Tode geschunden. Und die Menschen kamen nicht aus ihren überholten Moralvorstellungen heraus. Auch heut ist nicht alles gut, aber ich fühle mich hier so wohl, weil keiner neugierig fragt, wenn du nicht von dir aus etwas erzählst – und weil du dich nie verstellen musst. Weil du in der letzten Dreckschleuderhose an den Stammtisch kannst. Weil das eine Art Heimat ist.«

»Aber sie lästern ständig über die blöden Städter! Na gut, über dich vielleicht nicht.«

»Mag sein, drum bleib ich immer am längsten sitzen.« Er lachte. »Nein, aber im Ernst: Es ist eine Gratwanderung. Wenn du auf dem Land zu schlau bist, vor allem als Zugereister, dann wirst du zur Gefahr. Nicht umsonst sind es meistens Leute von außerhalb, die für Artenschutz kämpfen oder Biberberater werden. Die Landwirte fühlen sich schnell bevormundet, und Trottel wie Alois machen komplett zu. Änderungen müssen von innen heraus kommen, wie von Beni. Er ist die Zukunft.«

»Der wird aber auch angefeindet!«, wandte Aurelie ein.

»Ja, aber sein Erfolg gibt ihm recht. Und am Ende, wenn es hart auf hart kommt, sind sie auf seiner Seite.«

Ihr blieb eine Antwort erspart, weil Afra vorfuhr. Diesmal, ohne etwas über den Haufen zu mähen. Die beiden Mädchen stiegen aus, Lynn hatte eine Schachtel Fair-Trade-Pralinen gezückt.

»Vielen Dank für die Einladung.« Sie war zweifellos sehr gut erzogen.

»Ja ... ähm ... gerne. Vielen Dank für die Pralinen. Was habt ihr vor?«

»Erst mal baden. Ophelia wollte uns nachher eine Reitstunde geben.«

Hoffentlich lernt ihr dabei nicht Rülpsen wie ein Bauarbeiter, dachte Aurelie, verkniff sich aber jeden Kommentar. »Schön. Wenn ihr Hunger habt, kann ich euch einen Salat machen.«

»Nicht nötig«, meinte Lotte und zog mit Lynn davon.

»Also, geht doch. Die Jungen machen das schon«, sagte Frederik.

»Nach jedem Gipfel, den man gewinnt, stets wieder etwas Neues beginnt«, kommentierte Afra, die plötzlich hinter ihnen stand.

Gegen sechs kamen Lotte, Lynn, Ophelia und Anna zum Kiosk. Sie redeten über Pferde, fast kindlich wirkten sie, kicherten ein bisschen, prahlten, lachten. Aber der Friede währte nicht lange. Lotte kam in die Küche.

»Du, Mama, heute Abend ist eine Party. Anna und Feli gehen hin, und wir würden mitkommen.«

»Was für ein Party?«

»Jemand hat Geburtstag.«

»Ja, und wo ist die Party?«

»Im Holderstadl.«

»Wo ist der Holderstadl? Ist das so eine Saufhütte, wie man sie hier hat?«

»Mama, echt! Chill mal! Du willst doch, dass wir uns hier integrieren. Am Arsch der Welt gibt es eben keine Clubs. Nur Stadl.«

»Wie kommt ihr da hin?«

»Mit Feli.«

Und die trank nicht gerade wenig, wie Aurelie bereits wusste.

»Oder wir fahren mit einer, die nichts trinkt«, fuhr Lotte fort. »Die brauchen hier ihren Führerschein. Irgendein Mädchen trinkt immer nix.«

Interessant, wie gut Lotte die Gepflogenheiten der Landjugend kannte. Aber Aurelie wollte nicht die rotierende Übermami geben, außerdem hielt sie Lynn für ziemlich vernünftig. »Ihr seid um eins wieder da! Sonst könnt ihr auch anrufen, ich hol euch gerne ab.«

»*Oui, oui, ma capitaine!*«

Aurelie bereute ihren Entschluss schon, als sie Lotte und Lynn sah, nachdem sie sich umgezogen hatten. Lotte trug sehr kurze Jeansshorts, ein Ringelshirt und eine sehr kurze weiße Jeansjacke. Lynn hatte einen kurzen Rock und ein Trägertop an, bestimmt von einem Fair-Trade-Label – und dazu dieselbe Jacke, wie sie Lotte trug. Neben den beiden bildhübschen Mädchen wirkten Ophelia und Anna in ihren Slimfit-Jeans eher billig. Wieder verkniff sich Aurelie jeden Kommentar und sah ihnen nach, wie sie in Ophelias altem Audi davonknatterten.

Eike und Laurent waren noch immer nicht wieder aufgetaucht. Alle ließen sie hier hängen! Und das Schlimme daran war, dass Aurelie wie immer von der vielen Arbeit und der frischen Luft rechtschaffen müde war und gegen halb elf einschlief.

Sie erwachte um Viertel nach eins von einem Geräusch, und schlagartig schoss ihr das Adrenalin durch die Adern. Lotte, Lynn? Sie tappte auf den Flur und sah nach, doch Lottes Zimmer war leer. In der Küche war auch niemand. Aurelie setzte sich auf einen Stuhl. Der kleine Tiger, der Hulot hieß, sprang auf den Tisch und sah sie an.

»Ja, schau du nur. So sieht eine aus, die alles stemmen soll und das nicht schafft.«

Hulot legte sich vor sie hin und begann, sich zu waschen.

»Danke fürs Gespräch.« Sie musste aber doch lächeln.

Inzwischen war es Viertel vor zwei. Sie wählte Lottes Handynummer, aber es sprang nur die Mailbox an. Verdammt!

Um zwei Uhr fuhr ein Auto vor. Aurelie eilte nach draußen. Beni und Lynn.

»Wo ist Lotte?«

»Reg dich nicht auf, Aurelie«, sagte Beni.

»Wo ist sie?«

»Wissen wir nicht«, flüsterte Lynn.

»Kommt sofort herein!« Aurelie stellte sich an die Treppe. »Eike! Eike!«, brüllte sie.

Wenig später kam er schlaftrunken herunter.

Es stellte sich heraus, dass dieser Holderstadl in der Tat eine Hütte war, in der sich die Jugend von Simmerberg bis Oberstaufen traf. Es war wohl sehr voll und ziemlich unübersichtlich gewesen, Ophelia war bald mit einem Typen abgezogen, und Anna hatte ein paar Mädchen getroffen, die sie von früher kannte. Lotte und Lynn hatten wohl schon überlegt, bei Aurelie anzurufen, da war der Fischer Matthias aufgetaucht. Sozusagen der Olymp am Landhimmel, verehrt von allen weiblichen Wesen. Matte hatte Lotte und Lynn als

Frischfleisch erspäht und ihnen ziemlich viele Jacky-Cola ausgegeben. Letztlich war seine Wahl auf Lotte gefallen, und irgendwann waren die beiden spurlos verschwunden. Lynn war mit einer von Annas Freundinnen bis zur Kapelle Hahnschenkel mitgefahren und hatte beschlossen, den Rest zu Fuß zu gehen. Auf dem Weg hatte Beni sie aufgesammelt, der seinerseits aus Heimenkirch kam, wo er im *Meckatzer* bei einem Biobauernstammtisch verhockt war.

»Trinkt man hier tatsächlich noch Jacky?«, fragte Eike.

»Sonst fällt dir nichts ein?«, entgegnete Aurelie wütend. »Deine Tochter ist verschwunden!«

»Na ja, verschwunden«, meinte Beni. »Der Matte ist ja kein …«

»… kein Mädchenmörder, oder was?« Aurelie fixierte Lynn. »Wieso hast du nicht aufgepasst?«

»Man kann Lotte nicht aufhalten!« Lynn hatte eine ziemliche Fahne, und plötzlich wechselte ihre Gesichtsfarbe. Das Mädchen schlug sich die Hand vors Gesicht und rannte Richtung Klo.

Beni schüttelte mitleidig den Kopf.

»Und was machen wir jetzt?« Aurelies Stimme überschlug sich vor Aufregung.

»Warten«, meinte Beni.

Eike nickte.

»Wo wohnt dieser Matte?«

»Daheim«, sagte Beni.

Eike lachte auf, dann wurde er ernst. »Wenn sie mit diesem Matte zusammen ist, wo wird sie dann stecken? Beim Matte daheim?«

Beni wand sich.

»Wo? Sag schon!«

»Ich denke, am Hochstand.«

»Bitte?«

»Der Vater ist Jäger. Der Matte auch. Wenn er eine Frau beeindrucken will, dann zeigt er ihr die Sterne vom Hochstand aus und die Tiere im Wald. Er hat ein Nachtsichtgerät. Das beeindruckt die Mädchen.«

Ihre Tochter wurde gerade auf einem Hochstand entjungfert, und zwar von einem schießwütigen Sterngucker? Aurelie war sprachlos.

Lynn war wieder aufgetaucht und sah erbärmlich aus.

»Ich mach dir einen Tee«, sagte Aurelie und war froh, etwas tun zu können.

Gerade als sie Lynn den Tee brachte, ging die Haustür, und im nächsten Moment trat eine unversehrte Lotte in die Küche.

»Sister, wo warst du?«, fragte Lynn.

»So, mein Fräulein, du kommst hier einfach hereingetrudelt, ohne Erklärung, ohne Gruß!« Eike stand auf, er hatte seine Augen zusammengekniffen.

»Was regt ihr euch so auf? Ich bin zu spät, ja, sorry. Lynn war weg, Feli auch, ich hatte kein Netz, um anzurufen. Chillt mal!«

»Wie bist du jetzt hierhergekommen?«, fragte Aurelie mit äußerster Beherrschung.

»Matte hat mich hergefahren. Ich bin jetzt aber echt müde. Gute Nacht. Komm, Lynn!«

Sie drehte sich allen Ernstes einfach um und ging. Lynn verkleckerte etwas Tee und lief hinterher.

»Sag doch was!«, stieß Aurelie aus.

»Morgen!«, brummte Eike. Dann wandte er sich an Beni. »Ein Bier?«

»Ein schnelles.«

»Ihr … ihr …« Aurelie warf einen Stuhl um, als sie wütend aufsprang.

Bald darauf lag sie im Bett, ihr Herz pochte wie wild. Woher nahmen die anderen diese Nonchalance? Machte Eike sich eigentlich gar keine Sorgen um Lotte? Irgendwann schlief sie endlich ein.

Als der Wecker am nächsten Morgen klingelte, war sie hundemüde. Verschlafen absolvierte sie ihr tägliches Programm.

Erst gegen eins tauchten die Mädchen auf.

»Und du gehst jetzt einfach so zur Tagesordnung über?«, fuhr Aurelie ihre Tochter an.

Lynn wollte wohl nicht zwischen die Fronten geraten, denn sie verzog sich und murmelte dabei, sie müsse ihre Mutter anrufen.

Aurelie fixierte Lotte, die am offenen Kühlschrank stand und hineinstarrte.

»Rede ich undeutlich?«

Lotte drehte sich um. »Sag mal, was willst du eigentlich, Mama?«

»Ich will mich auf dich verlassen können!«

»Ich bin zu spät gekommen. Ja. Aber stell dir vor, die Digitalisierung hat diesen weißen Fleck auf der Landkarte noch nicht erreicht. Ohne Netz keine Info.«

»Du hast deine Freundin einfach alleingelassen und bist mit einem wildfremden Typen abgehauen!«

Lotte sah sie mitleidig an. »Hör mal, wir gehen in München auch aus, und da treffen wir auch wildfremde Typen. Hier ist das total *safe*. Jeder kennt jeden, und man kommt nicht so schnell unter die Räder.«

»Aber dafür auf den Hochstand. Hast du …?«

»Was? Verhütet? Musste ich nicht. Ich vögel nicht gleich jeden. Du etwa? Frederik ist doch ganz begeistert von dir!«

»Lotte, jetzt gehst du aber zu weit!«

»Okay, tut mir leid. Dein Problem ist einfach, dass du mir nicht vertraust. Ich such jetzt Lynn, die hast du auch schon vertrieben.«

Das Mädchen entglitt ihr. Jetzt begann Lotte auch schon, Eikes Strategie zu verfolgen: indem sie so argumentierte, dass sich am Ende Aurelie schlecht vorkam. Sie war beinahe froh, dass der alte Hans auf der noch leeren Terrasse saß.

»Früher gab es hier eine Kegelbahn«, empfing er sie.

»Ja, das muss schön gewesen sein.«

»Wir haben als Buben die Kegel aufgestellt. Dafür gab es immer ein paar Pfennige. Vom Bürgermeister. Oder vom Schullehrer. Oder dem Pfarrer. Ich hab mir davon Fußballschuhe gekauft.«

»Super.«

»Ich hab siebenhundert Spiele gemacht. Als Spieler und Trainer. Ich war immer ein fairer Trainer. Wer nicht zum Training kommt, der spielt auch nicht, hab ich gesagt. Auch wenn das der Sohn vom Apotheker war. Du weißt das, gell?«

»Ja, du warst immer fair. Und jetzt hol ich dir dein Radler.«

Vielleicht war es ganz gut, wenn man die immer selben Geschichten erzählen konnte. Wenn das Leben nur noch in der Vergangenheit spielte, weil das Hier und Heute viel zu unübersichtlich geworden war.

Wie immer hielt die Arbeit sie vom Grübeln ab. Am frühen Nachmittag kam Nicki und bestellte eine Weinschorle.

»Und, klappt es mit dem Hausverkauf?«

»Wir hatten schon neun Besichtigungen. Der Makler hat eine Eselsgeduld. Mein Bruder macht das auch sehr professionell. Ich bin viel zu emotional und reagiere über, wenn potenzielle Käufer das Haus schlechtmachen und an der Aussicht herummäkeln, am ungepflegten Garten, an der Heizung, den Leitungen.«

»Na ja, sie wollen den Preis drücken«, entgegnete Aurelie.

»Ja, ich weiß, aber es ist mein Elternhaus, mein Kinderzaubergarten, mein Seerosentraumteich. Und mit meiner Mutter ist es auch so eine Sache.«

Aurelie wartete.

»Sie kann sich von nichts trennen. Wir haben auf dem Speicher kistenweise alte Bettwäsche. Mit Löchern und Flecken, die nicht mehr rausgehen. Sie meint, man könne noch Putzlappen draus machen. Und die alten angeschlagenen Tassen könnte man hernehmen, um was darin anzurühren. Wir feilschen um jedes Stück.«

»Abschied ist schwer. Warum behältst du das Haus eigentlich nicht?«

»Ich mag mein Leben in Namibia. Außerdem hat Mamas Haus viel zu wenig Grund. Ich will nämlich weiter mit Pferden arbeiten.«

Das würde alles prima funktionieren, wenn sie Isabelles Erbe antreten würde.

»Wir waren zwar als Kinder hier, aber wir sind inzwischen Fremde geworden«, fuhr sie fort. »Auch nur Zugezogene, Ausländer, Städter, die sich hier einkaufen. Wie kommst du eigentlich zurecht?«

Diese Berenike versuchte doch tatsächlich, sie ganz perfide auszufragen!

»Bisher recht gut. Ich habe allerdings auch zu viel Arbeit, um über Empfindlichkeiten nachzudenken.«

»Deine Kinder sind dreizehn und sechzehn, oder? Für die wäre das aber schon eine große Umstellung.«

Aurelie war nahe daran, sie anzubrüllen, sie solle sich doch zu erkennen geben. Aber sie hielt sich im Zaum. »So, ich muss wieder in die Küche. Viel Glück mit dem Verkauf.«

Frederik

Dieser Sommer war so anders als alle vorangegangenen. Aurelie war da. Sie war schön, sie war intelligent, und er fühlte, wie sehr die Situation sie vor sich hertrieb. Aber was hätte er tun können? Aurelie hatte einen Mann, der sich hätte kümmern müssen. Und er selbst war wirklich der Letzte, der sich einmischen sollte, wenn es um Eheprobleme und Kindererziehung ging. Claudia hatte nie ein Kind mit ihm gewollt, insbesondere, weil sie ihre Turnierreiterei in Gefahr gesehen hatte. Vielleicht aber auch, weil er mit seinem Beruf nie regelmäßige Essens- oder Familienzeiten hätte einhalten können. Hinterher konnte man trefflich darüber nachsinnen, ob Claudia gerne ein normales Familienleben gehabt hätte und sich seinetwegen in den Reitsport geflüchtet hatte. Oder aber, ob sie einfach keinen Bock auf Kinder gehabt hatte.

Er beobachtete Aurelie, und sie tat ihm bisweilen wirklich leid. Sie schien an Lotte gar nicht mehr heranzukommen, die sich hinter ihrer Freundin Lynn versteckte. Zudem lungerten die beiden zusammen mit Ophelia, Anna, diesem Matte und ein paar weiteren Jungs am See herum. Da konnte Aurelie ja nun wahrlich nicht ihre sechzehnjährige Tochter am Zopf herauszerren. Und dieser Matte war zwar nicht übermäßig schön, dafür aber durchaus höflich und bot keinerlei Angriffsfläche.

Eike hatte einen größeren Rechercheauftrag für *GEO* bekommen, in der es um die Geschichte des Jachtbaus und die Arbeit heutiger Werften gehen sollte. Dafür besuchte er Bootsbauer, die Jachten in Mahagoni und Teak schufen und historische Jachten restaurierten. Auf der Terrasse sprach er nur noch im Bootsjargon und nervte alle. Er übernachtete anscheinend auch öfter am Bodensee. Anders gesagt: Er ließ Aurelie mal wieder hängen.

In Laurent hatte sie auch keine Hilfe, aber wahrscheinlich konnte man das von einem Dreizehnjährigen ohnehin nicht erwarten. Auf dem Golfplatz hatte er Hannes kennengelernt, den jüngeren Bruder von Anna, der ebenfalls Golf spielte, übrigens genau wie sein Vater. Dass ein Metzger dem Golfsport zugetan war, hatte Aurelie allerdings seltsam gefunden.

»Weißt du, was der verdient?«, hatte Eike gekontert. »Eine gut gehende Metzgerei auf dem Land mit vier Filialen – da fließt pures Gold aus der Blutwurst, und in den Weißwürsten stecken Diamanten.«

Die Familie von Hannes besaß außerdem zwanzig Bienenvölker. Einige davon waren im Bienenhaus am Weiher untergebracht, und da Laurent sich für Imkerei interessierte, hatte Hannes versprochen, es ihm zu zeigen.

Am Ende und unterm Strich war die Rechnung für Frederik nie ganz zufriedenstellend. Er wollte Aurelie helfen, sich aber andererseits nicht allzu sehr aufdrängen oder gar in Eikes Zone eindringen. Nicht, dass Eike ihm Angst machte, aber er hasste einfach Konfrontationen.

Dennoch saß er oft auf der Terrasse. Heute war es kühl, und er war bisher der einzige Gast. Die Jungs waren vor einiger Zeit zum Bienenhaus gegangen. Imkern war sicher eine befriedigende Tätigkeit, dachte Frederik, aber dazu war ja auch keine Zeit. Er stand auf, um einem natürlichen Bedürfnis nachzugehen. Während er sich die Hände wusch, hörte er von draußen einen Schrei.

»Mama!«

Der verzweifelte Tonfall alarmierte ihn.

Dann hörte er Aurelie »Nein!« rufen.

Eilig lief er zur Terrasse zurück, wo die beiden Jungen standen. Im nächsten Moment brach Laurent zusammen.

»Die haben ihn gestochen«, sagte Hannes und begann zu

weinen. Aurelie wählte die Notrufnummer und schrie ins Handy: »Allergie! Er stirbt!«

Während sie die Adresse durchgab, wandte sich Frederik an Hannes: »Was ist passiert?«

»Er wurde gestochen, drei- oder viermal«, schluchzte der Junge. »Wir haben noch gelacht. Dann wurd ihm komisch, er hat so geschnauft, dann hat er in die Hose … Wir sind hergelaufen, er konnte kaum noch gehen, wir …«

»Alles gut.« Frederik ertastete Laurents Puls und brachte den Jungen in die stabile Seitenlage. Dann sah er Aurelie an. »Mehrere Stiche sind schlecht. Hast du ein Allergieset? Einen Adrenalin-Autoinjektor?«

»Nein, er ist nur gegen Tierhaare allergisch.«

»Ich spritze ihm jetzt Cortison. Was wiegt er etwa?«

»Vierzig Kilo.« Aurelie zitterte.

Er drückte sie auf einen Stuhl und rannte zu seinem Auto. Dann spritzte er das Präparat und überwachte die Vitalfunktionen.

Man hörte den Rettungswagen schon von Weitem. Schließlich rumpelte er über den Feldweg heran. Eine Sanitäterin und ein Notarzt sprangen heraus, und Frederik brachte sie auf den aktuellen Stand.

Aurelie saß noch immer zusammengesackt da. Erst als Laurent auf der Trage in den Wagen geschoben wurde, kam Leben in sie.

»Ein anaphylaktischer Schock, wir fahren ihn ins Krankenhaus nach Lindenberg«, erklärte der Notarzt.

»Wie geht es ihm jetzt?«

»Er ist stabil und wieder bei Bewusstsein. Wir würden ihn bei der Schwere des Falles aber gern durchchecken. Der Kollege von der tierischen Zunft hat übrigens vollkommen richtig reagiert.«

»Ich fahre mit«, meinte Aurelie. Frederik kam es so vor, als kannte sie den Satz aus Filmen und sprach ihn mechanisch nach.

»Natürlich.«

Die Tür schloss sich hinter ihr. Der Wagen rumpelte davon.

Hannes hatte die ganze Zeit dabeigestanden und sah erbärmlich aus.

»Es tut mir so leid«, sagte er.

»Du konntest doch nicht wissen, dass er so stark auf Bienengift reagiert«, beruhigte ihn Frederik. »Das wusste ja nicht einmal seine Mutter. So, und ich fahr dich jetzt heim, ja?«

»Mein Radl?«

»Holst du morgen.«

Er brachte den Jungen nach Hause, warf ihm noch einen aufmunternden Blick zu und fuhr dann nach Lindenberg ins Krankenhaus. Aurelie saß auf einem Stuhl im Korridor und wartete.

»Ich hab den kleinen Hannes noch beruhigt«, erklärte Frederik. Er holte ihr ein Glas Wasser und hielt es ihr hin.

»Ich dachte, er stirbt!« Ihre Zähne klapperten plötzlich.

Frederik gab ihr sein Sweatshirt, in dem sie schier versank. »Ich konnte gar nicht reagieren. Dabei bin ich Lehrerin und habe eine Erste-Hilfe-Ausbildung. Er wäre gestorben. Du hast ihm das Leben gerettet.«

»Ach, der Rettungswagen ist doch auch gleich gekommen. Sie prüfen, ob irgendwelche Organe geschädigt sind, aber das kann ich mir nicht vorstellen. Das wird alles wieder.«

Ihre Zähne klapperten noch immer. Er hätte sie gern in den Arm genommen, aber auch er war irgendwie gelähmt.

Eine Ärztin kam aus dem Zimmer.

»Sie können gern hineingehen. Wir würden ihn zur Sicherheit über Nacht dabehalten.« Sie lächelte. »Ist doch gut, wenn der Vater Veterinär ist.« Ihr Pager ging, sie eilte davon.

Frederik sah weg. Er und Aurelie standen einige Sekunden schweigend da, bis Aurelie die Klinke drückte. Frederik kam hinterher.

Laurent sah noch ziemlich blass aus, aber er lächelte verlegen.

»Mama! Ich hab ja voll abgekackt.«

Frederik musste lachen.

»Schatz, keiner wusste von der Bienenallergie.«

»Ja, dabei hab ich gedacht, ich vertrag keine Katzen.«

»Na ja, jetzt weißt du es ja«, sagte Frederik. »Das Problem war auch, dass es mehrere Stiche waren und dass ihr dann noch losgelaufen seid. Das verteilt das Gift. Wie bei einer Katze, die mit der Kreuzotter spielt, nachdem sie von ihr gebissen worden ist. Also, ich meine … Nein …«

Und auf einmal lachten sie alle drei.

»Mega! Und noch mal danke, dass du da warst«, sagte Laurent.

»Kein Ding.« Und auf einmal fühlte er eine ungeheure Nähe zu dem Jungen. Es musste schön sein, einen Sohn zu haben.

Schließlich verließen sie das Krankenhaus. Aurelie hatte sich etwas gefasst. »Dieser ganze Wahnsinn! Wieso haben wir das gemacht? Das dumme Erbe! Das wäre nie passiert, wenn Isabelle nicht diesen Scheißhof gehabt hätte.«

Das war ungerecht, aber das wusste sie sicher selbst.

»Es hätte doch auch in der Stadt passieren können«, meinte er. »Es gibt inzwischen fast mehr Stadtimker als Imker auf dem Land.«

»Immer eine schlaue Antwort!«

Er schwieg.

»Tut mir leid. Aber als Laurent sich bei dir bedankt hat, dass du da warst, da bin ich innerlich fast zerbrochen. Wo war sein Vater? Seit Stunden versuche ich, ihn zu erreichen, aber er hat nicht mal die Handymailbox aktiviert.«

»Na ja, er arbeitet. Er macht Interviews, er recherchiert vor Ort …«

»Du musst Eike nicht verteidigen!«

Nein, das musste er nicht. Und wollte er auch nicht.

Schließlich trafen sie am Hof ein. Die Mädchen kamen auf das Auto zugelaufen.

»Mama, was ist jetzt?«

»Alles gut. Er bleibt nur zur Sicherheit über Nacht im Krankenhaus.« Plötzlich straffte sie die Schultern. »Ich fahre jetzt nach Kressbronn. Es kann doch nicht sein, dass sein Sohn fast stirbt und er geht nicht ans Handy!«

Lotte und Lynn sahen zu Boden. Frederik hatte das Gefühl, etwas sagen zu müssen.

»Falls du über Nacht bleiben willst, lass dir Zeit, ich kann morgen früh füttern.«

»Ich kann helfen«, sagte Lotte, und Lynn nickte.

11

Aurelie

Aurelies ganzes Inneres war flattrig. Eigentlich sollte sie gar nicht Auto fahren. Deshalb nahm sie auch nicht die kurvige Route durch Österreich, sondern erreichte über Lindenberg und Opfenbach die B 12 und schließlich die Straße, die am Bodensee entlangführte. Es war neun Uhr abends, und immer noch herrschte viel Verkehr. Gerade heute war ihr diese hektische Welt schwer erträglich. In Kressbronn war Eike im Bodenseehotel *Sonnenhof* abgestiegen, er pflegte auf seinen Reisen stets gute Häuser zu wählen. Sein Auto stand auf dem Parkplatz. Aurelie ging durch das Gebäude auf die Terrasse, wo noch etliche Gäste saßen und den Tag ausklingen ließen. Es versetzte Aurelie einen Stich. Hier also ließ es sich Eike bei einem Bodenseefelchen gut gehen, während sie in einem Kiosk Obatzda rührte. Allerdings konnte sie ihn auf der Terrasse nicht entdecken. Also ging sie zur Rezeption. Es dauerte eine Weile, bis eine junge Frau auftauchte.

»Haben Sie reserviert?«

»Nein, ich suche Eike Brodersen. Ist er auf seinem Zimmer?«

»Ich … Und Sie sind bitte …?«

»Ich bin seine Frau! Unser gemeinsamer Sohn liegt im Krankenhaus. Würden Sie mir jetzt freundlicherweise seine Zimmernummer nennen!« Aurelie sprach mit äußerster Beherrschung.

»Ich könnte ihn anrufen, ich …«

»Die Nummer!«

Die Rezeptionistin hauchte eine Zimmernummer, und Aurelie eilte ein paar Gänge entlang. Klopfte an die Tür. Nichts. Sie klopfte heftiger. Man hörte irgendwas. Dann Schritte und Eike im Bademantel, der die Tür einen Spalt öffnete.

»Was, zum Teufel …« Seine Stimme erstarb, was wahrlich nicht oft geschah.

Aurelie sah es in seinen Augen. Es war nicht das erste Mal, aber das erste Mal, dass sie live dabei war.

»Geh aus dem Weg!«

»Aurelie, bitte. Setz dich unten an die Bar. Ich komme sofort nach.«

Sie schob ihn zur Seite. Solche Szenen kannte sie aus Filmen, aber ihre Rolle gefiel ihr ganz und gar nicht. Eike schien die beste Zimmerkategorie gewählt zu haben, mit Seeblick. Die Frau, die sich im Bett aufgerichtet hatte und nun die Decke hochzog, war blond, die Brüste sahen aus, als hätte sie sie nachbessern lassen, und sie war bestimmt zehn Jahre jünger als Aurelie. Ihr Blick flackerte hektisch durch den Raum, dann zu Eike.

»Aurelie, bitte geh hinunter«, sagte er.

Und sie? Sie ließ sich aus dem Raum schieben und ging wie ein Roboter über den Flur. An der Bar kippte sie einen Tequila, ein Getränk, das sie hasste und das jetzt passte.

Wenig später war er da. In Jeans und T-Shirt.

»Wegen mir hättest du dich nicht anziehen müssen«, sagte

sie. »Ich weiß, wie du aussiehst. Und Blondies Silikontitten hab ich auch gesehen.«

»Aurelie, es ist dumm gelaufen.«

»Ach! Dumm gelaufen? Weil ich unangekündigt hier aufgetaucht bin? Denn du bist ja auf Recherche, richtig? Und Silikon kommt sicher auch im Bootsbau vor!« Der war gar nicht schlecht gewesen.

Ein paar Leute sahen verstohlen herüber.

»Brüll nicht so.«

»Ich brülle, so viel ich will!«

»Aurelie, was soll ich sagen? Tamara ...«

»Tamara, ich glaub es nicht! Tamara!«

»Es ist doch egal, ob sie Tamara, Sabine oder Ilse heißt.«

»Ilse Bilse, keiner will se. Nur der Eike, fickt sie doch!«

»Das reimt sich nicht einmal. Aurelie, beruhige dich.«

»Ich soll mich beruhigen? Du vögelst hier eine Tamara, während dein Sohn fast gestorben wäre.«

»Bitte was?«

»Ja, was? Ich wäre nicht gekommen, wenn es nicht dringend gewesen wäre. Laurent hatte einen anaphylaktischen Schock. Er war bewusstlos. Jetzt liegt er in Lindenberg im Krankenhaus. Nimm doch Tamara gleich mit, wenn du hinfährst. Er freut sich bestimmt.« Ging doch.

»Aber es geht ihm wieder gut?«

»Ja, wie so oft, wenn es brennt. Bis du kommst, geht es schon wieder.«

»Das ist nicht fair. Du kennst meinen Job und hast gewusst, dass ich viel reisen muss.«

Aurelie kippte noch einen Tequila. Was hätte sie auf dieses Totschlagargument sagen sollen? Dass er bei seinen Arbeitskonditionen hätte nachjustieren können, als die Kinder da waren? Sie hatte schließlich auch ihre Stunden reduziert.

Gleichzeitig wusste sie, dass er dann sagen würde, sie habe Kinder gewollt. Er wäre auch ohne ausgekommen. In dem Punkt hatte er sogar recht. Sie hatte in der Tat Kinder gewollt und eine normale Familie, wahrscheinlich, weil ihre eigene Jugend zwischen Opa und dem Internat sich so wenig wie Familie angefühlt hatte. Sie hätte einen anderen Mann heiraten müssen, keinen solchen freiheitsliebenden Abenteuertypen, der schnell dachte und noch schneller Sprachpfeile abschoss.

»Und die Sache mit Tamara geht schon länger?«

»Ja, ein Jahr etwa.«

Gedanken prasselten auf sie ein wie Regen auf ein Blechdach. Es wurde lauter und lauter. Am liebsten hätte sie sich die Ohren zugehalten.

»Ein Jahr? Das war lange vor der Erbschaft. Warum hast du mich eigentlich da reingetrieben, wenn du dich eh schon anderweitig gebunden hattest?«

Irgendetwas in ihr hoffte, dass er nun sagen würde, das sei eine Affäre wie alle vorher. Dass es nichts bedeute. Aber genau das sagte er nicht.

»Ich war mir nicht sicher. Und Geld macht vieles leichter.«

»Du bist echt das Letzte!«

»Wahrscheinlich.«

»Und jetzt bist du dir sicher?«

»Nein.«

»Und da lassen wir mal die alte Ehefrau und das neue Blondie parallel laufen? Machst du Pro-und-Kontra-Listen?«

»Nein.«

»Jetzt sag schon! Du nimmst doch sonst kein Blatt vor den Mund. Wie stellst du dir das künftig vor mit Silikon-Tamara?«

»Tamara ist eine Kollegin. Wir haben vieles gemeinsam, unter anderem ein Buchprojekt.«

»Da ist eine Familie natürlich störend. Wie lange hättest du mich noch betrogen? Du bist feige, erbärmlich feige!«

»Auch das ist richtig. Ich dachte, mit dem Geld könnten wir uns beide leichter ein neues Leben gestalten.«

»Ich erbe viel Geld, damit du dir mit Tamara ein neues Leben aufbaust? Du bist echt das Hinterletzte.«

Sie rannte zum Auto und fuhr über irgendwelche Straßen, bis sie auf einem Parkplatz landete, der am Fuß von Schloss Achberg lag. Ihre Augen brannten, ihre Hände zitterten. Der Parkplatz war leer, bis auf zwei Wohnmobile. Sie stieg aus und ging zu dem Tümpel jenseits der Straße. Auch so ein verdammter Weiher! Ohne den Weiher wäre das alles nicht passiert! Und ohne Isabelle …

»Warum hast du das alles nicht Marie vermacht und mich in München gelassen?«, brüllte sie auf einmal zum Schloss hinauf. Ihre Stimme hallte im Wald wider. Sie duckte sich, als sich die Tür des einen Wohnmobils öffnete. Und wieder zuklappte.

Aurelie wartete eine halbe Stunde. Dann startete sie das Auto und fuhr ostwärts. Über all diese kleinen Sträßchen, vorbei an all den Höfen, wo die Menschen schliefen. Es war vier Uhr, und nichts regte sich, bis auf einen Fuchs, der ihren Weg kreuzte.

Es war halb fünf, als sie in Sinswang auf dem Parkplatz stand. Und kurz vor sechs, als sie auf dem Gipfel des Kapfs die Sonne aufgehen sah.

Um halb neun war sie am Hof, wo Frederik auf der Terrasse des Kiosks saß.

»Du bist schon da! Ich war so frech, mir einen Kaffee zu machen. Lotte und Lynn haben sich noch mal hingelegt, wir …« Er brach ab und schaute sie genauer an.

»Aurelie, ist was mit Laurent?«

Sie schüttelte den Kopf. Und dann zog es ihr irgendwie die Füße weg, sie taumelte. Frederik fing sie auf.

»Wann hast du zuletzt etwas gegessen?«

»Gestern früh?«

»Getrunken?«

»Gestern am späten Abend. Zwei Tequila.«

Er schob sie zu einem Stuhl und drückte ihr ein Glas Leitungswasser in die Hand. Dann ging er in die Küche und kam wenig später mit einem Butterbrot zurück.

»Essen, keine Widerrede.«

Sie gehorchte. Anton kam und legte ihr den Kopf auf den Schoß. Nach einer sehr langen Weile reichte ihr Frederik eine Serviette zum Schnäuzen. Und Aurelie begann zu erzählen.

»Scheiße«, sagte Frederik am Ende.

Sie sah ihn an.

»Ich bin nicht gut in so was«, fuhr er fort. »Wenn ich jetzt auf Eike einhaue, dann ist das einfach nur billig.«

»Musst du nicht. Das hab ich schon übernommen. Ich geh mich kurz frisch machen, fährst du mich nach Lindenberg?«

»Natürlich!«

Die Fahrt war einsilbig, sie kamen gleichzeitig wie Eike am Parkplatz an.

»Wag es ja nicht, Laurent zu beunruhigen!«, zischte Aurelie Eike zu.

»Dann warte ich am Parkplatz, oder?«, fragte Frederik.

»Fahr ruhig schon, wir haben noch zu reden«, meinte Eike.

Es war gerade Visite, und die Ärzte bestätigten, dass Laurent gehen durfte.

»Wie schön! Dein Vater geht grad mal runter wegen der Entlassungspapiere.«

Was Eike auch tat, ohne zu murren.

Am Weiher stand schon ein Empfangskomitee.

»Alter«, sagte Hannes.

»Brüderchen, das war echt *too much*«, meinte Lotte. »Du bist zwar ein Lauch, aber ich würd dich schon sehr vermissen.«

Aurelie musste fast schon wieder heulen.

Marie hatte einen Stärkungskuchen gebacken, Bene war gekommen und Afra auch.

»Ene mene miste«, sagte sie.

»Es rappelt in der Kiste«, ergänzte Laurent.

»Bub, das machst nicht noch mal!«, rief Afra.

»*Nope.*«

Sie aßen den Kuchen und hatten das Gefühl, als würde eine Familie die Rückkehr eines Sohnes und Enkels feiern. Eike verschwand in der Küche, Aurelie folgte ihm.

»Ich möchte, dass du zurück an den Bodensee fährst. Ich brauch Abstand von dir.«

»Ich fahre morgen. Ich muss zwei, drei Dinge hier erledigen.«

»Och, Silikon-Tamara wartet so lange?«

»Sie ist heute früh gefahren, nach Hannover.«

»Ich dachte, nach Zwickau oder Minsk. Wie schade für dich. *Nights in White Satin without Silicon.*«

»Hör mal, das Silikon ist einer Total-OP wegen Brustkrebs geschuldet. Und Tamara fühlt sich ebenfalls furchtbar. Sie ist eine feine Person, anders als ich.«

Aurelie hasste ihn. Wieder hatte er es geschafft, sie auszuknocken. Musste sie nun auch noch Mitleid haben mit Tamara?

»Gut, ich fahre. Ich habe noch einige Tage zu tun. Es tut mir wirklich leid, dass ich dir wehtue. Genau das wollte ich nicht.«

»Lieber erst mal abchecken, ob die Neue sich eignet? Und falls nicht, doch zurück zur Alten?«

»Vereinfachst du die Sache nicht ein bisschen?«, erwiderte er.

Wie so oft stand plötzlich wie aus dem Nichts Afra da. Sie kam Aurelie nur halb so groß vor wie Eike.

»Weißt du, wieso der Goldfisch schmollt? Nicht alles – auch wenn's glänzt – ist Gold. Gefangen in der eignen Welt ist, wer sich selbst zu gut gefällt.« Ihr Blick war irgendwie toxisch, dann ging sie. Eike verschwand ohne ein weiteres Wort im Haus.

Als Aurelie am nächsten Morgen aufstand, waren die Tiere schon gefüttert. Marie? Heute war Aurelie froh darüber, denn sie fühlte sich immer noch extrem wackelig. Und plötzlich kam die Wut. Was dachte sich Eike eigentlich? Aurelie holte das Schild aus der Kammer. *Heute geschlossen.* Und sie war stolz, denn sie hatte Nein gesagt. Anschließend verzog sie sich in den Garten, damit sie keiner ansprach.

Laurent saß mit Hannes im Schatten. Sie zockten irgendwas am Smartphone. Lotte und Lynn lagen am See. In einer guten Woche fing die Schule wieder an. Und sie würden alle in München sein. In einer großzügigen Wohnung, aber doch mit weniger Fluchtdistanz. Und ganz jäh kam die Idee angeflogen. Aus dem Dunkel des Gewitterhimmels, der soeben aufzog.

Sie erreichte Rolf, den Direktor ihrer Schule, schließlich per Handy. Sie redeten lange. Zuerst dachte er wohl, sie wolle ihn veräppeln. Dann brachte er jede Menge Gegenargumente vor. Er versuchte, sie an ihrer Ehre zu packen. Danach wurde er juristisch. Erst laut. Dann leise. Sie kannte Rolf seit fünfzehn Jahren. Er war ein guter Chef, ein guter Pädagoge und ein feiner Mensch. Schließlich gab er nach. Draußen krachte ein Donner nach dem anderen.

»Du weißt schon, dass ich normalerweise viel mehr Vorlauf bräuchte, oder?«

»Ja, natürlich. Ich könnte mich auch krankmelden.«

»Ich weiß. Aber du kommst wieder, ja?«

»Rolf, ich danke dir.«

»Und ich wünsche dir, dass du das findest, was du suchst.«

Aurelie begann, die Tiere zu füttern. Eine klare Tätigkeit, die Halt gab und beruhigte. Danach stellte sie sich lange unter die Dusche. Und schließlich rief sie ihre Familie zusammen.

»Ich muss euch was sagen.«

»Was geht bei dir ab? Ist jemand tot, oder was?«

Durch den Kontakt mit Ophelia war auch Lottes Sprachduktus krasser geworden, dachte Aurelie, verkniff sich aber jede Bemerkung.

Laurent blickte ein wenig ängstlich drein, und Eike hatte die Stirn gerunzelt.

»Nun, ich will gar nicht groß rumreden. Ich mache ein Sabbatical für mindestens ein halbes Jahr.«

»Das ist ein Joke. Sehr witzig, Mum«, sagte Lotte.

»Nein, das ist kein Witz«, sagte sie. »Ich werde das neue Schuljahr nicht antreten. Ich bleibe hier.«

»Mama, drehst du jetzt total ab?«, wollte Laurent wissen.

»Eure Reaktion ist interessant. Warum findet ihr das so abwegig?«

»Hey, wir waren jetzt fast sechs Wochen hier!«, rief Lotte. »Das reicht ja wohl. Mal abgesehen davon, dass wir an den Wochenenden auch wieder hier hocken werden.«

»Euer Vater hat, salopp formuliert, eine Tamara am Start.«

»Aurelie, wirklich!«, kam es von Eike.

»Ja, wirklich. Euer Vater hat seit über einem Jahr eine

Freundin. Ihr könnt ihn gerne fragen, wie ernst ihm das ist. Ich jedenfalls werde nicht in München auf heile Familie machen.«

»Krass«, sagte Laurent.

»Ich check das nicht. Du willst echt hierbleiben? Und wir?«, fragte Lotte.

Aurelie nahm allen Mut zusammen. »Ihr könnt in Lindenberg aufs Gymi gehen oder in München. Euer Vater kann euch ja jeden Abend Pizza holen.«

»Das meint sie nicht ernst«, sagte Lotte zu ihrem Bruder.

»Doch, meint sie«, entgegnete Aurelie. »Es ist eure Entscheidung. Ihr seid keine Kleinkinder mehr. Und ihr habt ja einen Vater.«

»Solltest du die Kinder da nicht raushalten?«, meinte Eike.

»Die beiden sind alt genug. Sie verstehen bestimmt, warum du diese Tamara vögelst. Womöglich verbringen sie Weihnachten ja schon mit der neuen Stiefmutter!« Das war ganz klar unter die Gürtellinie gewesen, aber sie hatte es einfach satt, immer für alle und jeden Verständnis aufzubringen. Außerdem war Eike schuld an dem ganzen Schlamassel.

»Heißt das, ihr trennt euch?«, fragte Lotte. »Also, sorry, Mum, aber ich bleibe in München. Ich hab nicht mal zwei Jahre bis zum Abi, da wechsle ich sicher nicht die Schule!«

»Es wurde noch gar nicht von Trennung gesprochen. Eure Mutter reagiert etwas über«, erklärte Eike und wandte sich an Aurelie. »Du kannst nicht einfach hierbleiben.«

»Doch, kann ich.«

»Also, Mama, ich würde auch weiter in München zur Schule gehen, wenn es dir nichts ausmacht«, sagte Laurent. »Wir essen ja eh in der Schule, und am Wochenende komm ich zu dir. Mit dem Zug. Das macht Paul auch so. Und noch ein paar. Kein Ding.«

»Könnt ihr das bitte ohne Stress hinkriegen? Wie zwei erwachsene Menschen?«, fragte Lotte. »Ich hab keinen Bock auf so ein Gezerre.«

»Es geht momentan darum, dass ich Abstand brauche. Alles Weitere sehen wir dann«, sagte Aurelie.

»Können wir dann gehen?«, fragte Laurent. Er klang wie ein Junge in einem Fünfzigerjahre-Film, in dem die artigen Kinder fragten: ›Mutter, dürfen wir bitte aufstehen?‹

Aurelie nickte. Laurent stand auf, Lotte folgte ihm kopfschüttelnd.

»Und das hat es gebraucht?«, fragte Eike.

»Scheint so.«

»Und wenn ich mich jetzt von Tamara trenne?«

»Lieber keinen Sex und dafür die Kinder vom Hals?«

»Aurelie, du bist geschmacklos.«

»Und du bist ein Arschloch! Wie viel ist dir Tamara denn wert? Gibst du sie so leicht auf? Werd mal erwachsen!«

»Das kann ich nur zurückgeben! Du benimmst dich wie ein Trotzkind. Oder sind das schon die Wechseljahre? Da eröffnen Frauen doch gern mal eine Blumenboutique auf dem Land, geben Yogakurse und trinken nur noch Ingwertee!«

»Gute Idee«, sagte sie und ließ ihn stehen. Im Kiosk schenkte sie sich einen Wein ein. Von wegen Ingwertee. Sie hatte große Reden geschwungen, aber sie würde an der Ausführung gemessen werden. Und der Gedanke daran machte ihr Angst.

Frederik

Aurelie hatte ihm nur knapp von ihren Plänen erzählt. Was hätte er sagen sollen? Er konnte ihr nur anbieten, dass sie ihn jederzeit anrufen durfte, auch nachts. Denn er war schon eine Woche länger geblieben als geplant. Während seines Aufenthalts hatte er nicht die richtigen Worte für Aurelie gefunden, und in der jetzigen Situation musste sie ohnehin erst mal ihre Beziehung zu Eike klären, fand er.

Und so fuhr er davon. In der Kühltasche im Kofferraum lagen Eier, Käse und Kalbfleisch von Beni und Marie. Da er mit seiner Passion für Lamas und Alpakas einen recht weiten Radius in ganz Unter- und Mittelfranken abdeckte, lag ein Patientenbesuch in der Nähe von Rothenburg quasi auf dem Heimweg. Ein Kollege hatte ihn kontaktiert, der eine Zweitmeinung brauchte.

Die fraglichen Tiere befanden sich auf einem Bauernhof bei Schillingsfürst. Die Besitzer boten Urlaub auf dem Bauernhof an und hatten nun für ihre Feriengäste vier junge Alpakas angeschafft, einen Hengst und drei Stuten. Der Kollege betreute zwar den Rinderbestand des Hofs, stand mit den Neuankömmlingen aber vor ungeahnten Herausforderungen.

»Grüß dich, Frederik«, begrüßte er ihn. »Dich schickt der Himmel.«

»Was ist los?«

»Die Viecher hier sind neu. Die Weiber sind apathisch, der Hengst ist aggressiv.«

»Dann schauen wir mal.« Frederik hatte schon eine Ahnung, was dahinterstecken konnte, aber es war gar nicht so einfach, den Hengst zu untersuchen, denn der mandelte sich gewaltig auf.

»Wie alt ist der?«, fragte er die junge Bäuerin.

»Neun Monate.«

»Wo habt ihr die Tiere her?«

»Von einem Züchter aus Windsheim.«

»Im Internet gefunden?«

»Ja.«

Er seufzte leise. Seit Alpakas in Mode waren, gab es mehr unseriöse Züchter. Außerdem traf er leider immer wieder auf Tierhalter, deren Vorkenntnisse unter null lagen.

»Ole, komm«, sagte er.

Der Hund umkreiste den Hengst blitzschnell und zwickte ihn ganz leicht ins wollige Hinterteil. Den Moment nutzte Frederik, um das Halfter zu packen und so dem spuckenden Tier auszuweichen.

»Der Kerl ist fehlgeprägt«, erklärte er. »Wenn man ein Hengstfohlen in den ersten sechs Monaten zu sehr betüddelt, hält es den Menschen für ein Alpaka. Wenn der Hengst dann geschlechtsreif wird, kann das zu gefährlicher Aggression führen. Außerdem hat der hier eine ziemliche Zahnfehlstellung.«

»Und was machen wir jetzt?«, fragte die junge Frau.

»Ihr müsst üben und üben. Halfterführigkeit, Respekt. Für die Zähne mache ich einen extra Termin.« Er sperrte den wolligen Typen hinter einen Zaun. »So, und was ist mit den Damen?«

»Die sind sehr schlapp.«

Nachdem er die drei Stuten untersucht hatte, sagte er zum Kollegen: »Kein Wunder, dass die schlapp sind. Wir haben hier einen Befall von Ektoparasiten. Die Tiere leiden unter starkem Juckreiz, das beutelt sie sehr. Ich schreib dir auf, was die bekommen müssen.«

Dann wandte er sich an die Besitzer. »Ich würde raten, mal auf der Homepage des Verbands nachzusehen, wo es in der

Region einen Workshop für Alpakahalter gibt. Selen und Zink sind auch so ein Thema. Eine bedarfsgerechte Fütterung ist wichtig. Auch ein Überschuss ist schlecht, das kann Magengeschwüre geben.« Er konnte solche Sätze ganz neutral formulieren, ohne dass sich der Landwirt brüskiert fühlte.

»Gute Idee mit dem Workshop«, sagte die junge Bäuerin. »Wir waren da etwas blauäugig. Schicken Sie bitte eine Rechnung?«

»Ja, mach ich«, versprach er und wusste schon, dass das eine Weile dauern würde. Buchhaltung war nicht seine Stärke, und wenn nicht Laura ab und zu durchgreifen würde, wäre er wahrscheinlich schon verhungert.

Er stand noch kurz mit dem Kollegen auf dem Hofplatz.

»Danke, Frederik. Das ist nicht meine Welt. Ich bin da auch vorsichtig. Bei diesen Pelzknäueln sind die richtigen Medikamente eine Herausforderung. Manche wirken besser, wenn man sie oral eingibt, andere muss man spritzen. Fragt sich bloß, wann was.« Er lachte. »Und diese Viecher werden immer mehr.«

»Ja, so rund dreißigtausend wird es in Deutschland schon geben«, sagte Frederik.

Man verabschiedete sich, und er fuhr weiter.

Spontan beschloss er, eine Pause in Rothenburg einzulegen. Er parkte an der Stadtmauer, schob sich durch den Touristenansturm und verzog sich dann an einen seiner Lieblingsplätze, den Barockgarten des Herrnschlösschens. Dort bestellte er sich ein kühles Getränk und genoss die Stille und Harmonie dieses besonderen Ortes. Seine Gedanken kreisten schon wieder um Tiere, er wollte der Bäuerin noch eine Broschüre schicken und rief sich ins Gedächtnis, dass er morgen vier Pferde impfen musste … Dann lächelte er. So war es immer: Sein Beruf holte ihn schnell ein.

Er fuhr weiter durch das Land, das so trocken war, ganz anders als das grüne Allgäu. Nachdem er Gollhofen passiert hatte, fuhr er auf der schnurgeraden Straße nordwärts. Er wusste, wenn er an der Mautpyramide vorbei war, war er daheim. Der zehn Meter hohe Obelisk hatte einst das Ende des Herrschaftsgebiets von Markgraf Christian Friedrich Karl Alexander markiert. Lange hatte er dort gestanden, bis im Dezember 2010 ein Lkw mit dem Wahrzeichen kollidiert war. Daraufhin wurde der Obelisk zwanzig Meter östlich der Straße wiederaufgebaut.

Frederik fuhr nach Ochsenfurt hinunter. Immer, wenn er aus dem Allgäu kam, kam es ihm hier besonders marode vor. Es gab hier mehr kantige Ecken, Industriebrachen und auch starke Renovierungsrückstände in der Altstadt – und doch mochte er den Ort. Die andere Mainseite war vom Weinbau geprägt. Bald war die Zeit der Weinfeste, in dem Punkt konnte das Allgäu nicht mithalten.

Sein Haus befand sich am Fuße der Weinberge in Sommerhausen. Als sein Vater es seiner Tante abkaufte, um dort seine Praxis zu eröffnen, hatte es noch relativ abgeschieden gelegen. Inzwischen waren einige Jahrzehnte vergangen, und der Ort war gewachsen.

Frederik hatte in den letzten Wochen im Allgäu viel an seinen Vater gedacht. Von ihm hatte er diese Gelassenheit im Sprechen gelernt. Fritz hatte seine Kunden nie bewertet, nie schulmeisterlich belehrt, er war immer ruhig geblieben.

Im Nachhinein bedauerte er, dass er seinen Vater nie gefragt hatte, woher er eigentlich Isabelle kannte. Was hatte ihn all die Jahre an den Weiher gezogen? Sicher, er war im Krieg in Frankreich gewesen. Es gab sogar noch ein paar alte Fotos in Uniform. Zackig hatte er ausgesehen. Aber die Geschichte dahinter hatte er nie erfragt.

12

Aurelie

Es war doch alles etwas komplizierter geworden. Sie war natürlich mit nach München gefahren, hatte ein paar Weichen gestellt, in der Schule ihrer Kinder mit der Konrektorin gesprochen, einer früheren Studienkollegin, und die Karten auf den Tisch gelegt. Gabriela hatte ihr keine Ratschläge gegeben, aber es war gut zu wissen, dass sie ein zusätzliches Auge auf die Kinder haben würde. Eike hatte einen großen Auftrag abgesagt, der ihn nach Nova Scotia geführt hätte. Tamara wurde mit keinem Wort erwähnt, und nach einer knappen Woche München fuhr Aurelie wieder an den Weiher. Mit einem größeren Koffer, denn man würde wohl dickere Pullover und Jacken brauchen.

Es war Marie, die ihr einen Vorschlag machte, den Aurelie sich nie zu äußern getraut hätte.

»Was hältst du davon, wenn du nur samstags ab zwei und sonntags von elf bis vier aufmachst? Es ist keine Saison mehr, und die Altbauern haben ja genug Zeit, sich nach dir zu richten.«

Aurelie war verblüfft gewesen. War das eine Finte? Eine Falle? Würde Marie, käme es zum großen Showdown, genau das gegen sie ins Feld führen? Es gab immer wieder Tage, an denen Aurelie vergaß, dass diese Erbschaft auf ihr lastete. Aber leider hielt diese angenehme Amnesie nur kurz an, denn Dr. Pranger kam ab und an vorbei und Susu leider auch.

Es war Oktober geworden, die Tiere hatten begonnen, den Winterpelz anzulegen. Die Sonne stieg lange nicht mehr so hoch, und doch wurde es plötzlich ungeheuer heiß für die Jahreszeit. Eines Morgens lag Babsi in der Box und rührte sich nicht.

»He, aufstehen«, sagte Aurelie.

Beppo und Billy, die anderen beiden Esel, standen neben ihr und waren ungewohnt ruhig. Also ging Aurelie in die Box und hockte sich hin. Als sie sah, dass die kleine graue Eselin tot war, fuhr sie hoch, rannte hinaus und rief Susu an, die nach einer Viertelstunde da war. Aurelie traute sich nicht mehr in den Stall, obwohl da inzwischen einige der Tiere ihr Frühstück einforderten.

Susu untersuchte die Eselstute.

»Sie ist tot. Aber das weißt du ja.«

»Und warum?«

»Aurelie, sie war vierundvierzig Jahre alt. Älter als ich.«

»Aber wie?«

»Herz, Kreislauf. Ein Schlaganfall. Das gibt es auch bei Tieren. Diese ungewohnte Hitze im Oktober hat ihr sicher zugesetzt.«

»Hat sie … hat sie …«

»Gelitten? Ich glaube, nicht, das Stroh in der Box ist nicht zerwühlt. Man könnte sie obduzieren, wenn man es genauer wissen will.«

»Aber wenn die anderen Tiere … wenn …«

»Keine Sorge, hier ist keine Seuche ausgebrochen. Die anderen sind fit.«

»Aber sie stehen so da … so …«

»Sie trauern. Esel sind sehr gescheite, sehr sensible Tiere. Wir müssen Babsi hier rausholen.«

»Und wie?«, rief Aurelie verzweifelt.

»Ich ruf Beni an.«

Während die Tierärztin mit ihm telefonierte, hörte Aurelie weg. Und als Susu die beiden anderen Esel in die leere Box führte, sah sie woandershin.

Dann kam Beni mit dem großen Bulldog, an den er den Frontlader montiert hatte.

»Armes Viecherl«, sagte er und nickte Aurelie zu.

»Was habt ihr jetzt vor?«, wollte sie wissen.

»Normalerweise müssten wir jetzt die Tierkörperverwertung anrufen«, meinte Susu, »aber Isabelle hat alle Tiere, die nicht so groß waren, auf dem Gelände bestattet.«

»Das heißt, ihr …«

»Ja, wir graben ein Loch. Hinten am Wachsbichl. Da liegen schon einige. Ist natürlich ein bisschen illegal«, sagte Beni. »Isabelle war es aber wichtig. Und das Eselchen ist ja wirklich winzig.«

Aurelie schwieg. Sie musste das erst mal sacken lassen.

»Wir machen das schon«, fuhr Beni fort. »Geh besser rein. Das mit dem Frontlader, na ja, das sieht nicht so schön aus.«

Sie flüchtete in den Kiosk. Schon wieder hatte sie versagt. Es gab hier nur Menschen, die für diesen ganzen Zoo viel besser geeignet waren als sie. Plötzlich fehlte ihr Eike. Der hätte jetzt sicher einen ironischen Spruch auf Lager gehabt, der der ganzen Situation etwas von seiner Schwere genommen hätte.

Isabelle hatte immer gesagt, sie hasse den Sommer hier im Allgäu, und allmählich konnte Aurelie nachvollziehen, was sie damit gemeint hatte. Am Atlantik waren die Sommer spektakulär. Am Meer ging immer Wind, und in der Abenddämmerung verfärbte sich der Himmel in dramatischen Farbexplosionen. Hier hingegen war es schwül, Gewitterwolken türmten sich auf, Monster mit dicken Nasen und Ringerarmen zogen westwärts. Schon gegen Nachmittag kamen die Schatten von den Bergen, aus denen böse Geister krochen. Isabelle hatte den Sommer gehasst, weil er ihren Lieben zugesetzt hatte. Alte Tiere vertrugen keine Hitze. Wie alte Menschen tranken sie zu wenig. Ein solcher Sommer vernichtete Leben.

Nach einer geraumen Zeit ging sie zum Wachsbichl, wo es nach frischer Erde roch. Susu war gerade im Aufbruch begriffen und nickte Aurelie zu.

»Macht es gut.«

»Ich muss auch weiter«, meinte Beni und startete den Bulldog.

Wenn man genau hinschaute, wusste man, wo die Gräber lagen. Ein Friedwald für Tiere. Aurelie hoffte, dass ihre Seelen einen guten Platz gefunden hatten.

Später saß sie im Dunkeln mit Anton und ein paar Katzen auf der Terrasse und genoss die Einsamkeit. Mit dem Abzug der Touristen war die große Stille zurückgekehrt, hatte sich herausgetraut hinter den Nadelbäumen, war aus den Nebelschwaden gekrochen, die nun morgens über dem See lagen.

Auf einmal verstand sie die Einheimischen, die über die Gäste wetterten. Keine Wohnmobile mehr auf den Waldwegen, keine Lagerfeuer bei höchster Waldbrandstufe und kein Unrat. Die Bäckerin wurde gesprächig und zutraulich, im Supermarkt konnte man in den Gängen stehen und plaudern. Sie alle hatten sich geduckt, die Köpfe eingezogen und verstellt für den Tourismus, der für die regionale Wirtschaft so wichtig war und den man doch so sehr verachtete.

Natürlich kamen an den Wochenenden ein paar Wanderer und Zweitwohnungsleute wie die Augsburger. Nach fünf Tagen Ruhe bot das sogar eine nette Abwechslung. Noch nie hatte Aurelie ein so stilles Leben gehabt, denn da waren immer Eike und die Kinder gewesen. Sie begann, kleine Wanderungen zu unternehmen, dann auch größere, und es war Marie, die sie einlud, mit ihr und Beni die »Jahreswanderung« zu unternehmen. Es war bei ihnen eine Familientradition, auf den Hochgrat zu gehen. Aurelie war sich sicher, dass die beiden ihretwegen die einfache Aufstiegsvariante gewählt hatten, und war innerlich dankbar, denn die Wanderung war auch so noch anstrengend genug. Als sie oben waren, klebten die verschwitzten Haare im Nacken, und sie machte ein Foto vom Gipfelkreuz, diesem eigentümlichen Konstrukt aus vernieteten Stahlblechstreifen – der Eiffelturm von Oberstaufen aus dem Jahre 1901. Die Aussicht war gewaltig, sie machte bescheiden und klein.

»Der Hochgrat ist ein ganz spezieller Berg«, erzählte Marie. »Er hat sich bisher allen Zivilisationsversuchen widersetzt. In den Dreißigerjahren des letzten Jahrhunderts wollte man über den Hochgrat eine Straße nach Balderschwang bauen, doch der Ort wurde später stattdessen über den Riedbergpass angebunden. Und aus dem Plan, ein Luxushotel am Gipfel zu errichten, ist bisher auch nichts geworden.«

Diese Menschen, die starke Marie, der feine Beni, waren fest in der Region verwurzelt und liebten ihre Heimat bedingungslos. Doch so schön es hier auch war – es war nicht ihre Heimat, dachte Aurelie. Aber wo war eigentlich ihr Zuhause? Sie hatte in der Picardie gelebt, das war lange her. Sie hatte schöne Erinnerungen an den Genfer See. Sie hatte einen Bezug zur Vendée. Sie war gerne in Hamburg gewesen. Alles Eckpunkte, aber keine Heimat. München war am ehesten ihre Heimat, dachte sie. Spaziergänge im Nymphenburger Park, eine große Brezn im *Hirschgarten*. Shopping in der Hohenzollernstraße. Mit dem Rad in die *Menterschwaige*. Ein Konzert in der Olympiahalle. Tollwood im Sommer und im Winter. Lesungen im Literaturhaus. Frühstück im *Ruffini*. Sie war eine Städterin, womöglich etwas heimatlos, aber sie wollte sich dafür auch nicht entschuldigen müssen.

Schließlich gingen sie zur Bergstation.

»Der Beni läuft runter, aber wir nehmen die Bahn«, erklärte Marie lachend. »Meine alten Knie machen das nicht mehr mit.«

Aurelie hätte sie dafür küssen mögen. Die Bergbahn war 1973 sicher auf dem neuesten Stand gewesen, doch heute war sie eher eine Antiquität. Während sie gemütlich Richtung Tal gondelten, wandte sich Aurelie an Marie.

»Was ich mich schon öfter gefragt habe: Warum haben die Tiere auf dem Hof keine Paten oder so was in der Art?«

»Weil Isabelle keine hysterischen Tierschutzweiber um sich haben wollte.«

»Na ja …«

»Ich erzähl dir mal eine Geschichte. Zwei Frauen haben für zehntausend Euro zwei arme verhungerte Eselchen aus Portugal nach Deutschland geholt. Sie kamen auf einen Gnadenhof bei Kempten, mittenrein in die feuchte Moorgegend. Die beiden Eselchen, Beppo und Babsi, bekamen massive Hufprobleme und endeten schließlich bei Isabelle auf dem Hof. Den beiden Damen ging es gar nicht um die Esel, sondern um ihr eigenes Seelenheil. Indem man Tiere rettet, kann man sich nämlich ein gutes Gewissen kaufen. Geparkt werden die armen Viecher dann in deutschen Gnadenhöfen, während die Retter längst wieder unterwegs sind zu neuen Ufern«, berichtete Marie. »Und was passiert deiner Meinung nach, wenn ein altes Pferd, das zeit seines Lebens in einer Einzelbox stand, plötzlich in eine Herde gestopft wird? In einer Herde finden Rangkämpfe statt, und bei der Fütterung im eigentlich artgerechten Offenstall geht der Letzte in der Hackordnung oft leer aus, in diesem Fall der alte Wallach. Wir hatten auch mal ein Reitpony, topgesund, das eigentlich zum Schlachter sollte, weil die zwölfjährige Tochter ein besseres Pony für ihre Jugendturniere brauchte. Das Pony wurde zwar gerettet, aber auf dem Hof musste es mit hochbetagten Tieren zusammenleben, von denen keines mit einem noch jugendlichen Pony herumtollen konnte.« Sie seufzte. »Über die Jahre hatten wir lauter solche Fälle. Aber die Paten kapieren das alles nicht. Sie finden die Zotteln des Ponys, die vom Equinen Cushing-Syndrom stammen, total niedlich, reichen dem Tier eine Karotte und verschwinden wieder. Sie zahlen einen Monatsbeitrag und fühlen sich gut. Solche Menschen wollte Isabelle nicht um sich haben. Auch nicht die Paten, die ihr Tier nicht gehen lassen können. Isabelle hat zusammen mit guten Tierärzten entschieden, ob sie ein Tier gehen lassen musste. Das ist echter Tierschutz, da braucht man keine Weiber und deren unverarbeitete Seelenprozesse.«

»Das habe ich noch nie so gesehen«, sagte Aurelie leise.

»Von außen sieht man auch nicht so leicht hinter die Dinge. Isabelle ist über die Jahre hineingewachsen, hat Lehrgeld bezahlt. Es war ein langer Prozess«, entgegnete Marie. Dann wechselte sie unvermittelt das Thema. »Und du? Was ist jetzt eigentlich mit Eike?«

Marie war wirklich nicht Aurelies erste Wahl, wenn es darum ging, Beziehungsprobleme zu diskutieren, nicht mal die zweite oder dritte. Aurelie rang um Worte.

»Manche Männer können nicht treu sein«, fuhr Marie fort. »Eike wird auch die Neue nach einer Weile betrügen.«

Aurelie sah sie überrascht an.

»Entschuldige, wenn das zu privat war. Lotte hat uns ein bisschen was erzählt.«

»Du fandest ihn doch so toll«, meinte Aurelie trocken.

»Als Flirt eignet sich so ein Mann bestimmt sehr gut, aber als verlässlichen Felsen an deiner Seite finde ich ihn völlig indiskutabel. Da würde Frederik besser passen.«

Aurelie war sprachlos.

»Relie, wir sind nicht deine Feinde. Versteh das doch mal«, sagte Marie.

Warum fragte Aurelie sie jetzt nicht einfach freiheraus, ob sie und ihre Familie Isabelle beerben würden? Es war der perfekte Zeitpunkt. Stattdessen murmelte sie nur: »Ich bin gerade etwas in mich gekehrt. War alles bisschen viel in letzter Zeit.«

»Versteh ich.«

Frederik

Als er zurückkam, stellte er fest, dass Laura ihm den Kühlschrank gefüllt und eine Liste für den nächsten Tag hingelegt hatte. Gleich morgens sollte er die Pferde impfen, übrigens in demselben Stall, in dem er seinerzeit Claudia kennengelernt hatte. Damals war ihm eine Stute namens Winterfee als Patientin vorgestellt worden, die er noch nicht kannte. Sie war erst ein paar Tage da und verhielt sich nach Auskunft ihrer Besitzerin äußerst merkwürdig, hatte sich auch schon mehrfach hingelegt. Die Atemfrequenz war etwas erhöht, die Darmgeräusche aber absolut im Normbereich. Er hatte die Stute rektal untersucht und sich dann an die junge Frau gewandt.

»Diese Stute hat sicher keine Kolik, ich denke aber, das Fohlen kommt in den nächsten zwölf Stunden.«

Die junge Frau, eine aufstrebende Dressurreiterin, hatte die Stute Winterfee erst kürzlich in einem renommierten Stall gekauft – dass sie schwanger war, hatte niemand gewusst.

»Dann wird das ein Überraschungsei bei Winterfee«, lächelte Frederik und versprach wiederzukommen, sobald es losginge.

Die Geburt verlief reibungslos, nicht zuletzt, weil das Fohlen ausgesprochen zierlich war. Die Besitzerin recherchierte und fand heraus, dass nur ein nur einen Meter vierzig großer, aber kühner Connemara-Hengst vom Nachbarhof der Vater sein konnte.

»Wie ist der denn da raufgekommen?«, fragte die Dressurreiterin.

»Böschung?«, mutmaßte Frederik lachend.

Es gab dann noch ein rechtliches Gezerre, bei dem er eine Stellungnahme verfassen musste. Für all sein Engagement wurde er einmal zum Essen eingeladen, dann noch mal. Er sprach eine Gegeneinladung aus, und dann musste er wieder mal nach dem Fohlen sehen und nach der schönen Besitzerin, die Claudia hieß. So hatte das angefangen mit ihm und Claudia, Winterfee und Ü-Ei. Das Fohlen hieß eigentlich Wintermond, aber alle sagten Ü-Ei zu dem Fohlen, das eine ungewöhnlich schöne Rotschimmelstute wurde, einen Meter fünfzig groß und von bezauberndem Charakter. Das war 1999 gewesen, ein Jahr später heirateten sie. Bei der Hochzeit hatte sein Vater geraunt: »Sie ist schön, aber auch sehr ehrgeizig. Junge, du traust dich was.« Wenige Monate später war der Vater gestorben. Die Beziehung mit Claudia war immerhin achtzehn Jahre lang gut gegangen oder zumindest einigermaßen gut. Inzwischen war Claudia in den Nürnberger

Raum gezogen. Ü-Ei hatte sie dagelassen und an Laura verkauft.

Anschließend fuhr er zum Bauern Schwarz, der ihn schon mit dem Patienten auf dem Hofplatz erwartete. Lumpi war eher ein Kalb, zu einem Teil Dogge, zum anderen Bernhardiner oder Landseer. Schwarz hatte in seiner Praxis angerufen, weil der Hund die Seife gefressen hatte, die mit einem Magneten am Waschbecken im Hausdurchgang befestigt war. In einem Rutsch hatte Lumpi das gute Stück verschluckt. Tiere liebten Kernseife, das wusste Frederik, allein das Metallstück war das Problem. Er riskierte es, den Hund zum Erbrechen zu bringen, und förderte schließlich den Magneten zutage.

»Du Depp, du!«, sagte der Schwarz.

»Ich?«

»Nein, der Hund. Dank dir, Viechdoktor.«

Anschließend gab es Eier, Speck und zwei Flaschen Wein.

Abends war Frederik müde, und wenn noch Zeit war, ging er mit Ole auf dem Panoramaweg spazieren. Der unschätzbare Vorteil eines Weindorfs war die Fülle an guter Gastronomie. Besonders gern mochte er das *No. 12* und den *Goldenen Ochsen*, denn in beiden Lokalen wusste man, was man ihm hinstellen musste. Die Currywurst klassisch und den Sauerbraten. Dass er seinen Wein beim Dorsch in Eibelstadt kaufte, war natürlich ein Fremdgehen, aber auf seinen Silvaner vom Dorsch ließ er nichts kommen.

Ab und zu schrieb er sich SMS mit Aurelie. Es schien ihr ganz gut zu gehen, nur das Eselchen war gestorben, und um sie aufzuheitern, schickte er ihr Anekdoten aus seinem Tierarztalltag: »*Gestern hat mich die Tochter vom Mergner fast geschlagen. Ich hatte nämlich bei einem Ziegenbock Fieber gemessen und das Thermometer liegen gelassen. Sie fühlte sich etwas grippal und hat es dann in den Mund gesteckt, um selber Fieber zu messen.*«

Oder war das gar nicht witzig? Aurelie schrieb zurück: »*Gott bewahre uns vor vergesslichen Tierärzten.*« Mit einem Smiley.

Sie blieben auf merkwürdige Art unverbindlich. Und Frederik sah sich nicht in der Position, nach Eike zu fragen.

13

Aurelie

Der Herbst ging dahin, die Altbauern kamen und nur noch wenige versprengte Wanderer. Und natürlich Hans.

»Habe die Ehre.«

»Grüß dich. Ich hol dir dein Radler.«

»Vergelt's Gott«, sagte er. »Du weißt es, Aurelie, gell? Der Vater war gegen Fußball und hat meine Schuhe versteckt. Ich musste dann ohne spielen. Der Max von den Lindenbergern ist mir auf den Fuß gesprungen, war alles geschwollen.«

»Das war echt hart.«

»Aber ich bin drangeblieben. Ich hab siebenhundert Spiele gemacht. Als Spieler und Trainer. Ich war immer fair und hab gesagt: Wer nicht zum Training kommt, der spielt auch nicht. Auch wenn das der Sohn vom Apotheker war.«

»Völlig richtig.«

Er war lieb und eine Konstante in Aurelies Alltag.

Eines Tages trug Beni den Wunsch an sie heran, ob ein Kumpel seinen Junggesellenabschied bei ihr feiern dürfe.

»Aber ohne feiste Stripperin«, sagte sie spontan. Sie hatte genug von Silikonbrüsten.

»Nee, nur ein paar Jungs, Bier und eine Quiche, ich hab davon geschwärmt.«

Beni schwärmte von ihrer Quiche? Na dann! Sie machte zwei Bleche und einen Wurstsalat, und die Recken trafen um zwanzig Uhr ein. Es waren elf an der Zahl, von denen sie immerhin Beni, Kilian und Matte kannte, der sie besonders höflich begrüßte. Warum sie freiwillig Goaßnmaß tranken – Cola, dunkles Bier und Kirschlikör –, war Aurelie gänzlich fremd, doch die Jungs pumpten das Getränk nur so weg. Gottlob war Mandy da, an der alle anzüglichen Sprüche abtropften. Es vergingen drei laute Stunden, bis einer der Jungs etwas entrollte. Und anfing aufzublasen.

»Des is de Babsi«, erklärte ein gewisser Helmi lallend.

Also doch Silikon. Der künftige Ehemann wurde nun dazu genötigt, diese Babsi von hinten zu erfreuen. Doch Mandy grätschte dazwischen. »Wag es ja nicht, deinen Schniedel rauszuholen!«

Lachen, Gepolter, Matte fiel vom Stuhl.

Hinter der Theke raunte Mandy: »Junggesellenabschiede sind das Schlimmste. Isabelle hat sich das verbeten.«

»Toll, dass ich das jetzt erfahre!«, entgegnete Aurelie.

»Wart ab«, meinte Mandy grinsend.

Und als hätte sie es geahnt, ging wenig später die Tür auf. Die Mutter des Bräutigams!

»Morgen um sieben ist Anschießen! Ich will nicht, dass du wie ausgespien aussiehst!« Geistesgegenwärtig warf Beni Babsi aus dem Fenster.

»Wir ham's glei«, behauptete Helmi, der offenbar der Trauzeuge war.

In dem Moment kam Anton herein, mit Babsi im Maul. Für Sekunden war es still. Dann brach tosendes Gelächter aus.

»Guter Hund! So fein kann er apportieren!« Mandy konnte fast nicht mehr vor Lachen.

Fein säuberlich legte Anton vor dem Bräutigam die Silikonpuppe ab, aus der nun zischend die Luft entwich. Anton hatte scharfe Beißerchen. Es gab noch eine Runde Obstler, auch die Bräutigammutter und eine weitere Mama, die als Abholdienst fungierten, genehmigten sich einen. Dann zogen sie ab. Es war noch vor Mitternacht. Auf dem Boden lag die luftleere Babsi.

»Wahnsinn! Echt!« Aurelie lachte. Anton bekam einen Knochen. Aurelie überreichte Mandy das komplette Trinkgeld, das heute besonders großzügig ausgefallen war. »Danke. Danke für alles.«

»Du musst vergelt's Gott sagen«, entgegnete Mandy grinsend.

Dieses Event war zweifellos ein Höhepunkt in Aurelies bisheriger Gastrokarriere.

Die Weidesaison war vorbei, und die Tiere standen allesamt auf dem Hof, was noch etwas mehr Arbeit bedeutete, andererseits aber beruhigender war, wie Aurelie fand. Laurent kam etwa jedes zweite Wochenende, er war ein angenehmer Mitbewohner und hing meist mit Hannes ab. Die Jungs hatten wenige Bedürfnisse, außer ab und zu etwas zu essen. Wahrscheinlich war sie eine Jungsmutter, dachte Aurelie, denn Lotte empfand sie als anstrengender. Auch weil die immer alles hinterfragte.

Inzwischen war es Dezember. Eben hatten sie die Nikolausis aus Hefeteig aufgegessen, die Marie gebacken hatte, und dazu Tee getrunken. Laurent war hochgegangen, Lotte half beim Geschirrspülen, und plötzlich saß sie auf der Arbeitsplatte. Baumelte mit den Füßen und fragte:

»Wie lange willst du eigentlich noch im Exil bleiben?«

»Exil ist was anderes.«

»Also, ich finde, ihr müsstet endlich mal zu einer Entscheidung kommen.«

»Mein liebes Kind, dazu müsste sich dein Vater erst mal entscheiden.«

»Hast du ihn konkret gefragt, was er will?«

»Mehr als einmal.« Das war gelogen.

»Was willst du denn, Mama? Mit ihm weiterleben oder nicht?«

»So einfach ist das nicht. Es gibt euch, es gibt meinen Beruf…«

»Beides gibt es auch noch, wenn ihr euch trennt.«

Konnte es sein, dass ihre sechzehnjährige Tochter mehr Klarsicht hatte als sie selbst?

»Wäre es dir denn egal, wenn wir uns trennten?«

»Nein, aber wenn du ehrlich bist, lebt ihr doch ohnehin zwei getrennte Leben. Du am Tag, Papa in der Nacht.« Sie überlegte kurz. »Ich hab neulich Tamara gesehen.«

»Was?«

»Zufällig! Ich war mit ein paar von meinen Mädels in der Asampassage. Da kam er. Mit ihr. Lynn hat das gleich gecheckt und die anderen abgelenkt.«

Aurelie war übel. »Und dann?«

»Bisschen Small Talk. Sie war ganz nett. Keine Bitch. Auch gar nicht so jung.«

Eike flanierte also mit Tamara durch München. Dieser gemeine Sack!

»Ich will dir nur sagen, dass du meine Mama bist. Und bleibst. Ich geh bald studieren, ich will nach Regensburg. Und der kleine Lauch wird vierzehn. Wir packen das schon.«

Ihre Tochter hatte eindeutig mehr Klarsicht. Und sie redete ihrer Mutter Mut zu.

»Regensburg?«

»Ja, Jura. Lynn geht auch dahin. Emma will nach Wien, weil Alma und Ariella dahin gehen. Sie haben schon eine Bude mit drei Bädern. Aber Regensburg ist mega. Und gar nicht so teuer.«

Alma und Ariella waren Zwillinge serbischen Ursprungs. Woher ihr Vater das ganze Geld hatte, lag im Dunkeln. Anscheinend hatte sich Emma nun ihnen zugewandt.

»Bist du nicht mehr so dicke mit Emma?«

»Doch, aber es geht ja um meinen Studienort. Den mach ich nicht von Emma abhängig.«

»Gute Entscheidung. Ich verspreche dir, mit deinem Vater zu reden.«

»Mama, ich bin auf deiner Seite. Du kennst Papa doch, richtig lieben kann er nicht.«

Das war hart. Und klar. Und ohne Anklage.

»Wir klären das alles. Nach Weihnachten, ja?«, sagte Aurelie. »Egal, was passiert, ich möchte euch an Weihnachten hier haben. Ohne Streit.«

»Passt. Ich würd jetzt noch mit Feli und Matte ein bisschen Auto üben.«

Sie machte den Führerschein für das begleitete Fahren. Und auf dem Land gab es viele schöne Feldwege. Vor ein paar Monaten wäre sie noch ausgerastet. Jetzt nickte sie nur.

Es wurde kälter. Marie hatte behauptet, man könne den Schnee schon vorher riechen. Aurelie hatte gelacht. Aber es stimmte, die Luft roch anders als sonst. Und dann kam er, der Schnee. Die ganze Nacht über hatte es geschneit, die Bäume waren zu Skulpturen geworden. Im Hof lagen rund zwanzig Zentimeter, und es wurde immer mehr. Obwohl es ihr widerstrebte, rief sie Marie an.

»Fährt der Schneepflug bis zu mir?«

»Nein, aber Beni ist unterwegs. Er muss gleich da sein.«

Bald traf er mit einem Räumschild am Bulldog ein, fuhrwerkte im Hofraum herum und schob auf der Stallseite etwas frei.

»Isabelle hat Schnee geliebt«, sagte er, als er fertig war. »Sie konnte sehr gut Ski fahren.«

»Ich weiß. Ich mag Schnee auch. Bloß nicht so viel auf einmal.«

»Du musst ja nicht raus. Ich komm jeweils nach der Stallzeit zum Räumen.«

»Vergelt's Gott«, sagte sie.

Beni grinste.

Am Abend hatte es aufgehört zu schneien, und über der Schneedecke lag ein mystisches Licht. Der Mond nahm zu. Sie hatte den Kachelofen eingeheizt und stöberte wieder einmal in Isabelles Bibliothek. Dabei entdeckte sie etliche dunkle Schneebücher: *Fräulein Smillas Gespür für Schnee* war ein spannungsreiches, aber bitteres Buch, in Adalbert Stifters *Bergkristall* war der Schnee lebensbedrohlich, und Anita Shreves *Stille über dem Schnee* erzählte von viel, viel Schnee und von einer großen Traurigkeit. Aurelie hatte es seinerzeit als englische Originalausgabe gelesen. Es ging um Geheimnisse, die man teilen musste, um Erlösung zu finden.

Ach, Isabelle! Aurelie kannte die Geheimnisse ihrer Tante nicht und würde sie nie erfahren, weil sie tot war.

Beni hatte gesagt, sie müsse nicht raus, sondern könne hinter den Schneeverwehungen abwarten, bis die Lage besser wurde. Doch ihr war klar, dass sie irgendwann aus ihrem Winterschneckenhaus hinausmusste, um endlich mit Eike zu sprechen.

Es war ein tief melancholischer Abend, und Aurelie schob eine Tori-Amos-CD ein. »Winter«, wie passend.

When you going to make up your mind?
'Cause things are going to change so fast.
All the white horses have gone ahead.

Ein weißer Hengst war Isabelles Lieblingspferd gewesen, schneeweiß.

All the white horses are still in bed.

Sie musste sie aufwecken, jetzt, da die Nächte durch den Schnee so viel heller waren.

Aurelie schlief unruhig, es schneite erneut. Am nächsten Morgen versuchte sie, Salz zu streuen, und setzte sich dabei aufs Steißbein. Es tat höllisch weh.

Heiligabend rückte näher. Sie entdeckte Isabelles Weihnachtskiste, in der unter anderem Kugeln lagen, die wohl diese Chantal du Pointe bemalt hatte.

Und dann regnete es. Die Radioansagen nahmen gar kein Ende mehr. Vereiste Bäume waren auf Fahrbahnen gefallen, Autobahnen stundenlang gesperrt.

Am 24. Dezember griff sie gegen elf Uhr vormittags zum Telefon.

»Eike, es gibt ein Problem.«

»Kotzt wer? Hat einer Blähungen?«

»Nein, aber ihr werdet nicht herkommen können.«

»Was soll das heißen?«

»Es hat geschneit, das dürfte dir selbst in München nicht entgangen sein.«

»Ja, aber es gibt doch keine echten Winter mehr, nicht einmal in dieser sibirischen Einöde da unten. Und selbst da wird es einen Räumdienst geben!«

»Es hat geschneit, dann geregnet, und der Regen ist gefroren. Anders gesagt: Wir reden von einer durchgängigen Eisplatte. Überall sind Autos hängen geblieben oder in die

Gräben gerutscht. Und selbst wenn ihr bis Simmerberg kämt und vielleicht noch bis Isenbretshofen: Der Zufahrtsweg ist definitiv nicht passierbar.«

»Dann kommst du eben nach München!«

»Das Eis ist doch nicht nur in einer Richtung spiegelglatt!«

»Dann gehst du über den Berg zu Marie und startest von dort. Sie werden dir ja wohl ein Auto leihen.«

»Das hat mir Beni sogar angeboten, aber die Situation bei ihnen ist dieselbe. Ich werde keine Hauptstraße erreichen.«

»Das geht nicht!«

»Eike, das wird gehen müssen.«

»Aber meine Mutter kommt.«

Darum ging es also. Nicht darum, dass er sie vermisste. Nicht darum, dass eine Aussprache anstand. Es ging um seine Mutter, die sehr anstrengend war. Die an Weihnachten stets zu viel trank und dann in aufwallender Sentimentalität ihren Egon in den Himmel hob, den sie zu Lebzeiten nur niedergebügelt hatte. Und deren wählerischer Gaumen kaum zu befriedigen war.

»Wir haben ja gar nichts zu essen. Und sie isst nur deine Pasteten. Wenn es die an Weihnachten nicht gibt, dann ist alles verdorben.«

»Hol doch Pizza!«, entfuhr es Aurelie. Kein Wort darüber, dass sie allein war. Dass sie zum ersten Mal ohne die Kinder sein würde. Sie ließ ihren Blick über die kleinen Zusatzgeschenke schweifen, die schon bereitlagen. Die großen hatte Eike in München besorgt.

»Mama? Mama?« Lotte hatte sich das Handy gegriffen. »Du kommst nicht?«

Geduldig erklärte sie ihrer Tochter die Umstände. Es blieb eine Weile still am anderen Ende. »Dann machen wir die Bescherung ein paar Tage später, Mama.«

»Ja, natürlich. Aber ich werde euch so vermissen. Vor allem, wenn du *Stille Nacht* singst, Lotte.«

»Und wenn Oma mal wieder ihren Moralischen kriegt? Und noch mehr Baileys trinkt?«

In Aurelies Augen traten Tränen. »Das vermisse ich nicht direkt oder vielleicht doch. Weil es dazugehört.«

»Hmm«, machte Lotte ungerührt. »Du, Mama, ich würde dann am ersten Feiertag auf Emmas X-mas-Party gehen. Papa hat sicher nichts dagegen.«

Wenn Aurelie in München gewesen wäre, hätte sie das niemals erlaubt!

»Aber …«

»Nicht wild. Es geht nur bis Mitternacht, Emmas Eltern sind da megastreng.«

Aurelie war ein klein wenig beruhigt. Gerade überlegte sie, was sie darauf sagen sollte, als Lotte fragte:

»Wann ist die Straße denn wieder offen?«

»Wenn es taut. Oder draufschneit. Keine Ahnung.«

»Das dauert ein paar Tage, oder?«

»Wie soll ich das wissen?«

»Wenn's eh länger wird, dann könnte ich doch zwei, drei Tage mit nach Kitzbühel. Wo ihr mir im Sommer schon Sardinien vermiest habt.«

»Gib mir bitte deinen Vater«, sagte Aurelie beherrscht.

»Ja, klaro. Ciao, Mama.«

»Geh mal raus, Eike«, zischte Aurelie.

»Was ist los? Geheime Kommandosache?«

»Wie kannst du ihr erlauben, auf Emmas Party zu gehen und nach Kitzbühel zu fahren?«

»Das habe ich nicht. Wir sind bis eben davon ausgegangen, dass wir im romantisch verschneiten Allgäu von weihnachtlich gestimmten Katzen eingehaart werden!«

»Du bist so was von …«

»Lotte hat doch recht. Wenn sich die Vorzeichen ändern, dann spricht ja nichts dagegen. Lass sie doch nach Kitzbühel. Dann gibt es den Skipass und Taschengeld eben als Weihnachtsgeschenk. *So what!*«

So what?

»Ich muss jetzt meine Mutter vom Bahnhof abholen und zusehen, dass ich was zu essen auftreibe. Also wirklich, Aurelie!«

Sie war schuld an den Unannehmlichkeiten ihres Gatten, ganz klar.

»Gibst du mir Laurent, bitte?«

Wenig später war er dran. Hörte zu. »Schade, Mama. Ich hatte mit Hannes geschrieben. Aber wir kommen dann halt ein paar Tage später.«

Er hatte mit Hannes geschrieben, alle schienen genug Sozialkontakte zu haben, alle anderen hatten mehrere Optionen. Nur sie war allein! Aber das interessierte keinen.

Eike war wieder dran. »Wir machen jetzt kein Drama. Wenn der Wettergott gnädig ist, komme ich mit Laurent am 26. abends, wenn meine Mutter weg ist. Lotte soll in Gottes Namen am 26. für zwei, drei Tage nach Kitzbühel fahren. An Silvester sind wir in jedem Fall vereint. Es ist ja nicht das letzte Weihnachten auf dieser Welt.«

Nein, aber es wäre das erste gemeinsame Weihnachten am Weiher gewesen. Aurelie hatte so viel Mühe in die Deko gesteckt. Warum eigentlich? Wollte sie ihrer Familie den Charme der Waldweihnacht an einem verschneiten Weiher nahebringen? Oder hatte sie Angst, dass es das letzte Weihnachten als intakte Familie sein würde, wobei sie ja schon lange nicht mehr intakt war?

»Ich muss zum Bahnhof. Wir telefonieren später. Grüß mir

die Viecher.« Sie hörte noch sein Lachen, dann war das Gespräch vorbei.

Aurelie saß in ihrem Sessel, und auf einmal fühlte sie gar nichts mehr. Es war sehr still, bis ein Scheppern erklang. Vermutlich hatte irgendein Katzentier in Kamikazemanier irgendwo irgendwas heruntergerissen.

Letztlich hatte Eike recht. Es war nur Heiligabend, ein Tag, der jedes Jahr zuverlässig wiederkam. Die Kinder waren groß, eigentlich schon zu groß ...

Das Festnetztelefon klingelte. »Willst du nicht rüberkommen?«, fragte Marie. »Es hat Schneeschuhe in der Tenne. Oder Beni läuft mit Tourenski rüber und holt dich ab.«

Aurelie zögerte. »Das ist wahnsinnig lieb von euch, aber ich bleibe hier. Es ist ein Abend, der zufällig der 24. Dezember ist. Ehrlich, wir telefonieren morgen, ja?«

»Frohes Fest. Alles Gute. Ich komm aber sicher morgen rüber.«

»Ja, und grüß mir alle. Danke noch mal!«

Dann legte sie das Telefon weg. Es war dunkel geworden. Sie ging in den Stall und gabelte reichlich Heu in die Rinne. Dann begann sie, Karotten zu verteilen. Semmeln für die Ochsen. Und Zwieback für die Ziegen. Die Kaninchen bekamen einen zusätzlichen Salatkopf.

»Frohe Weihnachten, ihr alle.« Was sie hörte, war gleichmäßiges Mampfen.

Im Haus war Haydn damit beschäftigt, Kugeln abzunehmen. Viktor Hugo tauchte die Pfote in das Wasser des Christbaumständers und leckte nachdenklich an seiner Pfote. Hera hatte einen Holzengel ergattert und biss ihm die Locken ab. Der kleine Tiger namens Hulot spielte mit Hölderlin Fangen. Anton lag mit einem Gesichtsausdruck da, der auszudrücken schien: Katzen eben.

Aurelie legte eine CD mit französischen Weihnachtsliedern ein und summte mit: *Les anges dans nos campagnes ont entonné l'hymne des cieux. Et l'echo de nos montagnes redit ce chant melodieux. Gloria in excelsis Deo!*

Der Einäugige gab ein merkwürdiges Geräusch von sich.

»Nicht dein Geschmack? Wer sich die Krallen an Kunst schärft, der ist wählerisch?«

Sie wühlte ein bisschen und entdeckte eine CD des isländischen Chores Hamrahlíðarkórinn mit Weihnachtsliedern. Aurelie legte sie ein und blieb bei *Það á að gefa börnum brauð* hängen, einem Stück mit einem besonders schwungvollen Rhythmus. Wieder und wieder hörte sie es sich an – bis es dem Einäugigen zu reichen schien. Er ließ sich nur mit einer alten Rondo-Veneziano-CD besänftigen.

Aurelie hatte sich eine Flasche Wein geöffnet und überlegte. Zu essen hatte sie ja nun genug. Die Füllung für die Königinpasteten war für fünf Personen gedacht gewesen und nicht endlos haltbar. Dank Beni hatte sie dieses Jahr sicher das beste Kalbfleisch, das sie jemals verarbeitet hatte. Und weil die Schwiegermutter keine Pilze mochte, gab es nur Kalb mit Kapern und reichlich Crème fraîche. Und für Lotte eine vegetarische Variante nur mit Pilzen. Aurelie hatte sogar den Blätterteig selber gemacht, gekaufte Ware lehnte die Schwiegermutter nämlich ab.

»Nun, Freunde der gepflegten Abendunterhaltung, dann essen wir eben zusammen«, verkündete Aurelie. Bestimmt war diese Ernährung für Katzen nicht gerade korrekt, aber immerhin war Weihnachten. Aurelie prostete den Tieren zu. »Marie wird mich verdammen, aber heute ist es mir egal. Ihr esst doch auch Mäuse, da erscheint mir Ragout gesünder.«

In der Tat begeisterten sich die Katzen für das Kalbsragout, der kleine Hulot hieb es ihr sogar von der Gabel. Anton bekam die Pastete gleich dazu, die Katzen nur die Füllung.

Um sieben läutete das Telefon. Laurent war dran.

»Geht's euch gut?«

»Ja klar, Mama, danke für das neue Bag. Voll cool! Und der Driver! Mit dem schlag ich locker vierzig Meter weiter. Mega!«

Offenbar hatte Eike die Geschenke doch schon verteilt! Sie hatten doch eine spätere Bescherung vereinbart?

Lotte bedankte sich für die unangemessen teure Winterjacke, die Aurelie eigentlich auch nicht gutheißen konnte. Die war nämlich so kurz, dass sie oberhalb der High-Waist-Jeans saß. Dabei sollte eine Jacke doch Nieren und Taille wärmen und gerne über den Po reichen. Aber Emma hatte auch so eine, und beim Aussuchen hatte Lotte rügend gesagt: »Man merkt dir langsam an, dass du Bäuerin wirst. Hauptsache, praktisch. Mama, es geht um den Style!«

Die Schwiegermutter hatte augenscheinlich das Handy ergattert. »Also, meine Liebe, dass du einfach nicht gekommen bist«, lallte sie.

»Frohe Weihnachten, Helga. Eigentlich wolltet ihr ja hierherkommen.«

»Ach ja, stimmt. Und es gab auch keinen Zug? Oder Bus?«

»Das vielleicht, aber leider keine Möglichkeit, zur Haltestelle zu gelangen. Wenn ich meine Trapperausrüstung dabeigehabt hätte, dann hätte ich mich natürlich zum nächsten Bahnhof durchgeschlagen!« Nach so vielen Jahren Ehe mit Eike konnte auch sie sarkastisch sein. Aber das kam bei Helga nicht wirklich an.

»Wo bist du da nur gelandet?«

Man hörte Eike im Hintergrund, der dann den Hörer übernahm.

»Wir machen das schon. Wir telefonieren morgen.« Ein vielstimmiges Tschüüüs. Keine Frage, wie es ihr denn wohl gehe.

Um kurz vor acht, als Aurelie fast die ganze Flasche Wein intus hatte, hörte sie das Geräusch von schweren Stiefeln, die jemand abtrat. War Beni doch noch gekommen?

»Es ist offen.«

Es war immer offen, Aurelie sperrte schon lange nicht mehr die Tür zu.

»Überraschung.«

Das war nicht Benis Stimme. Ole stürmte ins Zimmer, gefolgt von Frederik.

»Wo kommst du denn her?« Aurelie sah ihn erstaunt an.

»Ich müsste mich dringend mal trockenlegen.« Er stand jetzt schon in einer Pfütze. Und auf einmal lachte Aurelie, sie lachte und lachte. Ole bellte, und die meisten Katzen flüchteten. So schnell sie mit ihren vollgefressenen Ragoutbäuchen konnten.

Aurelie entdeckte ein Flanellhemd und reichte Frederik eine Fleecedecke, die er sich um die Hüften wand.

»Jetzt sag, was ist passiert? Wieso bist du überhaupt hier?«

»Na ja, der Gedanke, an Weihnachten allein zu sein, hat mir nicht so behagt. Also hab ich Marie angerufen.«

Sie hatte am Telefon von Schneechaos gesprochen, was er sich nicht so recht hatte vorstellen können. Bei ihm lagen die dürren Rebstöcke in Nebelschwaden, es war nasskalt und grau. Schnee hatte er als verlockender empfunden, er hatte einen Allrad Hyundai, was sollte da schon schiefgehen?

»Heute Mittag bin ich losgefahren, und bis zum Kreuz Feuchtwangen war gar nichts. Auf der Alb hat es ein bisschen geschneit, aber bis Ulm lief es ganz gut, am Allgäuer Tor war der Schneefall schon dicker, ab Kempten wurde es kritisch.

Über Oberstaufen und das Paradies war kein Durchkommen, also habe ich es über Lindenberg versucht. Bis zur Einfahrt vom Benehof habe ich fast eine Stunde gebraucht. Mein Auto steht vorne an der Straße, hoffentlich schiebt das kein Schneepflug oder Streufahrzeug weg. Die Zufahrtsstraße war komplett vereist.«

»Meine auch.« Aurelie überlegte. »Und dann bist du über den Hügel?«

»Ja, mit Langlaufski, deren Verhalten auf der Abfahrt ja nicht so grandios ist. Rücklage und weg! Rein in eine Pfütze. Weil ich so leicht bin, hab ich das Eis durchschlagen.« Er grinste.

»Aber, aber …«

»Marie hat mir erzählt, dass deine Familie nicht kommen konnte. Das tut mir leid.«

»Und Marie?«

»Die fand es gut, dass ich rübergehe. Sie hat mir einen Stollen mitgegeben, der ist im Rucksack.« Er wühlte und förderte ein eher plattes Exemplar zutage.

Aurelie lachte. »Ach, dem Magen ist es egal, dass er wie eine Pizza aussieht. Sag mal, willst du eigentlich was essen? Es gibt nur noch die Pasteten mit Pilzen. Weil die Katzen … Na ja.«

»Pilze sind wunderbar. Immerhin hat der Wein überlebt.« Er zog eine Flasche Silvaner hervor. »Magst du?«

»Ich hatte schon den Gros Plant. Aber was soll's!«

Sie stießen an.

»Toll, die Pasteten. Wirklich!«

»Danke. Die Rezepte sind alle von Isabelle. Meine Mutter war ja weniger für mich da. Gekocht hat sie nie. Komisch, dass mir das gerade jetzt einfällt.«

»Es ist doch schön, dass so etwas von Isabelle bleibt. Dann

war deine Kindheit nicht so toll? Ich will dich natürlich nicht ausfragen.«

»Nein, das tust du nicht. Zum Glück habe ich sehr schöne Erinnerungen an meinen Opa in der Picardie. Mit ihm habe ich lange Wanderungen durchs Watt gemacht. Mitten in den Prielen. Er war ein begnadeter Koch und hat in den Dünen immer wieder nach Grünzeug gesucht. Dann hat er daran geknabbert, als säße er mindestens im Ritz! Weißt du, der Wind brachte die Aromen des Meeres mit, die man schmecken und riechen konnte. Der Opa pflückte Salicornia, ein Gänsefußgewächs, das salzig schmeckte und dem Fisch einen unvergleichlichen Fond verlieh.«

Frederik lächelte. »Das klingt sehr schön. Zeigst du mir die Atlantikküste einmal? Ich war ja immer nur am Weiher, du weißt.«

Aurelie lächelte. »Das wäre fein, und heute wäre es auch leichter für mich. Mit meinen kurzen Beinen fand ich die Spaziergänge damals ziemlich anstrengend. Ich bin immer wieder ausgerutscht, und meine Gummistiefel haben sich gerne mal mit einem schmatzenden Geräusch im glibbrigen Boden verabschiedet. ›Der Gott des Marschlands scheint zu grollen‹, hat der Opa da gesagt. Einmal hat da ein totes Schaf gelegen. Ich war so entsetzt, aber der Opa hatte mir den Arm um die Schultern gelegt und gesagt: ›Dieses Schaf war einfach zu gefräßig und hat es vor der Flut nicht mehr weggeschafft. Du musst vorsichtig sein, mein Kind.‹ Das hat er gesagt.«

»Du vermisst ihn?«

»Ja, er war meine einzige Familie. Außer Isabelle. Und später natürlich meiner eigenen. Sag mal, dein Name Frederik klingt irgendwie auch französisch, zumindest nicht gerade nach Unterfranken, oder? Warum hat man dich Frederik getauft?«

»Hab ich auch mal gefragt. Meine Mutter meinte, das wäre der Wunsch meines Vaters gewesen. Sie hatte Bernd oder Michael vorgeschlagen!«

»Dann sei doch froh, dass du Frederik heißt.«

»Ja, bin ich auch. In meiner Klasse gab es schon einen Bernd und drei weitere Michaels. Und Frederik passt ja auch zu Aurelie.«

Der Satz traf Aurelie ins Mark, doch sie sagte nichts dazu. Frederik schenkte Wein nach, und sie stießen an.

»Jetzt sitzen wir hier in Isabelles Haus. Das bedrückt mich irgendwie«, sagte Frederik. »Jetzt sollte sie hier sein und eine Geschichte von ihren Isländern erzählen. Von früher, sie konnte so schön erzählen.«

»Du kanntest sie wirklich viel besser als ich. Wusstest du, dass sie zur Sterbehilfe in die Schweiz gefahren ist?«

»Nein, abgesehen von Maxim Pranger wusste das niemand. Auch der alte Benedikt nicht. Dem hat sie sehr nahegestanden. Die da drüben waren alle sehr geschockt. Aber es passt irgendwie zu ihr. Sie wollte ihre Würde nicht verlieren. Und sie hat nie etwas aus der Hand gegeben. Sie konnte auch nie delegieren. Ich glaube, dass genau diese Sturheit sie so alt hat werden lassen.« Er sah Aurelie an. »Ich hab schon mal mitbekommen, dass sie Dope raucht, aber ich dachte … Sie war immer ganz eigen, künstlerisch, anders. Aber sie hat es wohl wegen der Schmerzen getan.«

»Es ist das erste Mal, dass ich mit jemandem über Isabelles Tod rede. Es ist ein Tabuthema. Selbstmord gilt hier immer noch als Verbrechen, glaube ich.«

»Die Menschen sind christlich. Gott hat das Leben gegeben, und nur er darf es nehmen. Wenn du mich fragst, hat Gott einen schlechten Humor. Er lässt Menschen jahrelang leiden, ohne eine Aussicht auf Genesung. Das Wort austherapiert ist doch zynisch. Ich bin Veterinär, wir haben die Möglichkeit, Lebewesen würdig gehen zu lassen.«

»In der Frage sind Ärzte doch auch die natürlichen Feinde von Juristen, oder? Das Sterben wird kriminalisiert. Wir haben in Deutschland eine vorsintflutliche Gesetzgebung. Das ist doch beschämend.«

»Eventuell ändert sich demnächst etwas, aber kaum aus Mitmenschlichkeit. Es ändert sich nur etwas, weil ein Heer von kranken, gebrechlichen Senioren nicht mehr tragbar ist für die Kassen.«

»Das klingt zynisch.«

»Weißt du, mein Vater ist an einem Herzinfarkt gestorben. Ich musste ihm nicht beim langsamen Verfall zusehen und ihn in den Tod begleiten. Aber wenn man das muss, wird man über Tod, Freitod und Begleitung im Tod differenzierter denken.«

»Und deine Mutter?«

»Die ist auch schon tot. Nach meinem Abitur ist sie nach Niederbayern gegangen und hat dort mit ihrem zweiten Mann gelebt. Seitdem hatte ich kaum Kontakt zu ihr. Auf der Beerdigung war ich quasi allein unter Fremden.«

»Das tut mir sehr leid.«

»Muss es nicht. Sie war eine eher kühle Frau. Ein wenig zu sehr auf Manieren und Abstammung bedacht. Ich musste dann auch aufs Siebold-Gymnasium in Würzburg und durfte nicht auf das neue Marktbreiter Gymnasium wie meine Mitschüler aus der Grundschule. Sehr zum Ärger meiner Mutter war ich im Jugendzentrum und traf mich dort mit den falschen Leuten. Und meine Handballkumpels vom TV Ochsenfurt waren leider auch nicht nur Akademikerkinder. Meine Freunde waren ihr nie gut genug. Und ich hab eine Weile ein bisschen viel gekifft.« Er lachte.

»Hätte ich dir gar nicht zugetraut!«

»Na, so langweilig war ich auch nicht.«

»Bist du auch jetzt nicht.«

»Danke. Weißt du, es gab in meiner Familie einfach keine Anlagen für die ganz großen Gefühle. Auch mein Vater war sehr korrekt, immer sehr höflich, klug und gebildet. Er hatte nicht viel Zeit für mich, doch als ich älter wurde, als wir über Tiermedizin gesprochen haben, da war ich ihm näher. Allerdings …«

»Allerdings was?«

»Weißt du, er war in der Tiermedizin eine Art Lichtgestalt. Als Sohn von Fritz Pohl stand ich im Studium natürlich unter Beobachtung. Ich wusste das am Anfang gar nicht, erst als ich eine Festschrift las. Fritz Pohl war einer von den Glorreichen, die gleich 1946 angefangen hatten zu studieren. Mein Vater war immer sehr bescheiden, dabei hatte er schon bahnbrechende Werke in der Kynologie verfasst. Seine Doktorarbeit befasst sich mit der Frage, inwieweit Rattengift Hunde und Katzen töten kann. Er war aber keiner, der von sich aus viel erzählen wollte.«

»Was für deine Mutter sicher auch nicht leicht war, oder?«

»Wahrscheinlich nicht. Sie war aber auch sehr spröde. Doch sie war meine Mutter, und heute denke ich, dass sie nur meinetwegen so lange geblieben ist. Bis ich quasi aus dem Gröbsten raus war.«

»Was ist denn schiefgelaufen zwischen den beiden?«

»Ich weiß es nicht. Sie hatten die Praxis, sie hatten beide viel Arbeit. Mein Vater war ein sehr guter Tierarzt. Er konnte Krankheiten diagnostizieren, die ich heute mit viel mehr Technik und Labor nicht finde.«

»Aber wie war er als Mann? Er sah zumindest sehr gut

aus.« Sie wies auf ein Foto an der Wand, das aus den Siebzigern stammen musste. Es war am Weiher aufgenommen und zeigte Fritz und Isabelle zusammen mit ein paar weiteren Feriengästen.

»Das gute Aussehen habe ich auch nicht geerbt …«

»Quatsch, du siehst ihm ähnlich, nur nicht ganz so hager und sehnig, vielleicht.«

»*Très charmant* über meine leichte Adipositas hinweggesehen! Aber was wolltest du wissen? Wie er als Mann war? Darüber habe ich nie nachgedacht. Ich kann mich nur daran erinnern, dass ich meine Eltern mal habe streiten hören. Ich muss ungefähr fünfzehn gewesen sein. Meine Mutter ist richtig laut. Du hast mich doch nie geliebt, hat sie gesagt.«

»Hatte dein Vater eine Affäre?«, fragte Aurelie überrascht.

»Zumindest habe ich nichts davon mitbekommen. Und ich hatte immer den Eindruck, dass er sehr bewusst Distanz zu Frauen schuf. Er sah gut aus, er bekam sicher Angebote, Tierärzte sind für Frauen anscheinend attraktiv. Aber mir kam das eher so vor, als hätte er kein Interesse, als sei er meiner Mutter immer treu. Und später gab es nie eine neue Freundin.« Er schaute treuherzig. »Wir haben eben kein Glück bei den Frauen.«

»Kann ja noch kommen.« Sie drückte seine Hand und hielt sie eine Spur länger.

»Und du? Geht es wieder?«, fragte er.

»Ja, ich treffe mich ab und zu selber wieder. Ich meine, ohne über Eike nachzudenken. Ohne mir die Zukunft auszumalen. Wobei ich das nach den Weihnachtsferien allmählich tun sollte. Ich muss entscheiden, ob ich das Sabbatical verlängere. Und was dann wird.« Sie sah ihn an. »Früher war ich doch zufrieden. Ich hab auf die Kinder geschaut, auf die eigenen, auf meine Klassen.«

»Was auch nicht gerade überemotional klingt«, bemerkte Frederik lächelnd.

»Es hat sich aber richtig angefühlt, bis … ja, bis ich hier gelandet bin. Ohne den Weiher hätte ich Eike nicht mit Tamara erwischt. Aber es ist noch mehr: Mit dem Abstand zur Stadt kommt mir Eike bösartiger vor, Lotte egoistischer und Laurent so monointeressiert. Golf, Golf und noch mal Golf.«

»Komm, die Kinder sind in Ordnung. Lotte macht sich viele Gedanken, sie ist weit für ihr Alter, finde ich. Die machen ihren Weg schon.«

»Mag sein. Aber ich, ich schwimme immer noch. Ich stand immer unter Druck, ich hatte immer das Gefühl, mich entschuldigen zu müssen.«

»Eike hat dich ja auch immer manipuliert.«

»Aber ich habe es geschehen lassen. Und dann kam diese Zwangszäsur. Und jetzt? Jetzt bin ich zerrissen. Will ich hier leben oder in München? Ich ertappe mich selber dabei, Stuttgarter, Augsburger und Münchner Autos, die auf irgendwelchen Waldwegen parken, mit bösen Blicken zu durchbohren. Ich beginne, Menschen zu hassen, wenn sie durch Wiesen rennen und überall mit Picknickdecken Pflanzen platt sitzen. Ich habe früher auch Selfies mit Kühen gemacht und gedacht, man könne Bananenschalen liegen lassen. Ich war der Meinung, es müsse überall Hundekotmülleimer geben. Heute hasse ich diese Plastiksackerl, die überall rumliegen. Dann doch lieber gleich die Scheiße!«

Frederik lachte. »Genau, frohes Fest.«

»Ach, da sitze ich und rede an Weihnachten über Scheiße. Es ist alles …«

»Scheiße?«, fragte Frederik auf einmal sehr ernst.

»Nein, es ist wunderbar, dass du da bist. Komm, ich hol noch was zu trinken.« Sie war aufgestanden. Er auch.

Es fühlte sich ganz anders an, von ihm umarmt zu werden. Eike war ein dürrer Hering, Frederik war kräftig, seine Brust breit, seine Oberarme fest. Das Bäuchlein war auch vorhanden, aber es gehörte zu ihm. Und er küsste langsam, fast nachdenklich, wie bei einer Weinprobe. Dann nahm er sie bei der Hand, Aurelie steuerte die Treppe an, und auf einmal musste sie doch lachen.

»Entschuldigung, aber ich bin noch nie mit einem Mann mitgegangen, der eine Fleecedecke trägt«, meinte sie glucksend.

Er ließ die Decke fallen, und sie stellte befriedigt fest, dass er weder schlabbrige Boxershorts noch einen Stringtanga trug. Aurelie schob ihn die Treppe hoch, der Blick auf seine muskulösen Oberschenkel war durchaus sehenswert.

Sie landeten im Gästezimmer, nicht in Aurelies Kammer. Seine Küsse wurden fordernder. Seine Hände waren ein wenig rau. Es war dunkel, man hörte nur ihrer beider Atem. Er war sich seiner völlig sicher. Das genügte.

Hinterher lagen sie da, jeder für sich mit einem millimeterkleinen Abstand zwischen ihren erhitzten Körpern.

»Was wird Marie denken, wenn du nicht kommst?«

»Ich dachte, ich wäre gekommen.« Er lachte.

»Idiot! Ich meine, rübergekommen.«

»Bei dem Wetter ist ja wohl klar, dass ich im Gästezimmer übernachte.«

»Und was machen wir jetzt?«

»Schlafen?«

»Nein, morgen. Ich meine, morgen, wenn es hell wird.«

»Du bist eine wunderbare Frau, Aurelie. Hinreißend schön. Aber du hast eine Familie. Ich hab keine. Ich kann schlecht Forderungen stellen.«

Das klang pragmatisch. Und unromantisch. Aber wäre es

ihr lieber gewesen, wenn er gesagt hätte: Aurelie, verlass deinen Mann, wir reiten in den Sonnenuntergang? Außerdem hatte sie viel zu viel getrunken, und Weihnachten machte immer so anhänglich.

Frederik schlief schnell ein und schnarchte. Ganz leicht nur. Aurelie verließ leise das Zimmer. In ihrem Bett lagen bereits drei Katzen, die sie strafend ansahen, weil sie auch noch Platz haben wollte.

Der Wecker klingelte um sechs, und Aurelie war bei der Fütterungsrunde, als Marie auftauchte. Sie hatte Tourenskistiefel an.

»Morgen!«

»Du hättest doch nicht so früh kommen müssen.«

»Frische Luft schadet nie. Es ist lange her, dass ich nur noch mit Ski vom Hof gekommen bin. Ist Frederik gut angekommen? Da ist so ein Einschlagkrater.« Sie lachte.

»Ja, er war nur etwas nass. Patschnass, genau genommen.«

Sie lachten beide, und für einen Moment kam es Aurelie so vor, als lache sie mit einer Freundin. Das vermisste sie. Eine Vertraute, der sie hätte erzählen können, dass sie mit Frederik geschlafen hatte. Was sie umtrieb. Aber Marie war ihre Konkurrentin.

»Schläft er noch?«

»Ja, ich denke schon.«

»Er ist wirklich eine Seele von einem Menschen«, sagte Marie und wandte sich den Pferden zu. »So ein Mist, wir können sie alle nicht auf die Wiese rauslassen. Die sieht aus wie ein Eispanzer. Wir können nur versuchen, die Paddocks mit Sand zu bestreuen.«

Das klang einfach, war aber eine Knochenarbeit. Aurelie spürte den Restalkohol, besonders, wenn sie sich bückte. Bloß nicht kotzen. Bloß nicht, ermahnte sie sich.

Frederik tauchte auf. »Weckt mich doch, Ladys. Guten Morgen, dann mal ran an die Säcke.«

Er wirkte wie immer. Was hatte er gestern gesagt? Tierärzte sind beliebt bei den Frauen? Aurelie konnte doch gar nicht wissen, ob er irgendwelche Bekanntschaften hatte. Zumindest hatte er nicht ungeübt gewirkt.

Sie schufteten bis zehn. Da konnten die Tiere zumindest auf die Paddocks.

»Frühstück?«, fragte Aurelie.

»Gern.«

»Ich hab ja eigentlich für fünf Leute eingekauft und einen französischen Schokoladenkuchen gemacht. Lotte liebt ihn.«

»Du kannst wirklich extrem gut kochen und noch besser backen, der Kuchen ist genial«, sagte Marie, als sie am Tisch saßen, und es klang wirklich so, als würde sie es auch so meinen.

Da Frederik von Beni für irgendetwas als Hilfskraft benötigt wurde, zog er zusammen mit Marie ab. Aurelie hatte beschlossen, der Einladung der Nachbarn für heute Abend nun doch Folge zu leisten. Und sie hatte noch einen Trumpf im Ärmel, als Marie fragte, wie sie denn gedenke, über den Hügel zu gelangen.

»Ich war am Genfer See in der Schule. Ich kann Ski fahren und auch Felle aufziehen.«

Und so stapfte sie mit einer Stirnlampe ausgerüstet den Hügel hinauf. Anton war entsetzt, dass er nicht mitdurfte, aber in dem Bruchharsch hätte er sich nur verletzt. Oben zog sie die Felle ab, und weil sie leicht war, blieb sie auf der harschigen Schicht, während sie zum Hof hinunterfuhr. Wenige Schwünge nur, aber so ein freies Gefühl.

Der Abend war entspannt, es gab Fondue. Aurelie bekam noch ein Weihnachtsgeschenk von Marie. Ein Blechschild mit der Überschrift: *Ich bin stolz, ein Dorfkind zu sein.* Darunter ging es weiter: »*Denn ich weiß, dass Kühe nicht lila sind. Wie man einen Traktor fährt. Dass man nie an einen Elektrozaun pinkelt. Und dass gelber Schnee kein Zitroneneis ist.*«

»Na, das An-den-Zaun-Pinkeln betrifft Aurelie ja eher nicht«, kommentierte Frederik grinsend.

Aurelie freute sich sehr. Sollte das heißen, dass sie nun doch dazugehörte? Sie hatte keine Gelegenheit, mit Frederik unter vier Augen zu reden, weil immer jemand dabei war. Außer einem Glas Prosecco trank sie nichts Alkoholisches, daher wurde ihr gestattet, den Rückweg wieder anzutreten. Die anderen begleiteten sie noch zur Tür.

»Der Entschluss ist leicht zu fassen: Gutes tun und Schlechtes lassen!«, sang Afra vor sich hin.

14

Aurelie

Es waren noch zwei Tage ins Land gegangen, die Situation auf den Straßen besserte sich etwas, aber nun konnte Eike nicht kommen, weil sein Auto Probleme machte und die meisten Werkstätten während der Feiertage geschlossen hatten. Die neue Ankunftszeit war auf den 30. Dezember terminiert.

Sie war wie immer beim Füttern und stellte fest, dass Faxi kein Heu nahm. Er stand nur da, die Flanken eingefallen. Aurelie rief Marie an, die auch wieder über die Straße fahren konnte. Sie grüßte kaum, eilte in den Stall und sah Aurelie mit einem todtraurigen Blick an.

»Ich befürchte, es ist so weit«, sagte sie.

»Was?« Die Panik war wieder da.

»Eine Kolik, aber eine, die wir wohl nicht mehr behandeln können. Ich rufe Frederik an.«

Wenig später war er da und spritzte Buscopan und Novalgin. Selbst Aurelie wusste, dass diese Medikation schnell wirken musste, denn wenn nicht … Sie gingen ins Haus, tranken einen Kaffee, kehrten zurück. Aurelie betrachtete das alte Pferdchen. Es stand mit gesenktem Kopf da, Sabber lief ihm aus dem Maul. Die Augen waren trübe. Sie war noch ein paarmal mit ihm spazieren gegangen, ohne ihn fressen zu lassen. Er war so sanft gewesen. Er hatte ihr keine Angst eingeflößt, weil er ihr immer wie ein Teddybär vorgekommen war. Das Fell war viel zu lang, was an seiner Krankheit gelegen hatte. Sie wusste, dass der hübsche kurze Kopf, die großen Augen, die langen Wimpern dem Kindchenschema entsprachen und etwas anrührten, vor dem nur wenige gefeit waren.

»Aurelie, du musst entscheiden, was wir tun sollen. Ich kann noch einmal nachspritzen, aber ich habe wenig Hoffnung«, sagte Frederik leise.

»Ich will so eine Entscheidung nicht treffen. Das ist nicht fair.«

»Das Leben ist nie fair. Das liegt im Wesen des Lebens. Aber warum ausgerechnet der Faxi, verdammt noch mal?« Marie schien wie so oft ihren Schmerz mit Härte zu übertünchen.

Aurelie musste erst zum dritten Mal den Tod eines Tieres begleiten, doch sie spürte, dass es nicht leichter wurde. Ganz im Gegenteil. Wenn man wusste, was auf einen zukam, wurde es schwerer. Erste Male waren immer taumelnd. Unbewusst. Man betrat die Eisschollen und wunderte sich, dass sie auseinanderdrifteten. Man sprang in den Fluss und hatte mit dem Wasserfall nicht gerechnet. Man aß die Frucht und hätte nie gedacht, dass die Übelkeit so schlimm würde. Zweite Male waren Wissen – und Wissen bedeutete Schmerz. Isabelle war immer wieder in diese Strudel aus Schmerz gesprungen. Sie war immer wieder nach oben geschwommen, hatte sich nie treiben lassen. Und deshalb hatte sie auch über ihren eigenen Tod bestimmen müssen.

Isabelle war nie einen bequemen Weg gegangen, denn es

war nie bequem, sich für andere zu engagieren. Hier und heute fühlte Aurelie sich ihr sehr nah.

»Was willst du tun?«, fragte Frederik erneut.

»Mach es!«

Frederik horchte Faxi mit dem Stethoskop ab. Lange. Untersuchte ihn ein letztes Mal rektal. Schüttelte den Kopf.

»Klinik ist keine Option mehr?«, fragte er.

Zeit verstrich.

»Nein.«

Nun war sie sicher.

Frederik führte das Tier nach draußen und legte den Zugang. »Du musst nicht dabei sein«, sagte er.

»Doch.«

Faxi fiel mit der ersten Spritze. Frederik schob eine zweite nach, aber der Wallach war in Sekundenbruchteilen gestorben. Er lag da, mit offenen Augen. Plötzlich sah er kleiner aus und knochiger.

Aurelies Tränen tropften in sein Plüschfell. Frederik zog mit Maries Hilfe eine Plane über das tote Tier. Marie ging weg und kam mit ein paar Disteln zurück, die schön aussahen. Es war Winter, alles war verblüht. Aurelie hob zwei kleine Äste auf und legte sie in Kreuzform auf das Tier. Sie war nie gläubig gewesen, aber Rituale wärmten. Frederik hatte einen Flachmann dabei und ließ ihn kreisen.

»Ich gewöhne mich nie daran. Pferde sind das Schlimmste«, sagte er.

Aurelie sah ihm in die Augen.

»Es gehört dazu, Aurelie«, fuhr er fort. »Du musst jetzt auf die Lebenden sehen. Da sind noch so viele liebenswerte Wesen, die dich brauchen.«

Aurelie konnte nichts sagen. Alles in ihr war auf Flucht gepolt.

»Wir machen das mit der Tierkörperverwertung«, meinte Marie.

Ja, natürlich. Pferde konnte man nicht unterm Pflaumenbaum begraben und auch nicht im Friedwald am Wachsbichl. Sie hoffte für Faxi, dass seine Seele schon weggeflogen war. Über den Weiher geschwebt, hinauf zu Isabelle und all seinen Pferdefreunden. Jetzt konnte er mit Odins Ross übers Himmelsgewölbe tölten.

Aurelie nickte Marie zu, dann Frederik und ging zurück ins Haus. Im Büro lag der Einäugige auf dem Sessel und fixierte Aurelie mit seinem Zyklopenauge. Er sprang hinunter und schien sie aufzufordern, sich zu setzen. Als sie saß, sprang er auf ihren Schoß und begann, leise eine beruhigende Weise zu schnurren. Die Tränen versiegten nur sehr langsam.

»Du bist lieb. Ihr seid alle lieb. Ihr seid klar und manipuliert nicht. Aber ihr macht mir auch Angst. Und die Angst wird nicht kleiner.«

Der Kater gab ihr keine Antwort, doch sie hatte die Antwort längst gefunden. Sie setzte ihn auf den Boden und blickte auf die Fotos an der Wand. »Verzeih mir, Isabelle.«

Dann ging sie zu ihrem Auto. Sie ignorierte Frederik und Marie, die auf dem Hausbankerl saßen, wo der tauende Schnee, der vom Dach tropfte, sie nicht treffen konnte. Marie, du hast gewonnen, dachte sie noch.

Die Straßen waren teils noch sehr ruppig, vor allem die kleinen Nebensträßchen. Der Weg hinauf zu dem Weiler, der zu Grünenbach gehörte, war steil, und ihr brach zweimal das Heck aus. Schließlich hielt sie vor Prangers altem Bauernhaus an. Er musste es schon lange besitzen, die Lage war ein Traum und heute sicher unbezahlbar. Sein Passat, der überraschend bescheiden für einen Anwalt war, stand vor der Tür. Im nächsten Moment kam er heraus, er hatte wohl das Auto gehört.

»Aurelie, wie schön. Seien Sie vorsichtig. Es ist glatt. Ich streue schon dauernd, ein Sturz wäre nichts für einen alten Knochen wie mich.«

»Das Eis ist für keinen etwas«, entgegnete Aurelie in einem Ton, der Pranger aufschrecken ließ.

»Aurelie, was ist passiert, um Himmels willen? Kommen Sie, kommen Sie herein, meine Liebe.«

Er ging in die Küche voran, wo es warm war. Pranger stellte eine Wasserkaraffe und Gläser vor ihr ab und einen Obstler. Sein Blick war fragend. Aurelie nickte. Wenn ihr dieses gute halbe Jahr eine Lehre erteilt hatte, dann war es der unumstößliche Nutzen von Obstler. Sie tranken.

»Herr Dr. Pranger, ich gebe auf!«

»Aurelie, meine Liebe, warum denn plötzlich?«

»Plötzlich? Das ist nicht plötzlich. Und heute ist Faxi gestorben!«

»Der alte Faxi? Isabelles letzter Recke. Wie furchtbar.« Auch seine Augen wurden nass. Noch ein Obstler.

»Ich kann das nicht! Ich will das auch nicht mehr. Ich schlafe schlecht, ich sorge mich um diese Tiere, und ich empfinde nur Schmerz. Ich bin so anders als Isabelle, ich kann mich nicht aufopfern für diese Tiere. Ein Hund, eine Katze – ja, vielleicht, aber diese Menge? Mir ist das zu viel. Ich habe Isabelle enttäuscht. Das ist bestimmt verwerflich, aber ich bin am falschen Platz. Und wenn Isabelle das Geld an so eine Bedingung geknüpft hat, dann habe ich eben versagt. Warum hat sie das überhaupt getan?«

»Weil Sie ihre einzige … ihre einzige … Ach, Aurelie …«

»Was? Sie verbergen doch etwas vor mir?«

»Nichts.«

»Sie lügen mich an.«

Er zwinkerte. Sah weg.

»Ihre Körpersprache sagt alles. Pokerface ist nicht Ihre Spezialität.«

»Für mich ist das auch sehr belastend. Ich habe Isabelle Jahrzehnte gekannt, wir waren Freunde, Weggefährten. Mich trifft das auch alles bis ins Mark.«

Aurelie wusste, dass er sich wand. Dass er versuchte, sie abzulenken. Sie machte noch einen schnellen Vorstoß. »Dann sagen Sie mir jetzt wenigstens, wer der andere Erbe ist. Der Spion. Marie, oder? Geben Sie es endlich zu! Ich erfahre es jetzt sowieso.«

»Es ist nicht Marie. Nein, wirklich nicht.« Er räusperte sich.

Aurelie glaubte ihm.

»Mandy?«

Er schüttelte den Kopf.

»Susu? Sie hat ihre Tierärztin bedacht? Das wäre ja durchaus nachvollziehbar.«

Er schüttete erneut den Kopf.

Aurelie schaute aus dem Fenster und konnte bis zum Säntis sehen.

»Dann ist es Berenike, diese Nicki. Sie hat Isabelles Pferdeliebe geteilt, oder?«

»Das stimmt, und Isabelle war ihr sehr zugetan. Aber nein, Berenike ist nicht die Erbin!«

Da kam ihr eine Ahnung. »Sie! Sie selbst erben alles. Natürlich. Warum bin ich nicht gleich darauf gekommen? Der Weggefährte, wie wunderbar! Da hätte ich mich auch auf ein Weinchen an den See gehockt! Sie haben mich bespitzelt. Das ist, das ist … ekelhaft.«

»Aurelie, ich bin nicht der Erbe. Das wäre ja verbrecherisch. Sie dürfen nicht so an meiner Integrität zweifeln.«

Diesmal klang er wirklich erschüttert.

Der Kreis an möglichen Kandidaten wurde eng und enger. Alois? Franz? Gar Ophelia? Nein, Isabelle war viel zuzutrauen, aber kein solcher Fehltritt. Bene oder Afra? Beide waren uralt und würden Isabelles Vermächtnis kaum weiterführen können. Wer war denn sonst …? Der Gedanke kam jäh.

»Frederik? Sie wollen jetzt nicht sagen, dass Frederik erbt?«

Sein Schweigen war Antwort genug. Aurelie stürmte aus dem Haus, wäre auf dem Eis fast ausgeglitten. Sie schoss rückwärts, donnerte in eine Schneewechte. Mach langsam! Tief durchatmen! Sie versuchte, sich zu beruhigen, doch es gelang ihr nicht. In Jugendberg wäre sie fast aus der Kurve getragen worden. Wie konnte er so etwas tun? Jetzt, da sie … Da sie was? Einen alten Jugendfreund wiederentdeckt hatte? Zu viel von dem Silvaner getrunken hatte, der sowieso viel mehr reinhaute als Isabelles Weine! Ein Bauerntrampelwein gegen Finesse! Insgeheim wusste sie, dass es wenig fair war, den Wein zu beschuldigen. Niemand hatte sie gezwungen, ihn zu trinken, und keiner hatte sie genötigt, mit Frederik zu schlafen. Er am wenigsten. Wahrscheinlich, weil bei ihm eine Art schlechtes Gewissen aufgeblitzt war? Man vögelte nicht mit einer Frau, nach deren Erbe man trachtete.

Der Kies knirschte, als sie im Hof anhielt. Niemand war zu sehen. Ein Pferd wieherte. Ja, es war auch schon wieder Fütterungszeit. Sie fiel im Gang mal wieder fast über Anton, der sie schläfrig ansah. »Lieg nicht immer im Weg rum!« Sein Blick war leidend. Wie oft hatte sie daheim gepredigt, man solle seine schlechte Laune nicht an Unschuldigen auslassen? Es war leicht, Plattitüden hinauszuposaunen, solange man selbst nicht betroffen war. Ihre Welt kippte gerade über den Rand. Nichts war mehr gesetzt.

Sie zog ihre Stallschuhe an und fuhrwerkte dann mit ihrer Heugabel herum, stach in den Haufen und tötete Frederik mit jedem Stich. Eine multiple Stichverletzung, würde es in einem Krimi heißen.

Plötzlich hörte sie seine Stimme. »Du bist sehr dynamisch. Es tut mir so leid mit Faxi!«

Sie fuhr herum. Da stand er.

»Kann ich dir helfen?«

»Du bist der Erbe? Du bist der Spion? Du hast Pranger Bericht erstattet, wie gut oder eher schlecht ich das mache? Du Arschloch!«, brüllte sie.

»Aurelie, lass mich erklären, ich …«

»Was willst du da erklären? Du hast mich verarscht. Hintergangen. Du hast mir zugesehen und dir ins Fäustchen gelacht. Hast meinen Untergang begleitet. Chapeau! Tolle Leistung.«

»Bitte, lass uns reden.«

»Was gibt es da noch zu reden? Ich werde nachher meinen Koffer packen. Du hast es sicher eilig, deinen Erfolg zu feiern. Mit deinem beschissenen Silvaner. Lad doch Marie und Beni ein, die werden jubeln. Die haben mich eh nicht hier gewollt.« Nun kamen die Tränen.

»Das ist unfair. Lass die anderen aus dem Spiel. Bestimmt haben sie es dir nicht immer leicht gemacht, aber sie mögen dich doch.«

Warum blieb er so ruhig? Das war ja noch schlimmer, als hätte er zurückgeblafft. »Spar dir das salbungsvolle Gewäsch. Du hättest Pfarrer werden sollen.«

»Ich mag keinen Streit.«

»Du magst keinen Streit? Das ist ja niedlich. Mag der liebe Fredi keine Unstimmigkeiten. Süß! Wie konntest du das tun? Schämst du dich nicht?«

»Doch, aber ich wollte …«

»Was du wolltest, ist mir egal, fahr zur Hölle!« Sie warf die

Gabel nach ihm und rannte den Stallgang hinunter. Ein paar der Tiere sprangen entsetzt von der Futterrinne weg. Sie knallte die Feuerschutztür zu und stürmte ins Büro. Dann brüllte sie. Schrie es hinaus. Ein langgezogenes »Nein!«.

Das erst in eine Hustenattacke überging und dann in Tränen. Sie riss die Tür auf, fiel diesmal fast über eine Katze und brüllte: »Verschwindet!«

Im Kühlschrank stand eine geöffnete Flasche Gros Plant. Sie packte sie und ging damit zurück ins Büro. Dort setzte sie die Pulle an, trank, verschluckte sich.

»Du Arschloch! Du ekelhafter Verräter! Machst auf netten Kumpel!«

Dabei war er ihr weitaus mehr geworden als nur ein Kumpel. Ein Freund, ein Vertrauter. Mindestens. Auf jeden Fall war da ein Pflänzchen gewesen. Eine kleine Fichte, sehr jung noch. Solch kleine Bäumchen mussten die ersten Winter überleben, durften nicht mit Stiefeln getreten werden. Es war nicht sicher, dass sie erstarkten. Frederik hatte ihr den Stiefel ins Gesicht getreten.

Sie warf die Flasche gegen die Holzplanke von Chaissac, die umfiel und zerbrach. Das Geräusch war laut und wie ein Weckruf, der sie aus ihrer unbändigen Wut holte. Das hatte sie nicht gewollt. Als sie die Planke reumütig aufstellen wollte, fiel ihr ein Blatt Papier auf, das am Boden lag. Es war dünn und mit kleinen Buchstaben beschrieben. Aurelie begann zu lesen und stellte fest, dass der Text auf Französisch verfasst war.

Meine wunderschöne Isabelle,
der Tag ist gekommen, an dem Du noch ein bisschen besser auf Dich aufpassen musst. Ich muss jetzt gehen, und mein letzter Gedanke bist Du. Sollte ich es in den Himmel schaffen, woran ich zweifle, dann würde ich von oben auf

Dich herabsehen und Dir Wattewölkchen senden.
Und Sonne. Und einen lauen Wind.
Du weißt nun alles, was Du wissen musst. Du kannst Wein bewerten und die Menschen erkennen. Du bist oft still, und weil Du so eine edle Seele hast, öffnen sich die Menschen – wie meine Mutter. Sie war Deine Großmutter, so wie ich Deine Mutter war. Bitte bestrafe nicht Deinen Vater, nicht die anderen. Es war mein Wunsch, dass Du erst nach meinem Tod davon erfährst. Ich hatte genug Gründe – nicht zuletzt den, dass ich Dich nicht in Gefahr bringen wollte, denn nicht alle meine Handlungen waren integer. Aber ich war immer bei Dir, und ich werde immer bei Dir sein.
Ich habe Dich mehr geliebt als mein Leben, das ich jederzeit für Dich gegeben hätte.
Und nun zieh hinaus in die Welt und erobere sie. Ich habe es mit Feuer versucht, dabei verbrennt man sich und andere. Du kannst es einzig mit Deiner Seele und Deiner Anmut tun. Lebe und liebe und denke immer daran, dass Du die Wahl hast: Wenn eine Flutwelle auf Dich zukommt, kannst Du eine Mauer bauen. Du kannst aber auch ein sturmerprobtes Boot besteigen. Wenn der Wind stärker wird, kannst Du Dich in den Dünen ducken oder aber ein Segel hissen.
Geliebte Isabelle, segle hinaus auf den Schwingen des Lebens.
Ich werde Dein Schutzengel sein.
Auf immer
Deine Chantal

Aurelie sank auf den Sessel. Isabelle war die Tochter dieser Chantal du Pointe gewesen? Aber dann …

Sie griff zum Handy. Zögerte kurz. Dann wählte sie Frederiks Nummer.

Er nahm sofort ab.

»Kannst du kommen?«, fragte sie. Mehr brachte sie nicht heraus. Sie saß im Sessel, schaute sich die Bilder wieder und wieder an. Signiert mit Chantal du Pointe, Bilder, die mit Feuer gemalt zu sein schienen.

Fünf Minuten später traf Frederik ein. Er sah grau aus, fahl, seine Augen waren verquollen.

»Aurelie, ich bin so froh, dass du angerufen hast. Bitte hör zu. Als Dr. Pranger mich …«

»Ich glaube, das müssen wir hintanstellen. Da!« Sie reichte ihm das Blatt.

Er las. Seine Hand fiel nach unten, baumelte wie bei einer unbespielten Marionette. Dann sah er sich im Raum um. »Ich war noch nie hier. Wir haben auch so ein Bild von Chantal du Pointe. Mein Vater hat es gehütet wie einen Schatz. Eine Frau mit blauem Gesicht. Er meinte, sie sitze in einem Blumenmeer, ich hingegen fand, es sah aus wie ein Bällebad im Möbelhaus. Ich bin nicht gerade ein Kunstkenner.«

»Ich auch nicht, drum habe ich die Planke von Chaissac zertrümmert und dabei diesen Brief gefunden.«

Frederik las ihn ein zweites Mal. »Das hieße dann aber, Isabelle war gar nicht deine Tante?«

»Richtig, denn meine Mutter Odette war gar nicht Isabelles Halbschwester! Und meine Großmutter Guinevere, die den Architekten Paul Deschamps geheiratet hat, war nicht Isabelles Mutter. Sie hat sich bloß dafür ausgegeben. Warum nur? Und dann hat sie nicht etwa ein zweites Kind geboren, sondern ihr erstes, und zwar meine Mutter Odette. Ist das kompliziert!«

»Wenn Isabelle das Kind von Chantal du Pointe war, ist es ja nur logisch, dass sie diese Ferienanlage besessen hat. Sie hat sie von ihrer Mutter geerbt.« Frederik schüttelte den Kopf. »Wusste Isabelle, wer ihre biologische Mutter war?«

»Das muss sie doch!« Aurelie stutzte. »Oder vielleicht auch nicht. Womöglich hat der Zettel die ganze Zeit in der bemalten Holzplanke gesteckt. Isabelle hat mit mir erst Kontakt aufgenommen, als ich fünfzehn war und in der Schweiz zur Schule ging. Warum hätte sie das tun sollen, wenn sie gewusst hätte, dass ich gar keine Nichte bin? Oder Halbnichte?«

»Keine Ahnung, ehrlich gesagt. Warum hat sie dich denn kontaktiert?«

»Wir haben uns in der Vendée getroffen. In ebendieser Ferienanlage. Mein Opa kannte sie, er kannte auch Isabelles Vater, den Architekten. Er selber war Ingenieur, sehr an Architektur interessiert und hat sie mir vorgestellt. Als Tante Isabelle. Sie war ungeheuer schön. Weltläufig war sie auch, sie konnte Deutsch, Französisch und Englisch praktisch akzentfrei. Der Opa meinte, sie sei jedes Jahr im Herbst zur selben Zeit am Atlantik, um ihre Geschäfte dort zu regeln. Sie hat damals schon das Stadthaus in Les Sables bewohnt. Zu mir war sie sehr freundlich und hat gesagt, dass man nicht immer Glück mit seinen Müttern habe. Ja, das hat sie gesagt. Daran erinnere ich mich noch genau. Aber was hieße das eigentlich? Dass sie gewusst hat, dass Chantal du Pointe ihre Mutter war? Warum vermacht sie mir ihr Vermögen, wenn ich nicht einmal mit ihr verwandt war?«

»Na ja, selbst wenn sie es gewusst hat – sie hatte keine Kinder. Sie mochte dich. Du hast ihr nahegestanden.«

»Trotzdem, Frederik, da ist so viel vage und unklar. Da ist so viel, was ich nicht verstehe.«

»Man muss nicht alles verstehen«, meinte Frederik. »Es ändert doch auch nichts, wenn du ihre Beweggründe kennst.«

»Doch!«

»Lass es gut sein.«

»Warum hatte sie eigentlich keine eigenen Kinder? Ich

habe sie nie gefragt. Ich habe immer angenommen, es war wegen der Tiere. Ich dachte immer, dass sie Tiere mehr geliebt hat als Menschen.«

»Ich weiß nicht.« Frederik betrachtete die Bilder an der Wand. »Ich glaube nicht, dass sie nur Tiere geliebt hat. Sie mochte die Menschen. Sogar schräge Typen wie Afra.«

»Hat sie ihren Mann geliebt? Diesen Florian?«, fragte Aurelie.

»Sie sind immer sehr respektvoll miteinander umgegangen. Nach seinem Tod hat sie mit großer Zuneigung von ihm gesprochen.«

»Er ist kurz vor Lottes Geburt gestorben. Warum fliegt die Zeit so dahin? Ich habe kaum noch Erinnerungen an ihn. Dabei habe ich ihn ja immer für meinen Onkel gehalten.«

»Na ja, das war er ja auch, und Isabelle hat immer als deine Tante fungiert. Sie hat sich so gefühlt. Natürlich bist du die Erbin. Wer sonst?«

»Na ja, du bist ja auch im Rennen«, sagte Aurelie leise.

»Es tut mir so leid. Als Pranger mich anrief und mir diese krude Geschichte erzählt hat, da habe ich ihn erst mal ausgelacht. Aber er war so überzeugend. Es sei Isabelle so wichtig gewesen, dass der Hof in gute Hände kommt. Und falls du doch nicht … na ja …«

»Falls ich zu blöd sein sollte, so einen Hof zu führen. Sag ruhig, wie es ist!«, stieß Aurelie aus.

»Pranger hat eher vermutet, dass deine Familie nicht mitziehen würde. Für den Fall hat Isabelle gewollt, dass jemand erbt, der sich auskennt. Ich als Tierarzt sei doch da perfekt geeignet, hat Pranger gemeint. Er hat mich förmlich überfahren. Und ich dachte dann, ich könnte ja mal schauen.«

»Schauen?«

»Ach, Aurelie, ich dachte, es ergibt sich dann schon, dass

wir offen über die ganze Sache reden. Und, na ja, ich war neugierig auf dich.«

»Neugierig?«

»Ja, ich hatte dich gegoogelt. Auf der Website deiner Schule gibt es ein Foto von dir. Ich wollte dich wiedersehen. Und dann kam ich an, und es war alles viel schwieriger, als ich gedacht hatte. Ich wollte es dir immer sagen, aber ich habe jedes Mal den Zeitpunkt verpasst. Immer, wenn ich so weit war, da …«

»Hat Lynn gekotzt? Wäre Laurent fast gestorben? Ging ein Pferd in den Pferdehimmel? Hat Eike dumme Sprüche geklopft?«

»Gleich an dem Abend, als wir Salat gemacht haben, da war ich dir so nahe. Aber ich wollte nicht gleich mit der Tür ins Haus fallen. Und außerdem hast du mich auch einfach überfahren und nicht ausreden lassen. Und dann warst du so verstört, als du vom Bodensee kamst. Du musstest doch erst einmal die Sache mit Eike klären! Und an Weihnachten hat es ja wirklich … Schwer zu erklären.«

Aurelie rief sich die Szenen vor Augen. Es stimmte schon, sie hatte ihn überfahren und zugetextet.

»Du hast recht, es war immer so turbulent.«

»Willst du nicht doch annehmen?«, fragte er. »Du hast dich sehr gut geschlagen.«

»Für eine Stadttussi?«

»So meine ich das nicht. Isabelle war doch auch keine klassische Bäuerin. Überleg es dir noch mal. Ich werde in jedem Fall ablehnen!«

»Aber für dich wäre das optimal! Du könntest eine Tierklinik eröffnen. Für deine Neu…, Neu…«

»Neuweltkameliden. Nein, Aurelie, ich bin kein Klinikchef. Ich hatte das Angebot für eine Teilhaberschaft schon zweimal. Aber ich arbeite lieber allein. Weißt du, ich liebe meine Fahrpraxis. Mehr brauch ich nicht.«

Gar nichts sonst? Die Frage kitzelte Aurelie, aber sie schluckte sie hinunter.

»Ich lehne ab, was immer sich Isabelle dabei gedacht hat, ausgerechnet uns zwei in den Ring zu schicken«, fuhr er fort.

»Ich begreife das auch nicht. Sie mochte dich sehr. Viel mehr als Eike«, sagte Aurelie.

»Du glaubst, sie hat gehofft, wir würden uns das Erbe teilen und …?«

»Klingt es komisch, wenn ich als Lateinlehrerin sage, ich sei mit meinem Latein am Ende?«, fragte Aurelie.

Frederik lächelte und blieb ihr die Antwort schuldig. »Ich fahre morgen zu Pranger und sage ihm, dass ich das Erbe ablehne.«

»Ich würde mitkommen.«

»Das wäre sehr schön. Kann ich noch etwas tun?«

»Nein, aber du könntest mich morgen abholen. Ich muss meiner Familie noch meine Entscheidung mitteilen. Kommst du um die Mittagszeit?«

»Sicher.« Er erhob sich, ging zwei Schritte auf den Sessel zu, hob dann die Hand zum Gruß und verschwand.

Aurelie ließ noch einmal den Blick über die Fotos an der Wand schweifen. Wenn Isabelle die Tochter dieser Chantal war, dann hatte sie bestimmt deren unbändige Lebenskraft geerbt. Und das war eindeutig eine bessere Mitgift als die der Absinthtrinkerin. Frederik hatte gesagt, es ändere nichts, wenn sie die Beweggründe kannte. War das so? In jedem Fall ging es nun um sie. Aurelie wählte Eikes Nummer.

»Du kannst Silvester mit Tamara feiern.«

»Was heißt das?«

»Ich habe eben das Erbe abgelehnt!«

»Spinnst du?«

»Nein, ich war noch nie so überzeugt, das Richtige zu tun. Mal abgesehen von deinen gelegentlichen Einsätzen an der Bar hast du mich allein gelassen mit all der Arbeit. Mehr noch: Während ich um Leben und Tod der Tiere hier gebangt habe, hast du Tamara gevögelt. Schlimmer noch: Dein Sohn war in Lebensgefahr, während du es dir mit Tamara in Kressbronn hast gut gehen lassen. Ich habe die ganzen letzten Wochen darauf gewartet, dass von dir etwas kommt. Das war der Kapitalfehler. Jetzt kommt was von mir: Ich will dich an Silvester nicht sehen.«

Man hörte es rascheln und raunen, dann war Lottes Stimme zu hören. »Mama? Wir würden aber gerne kommen.«

»Lotte, bist du nicht in Kitzbühel?«

»Nein, hat sich anders ergeben.«

»Aber wolltest du an Silvester nicht zu einer Party mit Emma oder Lynn?«

»Nein, aber Lynn würde gerne mitkommen.«

»Ja, natürlich. Könnt ihr den Zug nehmen?«

»Ja, direkt am 31., wenn das passt.«

»Natürlich. Schreib mir die Ankunftszeit, ja?«

»Sicher, wir fahren nach Röthenbach, da müssen wir nicht umsteigen.«

Eike war wieder am Handy, und sie hörte, dass er den Raum verließ. »Dir ist das ernst?«

»Ja, die Kinder kommen, und wir beide sollten dann im neuen Jahr über die Scheidung sprechen.«

»So schnell? Erbe verworfen und den Mann hinterher?«

»Eike, du hast das ins Rollen gebracht!«

»Du hast ja recht. Und Tamara bedeutet mir etwas. Es wäre nie so weit gekommen, wenn du ein wenig mehr Interesse an meinem Leben gezeigt hättest. Klar, ich habe nachts gearbeitet, während andere schlafen. Ich nehme dein Argument vorweg: Es ist schwer, meinen Rhythmus mitzuleben. Aber du hast nie gefragt, wie es mir geht. Es ist nicht so einfach, sich als freier Journalist über Jahre am Markt zu halten. Dafür muss man gut sein. Besser als die anderen. Ich habe gerade einen Journalistenpreis gewonnen, mit fünftausend Euro dotiert. Aber so was interessiert dich wohl nicht.«

Das war nicht ganz fair, sie hatte nicht einmal davon gewusst. Und doch lag ein Körnchen Wahrheit darin. Für Aurelie war Eike in den letzten Jahren nur noch der Sprachzyniker gewesen, der zufällig in derselben Wohnung gelebt hatte. In der Tat hatte sie sich wenig für seine Arbeit interessiert. Sie hatte viele seiner Reportagen nicht einmal mehr gelesen. Auch sie hatte ihr Scherflein zum Scheitern dieser Ehe beigetragen. Nun war sie müde. Das letzte halbe Jahr hatte alle Kraft aus ihr herausgesogen. Der Weg würde noch steinig werden und unschön, aber das Wort Scheidung war gefallen. Das war ein großer Schritt.

Es herrschte eine ganze Weile Stille in der Leitung. »Dann wünsche ich dir einen guten Rutsch«, sagte er schließlich.

»Ich dir auch.«

15

Aurelie

Der Schlaf rettete sie, die Erschöpfung ließ sie acht Stunden durchschlafen. Am nächsten Morgen fuhr Frederik wie versprochen vor, und sie schraubten sich hinauf auf Prangers Feldherrenhügel.

»Herr Dr. Pranger, ich lehne das Erbe ab«, sagte Frederik noch in der Tür.

»Ich auch, aber das wissen Sie ja bereits«, fügte Aurelie hinzu.

»Bitte, kommen Sie herein!« Der Anwalt bot ihnen einen Platz in der gemütlichen Stube an. Dann lehnte er sich zurück.

»Das ist bedauerlich, Frederik. Für Sie als Tierarzt wäre diese Immobilie doch perfekt.«

»Ein Nein bleibt ein Nein.«

Pranger nickte. Wehmütig.

»Was passiert nun?«, fragte Aurelie.

Pranger lächelte versonnen. »Dann kommt Plan C zum Einsatz. Plan A: Aurelie erbt. Plan B: Frederik erbt. Es wäre auch denkbar gewesen, dass Sie beide zusammen etwas auf die Beine stellen. Eine Tierklinik zum Beispiel.«

»Und ich gebe den Neuweltkameliden Französischunterricht, oder was?«, warf Aurelie ein. »Was hat sie sich nur gedacht?«

»Isabelle hatte immer eigene Ideen«, wiegelte Pranger ab.

»Die wir nicht immer verstehen«, kommentierte Frederik. »Also was ist Plan C?«

»Es wird eine Stiftung geben. Das Belle Plage wird ein Zentrum für junge Architekturstudenten, die finanziell nicht gut gestellt sind. Der Erlös des Hauses in Les Sables-d'Olonne geht in die Erforschung von Pferdekrankheiten wie Cushing oder Sommerekzem, das war Isabelle sehr wichtig. Den Hof am Hintertristerweiher bekommt der Deutsche Tierschutzbund. Er bleibt ein Gnadenhof. Das restliche Geld wird eine zusätzliche Finanzspritze sein.«

Frederik schüttelte immer wieder lächelnd den Kopf. »Irre!«

»Nun, jeder hat seine eigene Vorstellung von einem guten Leben. Isabelle hat sich für Tiere eingesetzt. Und es war ihr Wunsch, andere glücklich zu machen.« Er stockte kurz und schluckte. »Die fünfzigtausend gibt es in jedem Fall, und wenn Sie mögen, Aurelie, könnten Sie die Einliegerwohnung behalten. Isabelle hat immer noch gehofft, dass sie einen Teil Ihres Herzens für den Weiher erwärmen könnte.«

Aurelie traten Tränen in die Augen. Frederik sprang ihr bei. »Und der Kiosk?«

»Den hat Isabelle samt der Badewiese der Gemeinde vermacht. Die wird ihn verpachten, und ich glaube, die Pächterin wird Mandy heißen.«

Frederik konnte sich kaum beruhigen. »Ich glaub das nicht. Was für eine Inszenierung!«

Aurelie wischte die Tränen ab. »Ich glaube, ich muss das alles erst mal verdauen.«

»Lassen Sie sich ruhig Zeit, meine Liebe«, meinte Pranger.

Sie ging hinaus und blickte in die Schweizer Berge. So viele Schlussakkorde in den letzten Tagen, die an den Bergen ganz sanft verklangen. Sie und Frederik fuhren schweigend zum Weiher. Aurelie war dankbar, dass er keine Fragen stellte.

Am 31. Dezember holte sie Lotte, Lynn und Laurent am Bahnhof ab.

»Es wird aber keine Party geben. Wir können Raclette machen?«

»Mega, ja, gerne.«

Und so saßen sie um neun Uhr abends im Kiosk, und Aurelie begann, den Käse zu schmelzen. Da klopfte es an der Tür. Marie, Bene, Beni und Afra tauchten auf.

»Hier soll es Raclette geben, haben wir gehört«, meinte Beni grinsend und warf noch etwa ein Kilo Käsescheiben auf den Tisch.

Wenig später kam Frederik. Mit vier Flaschen Silvaner.

Bald darauf klopfte es erneut. Diesmal war es Matte. »Lotte hatte geschrieben. Aber nur, wenn …«

»Passt!« Aurelie lachte.

Dann standen plötzlich Hannes, Anna und deren Eltern mit einem gewaltigen Schinken in der Tür.

»Hannes wollte so gerne bei Laurent sein«, sagte die Metzgerin.

»Wie schön«, sagte Aurelie.

Sie zogen immer mehr Teller heraus, aßen ein Sammelsurium an Lebensmitteln. Lachten, tranken, erzählten.

Um kurz vor Mitternacht gingen sie auf die Terrasse.

»Wir knallen nie«, sagte Marie.

»Klar, wegen der Tiere«, meinte Laurent.

»Außerdem gibt es dabei mehr Feinstaub als monatelanger Autoverkehr in Stuttgart«, ergänzte Lynn.

Am Himmel sah man dennoch Lichtspektakel, nur etwas weiter weg. Es gab Küsschen für alle, Frederik hielt ihre Hand etwas länger.

»Tu alles, was dich glücklich macht, wobei dein Herz am meisten lacht«, summte Afra.

Es war drei Uhr, als alle aufgebrochen waren. Ein zufällig zusammengewürfelter Haufen an Menschen, die alle ohne Erwartungen gekommen waren.

»Das war echt schön, Mama«, sagte Lotte.

Am nächsten Morgen fütterte Aurelie die Tiere wie immer. Es war noch nicht sieben, als Frederik auftauchte.

»Was hältst du von einer Neujahrswanderung?«

»Unbedingt.« Sie lachte. Das Ziel war klar. »Komisch, dass wir schon wieder auf diesen Kapf rennen. Jetzt auch noch im Winter. Dabei hätte es hier ordentliche Berge wie den Hochgrat.«

»Ich mag den Kapf«, sagte Frederik. »Und ich mag auch dich.«

Aurelie hob den Blick. »Ich mag dich auch. Oder wieder. War ja nicht alles ein Ruhmesblatt.«

»Stimmt.« Er wartete.

»Aber ich brauche ein bisschen Zeit. Das war in den letzten Monaten ein bisschen viel Auf und Ab. Dabei hasse ich Achterbahnen, bei denen es einem unentwegt den Magen lupft.«

»Lupft? Siehst du, das Allgäu zeigt doch Wirkung.«

»Stimmt, ich habe auch das Wort Obacht in meinen aktiven Sprachgebrauch aufgenommen. Und vergelt's Gott. Ich will aber trotzdem erst einmal zurück nach München. Die

Kinder gehen da zur Schule. Ich möchte an mein Gymi zurück. Zu all den Stadtkids. Das ist mein Leben.«

»Und Eike?«

»Wir werden uns scheiden lassen. Eike kann reisen und das tun, was er immer getan hat – nur ohne lästigen Familienballast. Er kann dann den Wochenendvater geben und mit tollen Geschichten und Geschenken aus fremden Ländern brillieren.«

»Das klingt sehr abgeklärt. Wird er in die Scheidung einwilligen?«

»Das hat er schon mehr oder weniger. Es wird natürlich nicht reibungslos verlaufen, aber er ist eigentlich großzügig. Ich denke, wir werden uns nicht wegen ein paar Euros zanken.«

»Ich hätte ihn so eingeschätzt, dass er kein guter Verlierer ist. Lässt er dich einfach so gehen?«

»Er sieht es sicher so, dass er mich verlassen hat. Und damit kann er sicher gut leben. Er hat ja Tamara. Und wie Lotte sagte: ›Gar nicht mal so jung. Allerdings sehr blond.‹«

»Dieser Idiot! Hat die schönste brünette Frau der Welt und merkt es gar nicht.«

Aurelie errötete leicht. Sie sah nach draußen, wo die Hunde im Schnee herumtollten.

»Ich habe darüber nachgedacht, Anton mitzunehmen«, sagte sie. »Aber ich glaube, er wäre unglücklich in der Stadt. Er ist ein Weiherhund, ein Weilerhund. Ein Freigeist.«

Frederik nickte. »Wie Isabelle.«

Sie saßen eine Weile schweigend da, bis Aurelie fragte: »Und du?«

»Ich habe eine gut gehende Praxis in Sommerhausen bei Ochsenfurt, muss aber doch öfter einmal nach München. Künftig wohl etwa einmal die Woche.«

»Wie das?«

»Sie haben mir eine Dozentenstelle an der Uni angeboten. Für Neu…«

»Neuweltkameliden?« Aurelie lachte.

»Ja, und in der Uni wird der Viechdoktor wohl die Gummistiefel gegen Sneakers tauschen.« Er nahm Aurelies Hand. »Ich werde auch ab und zu weiter in den Süden reisen. Meine Familie kennt da schon lange einen schönen Bauernhof, wo sie sich im Urlaub einmietet.«

»Ach, das trifft sich gut: Ich werde auch ab und zu am Wochenende rausfahren an den Hintertristerweiher. Ich hab da nämlich so eine Wohnung auf einem Bauernhof. Inzwischen bin ich ganz gut im Ausmisten. Ich kann Quiche. Und ich kenne die Pächterin eines Kiosks.«

Sie war frei, endlich frei! Alle Fesseln gesprengt. Was sie jetzt entschied, tat sie freiwillig. »Wann fährst du?«

»Morgen.«

»Freunde?«

»Allerbeste Freunde. Sag, haben wir einen Anschlusstermin?«, fragte Frederik lächelnd.

»Natürlich. Spätestens, wenn du deine erste Vorlesung gibst. Ich bastel dir eine Schultüte. In Chantal-du-Pointe-Farben.«

»Ich bin gespannt!«

»Und dann gibt es noch einen Jour fixe und Semaines fixes«, entgegnete Aurelie. »Immer die ersten drei Wochen im August am Hintertristerweiher. Soll ganz schön sein da unten.«

Aurelie fühlte sich erschöpft, ein wenig melancholisch, und doch war da endlich Licht am Horizont. Sie saßen wieder auf dieser Bank, wo es Aurelie jedes Mal warm ums Herz wurde, obgleich es kalt war. Die Morgensonne wärmte, aber im Schatten waren es sicher fünf Grad unter null.

»Etwas ist seltsam an diesem Ort. Es kommt mir vor, als wäre ich schon einmal hier gewesen.«

»Waren wir ja auch.«

»Nein, ich meine, früher. Viel früher. Fast wie ein Déjàvu.«

»Das geht mir auch so. Merkwürdig.«

EPILOG

Die Sonne wurde wieder kräftiger, und die Wintertrolle zogen sich zurück in ihre Höhlen. Die Weiherterrasse war ein guter Ort, um in die Zukunft zu sehen.

»Jetzt sitzen wir beiden wieder allein da«, sagte der alte Benedikt. »Du hast noch ein paar Jährchen, Maxim, aber ich bin ein Dinosaurier. Wahrscheinlich hat Gott mich bisher einfach vergessen, aber bald wird es Zeit. Die meisten Weggefährten sind schon tot. Und Aurelie und Frederik sind auch wieder weg.«

Pranger seufzte. »Tja, Isabelles Plan ist nicht so ganz aufgegangen. Oder doch?«

»Du meinst, ein Happy End sechzig Jahre später?«

Pranger sah Benedikt von der Seite an.

»Schau nicht so, Advokat! Ich bin ein Bauer, aber ich habe Augen im Kopf. Ich war immer dabei. Pferde waren ihre Leidenschaft. Und Fritz ihre große Liebe. Isabelle hat nur einen geliebt. Das war Fritz. Und Fritz hat auch nur Isabelle geliebt. Und sie sind doch nie zusammengekommen.«

»Weil Isabelle sich betrogen gefühlt hat. Belogen. Fritz hat gewusst, dass Chantal ihre Mutter ist. Und hat geschwiegen.

Das war für sie damals ein enormer Vertrauensbruch, zumal zu Beginn einer Liebe!«

»Irgendwann muss man aber verzeihen«, grummelte Benedikt.

»Das hat sie ja auch. Ich glaube aber, es ging um mehr. Isabelle war nach dem Krieg schwer krank und wäre fast gestorben. Es stand Spitz auf Knopf. Das hat sie geprägt. Sie wurde mitten aus dem Leben gerissen. Ihr fehlte die Schulbildung. Das führte dazu, dass sie der Meinung war, nichts zu können. Stell dir das vor: Dieses göttliche Wesen hat sich immer als ungebildet empfunden und hat sehr darunter gelitten. Das konnte man ihr auch nicht ausreden.«

»Und diese Mischung aus Brigitte Bardot und Audrey Hepburn ist ausgerechnet zu uns gekommen. Hat meine Elke kennengelernt. Und hat den Flori geehelicht.«

»Fritz war ja damals auch schon verheiratet«, warf Pranger ein.

»Sie hat ihn jedes Jahr am Meer getroffen. Immer im September«, sagte Benedikt kopfschüttelnd.

»Das wusstest du?«

»Du unterschätzt mich. Immer im September war Isabelle in ihrer Heimat. Geschäftlich. Um nach dem Rechten bei ihren Immobilien zu sehen. Und der gute Fritz war um den 22. September nie in seiner Praxis.«

»Woher weißt du das?«

»Hab ich recherchiert.« Er grinste.

»Und Florian? Wusste er davon?«

»Kann ich dir nicht sagen. Geahnt hat er es vielleicht. Gebilligt. Weggesehen. Er hat Isabelle bis zu seinem letzten Atemzug vergöttert.«

»Und sie hat ihn nie verlassen. Es ging um Respekt. Auch wenn Fritz ihre große Liebe war«, sagte Pranger.

»Wie nennt man das heutzutage? Schlechtes Timing, oder?«

»Aber gleich zweimal schlechtes Timing lehne ich ab. Aus Frederik und Aurelie kann noch etwas werden, auch wenn sie den Hof nicht führen werden.«

»Isabelle wollte tatsächlich noch posthum kuppeln!«, meinte Benedikt lachend.

»Isabelle wollte das Rad zurückdrehen. Es sollte eine zweite Chance geben. Und es hat ja auch etwas bewirkt. Der Bann ist gebrochen.«

»Das war verrückt! So wie dieses ganze Weib.«

»Doch wir haben sie alle geliebt«, sagte Pranger schwärmerisch.

Bene schwieg.

»Du hast wenigstens einmal mit ihr geschlafen«, fuhr Pranger fort.

»Das weißt du?«

»Auch ich kenne manche Geheimnisse, mein Lieber. Isabelle hat es mir vor noch gar nicht so langer Zeit erzählt. Damals hat sie auch Schicksal gespielt, sie wollte dich aufrütteln. Zugegebenermaßen auf eine reichlich dubiose Art. Eine merkwürdige Methode und Moral. Aber gut, für und wegen Marie hat es sich gelohnt. Und …«, er sah Benedikt an, »… ich beneide dich! Ich selber war leider …«

»Siehst du, Advokat, das ist nun eines der wenigen Male, wo es sich auszahlt, alt zu sein. Du warst ihr einfach zu jung. Damals.«

Er hob die Bierflasche, Pranger die seine. Sie sahen über den See, der gerade die flache Wintersonne verschluckte. Lichtmess war schon vorbei, die Sonne würde wieder steigen und die Binsen kitzeln, in denen der Wind raunte. Die alten Menschen würden bald abtreten, sie aber konnten ganz leise von Isabelle flüstern, dem schönsten Mädchen der Welt.

NACHWORT

Die Generation von Fritz, Bene und Isabelle hat nie die Karten aufgedeckt, sie haben ihre Tragödien in sich verschlossen. Aus Selbstschutz und weil es einfach weitergehen musste. Aber jede Tragödie prägt, jedes Leid hinterlässt Spuren, genau wie Freude und Liebe. Es gibt so viele Beziehungen zwischen Menschen – die gewalttätigste ist die Liebe, eine sanftmütigere die Freundschaft, eine haltbare der Respekt. Die Vertreter der nächsten Generation, wie Aurelie und Frederik, merken erst viel zu spät, dass sie die Gelegenheit haben verstreichen lassen, Isabelle und Fritz zu fragen. Es ist ein Kennzeichen der Jugend, sich unverwundbar zu fühlen. Erst wenn das eigene Leben endlicher wird, zählen die Wurzeln. Doch wenn die Zeitzeugen verstorben sind, sind auch die vermeintlich ollen Kamellen unwiederbringlich verschwunden.

Vor dem Hintergrund der heutigen beschämenden Situation, was die Zuwanderung nach Deutschland und Europa betrifft, lohnt es sich, einen Blick auf das Jahr 1945 zu werfen. Damals mussten sich Millionen von Flüchtlingen in einer neuen Heimat zurechtfinden. Nicht alle hatten das Glück, mit offenen Armen willkommen geheißen zu werden wie unsere Freundesgruppe am See. Der Hintertristerweiher ist nur ein fiktiver Ort irgendwo zwischen Simmerberg und Oberstaufen. Aber wann wird aus einem Lebensraum Heimat?

Dieser Roman will keineswegs die vermeintlich gute alte Zeit besingen, ebenso wenig soll die Landbevölkerung gegen die Städter ausgespielt werden. Letztlich geht es immer nur um Menschen, um Einzelschicksale und immer wieder um Liebe. Niemand ist eine Insel …

Am Ende eines Krimis bin ich meistens froh, den Text zu einem guten Abschluss gebracht zu haben. Bei diesem Roman erfasst mich eine große Wehmut, wenn ich die Figuren nun in ihre Leben entlassen muss. Sie sind mir sehr ans Herz gewachsen.

Mein Anliegen war es, reale Zeitzeugen zu befragen und nicht nur auf Quellen zu vertrauen. Dazu brauchte ich Helfer, die sich für mich ins Zeug gelegt haben. In Frankreich Jörg Hartwig und Hervé Retureau, für Oberstaufen Renate Prinzing und in Ochsenfurt Markus Giese und alle, die ihm zugearbeitet haben. Ihnen allen danke ich für ihr unglaubliches Engagement.

Ein großer Dank geht auch an Veronika Goebel von der Tierärztlichen Fakultät der LMU München, an Dr. Siegfried Moder, an die Familie Fischer in Leuterschach, an Monika Eberle, an die pflanzenkundige Klaudia Blasl und an die Familie Dick in Saneberg – und ein ganz kleiner an den Lockdown. Ich saß viel am PC, im Herbst und im Winter, wenn draußen das Licht versank. Danke an Lutz, der mein Abtauchen unterstützt hat, Pferde gefüttert, Hunde bespaßt, Katzen gekrault … Danke an Annika, die sorgsam lektoriert hat. Und danke an Kati, meinen Bürokater, der stets kluge Einwürfe gemacht hat!

»Clever ausgedacht, gut recherchiert, witzig erzählt.«

BR Abendschau

*Cover- und Preisänderungen vorbehalten

Nicola Förg

Rabenschwarze Beute

Ein Alpen-Krimi

Piper Taschenbuch, 352 Seiten
€ 10,00 [D], € 10,30 [A]*
ISBN 978-3-492-23427-6

Silvester in Murnau: Ein Waffennarr ballert mit einer Schreckschusspistole in die Nacht hinaus. Erst nach einer Weile fällt jemandem auf, dass da wirklich einer erschossen wurde. Das Opfer, der Architekt Markus Göldner, hat sich durch sein aggressives Engagement im Vogelschutz viele Feinde gemacht. Daher kommen die Kommissarinnen Irmi Mangold und Kathi Reindl mit ihren Ermittlungen kaum voran. Erst als die kleine Tochter einer berühmten Modebloggerin verschwindet, erscheint der Mord an Göldner in einem neuen Licht …

Leseproben, E-Books und mehr unter www.piper.de